I0545027

Neunundzwanzigeinhalb

Gründe

Ein Rose-Gardner-Krimi

DENISE GROVER SWANK

AUS DEM AMERIKANISCHEN

VON JEANNETTE BAUROTH

Die Originalausgabe des Romans erschien 2013 unter dem Titel „Twenty-Nine and a Half Reasons"

Copyright der Originalausgabe © 2012 by Denise Grover Swank

© Deutsche Erstausgabe by DGS, 2015

Copyright © der deutschsprachigen Übersetzung 2015 Jeannette Bauroth

Lektorat der deutschsprachigen Übersetzung Daniela Dreuth und Corinna Wieja

Umschlaggestaltung/Coverdesign © 2015 by Rebecca Curtis, Createspace

ISBN 10: 1-939996-30-9
ISBN 13: 978-1-939996-30-5

www.DeniseGroverSwank.com

KAPITEL 1

Mit einem Freund sollte mein Leben eigentlich einfacher sein, stattdessen war alles nur noch komplizierter geworden.

Trübsal blasend knöpfte ich an einem Montagmorgen Joes weißes Hemd zu. Es war das fünfte Mal, dass er nach einem gemeinsamen Wochenende mit mir nach Little Rock fuhr, und der Abschied fiel mir mit jedem Mal schwerer. Ich legte meine Wange an seine Brust und seufzte. „Ich wünschte, du müsstest nicht gehen."

Er hob mein Kinn an und beugte sich herunter, um mich zu küssen. Jetzt wollte ich noch mehr, dass er blieb. „Kündige doch einfach deinen Job bei der Kfz-Zulassung. Du hasst die Arbeit dort doch sowieso. Dann könntest du zu mir nach Little Rock ziehen."

Ich seufzte erneut. Dieses Gespräch führten wir nicht zum ersten Mal. „Joe ..."

Er küsste mich noch einmal. Seine Lippen waren mein Kryptonit und das wusste er genau.

Muffy, meine dreieinhalb Kilo schwere Wachhündin, winselte zu meinen Füßen. Ihr Timing war wie immer perfekt. „Ich gehe gleich mit dir raus, Muffy." Ich machte mich von Joe los und warf einen

Blick auf die Uhr. „Es ist schon sieben und bis nach Little Rock brauchst du zwei Stunden. Du musst los."

„Du hast meine Frage noch nicht beantwortet."

Ich legte ihm die Hände auf die Brust und sah mit einem verschmitzten Grinsen zu ihm auf. „Ein intelligenter Detective wie du weiß ganz genau, dass das keine Frage war. Und außerdem kennst du meine Antwort bereits. Wir sind erst seit einem Monat zusammen. Es ist viel zu früh für so was. Und außerdem ist da noch Violet …"

„Deine Schwester ist eine erwachsene Frau mit einer eigenen Familie. Du hast vierundzwanzig Jahre damit verbracht, es deiner Mutter recht zu machen, Rose. Langsam wird es Zeit, dass du mal an dich denkst."

„Ich kann Violet nicht einfach mit dem ganzen Erbschaftskram sitzen lassen. Das wäre ihr gegenüber nicht fair."

„Verkauf das Haus und teilt den Gewinn. So schwierig ist das nicht."

Ich trat einen Schritt zurück. Ich wollte das Haus nicht verkaufen. „Das ändert nichts daran, dass wir uns erst seit ganz kurzer Zeit kennen. Wir sind gerade mal …"

„Einen Monat zusammen", beendete Joe seufzend meinen Satz. „Ich weiß. Wie lange brauchst du denn? Zwei Monate? Ein Jahr?"

„Keine Ahnung." Dass ich die Antwort nicht kannte, frustrierte mich.

Er zog mich an seine Brust und streichelte zärtlich meinen Nacken. „Es tut mir leid. Ich wollte dich nicht bedrängen. Du fehlst mir einfach so sehr unter der Woche und die Wochenenden sind viel zu kurz."

„Ich weiß." Mein Magen schlug vor lauter Verwirrung Purzelbäume. Er fehlte mir auch. Schrecklich sogar. Warum wollte ich also nicht zu ihm nach Little Rock ziehen? Ich drückte mich an seine Brust. Der leise Klang seines Herzschlags hatte eine tröstliche und beruhigende Wirkung. Ich wollte so viel wie möglich davon aufsaugen, um es durch den Rest der Woche zu schaffen. Vier Nächte ohne ihn – der Gedanke erfüllte mich mit Einsamkeit, aber der Gedanke an einen Umzug nach Little Rock erfüllte mich mit Grauen.

Er küsste mich noch einmal, um mir zu zeigen, was ich die nächsten fünf Tage verpassen würde. Seine Absicht war mir völlig klar. Er zog sich zurück und schenkte mir ein provozierendes Lächeln.

„Du arbeitest mit schmutzigen Tricks", warf ich ihm vor und grinste.

„Darauf kannst du wetten." Joe ließ die Arme sinken und drehte sich um. „Okay, ich muss los, ehe ich dich ins Auto schleppe und einfach mitnehme." Er kramte auf der Arbeitsplatte herum.

„Das nennt man Kidnapping, Detective Simmons. Gerade du solltest das wissen. Was suchst du denn?"

„Meinen Schlüssel." Er öffnete die Kramschublade und durchwühlte den Inhalt. „Hier ist er." Er zog ihn heraus und dazu einen Umschlag. „Amtsgericht von Fenton County. Das sieht wichtig aus."

Ich riss ihm den Umschlag aus der Hand. „Oh, Scheibenkleider! Den hab ich total vergessen. Ich soll mich am Elften als Geschworene melden. Welchen Tag haben wir heute?"

Joe zog die Augenbrauen hoch. „Den Elften."

Mir drehte sich der Magen um. „Oh nein! Ich hab Suzanne noch nichts davon gesagt und Urlaubstage habe ich auch keine mehr. Sie wird mich bestimmt nicht freistellen!"

„Suzanne muss dich freistellen. So steht es im Gesetz – und Urlaubstage werden dafür auch nicht angerechnet, also mach dir keine Sorgen. Sie wird es verstehen."

Da war ich mir nicht so sicher. Suzanne, meine Kollegin und Erzfeindin, war nach der Verhaftung unserer alten Chefin befördert worden. Ich war an der Aufklärung des Verbrechens beteiligt gewesen und hatte auch ein paar Verletzungen davongetragen. Als ich nach einer Woche Abwesenheit mit einem grün und blau geschlagenen Gesicht auf die Arbeit zurückgekehrt war, hatte Suzanne geglaubt, ich wäre ebenso wie sie ein Opfer häuslicher Gewalt. Als sie jedoch herausfand, dass ich bei einer verdeckten Ermittlung so zugerichtet worden und Joe ein Undercover-Cop war, hasste sie mich wieder. Suzanne war es egal, dass ich unfreiwillig in die Ereignisse hineingezogen worden war, sie sah nur die Schlagzeilen über mich und dass ich mehr Aufmerksamkeit erhielt als sie.

Natürlich gehörte nicht besonders viel dazu, in Henryetta, Arkansas, einer Stadt mit 11.000 Einwohnern, groß in die Schlagzeilen zu kommen. Vor der ganzen Geschichte um Daniel Crocker war der größte Aufreger gewesen, dass Samantha Jo Wheaton in ihrer Einfahrt das Boot ihres fremdgehenden Ehemannes angezündet hatte.

„Ruf sie einfach an und sag, dass du es vergessen hast. Außerdem dauert das im Gericht vermutlich nur den halben Tag und nachmittags bist du schon wieder auf der Zulassungsstelle. Die werden kaum Zeit haben, deine Abwesenheit zu bemerken."

„Ja, du hast vermutlich recht…" Abgesehen von der aufgeflogenen Verbrecherorganisation, die auch für zwei Todesfälle verantwortlich war (meine Momma und einen Barkeeper aus Jaspers Steakhouse), sowie ein paar Einbrüchen in mein Haus, gab es in Henryetta oder im Bezirk Fenton County nicht viel Kriminalität. Wurden für das verkehrswidrige Überqueren einer Straße Geschworenenprozesse abgehalten?

Muffy winselte erneut und Joe beugte sich zu ihr hinunter, um ihr den Kopf zu kraulen. „Ich fühle mich genauso, mein Mädchen." Er nahm meine Hand und drückte sie. „Ich muss los. Bringst du mich noch zum Auto?"

Ich sah auf meinen knappen Schlafanzug hinunter. „Um Mildred, der Präsidentin des Klatschbasenvereins, neue Munition zu liefern, wenn sie sieht, wie du mich zum Abschied küsst? Ja. Ich bringe dich raus."

Wir betraten die Juli-Sauna. Muffy schoss vor uns durch die Tür.

„Das wird heute wieder glühend heiß", sagte Joe. „Angeblich soll es der heißeste, trockenste Juli aller Zeiten sein."

„Hmm." Ich war schon viel zu beschäftigt damit, ihn bereits jetzt zu vermissen, als dass ich mich für das Wetter interessiert hätte.

Wir warteten, bis Muffy ihr Geschäft verrichtet hatte, um noch ein bisschen gemeinsame Zeit herauszuschlagen. Joe deutete auf das Nachbarhaus. Dort hatte er während seines Undercover-Einsatzes gewohnt, bei dem er sich als Mechaniker ausgegeben und Beweise gegen Daniel Crocker gesammelt hatte, damit die State Police seinen bundesstaatenweiten Handel mit gestohlenen Autoteilen auffliegen lassen konnte. „Weißt du schon, wer da wohnen wird?"

4

„Laut Mildred eine Familie mit fünf Söhnen. Sie wollen diese Woche einziehen."

„In das winzige Haus?"

„Wenn Mildred es sagt, dann stimmt es auch."

Joe zuckte mit den Schultern. Sogar nach der kurzen Zeit, die er hier verbracht hatte, wusste er bereits, dass Mildred nichts entging.

Als wir schließlich neben seinem Auto standen, zog er mich in seine Arme.

„Du arbeitest diese Woche doch nicht undercover, oder?" Ich sah ihm direkt ins Gesicht, um mich zu vergewissern, dass er mir ehrlich antwortete.

Joe lächelte. Er wusste genau, dass mir sein Job Angst machte. Bei dem Einsatz in Henryetta wäre er fast getötet worden. Ich hatte keine Ahnung, ob es schon öfters so knapp für ihn gewesen war. Er weigerte sich, darüber zu sprechen. „Nein, Schatz. Diese Woche nicht."

„Du würdest mich doch nicht anlügen, nur damit ich mir keine Sorgen mache, oder?"

Er gab mir einen sanften Kuss und murmelte an meinem Mund: „Nein, Rose. Ich schwöre, dass ich dich niemals anlügen werde."

„Gut." Ich schob ihn sanft von mir. „Und jetzt fahr los, ehe ich dich zurück ins Haus schleppe und einschließe."

Anzüglich lächelnd zog er die Augenbrauen hoch. „Fesselst du mich auch?"

Ich neigte den Kopf. „Würdest du bleiben, wenn ich Ja sage?"

Lachend öffnete er die Autotür. „Was war mein Leben doch langweilig, ehe ich dir begegnet bin, Rose Gardner."

„Du lässt es klingen, als wäre das was Schlechtes, Joe McAllister." Ich schüttelte den Kopf. „Ich meine Simmons. Ich glaube, an deinen echten Nachnamen werde ich mich nie gewöhnen. Für mich wirst du immer Joe McAllister bleiben."

Vom Fahrersitz aus sah er mich mit seinen wunderschönen braunen Augen an, die mit ein paar dunklen Flecken gesprenkelt waren. Es versetzte mir immer noch einen kleinen Stich, dass Joe mich für die mögliche Erpresserin gehalten und seine Tarnung so lange aufrechterhalten hatte.

Die Sonne schien auf seine braunen Haare und ließ seine natürlichen kupferfarbenen Strähnen leuchten. Zum tausendsten Mal fragte ich mich, warum ich nicht mit ihm ging. Er war ein gut aussehender Mann und lebte allein in der Stadt. Jede Frau würde töten, um mit ihm zusammen zu sein. Ich war verrückt. Aber ich war auch stur.

Er nahm meine Hand und strich mit dem Daumen über den Handrücken. „Ich möchte dich nicht so zurücklassen. Mit den ganzen Erinnerungen an die schlechten Zeiten."

„Tut mir leid. Ich möchte auch nicht, dass du so gehst."

Er schob den Sitz zurück und zog mich auf seinen Schoß.

„Joe!", quiekte ich.

„Dann wollen wir doch Mildred mal Gesprächsstoff für eine ganze Woche liefern." Er schob die Hände in meine Haare und zog meinen Mund auf seinen. Ich vergaß, worüber wir gerade gesprochen hatten. Nach einer guten halben Minute flüsterte er: „Wir hören lieber auf, bevor ich dich zurück ins Haus trage. Ich komme sowieso schon zu spät."

Ich saugte seine Unterlippe sanft in meinen Mund und er stöhnte. Eigentlich hätte ich ein schlechtes Gewissen haben müssen, weil ich ihn so quälte; stattdessen genoss ich, dass ich die Macht dazu besaß.

„Vielleicht reiße ich dir lieber gleich hier im Auto die Klamotten runter."

Ich grinste. „Das traust du dich nicht."

„Schatz, wenn du mich weiter so küsst, übernehme ich keine Verantwortung für das, was passiert." Er ließ die Hand unter mein Oberteil gleiten. Ich kicherte und versuchte, von seinem Schoß zu fliehen, aber er hatte seinen Arm um meine Taille gelegt und hielt mich fest. Er lachte, aber der Ausdruck in seinen Augen verriet mir, dass er das nur halb scherzhaft meinte.

Ich sah ihm ins Gesicht, prägte es mir ein, damit ich die ganze Woche davon zehren konnte. Das vertraute Kribbeln im Hinterkopf ließ mich jedoch scharf den Atem einziehen – eine Vision war im Anmarsch. Ich nahm nichts anderes mehr wahr als das Bild, das vor meinem inneren Auge erschien. Ich sah alles durch Joes Augen – meine *Gabe* ermöglichte es mir, die mögliche Zukunft der Menschen zu sehen, denen ich körperlich nah war. Diesmal saß ich in einem

6

Büro, an einem Schreibtisch, und hatte die Hände zu Fäusten geballt. Vor mir stand ein älterer Mann. „Es hat nichts mit dir persönlich zu tun, Joe. Hättest du dich in Henryetta an die Vorschriften gehalten, hättest du die Stelle bekommen."

Als meine Vision langsam abklang, sagte ich: „Du bekommst die Stelle nicht." Dann wurde mein Kopf wieder völlig klar und ich stöhnte. Ich würde alles dafür geben, nicht immer damit herauszuplatzen, was ich in meinen Visionen sah. Aus irgendeinem Grund war mein Zweites Gesicht direkt mit meiner großen Klappe verbunden, und dieser nervende Charakterzug war meistens der Grund, dass ich in Schwierigkeiten geriet.

Sein Lächeln war wie weggewischt.

„Ich wusste gar nicht, dass du nach einem neuen Job suchst, Joe."

„Es ist eine Versetzung, Rose, und jetzt spielt es auch keine Rolle mehr."

Ich wollte ihn fragen, wohin er sich versetzen lassen wollte, aber ich wusste, dass es näher zu mir gewesen wäre. Auf keinen Fall hätte er sich um eine weiter weg gelegene Stelle beworben. „Du weißt doch am allerbesten, dass meine Visionen nicht immer wahr werden. Ich habe mich tot gesehen. Ich habe dich tot gesehen. Wir beide leben noch."

Er wirkte hoffnungsvoll. „Glaubst du wirklich, man kann den Verlauf noch ändern?"

Warum hatte ich das eben bloß gesagt? „Nein, ich denke nicht. Der Mann hat gesagt, es liegt daran, dass du dich in Henryetta nicht an die Vorschriften gehalten hast." Das war meine Schuld gewesen. Joe hatte Befehle missachtet und mir geholfen, vor Daniel Crocker zu fliehen. Er hatte mir das Leben gerettet. „Es tut mir leid, Joe."

Er verzog den Mund zu einem schiefen Lächeln. „Hey, ist schon gut. Irgendwie wird schon alles klappen." Er küsste mich und sah mir in die Augen. „Ich hätte nichts anders gemacht, außer vielleicht dir ein bisschen früher zu vertrauen."

Ich lächelte, Tränen in den Augen. Ich konnte mir mein Leben ohne ihn gar nicht mehr vorstellen. Ich kletterte von seinem Schoß herunter und stellte mich neben das Auto.

„Ich wünsche dir eine schöne Woche, Rose. Ruf mich heute Abend an und erzähl mir von der Geschworenenauswahl."

Ich stützte eine Hand in die Hüfte und konterte: „Und du kannst mir im Gegenzug wieder mal absolut gar nichts über deinen Tag erzählen. Streng geheime Polizeiarbeit."

Er schüttelte den Kopf und grinste. „Wenn du wüsstest. Das meiste davon ist total langweilig."

„Nichts an dir ist langweilig, Joe Simmons."

Er zwinkerte mir zu, einen verschmitzten Blick in den Augen. „Man muss dafür sorgen, dass es immer spannend bleibt." Dann schloss er die Tür und winkte mir zu, während er aus der Einfahrt fuhr.

„Deine Mutter würde sich im Grab umdrehen."

Mildred, meine zweiundachtzig Jahre alte Nachbarin, stand in einem pinken, fusseligen Bademantel und mit Lockenwicklern in den Haaren auf der Veranda. In der Hand hielt sie eine Gießkanne. Mir wurde bewusst, dass mein Schlafanzug aus einem Top mit Spaghettiträgern und einer sehr kurzen Hose bestand. „Guten Morgen, Miss Mildred."

„An einem Morgen ist nichts gut, wenn man beim Aufwachen gleich eine Pornoshow vor seinem Haus beobachten muss."

Ich seufzte schwer. „Das war keine Pornoshow, Miss Mildred. Ich hab mich nur von Joe verabschiedet."

Sie schüttelte den Kopf und schnalzte missbilligend mit der Zunge. „Unzucht treiben nennt man das."

„Die Zeiten haben sich geändert, Miss Mildred."

„Die Zeiten ändern sich immer, Rose Anne Gardner, aber die Heilige Schrift nicht, und dort steht, dass das Unzucht treiben ist, was du da machst. So bist du nicht erzogen worden."

„Ich werde daran denken. Einen schönen Tag wünsche ich Ihnen!" Ich winkte ihr zu und rief Muffy nach drinnen. Im Haus war es durch die Klimaanlage schön kühl, doch Mildreds Worte lasteten schwer auf meinem Gewissen. Sie hatte recht. Ich war im Glauben an viele Dinge erzogen worden, und die meisten davon hatten sich als falsch herausgestellt. Trotzdem konnte ich mein schlechtes Gewissen nicht ignorieren.

Warum wollte ich denn nicht zu Joe nach Little Rock ziehen? Was hielt mich denn hier? Ich wusste es nicht. Ich wusste nur, dass ich dazu noch nicht bereit war.

Mit Bauchschmerzen nahm ich den Hörer in die Hand, um meine Chefin anzurufen. Bereits beim zweiten Klingeln nahm sie ab; durch die Anruferkennung wusste sie bereits, dass ich es war.

„Was ist es diesmal, Rose? Eine Motorradgang? Ist deine Großtante Tilly gestorben?"

Ich schluckte. „Geschworenendienst."

Nach einer Sekunde Pause hörte ich wieder ihre ausdruckslose Stimme. „Geschworenendienst. Heute?"

„Suzanne, es tut mir leid. Ich hab das total verschwitzt." Ich hielt den Hörer so fest umklammert, dass ich schon Angst hatte, er würde zerbrechen.

„Ich wette zehn Dollar und eine Zitronencremetorte, dass du keinen Geschworenendienst hast, Rose Gardner. Vermutlich willst du nur den ganzen Tag mit deinem superwichtigen Lover im Bett verbringen. Und wenn ich rausfinde, dass ich recht habe, dann feuere ich dich."

Zuerst einmal wusste ich, dass sie mich nicht feuern konnte. Mein Arbeitgeber war der Bundesstaat Arkansas und bei Regierungsjobs ging es ein wenig anders zu. Meine berufliche Laufbahn war makellos; man konnte mir ja wohl kaum Minuspunkte dafür geben, dass ich meine ehemalige Chefin Betty der Erpressung überführt hatte. Obwohl Betty da sicher anderer Meinung wäre.

„Ich lasse mir vom Gericht eine Bescheinigung geben und bringe sie heute Nachmittag mit. Okay?"

Suzanne antwortete, indem sie auflegte.

Eigentlich hoffte ich, dass meine Geschworenenpflicht so lange dauern würde, dass ich heute nicht mehr bei der Arbeit erscheinen musste. Ein Ringkampf mit einem hungrigen Wildschwein wäre mir momentan deutlich lieber, als Suzanne gegenüberzutreten.

Unter der Dusche dachte ich erneut über Joe nach. Er hatte recht. Ich hasste meinen Job und Suzanne hatte mir immer schon eine Heidenangst eingejagt. Seit sie die Macht innehatte, die mit dem Posten als vorübergehender Supervisor der Außenstelle Nr. 112 des Ministeriums für Verwaltung und Finanzen des Bundesstaates Arkansas einherging, war es nur noch schlimmer geworden.

Warum suchte ich mir nicht einfach eine neue Stelle? Hier hielt mich nichts. Nach Mommas Tod hatte ich erfahren, dass ich von meiner leiblichen Mutter mehr als eine Million Dollar geerbt hatte, aber davon hatte ich noch keinen Cent angerührt. Da meine persönlichen Ausgaben eher gering waren, konnte ich es mir leisten, zu kündigen und erst mal ein paar Monate lang nicht zu arbeiten, um mir darüber klar zu werden, was ich mit meinem Leben anfangen wollte. Aber das würde ich niemals tun; dafür war ich zu pragmatisch erzogen worden.

Manche Lektionen saßen eben zu tief, um sie wieder zu vergessen.

KAPITEL 2

Während ich mich anzog, stinkerte Muffy das Haus voll, sodass wir noch mal schnell nach draußen mussten, ehe ich loskonnte. Das kostete mich die zusätzlichen zehn Minuten, die ich eingeplant hatte, um pünktlich im Gericht zu sein. Auf der Suche nach einem Parkplatz in Nähe des Gerichtsgebäudes fuhr ich um den Marktplatz von Henryetta. Normalerweise fand man hier innerhalb von wenigen Minuten eine Parklücke, besonders vormittags, aber heute war jeder Parkplatz belegt. Die erste freie Parkuhr, die ich fand, war mehrere Blocks entfernt. Ich wühlte in meiner Handtasche nach Kleingeld, fand jedoch nur ein paar Dollarscheine und ein Zehncentstück. Natürlich brauchte man für den Automaten ein Vierteldollarstück.

Ich hatte genau vor dem Blumenladen geparkt, in dem ich nur einen Monat zuvor die Blumen für Mommas Beerdigung gekauft hatte. Eine Klingel über der Tür verkündete mein Eintreten. Die Klimaanlage lief auf vollen Touren und ich genoss die Kühle des Raumes. Auf meinen Armen hatten sich bereits Schweißtropfen gebildet. Joe hatte nicht übertrieben – auch wenn es Juli war, so würde dieser Tag doch ungewöhnlich heiß werden. Er war es jetzt schon.

11

Eine junge Frau, die eine Schürze umgebunden hatte, kam aus dem Hinterzimmer. „Kann ich Ihnen helfen?"

„Hi, ich parke vor Ihrem Laden." Ich zeigte auf meinen alten Chevy Nova vor dem Schaufenster. „Und ich habe keine Vierteldollarstücke mehr. Würden Sie mir einen Dollarschein wechseln?"

Missbilligend verzog sie den Mund. „Tut mir leid, wir wechseln nicht."

„Aber ich muss mich zum Geschworenendienst im Gericht melden und ich bin schon zu spät dran, können Sie nicht einfach …"

„Wir wechseln nur für Kunden."

Schweißtropfen liefen mir den Nacken hinunter, und ich hob meine Haare an, um die kühle Luft an meine Haut zu lassen. „Ich war vor einem Monat als Kundin hier, für die Beerdigung meiner Mutter. Agnes Gardner." Selbst wenn sie sich nicht an mich erinnern konnte, würde ihr der Name meiner Mutter etwas sagen. Mommas Tod war eine große Sensation gewesen. In Henryetta wurde nicht jeden Tag jemand ermordet, und schon gar nicht mit einem Nudelholz.

Das Mädchen schüttelte ablehnend den Kopf. „Sie sind nicht Mrs Gardners Tochter. Ich kann mich daran erinnern, dass sie hier Blumen bestellt hat. Sie war ein farbloses kleines Ding."

Sie hatte recht. Als ich damals meine Bestellung aufgegeben hatte, trug ich noch meine alte Frisur, bevor mir Tante Bessie die Haare geschnitten hatte. Das war, bevor ich mir neue Klamotten gekauft hatte, in denen ich nicht aussah wie eine alte Frau. Und bevor ich erkannt hatte, dass ich mein ganzes Leben mit dem Versuch verschwendet hatte, Momma glücklich zu machen.

Diese Rose erschien ihr jetzt wie eine völlig andere Frau.

Ich ließ meine Haare sinken und zupfte verlegen an meinem Blumenrock. „Ich schwöre, das war ich. Seither hab ich mich verändert."

„Nur für Kunden."

„In Ordnung." Ich kramte in meiner Handtasche herum und zog mein Portemonnaie heraus. „Was ist das Billigste, das Sie haben?"

„Sie können eine Nelke für einen Dollar kaufen."

Ich gab ihr zwei Dollarscheine und sie mir dafür eine weiße Nelke und das Wechselgeld.

„Schönen Tag", sagte sie, als sie sich umdrehte und zurück in das Hinterzimmer ging, aber ihr Ton klang nicht so, als ob sie das ehrlich meinte.

Ich öffnete die Tür und sah einen Polizisten, der neben der Parkuhr stand und mir einen Strafzettel schrieb.

„Halt! Warten Sie! Ich habe nur Geld gewechselt!" Ich zeigte ihm die Münzen.

Er drehte sich zu mir um und mir klappte die Kinnlade herunter. Es war derselbe Polizist, der mir nach dem Mord an Momma Handschellen hatte anlegen wollen. Und wenn Joe ihn nicht davon abgehalten hätte, hätte er es auch getan. „Sie!", rief er und kniff die Augen zusammen. „Einmal eine Gesetzesbrecherin, immer eine Gesetzesbrecherin."

„Ich hatte keine Vierteldollarstücke. Ich musste erst Geld wechseln lassen", stammelte ich.

„Warum halten Sie dann eine Blume in der Hand? Sieht eher so aus, als ob Sie dachten, Sie könnten hier illegal parken, schnell was kaufen und dann wieder wegfahren und so die Stadt Henryetta um ihre Einnahmen betrügen."

„Nein! Das stimmt nicht, und selbst wenn es so wäre, hier geht es doch nur um einen Vierteldollar!"

„Klar, heute ist es nur ein Vierteldollar, und ehe Sie sich versehen, sind Sie drogensüchtig und rauben den Supermarkt aus, um Ihren nächsten Schuss zu finanzieren." Er streckte das Kinn vor und sah mich scharf an. „Gesetz ist Gesetz, Ms Gardner." Mit einer übertriebenen Bewegung riss er den Strafzettel von seinem Block ab und reichte ihn mir. „Wie ich bereits sagte, einmal eine Gesetzesbrecherin, immer eine Gesetzesbrecherin."

Ich nahm den Strafzettel entgegen und er ging zurück zu seinem Auto, das er illegalerweise hinter meinem abgestellt hatte. „Aber ich bin keine Gesetzesbrecherin! Ich war unschuldig am Tod meiner Mutter und habe auch diesmal nichts getan!"

Er stand neben der offenen Fahrertür und deutete auf den Bürgersteig. „Die Parkuhr sagt etwas anderes. Schönen Tag." Dann stieg er ein und fuhr fort, während er mich im Rückspiegel beobachtete.

„Warum wünschen mir alle einen schönen Tag, wenn sie es sowieso nicht meinen?" Ich stampfte mit dem Fuß auf und knickte um. Der Absatz an meinem Schuh hatte sich gelockert und war jetzt an einer Seite abgebrochen. „Scheibenkleider!"

Ich humpelte einen halben Block in Richtung Gerichtsgebäude, ehe ich es aufgab, meine Schuhe auszog und sie in die Hand nahm. Dann holte ich mein Handy hervor, um nach der Uhrzeit zu sehen. Fünf Minuten nach neun.

In etwas schnellerem Joggingtempo rannte ich auf das alte Backsteingebäude zu, in dem sich das Gericht befand. Als ich die majestätischen Stufen erreichte, war ich ein schwitzendes Fiasko. Ein kurzer Blick auf mein Spiegelbild im Fenster verriet mir, dass die hohe Luftfeuchtigkeit meine Haare platt an den Kopf gedrückt hatte und mir ein paar schweißnasse Strähnen an der Stirn und im Gesicht klebten.

Nachdem ich das Gebäude durch die massive Holztür betreten hatte, musste ich noch durch die Sicherheitskontrolle. Ein älterer Wachmann hob warnend die Hand. „Ohne Schuhe kommen Sie hier nicht rein, Ma'am."

Ich winkte ihm mit meinen Pumps zu. „Ich habe Schuhe."

„Sie müssen Schuhe *tragen*." Er zog die buschigen Augenbrauen hoch.

„Müssen die nicht geröntgt werden oder so?"

Der Mann beugte sich vor und sah mich aus zusammengekniffenen Augen an. „Wir sind hier nicht auf dem Flughafen, Ma'am."

„Aber mein Schuh ist kaputt." Ich demonstrierte ihm das Problem mit dem Absatz.

„Keine Schuhe, kein Zutritt."

„Aber ich bin um neun Uhr zum Geschworenendienst geladen!"

„Dann sind Sie in ziemlich großen Schwierigkeiten. Wenn Sie nicht auftauchen, wird ein Haftbefehl gegen Sie erlassen. Außerdem kommen Sie sowieso schon zu spät."

Ich konnte mir schon vorstellen, wer liebend gern diesen Haftbefehl vollstrecken würde. *Einmal eine Gesetzesbrecherin, immer eine*

Gesetzesbrecherin. „Schön", murmelte ich, beugte mich vor und schlüpfte in meine Schuhe. Dann humpelte ich am Wachmann vorbei.

„Halt! Sie können nicht einfach weitergehen. Wir müssen erst noch Ihre Handtasche durchsuchen."

Mit einem übertriebenen Seufzer reichte ich ihm meine Tasche.

Der Wachmann musterte mich von oben bis unten, bevor er sie auf das Transportband legte. „Kommen Sie hier rüber." Er deutete auf das Ende des Geräts.

Ich ging hinüber und wartete, während er das Band vor- und zurückfahren ließ, vor und zurück, bis schließlich meine Handtasche zum Vorschein kam. Dann öffnete er sie und untersuchte den Inhalt.

„Können Sie sich nicht ein bisschen beeilen?", fragte ich. „Sie wissen doch, dass ich für meinen Geschworenendienst schon spät dran bin."

Er hob den Kopf und musterte mich einen Moment lang. „Sicherheit kann man nicht hetzen, Ma'am. Möchten Sie, dass ich mich beeile, weil Sie etwas zu verbergen haben?"

„Nein! Nein! Ich schwöre, aber ich bin schon so spät dran …"

Er schloss meine Handtasche und drückte einen Knopf auf dem Funkgerät, das an seiner Schulter befestigt war. „Ernie, ich brauche hier Unterstützung. Code zehn-sechsundsechzig. Over."

„Verstanden. Bin in fünf Minuten da. Over." Das Funkgerät rauschte.

„Ma'am, setzen Sie sich bitte da drüben hin." Er deutete auf einen Plastikstuhl an der Wand.

„Was? Ich bin noch nicht fertig?"

„Nein, ich muss Sie abtasten, und dafür muss ein zweiter Sicherheitsbeamter anwesend sein, damit Sie nicht behaupten, ich hätte Sie sexuell belästigt."

„*Was?*"

„Ma'am, setzen Sie sich oder ich bin gezwungen, den Richter zu informieren, dass Sie die Justiz behindern."

Ich ließ mich auf den Stuhl fallen. In mir brodelte es. Das war die reinste Diskriminierung, und zwar nur wegen meiner Schuhe. Nachdem ich einige Minuten gesessen hatte, machte sich bemerkbar, dass ich seit dem Aufstehen nicht mehr auf der Toilette gewesen war, aber zwei Tassen Kaffee getrunken hatte. „Kann ich ganz schnell mal zur Toilette gehen?"

Er schüttelte den Kopf. „Nein. Die Toiletten befinden sich in einem *sicheren Bereich*."

Die Lobby war warm und ich versuchte vergebens, mir mit der Hand ein wenig kühle Luft zuzufächeln, während ich die Beine überkreuzte. An die Toilette zu denken machte es nur noch schlimmer. Ich beobachtete den Minutenzeiger auf der großen Wanduhr, der langsam im Kreis wanderte. Mehr als zehn Minuten waren vergangen, und noch kein Ernie in Sicht. Ich stand auf. „Hören Sie, ich muss mich dringend zum Geschworenendienst melden. Können Sie mich nicht einfach …"

„Hinsetzen."

„Sie können mich auch abtasten, ich schwöre, dass ich Sie nicht verklagen werde."

„*Hinsetzen!*"

Ich wollte gerade protestieren, als ich eine bekannte Stimme hörte. „So, so, es hat ja nicht lange gedauert, bis Sie erneut in Schwierigkeiten geraten sind." Der Polizist, der mir den Strafzettel ausgestellt hatte, hakte die Daumen in den Gürtel und wippte vor und zurück, ein selbstgefälliges Lächeln auf den Lippen. „Ich kann nicht behaupten, dass mich das überrascht."

Der Wachmann deutete auf mich. „Du kennst sie, Ernie?" Er hob die Stimme.

„Oh ja. Ich hab ihr gerade einen Strafzettel wegen illegalen Parkens ausgestellt."

„Ich hab nur Geld gewechselt", schnaubte ich empört.

„Und letzten Monat war da diese Sache mit der Ermordung ihrer Mutter." Die letzten drei Wörter flüsterte er fast.

Der Wachmann zog die Augenbrauen hoch und taxierte mich jetzt angesichts dieser neuen Informationen. Dabei legte er die Hand auf seine Pistole.

„Ich war unschuldig! Daniel Crocker hat Momma umgebracht!"

„Ma'am, stehen Sie auf, spreizen Sie die Beine und strecken Sie die Arme weg vom Körper."

Ich überlegte, ob ich protestieren sollte. Das hier war unfair, aber wenn ich jetzt Theater machte, wäre Officer Ernie nur allzu froh, mich aufs Revier zu bringen. Und mein Verlangen, dorthin zurückzukehren, hielt sich in Grenzen. „Hey", sagte ich, als der Wachmann begann, mich seitlich abzutasten. „Das hier ist das Bezirksgericht und Sie sind Angestellter der Stadt. Was tun Sie eigentlich hier?"

Ernie verlagerte sein Gewicht. „Robbie liegt mit Gicht im Bett, deshalb helfe ich Old Matt hier aus, wenn er Unterstützung braucht. Auch wenn Sie das überhaupt nichts angeht."

Der Wachmann strich mir an den Beinen entlang und ließ schließlich die Hände sinken. „Sie ist sauber."

„Bist du sicher?", fragte Officer Ernie. „Die hat es faustdick hinter den Ohren."

„Ja, ich bin ziemlich sicher."

Ernie streckte mir zwei Finger in V-Form entgegen und deutete damit zuerst auf seine Augen, dann auf meine. „Ich hab Sie im Auge."

Ich verdrehte die Augen, nahm meine Handtasche vom Ende des Transportbandes und humpelte hinüber zum Fahrstuhl. Auf der Ladung stand, dass ich mich in Zimmer 226 melden sollte.

Wie bei meinem Glück nicht anders zu erwarten, bewegte sich der Fahrstuhl noch langsamer als Old Matt bei seiner Sicherheitsüberprüfung. Als ich den ersten Stock erreichte, war es halb zehn und ich kurz davor, mir in die Hose zu machen. Da ich sowieso zu spät kommen würde, waren die paar Minuten zusätzlich jetzt auch egal.

Ich sah die Damentoilette ein Stückchen weiter den Gang entlang, aber vor der Tür stand ein Schild „Wegen Reinigung geschlossen." „Entschuldigung!", rief ich in die Toilette hinein.

Eine hispanische Frau erschien und deutete auf das Schild. „Es ist geschlossen."

„Ich weiß, aber ich muss ganz dringend", flehte ich.

Angewidert kniff sie die Lippen zusammen und schüttelte den Kopf. „Nein, gehen Sie nach unten."

Ich stöhnte, als sie sich umdrehte und wieder in die Toilette ging. Mir blieb keine Zeit, nach unten zu humpeln und eine andere Toilette zu suchen. Direkt nebenan war die Herrentoilette. Schnell sah ich mich um. Niemand da. Ich steckte den Kopf zur Tür hinein und flüsterte: „Hallo? Ist jemand hier drin?"

Schweigen.

Sollte ich? Konnte ich? Sahen die Herrentoiletten nicht genauso aus wie die Damentoiletten, abgesehen von diesen kleinen Porzellanbecken an der Wand? Außerdem war ich mir sicher, dass ich mindestens eins davon mit meinen Steuergeldern bezahlt hatte. Obwohl ich natürlich nicht das Becken an der Wand benutzen wollte. Die Kabine würde mir völlig ausreichen.

Auf Zehenspitzen schlich ich mich hinein, kniff die Augen zu und öffnete sie nur einen winzigen Spalt wieder, falls tatsächlich jemand drin wäre. Leer.

Schnell eilte ich in die Kabine. Als ich fertig war und mich gerade wieder anziehen wollte, hörte ich, wie jemand hereinschlurfte und vor dem Urinal neben meiner Kabine anhielt. Als ich nach unten sah, erkannte ich ein Paar Anzugschuhe. Ich riss die Augen auf und zog die Füße hoch, denn ich wusste genau, wenn derjenige meine Pumps unter der Kabinentür sehen würde, wäre klar, dass sich hier drin eine Frau befand. Sofern ich nicht ein Transvestit war, wofür die Chancen an einem Montagmorgen im Gerichtsgebäude von Fenton County aber eher schlecht standen. Obwohl, was wusste ich schon von Transvestiten? Meinen ersten Spitzen-BH und den dazu passenden Slip hatte ich mir erst vor etwa einem Monat gekauft.

Als ein Handy piepte, fiel ich fast von der Toilette, bis ich merkte, dass es außerhalb der Kabine klingelte.

Er ging ran, während ich Wasser laufen hörte und beim Gedanken daran das Gesicht verzog. Ein paar Sekunden später war klar, dass er sein Geschäft verrichtet hatte, aber immer noch telefonierte. Ich unterdrückte ein Stöhnen. Konnte er sich denn nicht ein wenig beeilen, damit ich mich endlich zum Geschworenendienst melden konnte?

„Nein, mach dir keine Sorgen", sagte er. „Du regst dich völlig unnötig auf."

Soweit es mich betraf, war es die Aufregung wert, wenn man mehr als eine halbe Stunde zu spät zum Geschworenendienst auftauchte.

„Es wird nie zu einem Prozess kommen."

Ich zog mein Handy heraus, stellte es auf lautlos und überprüfte die Zeit. Neun Uhr vierunddreißig. Ob sie den Haftbefehl auf mich schon ausgestellt hatten?

Und da spürte ich es. Eine Vision. Ich stützte mich an der Kabinenwand ab.

Ich saß an einem alten Tisch in einer schäbigen Küche. In der Spüle und auf der Arbeitsplatte stapelte sich das schmutzige Geschirr. In der linken Hand hielt ich einen Stift und vor mir lag ein halb fertiges Kreuzworträtsel.

Eine Katze sprang auf den Tisch und warf dabei fast einen Aschenbecher mit einer glimmenden Zigarette darin um. „Es gibt nichts, worüber wir uns Sorgen machen müssten", hörte ich einen Mann sagen.

Ich hob etwas zu essen auf und streckte es der Katze entgegen. „Mach dir keine Gedanken, Felix. Sie werden nie rauskriegen, wem diese Reversnadel gehört hat. Wie viele Nadeln haben als Motiv einen Hund, einen Vogel und einen Baum?" Ich nahm einen Zug von der Zigarette, blies den Rauch seitlich aus dem Mund, legte sie wieder zurück und nahm den Stift zur Hand. Meine linke Hand, über die sich eine lange, zackige Narbe vom Handgelenk bis zum Unterarm zog, schrieb das Wort *Bussard* in das Rätsel. Ich lachte. „Wir kommen ungeschoren davon, sogar mit Mord."

Meine Vision verblasste und ich war zurück in der Kabine. „Sie kommen ungeschoren davon, sogar mit Mord." Entsetzt schlug ich mir die Hand vor den Mund. Hatte er mich gehört?

Angespannt wartete ich auf ein Geräusch. Er telefoniert jetzt nicht mehr. Ich stellte vorsichtig einen Fuß auf den Boden und achtete darauf, dass mein Absatz nicht klapperte. Dann den zweiten – nicht ganz einfach mit einem losen Absatz. Ich beugte mich vor und lugte unter der Tür durch, sah aber keine Männerbeine. Er hatte die Toilette verlassen.

Ich atmete aus, öffnete die Kabinentür und eilte hinüber zum Waschbecken. Was hatte ich da gerade gesehen?

Hatte wirklich jemand einen Mord begangen und würde ungeschoren davonkommen?

Allerdings war „ungeschoren davonkommen" eine Redewendung, die jeder benutzte. Vermutlich hieß das gar nichts. Aber warum hatte er dann von einem Prozess und Mord geredet?

Ich zog meine Geschworenenladung aus der Handtasche und rannte aus der Toilette. Ich wollte nicht, dass der Mann zurückkam und merkte, dass ich sein Geheimnis kannte, falls er tatsächlich eins hatte. Außerdem war ich sowieso spät dran und wollte gerne eine Verhaftung vermeiden. Officer Ernie hätte mir ganz sicher nur zu gern eine Leibesvisitation verpasst, um nach Nudelhölzern zu suchen.

In meiner Eile sah ich mich nicht um, als ich die Toilette verließ, und rannte gegen etwas Hartes. Ich taumelte rückwärts, wobei ich aus vollem Halse schrie, stolperte über meinen abgebrochenen Absatz und fiel zu Boden, während Papiere wie ein plötzlich ausgebrochener Schneesturm um mich herumwirbelten.

Der Mörder war zurückgekommen, um mich zu holen.

KAPITEL 3

⁂

„Passen Sie doch auf!", knurrte jemand über mir.

Die Papiere hatten sich inzwischen auf dem Boden verteilt, sodass ich die wütenden blauen Augen des Mannes im dunklen Anzug, mit weißem Hemd und gelber Krawatte, erkennen konnte.

„Sie sind hier im Gericht, nicht bei einer Kneipenschlägerei."

„Ich ... Tut mir leid ...", stammelte ich, überrascht von seiner Feindseligkeit. Ich griff nach den Dokumenten in meiner Nähe.

„Fassen Sie die nicht an!", blaffte er. Als er nach den Blättern griff, wurden seine Hemdsärmel so weit zurückgezogen, dass ich seine Handgelenke sehen konnte. Keine Narben. Allerdings war er schon angsteinflößend genug, auch wenn er nicht der Mann aus der Toilette war.

Ich nahm die Hand zurück, kniete mich hin und zog mich an der Wand hoch. „Ich wollte Ihnen lediglich helfen. Deswegen müssen Sie nicht gleich so gemein werden."

Er hockte sich hin und runzelte praktisch das gesamte Gesicht. „Sie haben mir schon genug geholfen. *Vielen Dank.*" Selbst durch den pampigen Ton hindurch war sein kultivierter Südstaatenakzent hörbar. Er schien Anfang dreißig zu sein, aber sein Auftreten und seine Arroganz erinnerten mich an die Frauen im Henryetta Gartenklub. An die mit dem alten, geerbten Südstaatengeld.

„Es tut mir leid. Wissen Sie, ich bin nämlich spät dran für meinen Geschworenendienst …"

Er schnaubte. „Ach, wieso überrascht mich das jetzt nicht?"

Verärgert drückte ich den Rücken durch. „Ihre Mutter hat Sie bestimmt besser erzogen. Was glauben Sie, was sie dazu sagen würde, wie Sie hier eine Lady behandeln? Sie sollten sich schämen, Mr …" Ich zog die Augenbrauen hoch, während ich auf eine Antwort wartete.

Schon ab der Hälfte meiner Tirade war ihm die Kinnlade heruntergefallen und er war rot geworden, was ihn jünger und weniger hart wirken ließ. „Deveraux."

„Mr Deveraux." Missbilligend verzog ich den Mund. Jedem anständig erzogenen Südstaatengentleman graute es vor dem Zorn seiner Mutter. Insbesondere, wenn es um eine Kombination aus schlechten Manieren und Damen ging. „Ich schlage vor, Sie besinnen sich auf Ihre Kinderstube." Ich drehte mich um und ging links den Flur hinunter, allerdings wurde mir mit Schrecken klar, dass das die falsche Richtung war. Ich schloss die Augen. Der ganze Vormittag war ein einziger Albtraum. Hoffentlich war alles nur eine Illusion. So was passierte einem doch im richtigen Leben gar nicht.

In meinem Leben allerdings schon.

Ich holte tief Luft, drehte mich um und ging in die entgegengesetzte Richtung, wobei ich aber über meinen abgebrochenen Absatz stolperte. Mit vorgestrecktem Kinn versuchte ich, so würdevoll wie möglich an Mr Deveraux vorbeizugehen.

Ich musste ihm allerdings zugutehalten, dass er mich ignorierte, während er die Papiere aufsammelte und sie in große Umschläge stopfte.

Gerade als ich dachte, ich hätte es geschafft, hörte ich hinter mir eine süffisante Stimme. „Vierte Tür rechts."

Meine Klick-Klong-Schritte hallten im Flur wider, aber trotz meiner wachsenden Demütigung ging ich weiter. Es ist ziemlich schwierig, würdevoll zu wirken, wenn man schwankt wie ein betrunkener Seemann. Schließlich erreichte ich die vierte Tür. Ich wollte sicherheitshalber noch einen Blick auf die Ladung werfen, weil mein Vertrauen in Mr Miesepeter doch sehr begrenzt war, aber meine Hand war leer.

Ich hatte die Ladung verloren.

Seufzend schloss ich die Augen und fragte mich, ob dieser Tag möglicherweise noch schlimmer werden konnte.

„Was verloren?"

Ein Stöhnen war mir entwischt, ehe ich es unterdrücken konnte. Ich öffnete die Augen und setzte ein Lächeln auf.

Grinsend überreichte mir Mr Deveraux die Ladung. „Ein Gentleman hilft immer den Bedürftigen, Miss Gardner." Er nickte mir zu, ehe er in forschem Schritt weiter den Flur hinunterging. „Sie sind spät dran. Gehen Sie lieber rein!", rief er, sah sich dabei aber nicht um.

Ich machte meinen offenstehenden Mund zu und öffnete die Tür.

Der Raum war brechend voll und ein Mann in Uniform stand am Eingang. „… ist Ihre Bürgerpflicht." Er drehte sich zu mir um, als ich hereinkam, genau wie ungefähr fünfundsiebzig andere Leute.

Wann würde ich endlich aufhören, mich zu fragen, ob es noch schlimmer kommen konnte? „Bitte entschuldigen Sie meine Verspätung."

Der Mann warf mir einen strengen, missbilligenden Blick zu. „Der Geschworenendienst hat Punkt neun Uhr begonnen, Miss."

„Aber ich …"

„Falls Sie als Geschworene ausgewählt werden, dann wird erwartet, dass Sie rechtzeitig hier erscheinen, was ich bereits gerade den anderen Bürgern hier erläutert habe, die so freundlich waren, pünktlich zu kommen. Wenn Sie jetzt bitte Platz nehmen würden."

Peinlich berührt ließ ich den Kopf hängen. Als ich mich gerade zum hinteren Teil des Raumes vorkämpfen wollte, griff plötzlich jemand nach meinem Handgelenk. Fast hätte ich wieder geschrien. Stattdessen versuchte ich, den Schrei mit einem Hustenanfall zu unterdrücken, und sah hinunter auf eine Frau in mittleren Jahren mit kurzem, fluffigem Haar, die an einem Schreibtisch saß. „Ich brauche Ihre Ladung", flüsterte sie.

Ich reichte sie ihr und sie hakte meinen Namen auf einer Liste ab. Dann gab sie mir die Karte zurück und warf einen Blick über den

Schreibtisch hinweg auf meine Schuhe. Sie zog eine Schublade auf, nahm eine kleine Metalltube heraus und hielt sie mir hin.

Superkleber. Offensichtlich klappte jetzt tatsächlich einmal etwas.

Sie beugte sich vor. „Suchen Sie sich einen Platz. Und reparieren Sie Ihren Schuh." Sie zwinkerte mir zu.

„Redet da etwa jemand?", fragte der Mann am Eingang.

Die Frau am Schreibtisch riss in gespielter Überraschung die Augen auf und grinste. Als niemand antwortete, setzte er seine Belehrung fort.

Ich sah mich nach einem freien Platz um. In der vorletzten Reihe war einer, zwischen einem älteren Mann in einem Overall und einer Frau, die aussah, als wäre sie etwa in meinem Alter. Sie hatte lange blonde Locken, die auf viele Stunden mit dem Lockenstab hindeuteten, und trug ein bisschen mehr Make-up als nötig. Aber sie lächelte mich an, als ich durch den Gang auf sie zuging.

„Dem hat sicher heute Morgen jemand in den Kaffee gespuckt", flüsterte sie, als ich mich auf den Stuhl fallen ließ.

„Sieht so aus …"

„Wird da hinten geredet?", rief der Mann und sah sich suchend um. Dabei blieb sein Blick für etwa eine halbe Sekunde auf mir ruhen. Ich starrte geradeaus und tat so, als ob ich an seinen Lippen hinge.

Als er sich sicher schien, dass ihm alle ihre ungeteilte Aufmerksamkeit schenkten, setzte er seinen Vortrag fort. „Sie erhalten eine Aufwandsentschädigung von acht Dollar pro Tag. Nicht acht Dollar pro Stunde. Keine Beschwerden, dass das weniger ist als der Mindestlohn. Das hier ist nicht nur Ihre Bürgerpflicht, sondern auch ein Privileg." Er sah auf seine Uhr und räusperte sich. „Das war's. Ich übergebe das Wort jetzt an Marjorie Grace."

Die Frau, die mich auf der Liste abgehakt hatte, ging nach vorne. „Danke, Gerichtsdiener Spencer, dass Sie in letzter Minute für Richter McClary einspringen konnten."

Gerichtsdiener Spencer hörte das allerdings nicht mehr. Er hatte das Zimmer bereits verlassen.

„Richter McClary übernimmt normalerweise die Einweisung der potenziellen Geschworenen. Heute wurde er jedoch aufgehalten, sodass Gerichtsdiener Spencer das für ihn übernehmen musste.

Eigentlich soll das ein bisschen aufmunternder Zuspruch sein, aber stattdessen scheint er allen richtig Angst eingejagt zu haben."

Ich sah mich um. Von den meisten konnte ich nur den Hinterkopf sehen, aber in den paar Gesichtern, die ich erkennen konnte, stand ein geschockter Ausdruck.

Marjorie Grace versuchte, die Stimmung ein wenig aufzulockern. „Sieht so aus, als ob Gerichtsdiener Spencer vergessen hat, dass er hier mit den Geschworenen redet und nicht mit den Angeklagten."

Ein nervöses Lachen ertönte.

„Ich versichere Ihnen, dass das Gericht von Fenton County Ihnen sehr dankbar ist, dass Sie Ihre Zeit opfern, um unser demokratisches System zu unterstützen. Jetzt muss ich Sie leider um ein bisschen Geduld bitten, bis wir herausgefunden haben, ob heute Prozesse verhandelt werden. Sie können aufstehen und ein wenig herumlaufen, aber gehen Sie bitte nicht zu weit weg. Wir müssen Sie wieder hier versammeln, damit wir besprechen können, wie es weitergeht."

Marjorie Grace ging hinüber zu ihrem Schreibtisch und der Klang gedämpfter Stimmen schwirrte durch den Raum.

Die junge Frau neben mir streckte mir die Hand entgegen. Ihre Fingernägel waren leuchtend pink lackiert. „Neely Kate Rivers."

„Hi, ich bin Rose." Ich schüttelte ihr die Hand und verschwieg absichtlich meinen Nachnamen.

Es schien ihr gar nicht aufzufallen. „Ich wohne außerhalb von Henryetta, aber ich arbeite hier im Gericht, deshalb weiß ich über Mr Spucke-im-Kaffee Bescheid." Sie kicherte.

„Kannst du überhaupt als Geschworene ausgewählt werden, wenn du hier arbeitest?"

„Ach wo, aber als die Ladung kam, hab ich nichts gesagt, damit ich den Vormittag freibekomme. Mein Boss Jimmy ist in letzter Zeit noch schlechter gelaunt als früher, deshalb kommt mir so ein bezahlter halber freier Tag gerade recht. Es ist sowieso egal. Heute wird hier niemand als Geschworener gebraucht. Der einzige Fall auf dem Plan diese Woche ist ein bewaffneter Raubüberfall mit Mord. Der Angeklagte wird sich auf einen Deal einlassen. Ich hab das nachgesehen."

„Oh. Das kannst du? Etwas zu einem Verfahren nachsehen?" Mir fiel das Telefongespräch in der Toilette wieder ein, und dass ich vor meinem Zusammenstoß mit Mr Miesepeter auf der Flucht gewesen war. Der geheimnisvolle Mann hatte von einem Verfahren gesprochen, bei dem es nicht zum Prozess kommen würde.

Grinsend beugte sie sich vor und flüsterte: „Was manche Menschen nicht wissen, macht sie nicht heiß." Dann setzte sie sich wieder aufrecht hin. „Was machst du beruflich?"

Meine Fantasie machte gerade Überstunden. Wie viele Mörder rannten denn in Henryetta frei herum? Seit Daniel Crockers Verhaftung hoffentlich keine mehr. „Was? Ach so, ich arbeite auf der Kfz-Zulassungsstelle."

Neely Kate zog die Nase kraus. „Igitt." Plötzlich riss sie erschrocken die Augen auf. „Ach du Sternenstaub und Strumpfgürtel! Das tut mir leid. Meine Momma sagt immer, ich hab keinen Funken Vernunft im Leib, weil ich immer genau das sage, was ich denke. Sie sagt, ich brauche einen inneren Filter."

Ich winkte ab. „Ist schon gut. Ich mag meinen Job auch nicht, und meine neue Chefin noch viel weniger. Obwohl ich gern was anderes machen würde, hab ich noch keine Ahnung, was das sein soll."

Sie legte mir eine Hand auf den Arm. „Ich versteh dich so gut. Ich arbeite in der Abteilung für Grundsteuer, das ist auch kein Zuckerschlecken, also mach dir keine Gedanken. Jeder hier im Gerichtsgebäude ist schwierig geworden, seit die Personalabteilung letztes Jahr verkündet hat, dass die Pensionskasse des Bezirks Fehlinvestitionen zum Opfer gefallen ist. Manche haben so getan, als wäre nichts passiert, aber erst letzte Woche haben sie offiziell bekannt gegeben, dass nichts mehr übrig ist."

Ihr Stirnrunzeln wandelte sich zu einem breiten Lächeln. „Aber ich heirate nächsten Monat. Siehst du?" Sie hielt mir ihre linke Hand vors Gesicht und zeigte mir ihren diamantenbesetzten Verlobungsring. „Und wenn ich erst verheiratet bin, dann kündige ich, deshalb brauche ich mir über meine Pension keine Gedanken zu machen." Neely Kate tätschelte meine Hand. „Und was ist mit dir? Bist du verheiratet?"

Ich schüttelte den Kopf. „Ich? Nein."

„Hast du einen Freund?"

Ich spürte, wie mir die Hitze ins Gesicht stieg. Ich hatte mich immer noch nicht an den Gedanken gewöhnt.

„Du wirst ja rot. Wie süß!"

Während ich meinen Absatz anklebte, redete Neely Kate weiter über ihren Verlobten, ihre Momma, das Haus, das sie kaufen wollte, ihre Katze, ihr Auto, ein totes Reh, das sie am Straßenrand gesehen hatte, und den Donut, der ihr auf der Fahrt zum Gericht in den Schoß gefallen war und einen Fleck hinterlassen hatte, als wäre ihr auf der Toilette ein Missgeschick passiert. Sie beugte sich vor, zog eine Augenbraue hoch und flüsterte: „Falls du verstehst, was ich meine."

Wäre sie nicht so goldig gewesen, hätte ich sie vermutlich nervig gefunden. Stattdessen war sie eine wunderbare Ablenkung. Ich hatte meine Vision vergessen und keine Zeit, wegen Joe traurig zu sein.

„Bitte alle mal zuhören!", rief Marjorie Grace von ihrem Platz am Eingang aus. „Ich habe gerade erfahren, dass heute ein Verfahren verhandelt wird und wir die Geschworenen aus den hier Versammelten auswählen sollen."

„Was?", flüsterte Neely Kate. „Diese Woche sollte es eigentlich keinen Prozess geben." Verschmitzt lächelnd drehte sie sich zu mir um. „Vielleicht kriege ich jetzt ja den ganzen Tag frei."

Sobald alle wieder Platz genommen hatten, stellte sich Marjorie Grace neben eine riesige Drahtkugel, die mit Zahlen gefüllt war, wie die Bingokugeln im Gemeindesaal. Marjorie Grace erklärte, dass sie Zahlen aufrufen würde, und wenn die mit der Nummer auf unserer Ladung übereinstimmten, dann gehörten wir zur Geschworenenauswahl. Das war jedoch nur der erste Schritt auf dem Weg zur Jury. Falls unsere Nummer aufgerufen wurde, sollten wir unsere Sachen nehmen und nach vorne kommen.

„Vierzehn."

Eine Frau stand auf und ging nach vorne.

„Siebenunddreißig. Vierundvierzig. Zweiundsiebzig."

Einer nach dem anderen reihten sich die Aufgerufenen neben der Tür auf.

„Zwölf."

„Oh!", rief Neely Kate erfreut, so als hätte sie einen Preis gewonnen. „Das bin ich!" Die Leute lachten, als sie sich an mir vorbeiquetschte. „War schön, dich kennenzulernen, Rose."

Immer mehr Leute wurden aufgerufen und ich war mir sicher, dass ich nicht dabei sein würde, obwohl es mir schon davor graute, Suzanne gegenüberzutreten.

„Neunundzwanzig."

Ich sah hinunter auf meine Ladung, um mich zu vergewissern, dass ich mich nicht irrte. Marjorie Grace hatte gerade meine Nummer aufgerufen.

„Nummer neunundzwanzig", wiederholte sie.

Ich nahm meine Handtasche und stand auf.

Sie lächelte. „Und damit wäre die Auswahl für den Jurypool vollständig. Alle anderen dürfen gehen."

Ich folgte den anderen Aufgerufenen in den Flur und versuchte, den Knoten in meinem Magen zu ignorieren. Ich hatte das ungute Gefühl, dass mein Tag tatsächlich noch schlimmer werden könnte.

Der Gerichtsdiener, Mr Spencer, führte uns in einen leeren Verhandlungssaal und ließ uns im Zuhörerraum Platz nehmen. Danach verteilte er Klemmbretter mit darauf befestigten Fragebögen.

„Beantworten Sie alle Fragen wahrheitsgemäß. Falls Sie lügen, wird Richter McClary das herausfinden und Sie wegen Meineid verhaften lassen."

Mehrere Köpfe schossen nach oben.

Mr Spencer fuhr fort: „Wir sammeln die Fragebögen ein, sobald alle fertig sind."

Die ersten Fragen waren ziemlich einfach. Mein Alter, mein Beruf. Dann musste ich schon länger überlegen: Waren Sie je Opfer eines Gewaltverbrechens? Falls ja, bitte erläutern.

Nachdem die Fragebögen eingesammelt worden waren, wurden wir in den Geschworenenraum zurückgeführt. Neely Kate setzte sich neben mich. „Mich werden sie keinesfalls nehmen, schließlich arbeite ich hier."

Eine Stunde später verkündete Marjorie Grace, dass wir zurück in den Verhandlungssaal gehen sollten.

Der Gerichtsdiener ließ uns in einer Reihe an der Wand aufstellen. „Die folgenden Geschworenen nehmen bitte dort im

Geschworenenstand Platz." Er machte eine Pause und musterte uns. „Das bedeutet nicht, dass Sie als Geschworener ausgewählt wurden, nur dass die Anwälte Ihnen weitere Fragen stellen möchten." Er sah hinunter auf sein Klemmbrett. „Vier, zwölf, dreiundzwanzig, neunundzwanzig, dreiunddreißig …"

Die restlichen Zahlen hörte ich schon gar nicht mehr, als ich hinüber zum Geschworenenstand ging. Ich hatte ganz schön Angst.

Sobald alle Platz genommen hatten, kamen einige Männer durch die Tür und setzten sich an die beiden Tische vor dem Platz des Richters. Einer davon war Mr Deveraux.

Der Knoten in meinem Magen wurde noch größer. Das konnte nicht gut ausgehen.

„Erheben Sie sich", verkündete der Gerichtsdiener, „für den Ehrenwerten Richter Benjamin McClary."

Ein Mann in mittleren Jahren mit von grauen Strähnen durchzogenen Haaren und einem plumpen Körperbau, der in der schwarzen Robe auch nicht besonders vorteilhaft wirkte, betrat den Raum durch eine Tür an der hinteren Wand. Sobald er sich gesetzt hatte, gab der Gerichtsdiener ein Zeichen, dass auch alle anderen Platz nehmen konnten.

Der Richter sah sich um und verschränkte die Hände. „Ich bin Richter McClary. Bitte entschuldigen Sie, dass ich Sie heute Morgen nicht begrüßen konnte, aber ich habe gehört, dass Gerichtsdiener Spencer für mich eingesprungen ist." Er nickte dem Gerichtsdiener zu und wandte seine Aufmerksamkeit dann wieder den Geschworenen zu. „Vielen Dank, dass Sie sich die Zeit genommen haben, Ihrer Bürgerpflicht nachzukommen. Ich bin sicher, dass es für manche von Ihnen nicht leicht war, aber seien Sie versichert, dass wir Ihre Bemühungen sehr zu schätzen wissen. Gut, dann werde ich Sie zuerst vereidigen."

Wir hoben die rechte Hand und wiederholten den kurzen Eid.

Ich wusste, dass ich nur eine potenzielle Geschworene war, aber das Vereidigen machte mich nervös.

„Ich werde Ihnen jetzt die Anwälte für diesen Fall vorstellen sowie den Angeklagten. Falls Sie eine dieser Personen kennen, heben Sie bitte die Hand und erklären Sie uns woher. Ich hoffe, ich muss Sie nicht daran erinnern, dass Sie unter Eid stehen und eine Lüge, entweder in Worten oder durch Auslassung, einen Meineid darstellt, der mit einer Haftstrafe belegt werden kann."

Einige der potenziellen Geschworenen wirkten eingeschüchtert.

„Der Erste ist Mr Mason Deveraux III., der Stellvertretende Bezirksstaatsanwalt von Fenton County, der in diesem Fall die Anklage vertritt. Kennt jemand hier Mr Deveraux oder hatte mit ihm zu tun?"

Ich wand mich auf meinem Stuhl und wusste nicht genau, was ich tun sollte. Vor heute Morgen hatte ich ihn noch nie getroffen, aber letztendlich hatte ich mit ihm geredet. Ob das zählte? Richter McClary hatte gesagt, ich könnte ins Gefängnis kommen, wenn ich etwas verschwieg, und ich war mir nicht sicher, ob Suzanne mir die Zeit im Bezirksgefängnis vom Urlaub abziehen würde. Ich biss mir auf die Lippe und hob die Hand.

Mr Deveraux fielen fast die Augen aus dem Kopf.

„Ja, Miss", sagte der Richter. „Welche Geschworene sind Sie?"

„Neunundzwanzig."

„Woher kennen Sie Mr Deveraux?"

„Wir wurden einander nicht offiziell vorgestellt."

Die Augen des Richters verdunkelten sich. „Das ist schon in Ordnung, schließlich sind wir hier nicht auf einem Debütantenball. Erzählen Sie uns einfach, woher Sie ihn kennen."

Ich versuchte, meinen rasenden Herzschlag zu beruhigen, aber das war sinnlos. Vielleicht war das doch keine so gute Idee gewesen. „Wir haben uns heute Morgen kennengelernt. Ich war spät dran zum Geschworenendienst, weil ich einen Strafzettel bekommen habe, und dann ist mein Absatz abgebrochen, und ich musste auf die Toilette …" Ich sah hinüber zu Richter McClary. „Ich schwöre, ich wollte nicht zu spät kommen, aber Old Matt vom Sicherheitsdienst hat mich aufgehalten, bis Officer Ernie da war, um das Abtasten zu bezeugen, damit ich ihn nicht wegen sexueller Belästigung verklage, obwohl ich ihm versprochen hatte, das nicht zu tun."

Der Richter zog die Brauen hoch.

„Also musste ich warten, bis Ernie auftauchte, und der Fahrstuhl war so langsam, und ich musste wirklich dringend auf die Toilette, und ich …" Ich entschloss mich, den Teil mit der Herrentoilette auszulassen. „Ich bin in Mr Deveraux hineingelaufen, wodurch seine

Dokumente über den ganzen Flur verstreut wurden." Ich sah zu ihm hinüber. Sein Gesicht hatte den gleichen Rotton angenommen wie die Paprikaschoten in Miss Mildreds Garten.

„Das war's?", fragte der Richter.

„Ja, Euer Ehren."

Sein Blick wanderte durch den Saal und er schien unsicher, was er sagen sollte. Er räusperte sich. „Obwohl ich Ihre Ehrlichkeit zu schätzen weiß, Miss, dachte ich doch eher an etwas Substanzielleres." Er sah sich um. „Noch jemand?"

Ein paar Leute hoben die Hand. Ein Mann war sein Nachbar. Eine Frau bediente ihn regelmäßig in dem Restaurant, in dem sie arbeitete. Als der Richter die beiden fragte, ob sie trotz ihrer Beziehung zu ihm unparteiisch sein könnten, verneinte das der Mann und wurde entlassen.

Als Nächstes wurde der Verteidiger vorgestellt, William Yates. Als der Richter fragte, ob ihn jemand kannte, warf er mir einen fragenden Blick zu. Um ganz sicher zu sein, sah ich mir Mr Yates genau an. Er war ein kleiner, älterer Mann mit dünnen, grau-braunen Haaren. Er blickte finster drein. Da ich ihn nie zuvor gesehen hatte, erwiderte ich Richter McClarys Blick nur mit einem angespannten Lächeln. Mehrere potenzielle Geschworene hoben die Hand und behaupteten, dass sie Mr Yates kannten und auf keinen Fall unparteiisch sein könnten. Der Richter entließ auch sie.

„Das Mordopfer ist ein gewisser Frank Mitchell. Er war der Leiter der Abendschicht im Baumarkt. Hat jemand von Ihnen Mr Mitchell gekannt oder hatte irgendetwas mit ihm zu tun, sodass Ihre Unvoreingenommenheit infrage gestellt wäre?"

Niemand hob die Hand.

„Und das hier ist der Angeklagte, Bruce Wayne Decker. Mr Decker wird schwerer Raub und Mord mit bedingtem Vorsatz vorgeworfen. Er wird angeklagt, Frank Mitchell in Archers Baumarkt nach Ladenschluss ermordet zu haben. Sehen Sie sich Mr Decker genau an. Kennen Sie ihn oder kommt er Ihnen bekannt vor?"

Bruce Wayne Decker war ungefähr Mitte zwanzig, und obwohl er ein Hemd und einen Schlips trug, verriet die Art und Weise, wie er am Kragen zog, dass er nicht an diesen Aufzug gewöhnt war. Mr Decker hatte einen wilden Blick in den Augen, und seine rechte

Hand zuckte. Als ihm klar wurde, dass wir ihn alle anstarrten, versteckte er seine Hände im Schoß.

Sowohl der Richter als auch Mr Deveraux sahen mich an, aber um mich mussten sie sich keine Sorgen machen. Von den vierzig potenziellen Geschworenen hoben etwa fünfzehn die Hand. Ziemlich viele gaben zwar nur ungenau an, woher sie Mr Decker kannten, aber die Frage nach der Unvoreingenommenheit verneinten sie alle. Der Richter erklärte ihnen, dass sie gehen konnten.

Mr Deveraux wirkte verärgert. Die Zahl der potenziellen Geschworenen schrumpfte schnell.

Richter McClary erklärte, dass man uns als Nächstes Fragen zu unseren Angaben in den Fragebögen stellen würde. Ich Glückspilz war als Erste dran.

Mr Yates stand auf. „Ms Gardner." Er sah mich über den Rand seiner Lesebrille hinweg an. „Sie haben angegeben, dass Sie das Opfer eines Gewaltverbrechens waren."

Ich schluckte. „Ja, Sir."

Er warf einen Blick auf das Blatt in seiner Hand. „Sie waren an der Zerschlagung des Marihuana-Rings vor etwa einem Monat beteiligt, der auch mit gestohlenen Autoteilen handelte." Er sah wieder auf.

Ich nickte.

„Miss, Sie müssen laut antworten, damit die Gerichtsschreiberin Ihre Antwort dokumentieren kann." Der Richter deutete auf eine Frau, die am Rand saß.

„Ja, Euer Ehren."

„War das ein ‚Ja', Sie waren daran beteiligt?"

„Ja, Sir."

Mr Yates räusperte sich. „Sie haben das hier nicht sehr ausführlich erläutert. Könnten Sie uns Ihre Beteiligung ein wenig genauer erklären?"

Ich erzählte ihm, dass Daniel Crocker mich für einen bezahlten anonymen Informanten gehalten hatte, der ihm nun die versprochenen Informationen nicht geben wollte. Und dass mein Nachbar, ein Undercover-Polizist, derselben Ansicht gewesen war. Meineid hin oder her, ich ließ vieles aus. Er würde mir sowieso niemals glauben, dass meine Visionen mich überhaupt erst in den ganzen Fall verwickelt hatten.

Mr Yates saß mit verschränkten Armen auf der Tischkante und musterte mich. „Ms Gardner, da Sie Opfer eines Gewaltverbrechens gewesen sind, halten wir es für unmöglich, dass Sie unvoreingenommen sein können. Das soll keine Bewertung Ihres Charakters darstellen. Wir halten es für das Beste, wenn Sie eine Teilnahme an diesem Fall wegen Befangenheit ablehnen würden."

Mein Gesicht brannte. Ich hatte mich wohl verhört. „Wie bitte?"

Mr Yates beugte sich vor und betonte jedes Wort einzeln. „Befangenheit bedeutet, dass Sie Ihre Teilnahme an diesem Fall ablehnen, weil Sie nicht unvoreingenommen urteilen können."

Das traf mich sehr. „Ich weiß, was Befangenheit bedeutet. Was ich nicht verstehe, ist, warum Sie glauben, dass ich nicht unvoreingenommen urteilen kann."

„Das habe ich Ihnen bereits erklärt."

„Dann habe ich es offensichtlich nicht verstanden. Vielleicht sollten Sie es mir noch einmal erklären."

Aus dem Augenwinkel sah ich Mr Deveraux grinsen, während er sich intensiv auf die Dokumente auf dem Tisch vor ihm konzentrierte.

„In Ordnung, Ms Gardner." Mr Yates stand auf und kam zu mir herüber. „Mein Mandant ist wegen bewaffneten Raubs und Mordes angeklagt. Da Sie das Opfer eines Angriffs waren und Ihre Mutter ermordet wurde, habe ich große Schwierigkeiten zu glauben, dass Sie seinen Fall vorurteilsfrei anhören können. Wären Sie nicht eher geneigt, ihn aufgrund Ihres eigenen Martyriums für schuldig zu befinden und eine härtere Strafe zu empfehlen?"

Die Tatsache, dass ich gerade den schlimmsten Vormittag aller Zeiten hinter mir hatte, half nicht gerade dabei, alles zu unterdrücken, was ich diesem kurzsichtigen, arroganten Mann gern an den Kopf geworfen hätte. Aber alle Augen im Saal waren auf mich gerichtet und jeder wartete auf meine Antwort. Mit Ausnahme von Mr Deveraux, der aussah, als ob ihm irgendetwas im Hals stecken geblieben war. Aber so einfach wollte ich mich nicht niedermachen lassen.

Deshalb setzte ich ein süßliches Lächeln auf und blickte dem Verteidiger direkt in die Augen. „Entschuldigen Sie, Mr Yates, ich dachte, dass Mr Decker unschuldig ist, bis das Gegenteil bewiesen wird. Oder wollen Sie damit sagen, dass er es nicht ist?"

Mr Deveraux brach in einen Hustenanfall aus, während der halbe Gerichtssaal lachte.

Richter McClary klopfte mit seinem Hammer. „Ruhe im Gerichtssaal. Beruhigen Sie sich, meine Damen und Herren." Dann wandte er sich an mich. „Ms Gardner." Mein Name klang wie ein tiefer Ausatmer. „Sie müssen Mr Yates' Bedenken verstehen."

„Das tue ich, Euer Ehren, aber er muss auch meine verstehen. Obwohl ich noch nie eine Geschworene war, hatte ich bisher immer den Eindruck, dass der Angeklagte unschuldig ist, solange nicht zweifelsfrei das Gegenteil bewiesen werden kann. Ist es nicht die Aufgabe der Geschworenen, sich die Beweise anzuhören und eine Entscheidung anhand des Präsentierten zu fällen?"

„Nun, ja …"

„Wie kann ich Vorurteile gegenüber dem Angeklagten haben, wenn ich glaube, dass er bis zum Beweis des Gegenteils unschuldig ist?"

„Auch wenn Sie das vielleicht glauben, Ms Gardner", sagte Mr Yates. „Aber sobald die Beweisaufnahme beginnt und wir über Tatorte und Zeugenaussagen sprechen, werden Erinnerungen an Ihre eigene unglückliche Erfahrung wach, und dann können Sie sich nur noch schwer auf den vorliegenden Fall konzentrieren. Dafür müssen Sie sich nicht schämen. Keiner von uns denkt schlecht von Ihnen, wenn Sie den Geschworenendienst in diesem Fall ablehnen."

„Ich bin stärker, als ich aussehe, Mr Yates, und ich habe zu keinem Zeitpunkt gesagt, dass ich das tun werde."

„Ms Gardner …"

Ich hob das Kinn. „Nein."

Mr Yates drehte sich zum Richter um, die Hände an den Seiten zu Fäusten geballt. „Euer Ehren!"

Richter McClary stützte sich auf die Ellbogen und rieb sich mit der Hand über die Stirn. „Ms Gardner. Niemand zweifelt Ihre Stärke an, aber wenn die Beweisaufnahme beginnt, kommt es bei Ihnen vielleicht zu Angstgefühlen oder Feindseligkeit gegenüber dem Angeklagten."

„Und beim nächsten Gewitter könnte ich möglicherweise vom Blitz erschlagen werden, aber das bedeutet nicht automatisch, dass es auch passiert."

Der Richter rieb sich über die Augen und sah dann mit einem gequälten Gesichtsausdruck auf. „Ms Gardner, vielleicht wäre es tatsächlich im besten Interesse aller, wenn Sie eine Teilnahme an diesem Fall wegen Befangenheit ablehnen würden."

„Euer Ehren, mit allem gebotenen Respekt, aber Sie bitten mich gerade zu lügen, während Sie mir noch vor ein paar Minuten gesagt haben, dass das einem Meineid gleichkommt."

Frustriert zog der Richter die Augenbrauen hoch und warf Mr Yates einen Blick zu. „Ich könnte sie zwar für Missachtung des Gerichts ins Gefängnis stecken, aber zum Verzicht kann ich sie nicht zwingen. Und wenn man davon ausgeht, dass sie glaubt, für den Ablehnungsgrund lügen zu müssen, sind mir die Hände gebunden. Wenn Sie sie nicht unter den Geschworenen haben wollen, Mr Yates, dann schreiben Sie sie doch einfach auf ihre Ausschlussliste."

Die Entscheidung des Richters schien Mr Yates aus dem Konzept zu bringen. Er setzte sich, klopfte mit seinen Papieren auf den Tisch und stellte dann einem anderen Geschworenen eine Frage. Mr Deveraux neigte den Kopf und warf mir einen Blick zu. Die Geringschätzung in seinen Augen war durch etwas ersetzt worden, das ich nicht so recht zu deuten wusste.

Die Stimmen um mich herum verschwammen zu einem Gemurmel und meine Hände begannen, in meinem Schoß zu zittern. Ich konnte kaum glauben, dass ich Mr Yates die Stirn geboten hatte. Was war nur innerhalb der letzten anderthalb Monate mit mir passiert?

Nachdem die Anwälte ihre Fragen gestellt hatten, verließen wir den Verhandlungssaal und gingen zurück in den Geschworenenraum, wo wir auf die Ankündigung warteten, wer letztendlich in die Jury berufen werden würde. Wobei ich mir da keine Gedanken machen musste. Auch wenn nur noch sechzehn potenzielle Geschworene übrig waren, würde ich keinesfalls zu den zwölf gehören, die letztendlich am Prozess teilnehmen würden. Plus einem Ersatzmann.

Neely Kate war bereits während der Befragung fortgeschickt worden, deshalb hatte ich niemanden, um mich abzulenken. Stattdessen dachte ich an Joe. Ich fragte mich, um welche Stelle er sich wohl beworben hatte, und Schuldgefühle überkamen mich. Es kam mir unfair vor, dass er seinen Arbeitsplatz wechseln musste, um näher bei mir zu sein, während ich nicht einmal darüber nachdenken wollte, ihm zuliebe umzuziehen. Aber das stimmte ja nicht. Ich hatte darüber nachgedacht, aber jedes Mal hatte mich die Angst fest im Würgegriff, wie eine Boa constrictor.

Zum Glück war ich heute zum Abendessen bei Violet eingeladen. Ich wollte den Abend nicht allein verbringen.

Nach etwa einer Stunde erschien der Gerichtsdiener. „Die folgenden Geschworenen nehmen bitte ihre Sachen und folgen mir: fünf, vierzehn, zweiundzwanzig, neunundzwanzig, dreiunddreißig …"

Ich war wie betäubt. Er hatte meine Nummer aufgerufen.

„Der Rest kann gehen."

Auf dem Weg zur Tür blieb ich an Marjorie Graces Schreibtisch stehen. „Entschuldigung, aber ich glaube, da ist ein Fehler passiert. Der Gerichtsdiener hat meine Nummer aufgerufen."

„Oh nein, das war kein Fehler. Wenn Ihre Nummer aufgerufen wurde, dann sind Sie als Geschworene ausgewählt worden."

Überrascht schüttelte ich langsam den Kopf. „Oh nein. Auf keinen Fall haben die mich ausgesucht."

Marjorie Grace warf einen Blick hinüber auf die Gruppe, die gerade den Raum verließ. „Beeilen Sie sich. Zweimal sollten Sie lieber nicht zu spät kommen." Lächelnd zwinkerte sie mir zu.

Ich beeilte mich, um die anderen Geschworenen einzuholen. Ich hatte keine Ahnung, warum man mich ausgewählt hatte, aber eine innere Stimme sagte mir, dass es etwas mit Mr Deveraux' Grinsen im Verhandlungssaal zu tun haben musste.

KAPITEL 4

Rechts von mir saß ein dicker Mann, der roch, als hätte er sich seit Clintons Regierungszeit nicht mehr gewaschen. Und damit meinte ich seine Amtszeit als Gouverneur, nicht als Präsident. Die ältere Frau zu meiner Linken duftete intensiv nach Rheumasalbe und Katzenfutter. Nur mühsam konnte ich dem Drang widerstehen, mir mit der Hand vor dem Gesicht herumzuwedeln. Die Klimaanlage war kaputt und eine erdrückende Hitze erfüllte den Raum.

Nachdem der Gerichtsdiener die Geschworenen vereidigt hatte, warf uns der Richter einen strengen Blick zu. „Während des Verfahrens ist den Geschworenen nicht gestattet, mit irgendjemandem über diesen Fall zu sprechen. Sie dürfen keine Nachforschungen jeglicher Art anstellen, das gilt auch für Internetsuchen oder Besuche am Tatort. Falls Sie sich nicht an die Vorschriften halten, kann Ihnen Missachtung des Gerichts vorgeworfen werden, was zu einer Haftstrafe führen kann."

Schon wieder die Androhung von Gefängnis. Mir war bisher gar nicht klar gewesen, wie gefährlich es war, Geschworene zu sein.

Mr Deveraux ging mit hinter dem Rücken verschränkten Händen vor dem Geschworenenstand auf und ab. Auf seiner Stirn hatten sich

Schweißperlen gebildet, sein Gesicht war leicht gerötet. Er hatte sein Jackett ausgezogen, aber die Krawatte umbehalten.

Müde von der Hitze und einer schlaflosen Nacht mit Joe wurden mir die Augenlider schwer. Ich konzentrierte mich auf das rhythmische Klopfen von Mr Deveraux' Fingern auf seine offene Handfläche.

„So eine Farce dürfen wir nicht erlauben!", rief er.

Erschrocken zuckte ich zusammen.

Er warf einen gereizten Blick in meine Richtung und setzte seine Rede fort, in der er uns mitteilte, dass Mr Decker eine Gefahr für die Gesellschaft sei. Es sei unsere Pflicht, ihn davon abzuhalten, weitere ahnungslose Bürger zu verletzen.

Aus den Augenwinkeln beobachtete ich Mr Decker. Er war schlank und eher klein. Die Bräunungsstreifen an Nacken und Wangen ließen darauf schließen, dass er seine akkurat geschnittenen dunkelbraunen Haare normalerweise anders trug. Unruhig rutschte er auf dem Stuhl herum, sodass ihm sein Anwalt einen finsteren Blick zuwarf. Mr Decker blieb jetzt ruhig sitzen und sah auf, wobei er meinen Blick auffing. Seine spitze Nase, die winzigen Augen und die Art und Weise, wie sein Mund zuckte, erinnerten mich an eine Maus. Ich konnte ihn mir kaum als Mörder vorstellen.

Mr Deveraux blieb stehen und sah nacheinander jeden Geschworenen einzeln an. Sein Blick blieb an mir hängen und wanderte dann schnell weiter zur Katzenlady zu meiner Linken.

„Ihre Aufgabe ist einfach. Hören Sie sich die Beweislage an und ziehen Sie daraus eine logische Schlussfolgerung." Sein Blick heftete sich auf mich.

Warum starrte er mich an?

„Danke." Er ging zu seinem Tisch zurück, nahm seine Papiere auf und klopfte damit auf den Tisch. Sein Assistent beugte sich zu ihm und flüsterte ihm etwas ins Ohr.

Mr Yates stand auf und zupfte am Aufschlag seines grauen Anzugs herum. Dann richtete er seine Krawatte. „Meine Damen und Herren Geschworenen." Er marschierte parallel zu Mr Deveraux' Route, als wäre dessen Weg verseucht. „Der Bundesstaat bringt meinen Mandanten aufgrund von Indizienbeweisen mit dieser Tat in Verbindung. Mr Decker ist zwar vorbestraft, ich werde Ihnen jedoch aufzeigen, dass er bisher lediglich minderschwere Straftaten begangen hat. Mein Mandant hat keine Gewaltverbrechen verübt, weil er dazu gar nicht fähig ist."

Ich wusste, dass ich den Fall aufgrund der präsentierten Beweise beurteilen sollte, aber ich musste zugeben, dass ich dem Verteidiger zustimmte. Mr Decker legte vorsichtig die Hand auf den Tisch und berührte den leeren Notizblock vor sich, als hätte er Angst, sich am Papier zu schneiden.

Als sich Mr Yates wieder hinsetzte, verkündete der Richter eine eineinhalbstündige Mittagspause. „Und hoffentlich funktioniert diese vermaledeite Klimaanlage danach wieder!", knurrte er.

Marjorie Grace wies uns an, um ein Uhr fünfundzwanzig zurück zu sein, und wir verließen den Geschworenenraum in einem sich langsam bewegenden Rudel. Die Hitze schlug mir entgegen, noch bevor ich durch die Tür trat. Mir blieb der Atem im Hals stecken. Kein Wunder, dass es im Verhandlungssaal so unglaublich stickig gewesen war.

Ich wusste noch nicht genau, was ich mit meiner Mittagspause anfangen sollte. Angesichts von Muffys morgendlichen Verdauungsproblemen sollte ich vermutlich nach Hause gehen und sie rauslassen, aber der Gedanke an den Weg zu meinem drei Blocks entfernt stehendem Auto erschien mir wie ein Marsch durch die Sahara. Außerdem würde es mich nur traurig machen, wenn ich jetzt nach Hause ging. Ohne Joe war es unerträglich still dort. Merilees Café schien die beste Option zu sein – es lag auf der anderen Straßenseite und dort war es vermutlich kühler als im Gerichtsgebäude. Unterwegs rief ich die Zulassungsstelle an, um Suzanne mitzuteilen, dass ich keine Ahnung hatte, wann ich wieder zur Arbeit kommen könnte. Ich dankte meinem Glücksstern, dass nur die Mailbox ranging, obwohl sie mir ihre Meinung später ganz sicher noch deutlich sagen würde.

Als ich das Café betrat, merkte ich, dass andere auf dieselbe Idee gekommen waren. Am Eingang stand eine Reihe von Menschen in Bürokleidung und wartete auf einen freien Tisch. Ich wollte gerade wieder gehen, als ich jemanden meinen Namen rufen hörte. Neely Kate saß allein an einem winzigen Tisch für zwei Personen und winkte mir fröhlich zu. „Rose! Komm und setz dich zu mir!"

Ich schob mich durch die Menge und hob meine Haare an, um etwas Luft an mein Gesicht zu lassen. Im Restaurant waren so viele Menschen, dass es fast genauso warm war wie im Gericht. Ich setzte mich ihr gegenüber und stieß einen schweren Seufzer aus.

„Es ist heißer als ein Pfannkuchen in der Pfanne." Neely Kate nahm die laminierte Speisekarte. „Brauchst du die?"

Ich nickte. Bei Merilee gab es keine besonders große Auswahl und die meisten Gäste wussten bereits, was sie wollten, ehe sie sich hinsetzten. Da ich jedoch seit Daddys Tod vor ein paar Jahren nicht mehr hier gewesen war, musste ich mich erst mal wieder mit der Speisekarte vertraut machen.

„Ich hab gehört, dass man dich als Geschworene ausgewählt hat."

Mit offenem Mund sah ich von der Karte auf. „Woher …"

Grinsend neigte sie den Kopf zur Seite. „Ich hab so meine Quellen."

„Oh."

„Seien wir mal ehrlich, die Arbeit in der Abteilung für Grundsteuer ist elend langweilig und es ist nicht so schwierig, an Informationen zu gelangen. Ich halte einfach meine Ohren offen." Sie tippte sich ans Ohrläppchen, um ihre Worte zu unterstreichen. „Du wärst überrascht, was sich die Leute alles erzählen, wenn sie glauben, dass niemand zuhört."

„Und so hast du auch von dem Fall heute Morgen erfahren?"

„Genau."

Die Kellnerin nahm meine Bestellung auf und ging wieder.

Neely Kate verschränkte die Hände auf dem Tisch. „Ich hab gehört, dass du einen Zusammenstoß mit Mason Deveraux hattest."

Ich zögerte. Eigentlich sollte ich über niemanden mit dem Fall sprechen, aber das war ja nicht das Gleiche, wie über Mr Deveraux zu sprechen, oder? „Ja, ich bin buchstäblich in ihn hineingerannt."

„Ich hab auch gehört, dass du ihm die Meinung gegeigt hast."

„Aber woher … Außer uns war niemand im Flur …"

„Ich hab dir doch gesagt, ich hab meine Quellen." Sie machte eine vage Handbewegung. „Stelle meine Methoden nicht infrage."

Vierundzwanzig Jahre lang hatte ich Dinge gewusst und die Leute hatten jede Silbe, die aus meinem Mund kam, angezweifelt. Und Neely Kate, die Dinge wusste, die niemand wissen konnte, saß einfach da und verlangte selbstbewusst von mir, das einfach so zu akzeptieren.

Ich mochte sie jetzt schon.

„Ja, er war ziemlich schnippisch."

„Ich hab gehört, dass er immer so ist. Er ist der neue Stellvertretende Staatsanwalt, aber über die Versetzung nach Henryetta nicht besonders erfreut. Er hatte eine Stelle in Little Rock beim Gericht des Bundesstaates. Irgendwas ist dort vorgefallen, aber das ist so topsecret, dass nicht mal ich es herausbekommen kann. Jetzt sitzt er hier in Fenton County fest und lässt seinen Unmut darüber an allen aus. Vermutlich kann man ihm nicht mal einen Vorwurf machen. Ich würde selbst alles dafür geben, hier zu verschwinden."

Ich zuckte mit den Schultern. So ähnlich hatte ich auch mal gedacht.

„Sein Name ist Mason Van de Camp Deveraux der Dritte. Kannst du dir vorstellen, einen so schrecklichen Namen zu haben? Kein Wunder, dass er immer so mies gelaunt ist. Jedenfalls hat er erst etwa vor einem Monat hier angefangen. Ungefähr zu der Zeit, als sie diesen Verbrecherring hochgenommen haben."

Ich kniff die Lippen zusammen, aber mein schuldbewusster Blick fiel Neely Kate auf. Sie quiekte und deutete mit dem Finger auf mich. „Rose! Rose *Gardner*! Ach du Sternenstaub und Strumpfgürtel! Das bist du! Wieso hab ich das nicht gleich gemerkt?" Sie schlug sich theatralisch die Hand vor den Mund, ließ sie aber genauso schnell wieder fallen. „Hast du wirklich deine tote Mutter auf dem Sofa gefunden?"

Ich wollte sie erst fragen, wie es sein konnte, dass sie das nicht wusste, aber vermutlich wusste sie es sehr wohl. Sie wollte lediglich die Geschichte aus erster Hand hören. Peinlich berührt spielte ich mit einem Zuckerpäckchen herum. „Na ja, da gibt es eigentlich nicht viel zu erzählen."

Sie legte eine Hand auf meine. „Es tut mir so leid, Rose. Jetzt hab ich mich schon wieder in Dinge eingemischt, die mich überhaupt nichts angehen."

Ihre Ehrlichkeit rührte mich zutiefst und ich fragte mich, ob wir Freundinnen werden könnten. „Nein, darum geht es nicht. Wirklich.

Es ist nur so, dass ich außer mit Joe mit noch niemandem darüber gesprochen habe. Nicht mal mit meiner Schwester."

„*Wirklich?*"

Ich zuckte mit den Schultern.

„Du bist eine Art Berühmtheit. Du gehörst zu den wenigen, die die Polizei von Henryetta bezwungen haben."

„Was meinst du denn damit?"

Ihre Augen wurden groß. Ich fand, sie hätte eher an den Broadway gehört als nach Fenton County. „Sobald die beschlossen haben, dass jemand schuldig ist, kann sie nichts und niemand mehr davon abbringen. Aber du hast ihnen das Gegenteil bewiesen, ganz abgesehen davon, dass du mitgeholfen hast, eine Verbrecherbande zu schnappen, die direkt unter ihrer Nase operiert hat."

Kein Wunder, dass mich Officer Ernie so sehr hasste.

„Ich hab fast nichts gemacht. Das meiste davon war Joe."

Sie zog mit begeisterter Miene die Augenbrauen hoch. „*Joe*? Ich sehe doch, wie deine Augen strahlen, wenn du seinen Namen aussprichst. Er ist dein Freund, oder? Los, erzähl schon!"

Den Rest meiner Mittagspause verbrachte ich damit, ihr von Mommas Ermordung und meiner Wunschliste zu erzählen, und wie Joe mir geholfen hatte, obwohl er mich anfangs für die Erpresserin gehalten hatte. Und ich erzählte ihr von Daniel Crocker und dem USB-Stick. Ich erzählte ihr sogar von Hilary, Joes ehemaliger Freundin, die ebenfalls für die State Police arbeitete, und meiner Eifersucht auf sie.

„Warum bist du denn eifersüchtig?", fragte Neely Kate und schleckte genüsslich den Schokoladenpudding von ihrem Löffel. Ich hatte so den Verdacht, dass sie alles leicht übertrieben tat.

„Na ja …" Es war mir unangenehm, so ein hässliches Gefühl einzugestehen. Was hatte mich denn bloß geritten? Kein Wunder, dass Neely Kate so viel wusste. Sie hatte eine Art, bei der die Leute die angeborene Zurückhaltung vergaßen und einfach sagten, was ihnen in den Sinn kam. „Sie ist sehr hübsch. Und offensichtlich klug."

„Du bist auch hübsch. Und du musst klug sein, wenn du heute nicht nur Mason Deveraux III. in die Schranken gewiesen hast, sondern auch noch Mr Yates." Sie schüttelte erstaunt den Kopf.

„Wenn du so weitermachst, Rose Gardner, wirst du noch zu einer Legende in dieser Stadt."

Ich wurde rot.

Sie lachte. „Ich hab keine Ahnung, worüber du dir Sorgen machst. Wenn dein Joe mit Hilary zusammen sein wollte, dann wäre er bei ihr, nicht bei dir."

„Aber sie haben eine gemeinsame Vergangenheit."

Lachend tätschelte sie meine Hand. „Ihr auch! Wie viele Paare heben gemeinsam eine Verbrecherorganisation aus?"

Ich lächelte dankbar, bis ich die ersten Anzeichen einer nahenden Vision spürte. *Oh nein.* Ich betrat ein Büro und ein Mann rief: „Wo warst du, Neely Kate? Du hast zehn Minuten Verspätung!"

„Du kriegst Ärger, weil du zu spät zurück zur Arbeit kommst", platzte ich heraus, als die Vision abklang.

Neely Kate kicherte. „Das weiß doch jeder! Ich kriege jeden Tag Ärger." Sie zog ein strassbesetztes Portemonnaie hervor und legte Geld auf den Tisch. „Der Prozess wird vermutlich die ganze Woche dauern. Möchtest du morgen Mittag wieder hier mit mir essen?"

Ich nickte und war froh, dass sie nicht ausgeflippt war wegen meiner Vision. „Ja, gerne."

„Super!", rief sie und sprang auf. „Wir sehen uns morgen, Rose."

Als sie aus dem Café eilte, machten die Leute ihr Platz, als wäre sie ein Filmstar. Neely Kate war eine Größe, mit der man rechnen musste.

Um ganz sicherzugehen, betrat ich das Geschworenenzimmer zehn Minuten zu früh. Marjorie Grace saß am Schreibtisch, in einer Hand einen Taschenspiegel, und frischte ihren Lippenstift auf. Lächelnd sah sie zu mir herüber.

Ich gab ihr die Tube Superkleber zurück. „Vielen Dank dafür. Ich glaube, ich hatte den schlimmsten Vormittag aller Zeiten."

Sie lachte und steckte den Lippenstift in ihre Handtasche. „Ich hab von Ihrem Zusammenstoß mit Mr Deveraux im Flur gehört."

Das Blut schoss mir in die Wangen. „Woher wissen bloß alle davon?"

„Maria vom Reinigungsteam war in der Damentoilette und hat alles gehört."

So viel zu Neely Kates Superkräften.

„Kein Wunder, dass Sie über Ihre Wahl zur Geschworenen überrascht waren."

„Haben Sie auch von meiner Konfrontation mit Mr Yates gehört?"

Ihr blieb der Mund offen stehen.

Das hieß vermutlich nein, also erzählte ich es kurz. Als ich fertig war, brach sie in einen Lachanfall aus und Tränen liefen ihr übers Gesicht. „Ich hätte alles dafür gegeben, das zu sehen! Der Mann ist eine echte Nervensäge." Lachend schlug sie die Hand vor den Mund und sah sich um, ob sie jemand gehört hatte. Außer uns waren nur ein paar andere Geschworene im Raum, und die hatten sich um den Ventilator in der Ecke geschart. Marjorie Grace senkte die Stimme und zwinkerte mir zu. „Aber von mir haben Sie das nicht."

Ich hielt abwehrend die Hände hoch. „Ich hab überhaupt nichts gehört."

„Sehr schön." Sie senkte den Kopf. „Er hasst seine Arbeit und stand schon kurz vor der Pensionierung, als ihm mitgeteilt wurde, dass er keine Pension erhalten wird."

„Warum denn nicht?"

„Er ist Pflichtverteidiger und arbeitet für den Bezirk. Da verdient man sowieso schon nicht allzu viel und dann hat er auch noch erfahren, dass alle Pensionsgelder futsch sind … Sagen wir mal so, seitdem ist seine Laune im Keller."

Fünfzehn Minuten später betraten wir den Verhandlungsraum. Die Hitze war so intensiv, dass ich mir vorkam wie Schadrach, Meschach oder Abed-Nego auf dem Weg zum Feuerofen. Allerdings hatte ich den Verdacht, dass Gott keinen Engel zu meiner Rettung schicken würde. Die gekippten Fenster brachten ebenso wenig Abkühlung wie die inzwischen im Saal verteilten Ventilatoren. Der Raum war schlicht zu groß, weshalb die heiße Luft nur umhergewirbelt wurde, sodass es sich anfühlte, als säßen wir in einem riesigen Umluftherd.

Mr Deveraux und sein Assistent hatten ihre Jacken ausgezogen und die Krawatten abgelegt, genauso wie Mr Decker und sein Anwalt. Richter McClarys Gesicht war gerötet und sein rundlicher

Körper steckte immer noch in der schwarzen Robe. Ich machte mir Sorgen, dass er gleich einen Hitzschlag erleiden würde.

Nachdem der Richter durch einen Schlag mit seinem Hammer die Sitzung wieder eröffnet hatte, warf er ihn quer über seinen Tisch. „Hier ist es sogar noch heißer als vor der Mittagspause. Ich hätte nicht gedacht, dass das überhaupt möglich ist. Wie heiß ist es hier drin, Spencer? Wie hoch ist die Temperatur?"

Der Gerichtsdiener sprang auf. „Ich weiß es nicht, Euer Ehren."

„Dann finden Sie es heraus! Diese Bedingungen sind unmenschlich."

Da musste ich ihm zustimmen.

Gerichtsdiener Spencer flüsterte einem in der Nähe stehenden Deputy etwas ins Ohr. Daraufhin verließ dieser eilig den Raum.

„Wir tun, was wir können, um diesen Prozess voranzubringen", sagte der Richter. „Rufen Sie Ihren ersten Zeugen auf!"

Mr Deveraux runzelte die Stirn und stand auf. „Die Anklage ruft Detective Kurt Taylor in den Zeugenstand."

Die Hintertüren des Saals öffneten sich und der Detective, der fest davon überzeugt gewesen war, dass ich meine Mutter umgebracht hatte, kam herein. Sein Anblick verursachte mir eine Gänsehaut und ich musste mich daran erinnern, dass ich hier nicht vor Gericht stand und somit nichts zu befürchten hatte. Nachdem Detective Taylor vereidigt worden war, nahm er im Zeugenstand Platz. Mr Deveraux marschierte vor ihm auf und ab und stellte Fragen. Offensichtlich konnte der Mann nicht stillstehen.

„Was haben Sie vorgefunden, als Sie am 19. April am Tatort eintrafen?"

Detective Taylor räusperte sich. „Ich kam um 23:41 Uhr am Tatort an und stellte fest, dass der Notausgang an der Rückseite des Gebäudes offenstand. Beim Eintreten entdecke ich das Opfer, das später als Frank Mitchell identifiziert wurde, in der Nähe der Bürotür. Es lag in einer Blutlache auf dem Boden. An seiner rechten Schläfe befand sich eine konkave Wunde."

„Haben Sie die Mordwaffe am Tatort gefunden?"

„Nein."

Mr Deveraux wandte sich an den Richter. „Euer Ehren, die Anklage möchte das Beweisstück A-1 präsentieren, ein Foto des Opfers am Tatort."

Die Katzenlady zu meiner Linken, auch als Mrs Baker bekannt, hörte auf, sich mit ihrem aus einem Papier gefalteten Fächer Luft zuzuwedeln und riss in freudiger Erwartung die Augen auf.

Ein Bild des Opfers wurde auf einem Bildschirm an der Wand gezeigt. Mr Mitchell lag inmitten einer dunklen Lache auf einem Betonboden, umgeben von PVC-Verbindungsstücken und Rohren. Seine Augen waren geöffnet und starrten ins Nichts, sein Mund zu einer komischen Grimasse verzerrt.

Der Anblick von Momma auf unserem alten Sofa schoss mir durch den Kopf. Sie hatte im Dunkeln gesessen, mit einem gänseeigroßen Loch im Schädel; die Wände und Möbel um sie herum waren von Blutspritzern bedeckt gewesen. Vielleicht hatte Mr Yates ja recht gehabt, dass die Beweisführung mich zu stark mitnehmen würde. Aber da sah ich, dass er mich beobachtete, und drückte den Rücken durch, obwohl ich das Gefühl hatte, mich gleich übergeben zu müssen. Beruhigenderweise sahen die Hälfte der Geschworenen auch so aus, als ob sie ihr Mittagessen gleich wieder von sich geben würden.

„Haben Sie sonst noch etwas gefunden?"

„Einen offenen Safe, aus dem eine geringe Menge Bargeld fehlte."

Der Deputy kam mit einem weißen Kästchen herein. Nach wenigen Sekunden piepte es mehrmals.

„Was in aller Welt ist das denn für ein Lärm?", knurrte der Richter.

Gerichtsdiener Spencer ließ die Schultern sinken. „Ein Thermometer, Euer Ehren."

„Und? Wie heiß ist es?"

„Zweiunddreißig Komma acht Grad."

Richter McClary fluchte leise. „Mr Deveraux, setzen Sie Ihre Befragung fort. Mr Yates, Sie können den Zeugen morgen früh befragen. Hier drin ist es ja zu heiß zum Denken!"

„Ja, Euer Ehren."

Mr Deveraux' runzelte die Stirn. Ein Wunder, dass sein Gesicht diesen Ausdruck nicht schon längst dauerhaft angenommen hatte, schließlich tat er das fast den ganzen Tag über. „Haben Sie noch etwas anderes entdeckt, Detective Taylor?"

„Ja, eine kleine Anstecknadel mit einem Hund und einem Vogel auf einem Baum."

Mit einem Schlag fiel mir wieder meine Vision aus der Toilette ein.

Mach dir keine Gedanken, Felix. Sie werden nie rauskriegen, wem diese Reversnadel gehört hat. Wie viele Nadeln haben als Motiv einen Hund, einen Vogel und einen Baum?

Wir kommen ungeschoren davon, sogar mit Mord.

Mir wurde schwarz vor Augen, aber das lag nicht an einer weiteren Vision. Mr Decker war unschuldig und ich hatte neben einem Mörder gepinkelt.

KAPITEL 5

Als ich zu mir kam, wedelte mir die Katzenlady mit ihrem Papier vor dem Gesicht herum und irgendein übler Geruch brachte mich zum Würgen. Unmittelbar über ihrem Fächer erkannte ich die Gesichter von Mr Deveraux und Mr Yates. Während Mr Deveraux besorgt aussah, wirkte Mr Yates wütend. Jetzt hatte ich es geschafft.

Ich stellte plötzlich fest, dass ich mit dem Kopf im Schoß des Mannes zu meiner Rechten lag, was den schrecklichen Gestank erklärte. Ich schoss hoch.

„Machen Sie langsam." Mr Deveraux griff über die Abgrenzung des Geschworenenstandes und legte mir die Hand auf den Arm, als ich schwankte.

„Mir geht's gut", behauptete ich und strich mir die Haare zurück.

„Sehen Sie, Euer Ehren?", schrie Mr Yates und deutete auf mich. „Ich hab Ihnen ja gesagt, dass Sie den Geschworenendienst nicht verkraftet."

„Um Himmels willen, Yates", brummte Mr Deveraux. „Ich habe den Zeugen über eine Anstecknadel befragt." Mit blitzenden Augen drehte er sich zu mir um; sein Blick schien mich aufzufordern, ihm ja nicht zu widersprechen. „Hat dieses Gerede über Anstecknadeln Sie in eine Ohnmacht geängstigt, Miss Gardner?"

In diesem Moment wurden mir mehrere Dinge klar. Erstens, Mr Deveraux hatte dafür gesorgt, dass ich als Geschworene berufen wurde, obwohl ich mir überhaupt nicht erklären konnte, warum. Und zweitens, er kannte meinen Namen. „Nein, natürlich nicht. Seien Sie nicht albern." Um den bestmöglichen Effekt zu erzielen, schwankte ich ein bisschen hin und her und zupfte an meiner Bluse herum. „Mir ist einfach zu heiß geworden."

„Jetzt reicht's!", rief Richter McClary und ließ seinen Hammer mit mehr Wucht als nötig niedersausen. „Ich kann nicht zulassen, dass mir die Geschworenen hier umfallen wie die Fliegen. Die Verhandlung wird auf morgen vertagt!"

Stimmen summten durch den Raum und Mr Yates ging zurück zu seinem Tisch, aber Mr Deveraux sah mich einen Moment lang ausdruckslos an, ehe er sich abwandte.

Zurück im Geschworenenraum stürzte sich Marjorie Grace auf mich wie eine Katze auf ein Wollknäuel. „Geht es Ihnen gut, Rose?"

Peinlich berührt winkte ich ab. „Ja, alles in Ordnung. Es war einfach so heiß da drin."

„Gott sei Dank sind Sie ohnmächtig geworden", sagte die Katzenlady und fächelte sich weiter Luft zu, obwohl ihr Papier inzwischen ganz schlaff und feucht war. „Ich bin da drin fast gestorben!"

„Ich kann nicht fassen, dass die uns das zumuten", sagte eine andere Frau.

Marjorie Grace drückte mich auf einen Stuhl, legte mir ein nasses Papierhandtuch auf die Stirn und lächelte mich warmherzig an.

„Tut mir leid. Ich wollte nicht so einen Tumult verursachen."

Sie beugte sich vor. „Machen Sie sich darüber keine Gedanken."

„Aber Mr Yates war so wütend, und Mr Deveraux …" Mason Van de Camp Deveraux III. verwirrte mich. In einer Minute war er gemeiner als ein Coonhound, der eine Schlange angriff, in der nächsten wirkte er tatsächlich besorgt um mich. Ich konnte immer noch nicht fassen, dass er mich in der Jury hatte haben wollen. Vermutlich hatte er schwer dafür gekämpft, da Mr Yates so hartnäckig darauf bestanden hatte, dass ich den Geschworenendienst ablehnte. Vielleicht war das ja schon die Antwort. Er hatte es nur getan, um Mr Yates zu verärgern.

„Diese beiden Griesgrame werden schon darüber hinwegkommen. Es heißt, dass Richter McClary beinah selbst ohnmächtig geworden wäre."

Sie instruierte alle Geschworenen, sich am nächsten Tag um neun Uhr wieder einzufinden, hielt mich jedoch zurück. „Sind Sie sicher, dass es Ihnen gut geht? War es wirklich nur die Hitze?"

Ich wusste, was ihre Frage bedeutete, und wenn mir beim Foto des toten Mannes nicht übel geworden wäre, wäre ich beleidigt gewesen. Trotzdem konnte ich ihr schlecht erzählen, dass ich in der Herrentoilette eine Vision gehabt hatte, die meinen Verdacht, dass Bruce Wayne Decker unschuldig war, bestätigte. Was würde Mr Yates erst davon halten? Aber wichtiger noch, wer war der Mann in der Toilette gewesen und wieso hatte man stattdessen Mr Decker verhaftet?

Ich nickte. „Alles in Ordnung, Marjorie Grace. Ich glaube, es lag tatsächlich nur an der Kombination aus Hitze und den giftigen Katzenfutterdämpfen, die Mrs Baker ausgeströmt hat."

Marjorie Grace lachte. „Ja, das reicht für jede Ohnmacht."

Ich nahm meine Handtasche und stand auf. „Ich gehe jetzt in mein klimatisiertes Haus, dusche kalt und mache ein kleines Schläfchen."

„Lassen Sie es heute Abend ruhig angehen."

Auf den Weg zu meinem Auto freute ich mich nicht gerade, aber letztendlich war es draußen auch nicht viel wärmer als im Gerichtsgebäude.

Als ich in meine Straße einbog, sah ich einen Umzugswagen vor Joes altem Haus. Ich schnappte nach Luft. Ganz egal, wie sehr ich mich innerlich dafür gewappnet hatte, ich war immer noch nicht ganz bereit für den Beweis, dass Joe tatsächlich fort war.

Sei nicht albern. Er schläft bei dir, was auf jeden Fall besser ist als nebenan.

Trotzdem hatte ich einen Kloß im Hals, als ich vor meiner Einfahrt hielt. Im Vorgarten spielten drei kleine Jungs und rannten um zwei Männer herum, die gerade eine Kommode aus dem Laster trugen.

„Heidi Joy!", rief einer der Männer. „Hol die Kinder hier weg!"

Eine junge Frau mit einem Baby auf der Hüfte und einem Kleinkind am Bein erschien im Türrahmen. „Andy, ich versuche gerade, die Kisten auszupacken!"

„Wir haben gleich ein oder zwei Kinder weniger, wenn uns diese verdammte Kommode auf sie drauffällt!"

„Jungs! Geht in den Garten. Sofort!", rief die Frau.

Die Jungs ignorierten sie und liefen weiter im Kreis herum.

Heidi Joy trat auf die Veranda hinaus. „Muss ich euch erst einen Klaps mit dem Holzlöffel verpassen?", drohte sie. Dann entdeckte sie mich und riss entsetzt die Augen auf.

Ich winkte ihr zu und deutete dann mit dem Daumen auf mein Haus. „Hi, ich bin Rose und wohne nebenan."

Sie humpelte die Stufen hinunter; der Kleine hing ihr immer noch am Bein. „Benny, du musst mich loslassen." Der kleine Junge lockerte seinen Griff und begann zu weinen.

Heidi Joy seufzte verzweifelt auf, nahm seine Hand und zog ihn in den Vorgarten. „Hi", begrüßte sie mich, als sie mich erreichte. „Ich bin Heidi Joy Blankenship und das dort ist mein Mann Andy."

Einer der Männer nickte.

„Und das sind meine Jungs." Neugierig scharten sich die Kinder um sie. Der Kleine auf ihrer Hüfte schnappte sich eine Handvoll ihrer langen, schwarzen Haare und stopfte sie sich in den Mund. Heidi Joy schien das gar nicht zu merken.

„Hi", wiederholte ich.

Ein Junge mit weit aufgerissenen Augen, der aussah, als wäre er vier oder fünf, lugte zwischen den Beinen seiner Mutter durch. „Hast du auch Kinder?"

„Was? Nein. Keine Kinder."

Die Jungs stöhnten enttäuscht.

„Aber ich habe einen Hund, Muffy, der dringend mal nach draußen muss. Wartet mal einen Moment." Ich schloss die Haustür auf und öffnete die Tür zum Bad. Muffy rannte schnurstracks aus der offenen Tür hinaus und hockte sich neben einen Busch an der Hausecke.

„Iih!", quiekten die Jungs. Einer von ihnen ging hinüber und starrte grinsend auf den Haufen. Dann tätschelte er Muffys Kopf. „Wie heißt er?"

„Er ist eine sie und sie heißt Muffy."

„Sie ist hässlich", sagte der Junge, der durch Heidi Joys Beine lugte.

Seine Mutter griff nach hinten und verpasste ihm eine Kopfnuss. „Keith! So etwas sagt man nicht! Entschuldige dich bei der netten Dame."

„Tschuldigung", murmelte er.

Muffy war zwar tatsächlich ziemlich hässlich, aber das hieß nicht, dass andere Leute das einfach so sagen durften. „Muffy ist ein schlauer Hund und versteht mehr, als die meisten Menschen glauben. Vielleicht hast du gerade ihre Gefühle verletzt."

Der Kleine biss sich reumütig auf die Lippe.

„Es tut mir so leid!", sprudelte es aus Heidi Joy heraus. „Die Kinder sind heute völlig außer Rand und Band. Auch wenn es momentan gerade nicht so aussieht, es sind gute Jungs. Sie werden Ihnen keine Schwierigkeiten machen."

„Ist schon gut", sagte ich lächelnd. „Ich habe eine Nichte und einen Neffen. Kinder sagen eben einfach, was sie denken."

„Sind Sie verheiratet?"

„Ich? Nein." Warum brachte mich diese Frage immer aus dem Konzept? „Ich habe einen Freund. Er hat in Ihrem Haus gewohnt, ehe er zurück nach Little Rock gezogen ist."

„Wenn er Ihr Freund ist, wieso ist er dann weggezogen?", fragte der älteste Junge und runzelte die Stirn.

„Andy Junior!" Heidi Joy schnappte ihn am Arm und zog ihn zu sich.

„Seine Arbeit hier war befristet, und als sie erledigt war, musste er wieder zurück. Er kommt an den Wochenenden her."

Heidi Joy legte sich die Hand auf die Brust. „Sie haben ihn also kennengelernt, als er hier gewohnt hat? Das ist so romantisch!" Das Baby starrte mich an, die Haare immer noch im Mund. Sabber lief ihm vom Kinn.

„Was arbeitet er denn?", fragte Andy Junior.

„Er arbeitet für die State Police."

„Er ist ein Cop?"

„Ja." Langsam wurde mir das Chaos mit den kleinen Jungs zu viel, ganz zu schweigen von der Hitze. Und das Gespräch über Joe erinnerte mich daran, dass ich unbedingt seinen Rat brauchte, wie ich mit der Bruce-Wayne-Decker-Situation umgehen sollte. Ich konnte ja schlecht dasitzen und einen Unschuldigen ins Gefängnis wandern lassen, aber ich konnte mir auch nicht vorstellen, dass Mr Deveraux die Anklage fallen lassen würde. Irgendwie hatte ich das Gefühl, dass er die Bedeutung meiner Vision in der Herrentoilette nicht richtig verstehen würde. „Ich sollte Muffy jetzt nach drinnen bringen. Es ist schrecklich heiß heute. Ich mag mir gar nicht vorstellen, bei dieser Hitze umzuziehen. Kann ich Ihnen etwas anbieten? Eistee vielleicht?"

„Danke, aber wir sind versorgt. Schön, Sie kennengelernt zu haben. Hoffentlich sehen wir uns bald wieder", sagte Heidi Joy, die Augen vor Verzweiflung weit aufgerissen.

„Keine Sorge, ich bin hier."

Ich lockte Muffy ins Haus, obwohl sie noch nicht ihre Beschnüffelung der Jungs beendet hatte. Sobald ich sie ins Innere verfrachtet hatte, zog ich mein Handy aus der Tasche. Schmollend sah sie zu mir auf.

„Tut mir leid! Ich muss aber wirklich ganz dringend Joe anrufen."

Muffy legte sich auf den Boden, das Kinn auf die Pfoten gestützt, und warf mir ihren Das-sagst-du-immer-Blick zu. Okay, das stimmte vielleicht sogar, aber diesmal war es wirklich wichtig.

Ich ließ es klingeln, bis Joes Mailbox dranging. Fast hätte ich ihm eine verzweifelt klingende Nachricht hinterlassen, aber ich machte mir Sorgen, dass er dann angefahren kommen würde, statt mich nur zurückzurufen. Er hatte schon genug Schwierigkeiten bei der Arbeit. Stattdessen versuchte ich, das Ganze witzig klingen zu lassen. „Hi Joe. Die gute Nachricht ist, dass ich den ganzen Tag lang im Gericht war und nicht arbeiten musste." Tränen brannten mir in den Augen. Ich musste wirklich dringend mit ihm reden. „Die schlechte Nachricht ist, dass du mir fehlst." Meine Stimme brach. „Ruf mich an."

Ich duschte und legte mich danach zum Fernsehen aufs Sofa, um mich von Bruce Wayne Decker abzulenken. Ich stellte ihn mir vor, wie er in seiner leeren Betonzelle auf einer Pritsche saß und auf die Toilette in der Ecke starrte. Plötzlich wurde mir bewusst, dass es mir genauso hätte gehen können, wenn ich nicht meine Unschuld an

Mommas Tod bewiesen hätte. Genauso gut könnte ich gerade im Gefängnis sitzen und darauf warten, dass Mason Deveraux mir vor einer Gruppe Geschworener den Prozess macht, mit William Yates als meinem Verteidiger.

Wer würde Mr Deckers Unschuld beweisen?

Zum zwanzigsten Mal sah ich auf mein Handy und fragte mich, ob ich Joes Anruf vielleicht verpasst hatte. Trübsal blasend im Haus herumzusitzen nützte nichts, also beschloss ich, vorzeitig bei Violet zu erscheinen.

Meine neuen Nachbarn luden immer noch Möbel aus, als ich mit Muffy aus der Einfahrt fuhr. Keine Ahnung, wie sie all diese Möbel und die Kinder in so ein kleines Haus quetschen wollten, aber das ging mich nichts an. Sollte sich doch Mildred den Kopf darüber zerbrechen.

Meine Nichte Ashley kam mir freudestrahlend an der Tür entgegen. „Muffy!"

„Hey!", protestierte ich, während ich zusah, wie sie mit Muffy zur Hintertür lief. „Früher hast du mal zur Begrüßung *Tante Rose* gerufen!"

„Das war, bevor du ihr angeboten hast, den Hund mit ihr zu teilen", rief Violet aus der Küche. Ich ging zu ihr. Sie trug eine rüschenbesetzte rosa Schürze, auf der „Glück ist hausgemacht" eingestickt war. Sie machte gerade einen Salat, während Mikey auf dem Fußboden Käsecracker aus einer kleinen Plastikschüssel aß.

Ich öffnete den Kühlschrank und holte einen Krug Eistee heraus.

Violet konzentrierte sich aufs Karottenschneiden. „Wie war dein Tag?"

Das war eine Fangfrage. Falls sie von meinem Auftritt bei Gericht gehört hatte, würde sie Einzelheiten wissen wollen. Falls nicht, wäre sie sauer, weil ich nichts erzählt hatte. Ich entschloss, mich vorsichtig vorzutasten. „Ich bin als Geschworene ausgewählt worden."

Ruckartig hob sie den Kopf und sah mich an. „Ich hab gar nicht gewusst, dass du heute deswegen ins Gericht solltest."

Ich zuckte mit den Schultern und schnappte mir eine Tomate. „Ich hatte es total vergessen, bis Joe heute Morgen die Ladung gefunden hat." Ich nahm ein Messer aus dem Schubfach und teilte die Tomate auf einem Brett in zwei Hälften. „Hast du gewusst, dass man verhaftet werden kann, wenn man nicht zur Geschworenenauswahl erscheint?"

Violet verzog den Mund. „Joe war heute Morgen bei dir zu Hause?" Ihr Ton klang vorwurfsvoll.

Ich seufzte. Diese Diskussion hatten wir in ähnlicher Weise in der Vergangenheit schon unzählige Male geführt. „Ja, Joe war da, weil er das Wochenende mit mir verbracht hat, was du wusstest, da wir alle am Samstag gemeinsam im Park waren."

Sie kniff die Lippen noch fester zusammen. Ich hätte gar nicht für möglich gehalten, dass das überhaupt ging.

Ich stellte das Tomatenschneiden ein und sah sie an. „Wir führen nicht schon wieder dieses Gespräch, Violet."

Violets Mann Mike kam aus der Garage herein und zog den Kopf ein. „Beachtet mich gar nicht. Ich ziehe mich nur um." Er lief an uns vorbei und den Flur entlang.

Violet blickte um die Ecke. Ihr Stirnrunzeln vertiefte sich. „Um Himmels willen, Mike, komm bloß nicht stinkend in sauberen Klamotten hier raus. Dusch dich!"

Am Ende des Flures wurde das Wasser angedreht.

Violet hieb mit dem Messer wie wild auf die armen Karotten ein. „Schön, Rose Anne Gardner, dann rede einfach nur ich, weil ich schon alles gehört habe, was du zu sagen hast."

„Das Gleiche könnte ich sagen, Vi."

Sie blies sich eine Haarsträhne aus dem Gesicht und verdrehte die Augen. „Rose, Joe ist dein erster Freund."

„Ja, Violet, da ich weder unter Langzeit- noch Kurzzeitgedächtnisverlust leide, bin ich mir nur allzu gut bewusst, dass ich bis zum Alter von vierundzwanzig keinen Freund hatte."

„Was bedeutet, dass du unerfahren bist."

Grinsend sah ich auf. „Nicht mehr."

„*Rose Anne Gardner!*"

Ich verschränkte die Arme. „Du warst doch diejenige, die vor ein paar Monaten vorgeschlagen hat, dass ich mit jemandem schlafen soll."

„Aber ich habe auch gesagt, dass ich nicht einfach irgendjemanden meine. Du sollst dir einen Jungen aus einer netten, zuverlässigen Familie suchen."

„Du weißt doch gar nichts über Joes Familie."

Sie deutete mit dem Messer auf mich. „Nein, und du auch nicht, das ist zumindest mein letzter Kenntnisstand. Hat sich daran was geändert?" Sie neigte den Kopf und wartete mit einem gezierten Lächeln auf meine Antwort.

Ihre Frage ernüchterte mich. „Nein." Joe hatte mir bisher über seine Familie nur erzählt, dass seine Schwester in Little Rock lebte und seine Eltern in El Dorado. Eigentlich erzählte er kaum etwas über sein Leben vor unserem Kennenlernen. „Außerdem ist es mir egal, was mit seiner Familie ist. Ich bin mit Joe zusammen, nicht seiner Familie."

„Wenn man heiratet, wird die Familie des Mannes wichtig."

„Niemand hat hier irgendwas von heiraten gesagt." So weit in die Zukunft hatte ich meine Gedanken bisher nicht schweifen lassen. Ich hatte Angst, das würde uns Unglück bringen.

Violets Gesicht nahm einen weicheren Ausdruck an. „Schau mal, Rose. Joe ist der erste Mann, mit dem du zusammen bist. Du bist jung. Das solltest du genießen."

„Aber Mike war der erste Junge, mit dem du zusammen warst, und ihr seid es immer noch."

Das Duschwasser wurde abgestellt. Violet starrte mich mehrere Sekunden lang an, legte das Messer hin und öffnete die Hintertür. „Ashley, komm rein und wasch dir die Hände fürs Abendbrot." Dann hob sie Mikey vom Boden auf und setzte ihn in den Hochstuhl. Sie sah sich in der Küche um und dann wieder zu mir. In ihren Blick hatte sich Traurigkeit geschlichen. „Gib dir die Chance, deine Möglichkeiten zu erkunden, Rose. Binde dich nicht zu früh, okay?"

Das unausgesprochene *wie ich* hing in der Luft und war deshalb noch ominöser. Angst schnürte mir die Brust zu. Violet und Mike waren eins der glücklichsten Paare, die ich kannte. Ich schluckte den Kloß in meinem Hals hinunter. „Okay, Vi. Ich denke darüber nach."

Mike trug eine kichernde Ashley herein und wir setzten uns an den Tisch. Ohne auf Einzelheiten des Prozesses einzugehen, erzählte ich ihnen von meinem Tag bei Gericht, ließ aber meine Vision in der Herrentoilette aus. Violet würde einen Schlaganfall bekommen, wenn sie gewusst hätte, dass ich überhaupt auf die Männertoilette gegangen war, und hätte sie erfahren, dass ich schon wieder so engen Kontakt mit einem potenziellen Mörder gehabt hatte, hätte sie mir vermutlich eine Entschuldigung geschrieben und mich nie wieder ins Gericht gelassen. Ich hatte das Gefühl, dass ich unabhängig von meinem Alter für Violet immer das kleine Mädchen bleiben würde, das man vor der Welt beschützen musste.

Als ich nach Hause kam, war ich traurig, verwirrt und noch begieriger darauf, mit Joe zu sprechen. Um zehn Uhr versuchte ich es erneut. Wieder ging er nicht ran. Gerade als ich anfing, mir Sorgen zu machen, schicke er mir eine SMS.

Ich kann gerade nicht sprechen. Arbeite noch. Du fehlst mir auch.

Joe erzählte nur wenig von seiner Arbeit, aber so spät arbeitete er selten noch und er rief mich sonst immer zurück. Das einzige Mal, dass er so unregelmäßige Arbeitszeiten gehabt hatte, war bei seinem Undercover-Einsatz gewesen, durch den wir uns kennengelernt hatten. Allerdings hatte er mir versichert, dass er diese Woche keine Undercover-Ermittlung durchführen musste, und er hatte versprochen, mich niemals anzulügen. Verzweifelt klammerte ich mich an meinen Glauben an sein Versprechen.

KAPITEL 6

Auch am nächsten Vormittag war die Klimaanlage im Gericht noch kaputt und die Nerven lagen blank. Mr Deveraux rief Detective Taylor zurück in den Zeugenstand, um seine Befragung fortzusetzen. Er fragte nicht nach der Reversnadel, die der Detective am Tatort gefunden hatte. Vielleicht hatte er Angst, dass ich sonst wieder ohnmächtig werden würde, aber vermutlich hielt er es einfach für unwichtig. Meine einzige Hoffnung war, dass Mr Yates während des Kreuzverhörs danach fragen würde.

Mr Deveraux war wieder auf seiner gewohnten Marschroute unterwegs. „Detective Taylor, haben Sie am Tatort Fingerabdrücke gefunden?"

„Wir haben mehrere Abdrücke gefunden und alle überprüft. Die meisten gehörten zu den Mitarbeitern des Baumarkts, aber auch Mr Deckers waren dabei. Da Mr Decker für die Polizei von Henryetta aufgrund seines langen Vorstrafenregisters kein Unbekannter ist, hatten wir seine Abdrücke in der Kartei."

„Also haben Sie den Angeklagten befragt?"

„Ja."

Er machte eine Pause und drehte sich zur Jury um. „Und woher wussten Sie, wo Sie Mr Decker finden?"

Detective Taylor sah zum Angeklagten hinüber. „Sein Bewährungshelfer hat mir seine letzte bekannte Adresse mitgeteilt."

„Einspruch, Euer Ehren!", rief Mr Yates. Sein Gesicht wurde sogar noch röter. „Der Zeuge versucht, die Jury mit Einzelheiten zur Vergangenheit meines Mandanten zu beeinflussen, statt sich auf die Fakten zu konzentrieren."

„Abgewiesen." Der Richter runzelte die Stirn. „Die Einzelheiten zur Vergangenheit Ihres Mandanten erklären, wie die Polizei ihn mit dem Tatort in Verbindung bringen konnte." Er sah hinunter zu Mr Deveraux. „Fahren Sie fort."

„Sie sind also zu Mr Decker nach Hause gegangen und haben ihn befragt?"

„Ja."

„Und was geschah während dieser Befragung?"

„Mr Decker wirkte ungewöhnlich nervös. Natürlich kann man angesichts seiner Vorstrafen eine gewisse Nervosität erwarten ..."

„Einspruch!"

„Abgewiesen."

Mr Deveraux verzog die Mundwinkel leicht nach oben und neigte den Kopf in Richtung von Mr Yates. „Fahren Sie fort, Detective. Sie sprachen gerade von der übermäßigen Nervosität des Angeklagten."

Detective Taylor räusperte sich. „Ja, wie ich bereits sagte, eine gewisse Nervosität kann man von einem Wiederholungstäter wie Mr Decker erwarten, aber es ging weit darüber hinaus."

Richter McClary deutete mit dem Hammer auf Mr Yates, der schon den Mund geöffnet hatte, um zu protestieren. Mit ärgerlich verzogenem Gesicht kniff er nun stattdessen die Lippen zusammen.

„Ich habe Mr Decker eindringlich zu seinem Verbleib am Vorabend befragt, bis er sich in Widersprüche verstrickt hat. Zuerst hat er gesagt, dass er den ganzen Abend über zu Hause war, danach hat er behauptet, im Minimarkt an der Ecke gewesen zu sein."

Mr Deveraux begann, vor dem Geschworenenstand hin- und herzulaufen, und hielt schließlich vor dem stinkenden Mann rechts von mir an. „Ein Besuch im Minimarkt ist wohl kaum eine verdächtige Aktivität, Detective Taylor. Was hat Sie dazu bewogen, seine Geschichte anzuzweifeln?"

„Der Minimarkt war an diesem Abend wegen der Erneuerung der Straßendecke auf dem Parkplatz geschlossen."

Ein zufriedener Ausdruck trat in Mr Deveraux' Augen und er nickte den Geschworenen zu. „Mr Decker hat also ... gelogen?"

„Ja."

Hinter mir murmelte eine Frau leise: „Hm, mm, mm."

„Hat Mr Decker gestanden?"

„Nein, und obwohl wir wussten, dass er lügt, hatten wir nicht genügend Beweise, um ihn sofort festzunehmen."

„Und trotzdem steht er heute hier vor Gericht. Offensichtlich haben Sie noch weitere Beweise gefunden, die ihn mit dem Verbrechen in Verbindung bringen."

„Ja, Sir. Wir haben einen anonymen Anruf erhalten, dass sich die Mordwaffe auf Mr Deckers Grundstück befindet. Der Informant hat behauptet, dass er ihn dabei beobachtet hat, wie er nach dem Mord etwas unter seinem Haus versteckte. Wir haben einen Durchsuchungsbefehl angefordert und unter Mr Deckers Verandatreppe ein blutbeschmiertes Brecheisen gefunden."

Mit anonymen Tipps und untergeschobenen Beweisen kannte ich mich bestens aus. Nachdem Sloan, der Barkeeper aus Jaspers Restaurant, ermordet worden war, hatte Joe eine Waffe in meinem Schuppen versteckt und anonym bei der Polizei angerufen. Sein Tipp, dass sich die Mordwaffe auf meinem Grundstück befand, sollte mich vor Daniel Crocker schützen. Glücklicherweise hatte ich ihn dabei beobachtet und konnte deshalb einer Verhaftung entgehen. Was gut war, denn ich hatte mit Sloans Mord nichts zu tun.

Detective Taylors Aussage konnte mich zwar nicht von Mr Deckers Schuld überzeugen, die anderen Geschworenen allerdings wohl schon. Mrs Baker keuchte erschrocken auf und der Mann rechts von mir schürzte die Lippen und musterte den Angeklagten aus zusammengekniffenen Augen.

Mr Deveraux präsentierte das Brecheisen in einer Plastiktüte als Beweismittel. Es war immer noch blutverschmiert. „Und haben Sie mit dem Blut am Brecheisen eine DNA-Analyse durchgeführt, Detective Taylor?"

„Ja, das Blut stammt mit neunundneunzigprozentiger Übereinstimmung von Frank Mitchell. Mr Deckers Fingerabdrücke befanden sich ebenfalls auf der Mordwaffe."

Mrs Baker schüttelte den Kopf. Die Frau hinter mir murmelte erneut etwas.

Ich musste zugeben, dass Mr Deveraux seine Beweise sehr überzeugend präsentierte. Die Jury schien ihm zu glauben. Hätte ich nicht die Vision gehabt, hätten mich seine Ausführungen möglicherweise auch überzeugt. Vielleicht hätte ich sogar aufgehört, mich zu fragen, wie um Himmels willen Bruce Wayne ein Brecheisen heben, geschweige denn jemanden damit schlagen könnte.

Bruce Wayne Decker saß auf demselben Platz wie gestern. Mit dem Stift in seiner rechten Hand hatte er auf einem Notizblock herumgekritzelt, aber als Mr Deveraux seine Befragung über das Brecheisen begann, legte er ihn hin und rutschte unruhig auf seinem Stuhl umher. Am Vortag war er für mich Mr Decker gewesen – inzwischen fühlte ich mich ihm auf gewisse Art und Weise nah. Ob sein Dad ein Batman-Fan gewesen war? Bruce Wayne trug ein kurzärmeliges Hemd und eine Krawatte und fuhr sich fortwährend mit den Fingern zwischen Kragen und Hals, um vielleicht ein bisschen mehr Platz herauszuschlagen. Er sah aus wie jemand, der allmählich erstickt.

Vermutlich kam das der tatsächlichen Situation aber schon recht nahe.

Mr Yates begann sein Kreuzverhör und zeigte noch einmal das Bild des Opfers. Er sah zu mir herüber, vermutlich um nachzusehen, ob ich wieder ohnmächtig werden würde. Die Hitze trug noch zu meiner Verärgerung bei. Ich war nicht wegen des Bildes ohnmächtig geworden!

Ich sah es mir genau an, um zu beweisen, dass es mir gar nichts ausmachte, obwohl sich mein Magen drehte wie ein Karussell. Ich starrte auf den Kopf des Toten und fragte mich, wie der Mörder wohl das Brecheisen gehalten hatte, um so kraftvoll die rechte Schläfe des Opfers einschlagen zu können.

Ich sah wieder hinüber zu Bruce Wayne, der erneut kritzelte. Er war Rechtshänder. Ich stellte mir vor, wie er das Brecheisen schwang und zuschlug. Er hätte das Opfer auf der linken Seite getroffen, nicht rechts. Nur ein Linkshänder hätte auf die rechte Seite geschlagen.

Der Mann in meiner Vision war Linkshänder gewesen.

Ein Indiz! Aufgeregt rutschte ich auf meinem Sitz hin und her und wurde immer frustrierter, als Mr Yates bei seiner Befragung überhaupt nicht darauf einging.

Mr Deveraux rief als nächsten Zeugen den Coroner auf, der bestätigte, dass das Opfer durch stumpfe Gewalteinwirkung auf den Schädel gestorben war. Mr Yates hatte nur wenige Fragen.

Richter McClary unterbrach die Verhandlung für die Mittagspause und knurrte erneut wegen der Hitze. „Wenn diese gottverdammte Klimaanlage nicht bald repariert wird, lasse ich jemanden wegen Missachtung des Gerichts verhaften!"

Sobald Marjorie Grace uns aus dem Geschworenenzimmer entlassen hatte, ging ich hinaus, um Joe anzurufen und auf Neely Kate zu warten. Er hatte mich immer noch nicht zurückgerufen und ich machte mir langsam Sorgen. Es klingelte zweimal, ehe eine atemlose Frauenstimme antwortete: „Joes Handy."

Ich erkannte die Stimme und erstarrte.

„Hallo?", fragte sie.

Warum ging denn Hilary an Joes Handy? Meine Kehle zog sich zusammen und ich musste die Worte regelrecht herauswürgen. „Ich muss mit Joe sprechen."

Sie lachte tief und sexy. „Er duscht gerade. Möchten Sie eine Nachricht hinterlassen?"

Angst und Wut vermischten sich zu einer namenlosen Einheit. Schließlich brachte ich die Worte heraus. „Sagen Sie ihm, dass Rose angerufen hat."

„Oh! Rose!", rief sie in gespielter Überraschung. „Ich wusste ja gar nicht, dass Joe noch Kontakt zu Ihnen hat."

Ich verkniff mir mehrere hässliche Erwiderungen, die mir schon auf der Zunge lagen. „Sagen Sie ihm bitte einfach, dass ich angerufen habe."

Neely Kate fand mich auf der Treppe zum Gericht sitzend, im Schatten einer korinthischen Säule, wo ich mir mit tränenüberströmtem Gesicht gerade die Nase putzte. „Hey, was ist denn los? Bist du im Gericht wieder ohnmächtig geworden?"

Ich schüttelte den Kopf, erstaunt, mit welcher Lässigkeit sie ihr fast an Hellseherei grenzendes Wissen zum Besten gab. Dann fiel mir ein, dass es nicht allzu schwierig für sie gewesen sein konnte, von meiner gestrigen Ohnmacht zu erfahren. Sicher hatte der Vorfall im ganzen Haus die Runde gemacht. Beim Stille-Post-Spielen wäre das Gericht von Fenton County bestimmt unschlagbar.

„Nein." Ich wischte mir die Tränen von der Wange. „Damit hat es nichts zu tun."

Sie setzte sich neben mich und legte mir eine Hand auf den Arm. „Was ist denn passiert? Ist es wegen Deveraux? Hat er etwas gesagt? Dieser Mann …"

Wenn es doch nur so wäre. „Nein, es ist wegen Joe." Schon allein sein Name löste eine neue Tränenflut bei mir aus. „Er hat mich gestern Abend nicht zurückgerufen, und als ich vor ein paar Minuten bei ihm angerufen hab, ist Hilary rangegangen und hat mir gesagt, dass er gerade duscht."

Neely Kate versteifte sich einen Moment, entspannte sich dann wieder und strich mir über den Arm. „Ich bin sicher, dafür gibt es eine völlig logische Erklärung. War denn alles in Ordnung, als du das letzte Mal mit ihm gesprochen hast?"

„Ja", schniefte ich. „Das ergibt überhaupt keinen Sinn."

„Aber Hilary hat immer noch eine Schwäche für ihn?"

„Ich glaub schon."

Sie warf die Arme hoch und stand auf. „Da hast du's! Sie ist eifersüchtig und versucht, euch auseinanderzubringen. Ich sag dir doch, Rose, wenn Joe mit ihr zusammen sein wollte, dann wäre er schon längst mit ihr zusammen gewesen, ehe er dich getroffen hat. Und jetzt lass uns essen gehen."

Ich stand ebenfalls auf und klopfte mir den Schmutz vom Hosenboden. „Du hast vermutlich recht."

Lachend hakte sich Neely Kate bei mir unter. „Je eher du das merkst, desto besser für dich."

In diesem Moment konnte ich ihr nicht widersprechen.

„Wenn du möchtest, frage ich meine Großtante Opal danach, wenn ich sie das nächste Mal besuche. Sie ist eine Wahrsagerin."

Unwillkürlich blieb ich stehen und die Kinnlade fiel mir herunter. „Was hast du gerade gesagt?"

Neely Kate zog die Nase kraus. „Du meinst über meine Großtante Opal?" Sie zuckte mit den Schultern und zog mich leicht am Arm. „Jeder im westlichen Teil von Fenton County weiß, dass sie das Zweite Gesicht hat."

„Was …?" Mein Mund war plötzlich trocken geworden und meine Zunge verweigerte den Dienst. Ich schluckte und versuchte es erneut. „Woher weißt du, dass sie eine Wahrsagerin ist?"

„Weil sie Dinge weiß, die niemand sonst weiß."

„So wie du?"

Sie grinste und zwinkerte. „Ich bin ihr Schützling."

Den Rest der Mittagspause fragte ich mich, ob Großtante Opal tatsächlich das Zweite Gesicht besaß oder einfach nur genauso scharfsinnig war wie Neely Kate. Ich vermutete Letzteres, aber ich konnte es auch nicht auf sich beruhen lassen.

„Wie bringt dir denn deine Tante das Wahrsagen bei?" Ich glaubte nicht, dass man hellsehen lernen konnte. Ich war damit verflucht und würde alles dafür geben, es *verlernen* zu können.

„Sie zeigt mir all ihre Möglichkeiten. Tarotkarten, Horoskope. Aber ihre Spezialität ist das Lesen aus Teeblättern."

Ich versuchte, meine Enttäuschung zu verbergen. Ihre Tante war eine Schwindlerin.

„Ich kann dir aus den Teeblättern lesen, wenn du möchtest. Zur Übung."

Ich zwang mich zu einem Lächeln. „Und damit kannst du mir meine Zukunft voraussagen?"

Lachend zog sie die Augenbrauen hoch. „Mach dich nicht lustig über das Mysteriöse und Mystische, Rose."

Hatte sie eine Ahnung.

Neely Kate ließ das Thema ruhen und stellte sich wieder einmal als die perfekte Ablenkung heraus, indem sie mir von ihrer bevorstehenden Hochzeit und dem Drama mit der Familie ihres Verlobten erzählte, die in Texas lebte.

„Sie wollen, dass sich die Trauzeugen anziehen wie Cowboys, mit Sporen und allem Drum und Dran. Kannst du dir so was vorstellen?"

Konnte ich nicht, aber die letzte Hochzeit, die ich besucht hatte, war die von Violet und Mike gewesen, und der Gedanke daran stimmte mich traurig. Vielleicht brauchten die beiden bloß mal einen freien Abend zusammen. Ich könnte anbieten, über Nacht bei den Kindern zu bleiben, und sie könnten ein romantisches Wochenende verbringen. Der Gedanke daran munterte mich auf. Endlich hatte ich etwas zu tun.

Allerdings musste ich auch immer noch dringend mit Joe reden. Ich beschloss, auf Neely Kate zu hören und ihm zu vertrauen, aber ich musste zugeben, dass mir Joes Versicherung, dass er nicht mit Hilary zusammen war, lieber gewesen wäre. Vor allem aber brauchte ich seinen Rat in der Sache mit Bruce Wayne.

Als wir in den Verhandlungssaal zurückkehrten, informierte uns Richter McClary, dass die Klimaanlage immer noch nicht wieder lief. „Die Verhandlung wird auf morgen vertagt!"

Und plötzlich hatte ich einen freien Nachmittag zur Verfügung. Ich überlegte kurz, ob ich zur Arbeit fahren sollte, konnte mich aber nicht dazu durchringen. Das Gericht würde mir den Tag bezahlen, ganz egal, wie lange ich im Gebäude war. Das reichte mir, selbst wenn es nur acht Dollar waren.

Als ich gerade zu meinem Auto ging, klingelte mein Handy. Ich wühlte in meiner Handtasche danach. Violets Name wurde auf dem Display angezeigt. „Hi, Vi." Leider konnte ich meine Enttäuschung nicht verstecken.

„Bitte freu dich nicht zu sehr über meinen Anruf."

„Tut mir leid, ich dachte nur, es wäre Joe. Ich hab seit gestern nichts von ihm gehört."

Ich konnte fast die Freude in ihrem Schweigen hören.

„Vermutlich hat es nichts zu bedeuten", sagte ich und hatte das Bedürfnis, Joe verteidigen zu müssen. „Er ist bei der Arbeit einfach total eingespannt, das ist alles." Auf keinen Fall würde ich ihr von Hilary erzählen. „Hey, ich hab mir gedacht, vielleicht möchtest du mal mit Mike ausgehen und ich passe über Nacht auf die Kinder auf."

„Ja … vielleicht …" Ihre Stimme nahm einen fröhlichen Ton an. „Aber ich rufe eigentlich wegen heute Abend an. Du bist allein zu Hause, und beim letzten Mal waren wir alle ein bisschen angespannt, deshalb dachte ich, du könntest vorbeikommen und wir grillen."

Grillen bei dieser Hitze klang wie die Einladung zu einem Hitzschlag, aber Mike liebte seinen Grill wie die Fische das Wasser.

65

Und ein Abend allein mit meinen Sorgen klang auch nicht sehr einladend. „Ja, klingt gut."

„Schön, dann sehen wir uns um sieben. Aber keine Minute früher." Dann legte sie auf.

Sieben? Das war merkwürdig. Normalerweise gab es bei Violet um sechs Abendessen und ich war noch nie für eine bestimmte Uhrzeit eingeladen worden. Ich kam einfach, wenn ich fertig war.

Die Jungs auf dem Nachbargrundstück rannten um ihr Haus herum und gruben die Azaleenbüsche unter dem Küchenfenster aus. Eine Welle der Melancholie schwappte über mich hinweg. Mein Daddy und ich hatten die Büsche für unseren Nachbarn gepflanzt, als ich noch ein kleines Mädchen war. Gartenarbeit war etwas, das wir beide liebten und das Momma uns nicht wegnehmen konnte.

Einer der Jungs drehte sich zu mir um und biss sich auf die Lippe. Er zog am Arm seines Bruders. „Andy Junior."

„*Was?*"

Der Junge zog stärker und Andy Junior warf einen Blick über seine Schulter. Dann ließ er die Schaufel fallen.

Der erste Junge kniff die Augen zusammen. „Wieso sehen Sie aus, als ob Sie gleich weinen?"

„Ich hab gerade an meinen Daddy gedacht."

„Wo ist der denn?"

„Im Himmel."

Der Junge formte mit dem Mund ein lautloses O.

Das Todesthema weckte auch Andy Juniors Aufmerksamkeit. „Was ist ihm denn zugestoßen?"

„Sein Herz hat aufgehört zu schlagen." Obwohl ich mich inzwischen fragte, ob er nicht an gebrochenem Herzen gestorben war. Ich vermutete, dass Daddy sich niemals von den mysteriösen Todesumständen meiner leiblichen Mutter erholt hatte. „Mein Daddy und ich haben diese Büsche gepflanzt, als ich etwa in eurem Alter war." Ich sah den ersten Jungen an. „Du heißt Keith, richtig?"

Vor Schreck wurden seine Augen ganz groß. „Ja, Ma'am."

Ich lächelte, obwohl mir nicht danach war. Dafür waren meine eigenen Herzschmerzen gerade viel zu groß. „Weißt du, Keith, ich habe zwar keine eigenen Kinder, aber ich habe eine Nichte, die etwa in deinem Alter ist. Vielleicht kannst du ja mit ihr spielen, wenn sie mich das nächste Mal besucht."

Andy Junior schnaubte verächtlich. „Ich spiele nicht mit *Mädchen.*"

„Dich hat ja auch niemand eingeladen, oder?", fragte ich, wobei mir voll bewusst war, dass ich mich gerade auf das Niveau eines Sechsjährigen begeben hatte. Ich war aber zu schlecht gelaunt, um mich darum zu scheren. „Ich rede mit Keith."

Keith strahlte mich an, wodurch eine Lücke in seiner unteren Zahnreihe sichtbar wurde.

Ich beschloss, hineinzugehen, ehe ich mich noch mehr erniedrigte. In der Küche versuchte ich, meine Erinnerungen abzuschütteln. Ich musste unbedingt damit aufhören, ständig in traurigen Erinnerungen zu baden.

Als ich mich auf den Weg zu Violet machte, hatte ich immer noch nichts von Joe gehört. Mein ungutes Gefühl hatte sich inzwischen in Angst gewandelt. Was, wenn ihm etwas passiert war und Hilary hatte es mir nicht erzählt?

Als ich in Violets Einfahrt einbog, war ich überrascht, dort ein fremdes Auto stehen zu sehen. Ich war gerade bis auf die Veranda gekommen, als die Haustür auch schon aufflog. Violet stand im Eingang, trug einen Rock, eine ärmellose Bluse und ein Paar Sandalen. Normalerweise war sie barfuß. Das hätte mir schon Hinweis genug sein müssen, um mich umzudrehen und wieder zu fahren.

„Rose, meine Liebe, komm doch rein." Ihre Stimme klang ungewöhnlich fröhlich. Plötzlich erlosch ihr Lächeln und sie fragte mich leise: „Was hast du denn da an?"

Ich sah hinunter auf meine blaue Caprihose und die dünne, weiße Bluse.

Sie winkte ab und stolperte, als sie aus dem Türrahmen zurücktrat. „Egal. Du siehst sehr unkonventionell aus."

Verwirrt schüttelte ich den Kopf und ging an ihr vorbei. „Violet", flüsterte ich. „Hast du getrunken?"

Sie lachte ihr melodiöses Lachen, auf das ich immer neidisch gewesen war – wie auf so ziemlich alles in ihrem Leben. Allerdings klang es jetzt ziemlich brüchig. „Vielleicht. Nur ein bisschen."

Jetzt war ich wirklich verwirrt. Violet trank kaum Alkohol und schon gar nicht unter der Woche.

Sie schob mich zur Hintertür hinaus und auf die überdachte Terrasse. Der Ventilator an der Decke drehte sich wie wild und wirbelte die Luft umher. Als ich zwei Schritte gemacht hatte, blieb ich stehen. Violet stieß gegen mich und ließ mich nach vorne stolpern.

Ein Mann in Jeans und Poloshirt stand von seinem Gartenstuhl auf und griff nach meinem Ellbogen, um mich zu stützen. „Sie müssen Rose sein. Ich hab schon so viel von Ihnen gehört." Er lächelte Violet an und streckte dann die rechte Hand aus. „Ich bin Austin Kent."

Seine Hand hing in der Luft und ich war hin- und hergerissen. Sollte ich sie schütteln oder mich umdrehen und nach Hause fahren?

Ich warf Violet einen bösen Blick zu, drehte mich dann zu Austin um und schüttelte ihm die Hand. Es war ja nicht seine Schuld, dass ich hereingelegt worden war, und ich wollte nicht unhöflich sein.

Worauf Violet sicher gebaut hatte.

„Hi, ich bin Rose. Ach so, das wissen Sie ja schon." Ich lachte nervös, besonders weil Austin immer noch meine Hand hielt.

Mike, der den Blick hartnäckig auf die Steaks auf dem Grill gerichtet hielt, nahm seine Bierflasche und trank einen großen Schluck.

Offensichtlich war ich nicht die Einzige, die man hereingelegt hatte.

„Austin hat eine Flasche Wein zu den Steaks mitgebracht", plapperte Violet. „Ist das nicht nett von ihm? Ich schenke dir ein Glas ein."

Ich zog meine Hand aus seinem festen Griff. „Ich komme mit dir."

„Nein!" Sie schob mich in den Stuhl neben dem Mann. „Du unterhältst dich mit Austin und ich bin gleich wieder da."

Eine vertrackte Situation, aus der ich wohl nicht so leicht herauskommen würde.

Austin setzte sich neben mich und ich schenkte ihm ein Lächeln. „Woher kennen Sie Mike und Violet?"

„Wir waren alle zusammen auf der Highschool", erklärte er.

„Ich hab Sie bisher noch nie gesehen." Ich sah hinüber in den Garten, wo Ashley und Mikey spielten.

Austin lachte. „Ich war mehrere Jahre lang nicht in der Stadt. Ich hab Architektur an der Universität von Arkansas in Fayetteville studiert, ein Praktikum gemacht, in Little Rock gearbeitet und dann festgestellt, dass mir die Heimat fehlt. Erst vor ein paar Monaten bin ich wieder nach Henryetta gezogen. Ich mache mich gerade selbstständig und möchte gerne mit Mike zusammenarbeiten."

Austin wirkte selbstsicher, aber nicht arrogant. Ein Mann, der wusste, was er vom Leben wollte und wie er es bekam. Zweifellos war er sehr gut aussehend, sein Oberkörper füllte sein Shirt gut aus und seine Bräune betonte die haselnussbraunen Augen und die dunkelbraunen Haare. Und ich musste zugeben, hätte es Joe nicht gegeben, wäre ich an ihm interessiert gewesen. Was mich überraschte, war die Art und Weise, wie sein Blick jeder meiner Bewegungen folgte. Das hier war völlig anders als das erste Blind Date, das Violet für mich arrangiert hatte.

Blind Date. Scheibenkleider. Ich würde Violet umbringen.

„Bitte sehr." Violet reichte mir ein Glas Rotwein und nahm selbst einen großen Schluck aus ihrem Glas. Ich fragte mich, wie viel sie wohl vor meinem Eintreffen getrunken hatte. Sie benahm sich sehr merkwürdig.

„Ich hab bisher noch nie Rotwein getrunken, nur Weißwein", platzte es aus mir heraus, bevor ich es verhindern konnte. Normale Menschen sagten nicht einfach solche Sachen.

Aber Austin lächelte, wobei seine Augen funkelten. „Dann fühle ich mich ja geehrt, dass ich die Auswahl für Ihren ersten Schluck treffen durfte." Zwinkernd neigte er den Kopf.

Unter seinem musternden Blick nahm ich unsicher einen Schluck. Der Rotwein war nicht so lieblich wie die Weißweine, die ich bisher gekostet hatte. Austin wartete auf meine Reaktion, also lächelte ich. „Er ist wunderbar."

Er erklärte daraufhin Violet und mir, warum er gerade diesen Wein ausgesucht hatte (sein rauchiger Geschmack passe gut zu gegrilltem Fleisch) und warum genau diesen Jahrgang (im Jahr zuvor hatte es eine Dürre gegeben). Violet hatte das Kinn in die Hand gestützt und lauschte Austin, als ob er ihr gerade das Geheimnis des ewigen Lebens erklärte. Mike widmete dem Grill auch weiterhin seine volle Aufmerksamkeit. Ich wünschte mir nichts sehnlicher, als dort bei ihm stehen zu können.

Ich stellte mein Weinglas ab und stand auf. „Wenn ihr mich bitte für einen Moment entschuldigen wollt, ich muss mal zur Toilette", sagte ich so liebenswürdig wie möglich.

Mike warf mir einen entschuldigenden Blick zu.

„Beeil dich, meine Liebe", sagte Violet. „Die Steaks sind fast fertig."

„Ich gehe nur zur Toilette, Vi. Ich fahre nicht einmal quer durchs Land." Obwohl mir das in diesem Moment wie eine gute Idee vorkam.

Mike kicherte und trank dann schnell einen Schluck von seinem Bier, ehe es Violet auffiel.

Ich eilte ins Bad, schloss die Tür und lehnte mich mit dem Rücken dagegen. Dann holte ich tief Luft und zog mein Handy hervor. Wider alle Vernunft hoffte ich, darauf einen verpassten Anruf von Joe zu sehen.

Nichts.

Verzweifelt, wie ich war, schluckte ich meinen Stolz hinunter und rief ihn an. Ich rechnete schon damit, Hilarys Stimme zu hören. Stattdessen war sofort die Mailbox dran. „Joe, ich muss wirklich dringend mit dir reden." Meine Stimme brach und ich holte tief Luft. „Ich vermisse dich. Ruf mich zurück. *Bitte.*" Peinlich berührt von meiner Anhänglichkeit beendete ich den Anruf. Was würde Joe denken, wenn er hörte, wie ich um seinen Rückruf bettelte? Vielleicht trieb ich ihn damit geradewegs in Hilarys wartende Arme.

Hör auf damit, Rose Anne Gardner. Wir suhlen uns nicht in unserem Unglück.

Und obwohl da etwas Wahres dran war, war mir gerade sehr danach. Damit betrat ich gefährliches Terrain. Jammern war niemals eine gute Lösung, was mich daran erinnerte, dass ich mich noch um etwas anderes kümmern musste. Es war an der Zeit, wieder hinauszugehen und mich dem desaströsen Abend zu stellen.

Inzwischen waren alle nach drinnen gegangen. Austin reichte mir meinen Wein, legte die Hand auf meinen Rücken und führte mich in das nur selten benutzte Esszimmer. Violet fuhr offensichtlich schwere Geschütze auf.

Der Großteil des Gesprächs beim Abendessen wurde von Violet und Austin bestritten. Sie sprachen über die Highschool und Austins Reisen, und ich fühlte mich fehl am Platz und trug nur wenig bei. Austin, der rechts von mir saß, weigerte sich jedoch, mein Schweigen zu akzeptieren. „Welche interessanten Orte haben Sie besucht?", fragte er, nachdem er uns von seiner letzten Reise nach Boston erzählt hatte.

Ich starrte auf den Salat auf meinem Teller. „Ich war noch nie irgendwo. Bisher." Dann sah ich auf. „Aber ich würde gerne mal nach Italien fahren."

„Welchen Teil?"

„Rom, Venedig, die Toskana. Das sind so geschichtsträchtige Orte. Man kann dort jahrtausendalte Gebäude besichtigen."

Er grinste. „Ich habe ein Praktikum in Venedig gemacht und dort römische Architektur studiert."

Überrascht riss ich die Augen auf.

„Ich habe Hunderte von Fotos, die ich Ihnen gerne mal irgendwann zeigen würde."

So verführerisch sein Angebot auch war, ich dämpfte meine Begeisterung. Aus irgendeinem merkwürdigen Grund schien Austin Kent tatsächlich an mir interessiert zu sein und es wäre nicht fair, ihn auch noch zu ermutigen. „Austin, das wäre wirklich schön, aber ich habe schon …"

„Rose!", unterbrach mich Violet. „Könntest du bitte den Nachtisch holen?"

Einige Momente lang starrten wir einander an, bevor ich aufstand und meinen Teller nahm. „Natürlich."

Mike nahm seinen und Violets Teller. „Ich helfe ihr."

Ich folgte Mike in die Küche. Er verzog den Mund, während ich Essensreste von den Tellern in den Müll kratzte, und belud den Geschirrspüler.

Ich wusste nicht, was ich sagen sollte, aber er redete zuerst.

„Es tut mir leid, Rose. Ich habe ihr gesagt, sie soll das lassen. Du bist mit Joe zusammen, aber aus irgendeinem verdammten Grund hat sie beschlossen, dass er nicht gut genug für dich ist." Er sah mir in die Augen. „Ich mag Joe, und selbst falls nicht, ginge mich das nichts an. Das ist allein deine Entscheidung, nicht unsere."

„Danke, Mike." Ich lehnte mich gegen die Arbeitsplatte und lächelte ihn an. „Ich weiß, dass du damit nichts zu tun hast. Violet ist gar nicht mehr sie selbst. Was ist denn los?"

„Was los ist …" Er riss ein Geschirrtuch vom Haken. „Violet hat beschlossen, dass sie mit ihrem Leben unglücklich ist, das ist los."

Mir fiel die Kinnlade herunter. „Hat sie das gesagt?"

„Nein, nicht direkt."

„Oh Mike. Es ist bestimmt nur Mommas Tod. Sie und Momma haben nicht mehr wirklich miteinander geredet und so schrecklich Momma auch war, sie war trotzdem unsere Mutter. Das kann Violet gar nicht kalt lassen."

Er holte tief Luft und sah durch das Fenster über der Spüle hinaus. „Ich hoffe, du hast recht, Rose." Er küsste mich auf die Wange. „Ich weiß, dass ich nur dein Schwager bin, aber Joe ist ein guter Mann und kann sich glücklich schätzen, dich zu haben." Dann zog er den Käsekuchen aus dem Kühlschrank und trug ihn ins Esszimmer.

Als ich wieder am Tisch saß, fragte Austin mich nach meiner Arbeit. Die Arbeit bei der Kfz-Zulassungsstelle war nicht besonders aufregend, aber ich konnte ein paar Geschichten von interessanten Kunden erzählen. Austin lachte und nahm die Weinflasche, um mein Glas nachzufüllen.

Ich legte die Hand über das Glas. „Für mich nicht. Ich hab morgen Geschworenendienst."

„Geschworenendienst." Er beugte sich zu mir herüber. „Ich bewundere eine Frau, die ihren Bürgerpflichten nachkommt."

„Da gibt es nichts zu bewundern. Wenn ich mich nicht gemeldet hätte, säße ich inzwischen vermutlich schon im Gefängnis."

Austin lachte, als hätte ich einen Witz gemacht. Ich unterdrückte ein Stirnrunzeln. Über Inhaftierung gab es nichts zu lachen.

„Erzählen Sie uns von dem Fall." Austin zog die Augenbrauen hoch, was ihm einen verschmitzten Ausdruck verlieh. „Ist er aufregend?"

„Ich darf nicht über den Fall …"

Violet beugte sich vor und flüsterte. „Es ist ein Mordprozess."

Seine Augen leuchteten interessiert auf.

„Es ist nicht so aufregend, wie es klingt." Plötzlich wurde mir bewusst, dass Joe am Vortag das Gleiche über seinen Job gesagt hatte, fast wortwörtlich. Ich vermisste ihn mehr, als ich für möglich gehalten hätte. Dabei war er gerade erst zwei Tage fort. Aber ich konnte nicht höflich und interessiert tun, wenn mein Herz sich nach Joe sehnte.

Ich lächelte Violet und Mike an und stand auf. „Danke für das Abendessen, aber ich muss nach Hause. Die Klimaanlage im Gericht funktioniert nicht und morgen wird sicher wieder ein langer, anstrengender Tag."

Austin stand ebenfalls auf. „Ich bringe Sie noch raus."

Violets Gesichtsausdruck verwandelte sich von glücklich zu missmutig und wieder zurück. Wie viel genau hatte sie wohl getrunken?

Ich lächelte Austin gezwungen an. „Das ist wirklich nicht nötig."

„Ich bestehe darauf."

Ich nahm meine Handtasche und konnte nicht verhindern, dass ich mein Handy hervorzog, um es auf verpasste Anrufe zu überprüfen. Austin sprach mit Mike und ich ging schnell nach draußen, in der Hoffnung, ihn loszuwerden, aber er folgte mir dicht auf den Fersen.

„Rose, warten Sie."

Ich stand neben meiner Autotür und sah zu ihm auf. Er war wirklich ein attraktiver Mann, aber ich fühlte mich überhaupt nicht zu ihm hingezogen. Mein Herz gehörte Joe.

„Komisch, dass ich mich von der Highschool so gar nicht an Sie erinnern kann."

„Na ja", mauerte ich. „Sie waren ein paar Jahre über mir und ich war ziemlich unscheinbar."

Er senkte die Stimme. „Das kann ich kaum glauben."

Ich holte tief Luft. „Austin, Sie sind wirklich ein netter Kerl …"

Grinsend neigte er den Kopf. „Ah … Bitte nicht den Spruch mit dem wirklich netten Kerl. Geben Sie mir eine Chance. Gehen Sie Freitagabend mit mir aus."

Ich verzog den Mund zu einem halbherzigen Lächeln. „Was Violet Ihnen nicht erzählt hat – ich habe schon einen Freund. Aus irgendeinem Grund hält sie nicht besonders viel von ihm, deshalb hat sie das heute hier arrangiert. Es tut mir leid."

Er seufzte. „Jetzt ergibt das alles einen Sinn. Kein Wunder, dass Mike sich so merkwürdig benommen hat."

„Tut mir leid."

„Nein." Er schüttelte den Kopf und nahm mir mein Handy aus der Hand. „Sie haben nichts Falsches getan und ich würde lügen, wenn ich sagte, ich wäre nicht froh, dass Violet uns miteinander bekannt gemacht hat." Er drückte ein paar Tasten auf meinem Handy, wartete einen Moment und gab es mir dann zurück. „Falls es mit diesem Freund nicht klappt, rufen Sie mich an. Es tut mir nur leid, dass ich nicht schon vor ein paar Jahren auf Sie aufmerksam geworden bin. Dann hätte ich meine Chance nicht verpasst."

Ich lief rot an. Glücklicherweise wurde das von der Dunkelheit überdeckt. „Gute Nacht, Austin."

„Gute Nacht, Rose Gardner. Ich werde auf Ihren Anruf warten."

Als ich losfuhr, hoffte ich inständig, dass Austins Worte sich nicht bewahrheiten würden.

KAPITEL 7

Ich brachte Muffy nach draußen und starrte auf Austin Kents Telefonnummer auf meinem Handy. Ich war an dem Mann doch gar nicht interessiert, warum löschte ich also seine Nummer nicht? Selbst wenn Joe mit mir Schluss machte, würde ich Austin nicht anrufen. Gerade wollte ich seine Nummer löschen, als das Handy klingelte. Vor Schreck hätte ich es fast fallen gelassen. Da erkannte ich Joes Namen auf dem Display und beeilte mich, ranzugehen.

Kling nicht zu anhänglich, kling nicht zu anhänglich.

Ich trieb Muffy ins Haus, während die Worte nur so aus mir herausquollen: „Joe, wo warst du? Ich hab mir solche Sorgen gemacht. Du bist zwei Tage lang nicht ans Telefon gegangen!"

Genau so.

Joe lachte. „Immer mit der Ruhe. Das Wichtigste zuerst." Seine Stimme klang rau und liebevoll. „Ich hab dich wie verrückt vermisst."

Ich schmollte, auch wenn mein Körper deutlich auf den Klang seiner Stimme reagierte. „Das merke ich, so oft, wie du mich anrufst."

„Es ging nicht anders, Schatz. Ich schwöre. Ich hätte dich angerufen, wenn ich gekonnt hätte, aber gestern habe ich bis spätnachts gearbeitet und heute hatte ich irgendwie mein Handy verlegt. Ich habe es erst vorhin gefunden."

„Also hast du nicht heute Nachmittag mit Hilary geduscht?", fragte ich, obwohl ich mich ein bisschen dafür schämte. Und auch vor der Antwort fürchtete.

„Was? Wie kommst du denn darauf?"

„Frag das doch Hilary."

Er schwieg volle drei Sekunden lang. „Ich bringe sie um. Was genau hat sie gesagt?"

Erleichtert sank ich auf mein neues, weiches Sofa. „Ich möchte nicht über Hilary reden."

„Rose. Hör mir zu. Ich war nicht mit ihr zusammen. Na gut, ich war, aber nur, weil wir zusammenarbeiten. Nicht so, wie du glaubst. Und damit du es nicht später herausfindest und denkst, ich hätte dich angelogen, ich hab heute Nachmittag tatsächlich geduscht, nach dem Sport. Du musst mir glauben."

Ich kam mir vor wie eine Idiotin wegen meiner Eifersucht. Neely Kate hatte recht. „Natürlich glaube ich dir."

„Aber du hattest Zweifel?"

„Wie auch nicht, wenn sie mit einer sexy Stimme an dein Handy geht und mir sagt, dass du gerade duschst und ich im Hintergrund das Wasser rauschen höre."

Er stöhnte. „Es tut mir so leid. Ich konnte den ganzen Tag lang mein Handy nicht finden. Sie muss es versteckt haben, als ich in der Umkleide war. Bei der Arbeit! Wir waren nicht allein, Rose. Ich schwöre es."

„Ist schon gut."

„Nein, ist es nicht. Ich werde Hilary morgen zur Rede stellen. Ist diese Sache zwischen uns jetzt geklärt?"

„Geklärt."

„Du fehlst mir."

Ich hörte die Sehnsucht in seiner Stimme. „Du fehlst mir auch."

„Ich glaube nicht, dass ich es bis Freitag aushalte."

In meinem Bauch flatterten Schmetterlinge umher. „Du kannst nicht herkommen, Joe. Du kriegst sonst Schwierigkeiten."

„Komm zu mir, Rose. Bitte. Nimm dir ein paar Tage frei. Oder kündige. Du hasst diesen Job."

Ich wusste ohne den geringsten Zweifel, dass ich es getan hätte. Ich hätte der Zulassungsstelle für immer Auf Wiedersehen gesagt und wäre nach Little Rock gefahren. Aber es war nicht meine Arbeit, die das verhinderte. „Ach Joe." Ich schniefte hörbar. „Ich würde sofort kündigen, wenn ich könnte, aber wenn ich morgen zu dir fahre, werde ich verhaftet."

Nach einer kurzen Pause fragte er vorsichtig: „Wovon sprichst du?"

„Ich bin als Geschworene ausgewählt worden. Wenn ich nicht auftauche, komme ich ins Gefängnis."

Ich hörte, wie er erleichtert ausatmete.

„Warte mal. Was hast du denn gedacht?"

Er lachte. „Schatz, bei dir weiß man nie so genau. Du bist also eine Geschworene, ja? Was ist denn das für ein Prozess?"

„Deshalb wollte ich so dringend mit dir reden. Ich habe ein Problem. Ich hatte eine Vision über den Fall."

Joe wirkte nicht allzu überrascht. „Und?"

„Joe, es ist ein Mordprozess und der Angeklagte ist unschuldig."

„Woher weißt du, dass er unschuldig ist?"

„Hab ich dir doch gerade gesagt. Ich hatte eine Vision."

„Warum beginnst du nicht am Anfang und erzählst mir alles der Reihe nach."

„Bist du sicher, dass ich das darf? Ich soll doch mit niemandem über den Fall reden." Seit zwei Tagen brannte ich darauf, mich ihm anzuvertrauen, aber jetzt machte ich mir Sorgen, dass ich damit gegen das Gesetz verstieß.

„Ist schon gut. Ich bin ein Detective der State Police. Ich werde es niemandem erzählen und auch ganz bestimmt nicht versuchen, dich zu beeinflussen."

Es war eine große Erleichterung, mit jemandem über mein Problem sprechen zu können, ganz besonders mit Joe. Ich erzählte ihm alles, angefangen mit dem Strafzettel von Officer Ernie bis zu meinem Verlassen des Gerichts an diesem Nachmittag. Von meinem Abend bei Violet sagte ich jedoch nichts. Ich wollte nicht, dass er sich unnötig Sorgen machte, zumal ich nicht das geringste Interesse an Austin Kent hatte.

Als ich fertig war, seufzte er. „Oh Rose. Das tut mir so leid. Ich wünschte, ich wäre bei dir gewesen. Ich weiß, wie schwierig das für dich sein muss."

Meine Stimme brach. „Ich hab einfach keine Ahnung, was ich tun soll."

„Ich weiß. Lass uns mal gemeinsam überlegen. Welche Möglichkeiten hast du?"

Ich wischte mir eine Träne von der Wange. „Meine erste Möglichkeit ist, dem Stellvertretenden Staatsanwalt zu sagen, was ich weiß."

„Glaubst du, das würde funktionieren?"

„Nein. Zum einen würde er mir niemals glauben und zum anderen würde er mich für verrückt halten. Aus irgendeinem bizarren Grund wollte er mich unbedingt in der Jury haben. Ich hätte irgendwie das Gefühl, ihn im Stich zu lassen."

Joes Stimme wurde hart. „Du schuldest Mason Deveraux gar nichts, hörst du? Hier geht es um dich, nicht um diesen eingebildeten Stellvertretenden Staatsanwalt."

Woher wusste Joe von Mason Deveraux? Ich konnte mich gar nicht erinnern, seinen Namen erwähnt zu haben. „Ja, du hast recht."

„Welche Möglichkeit hast du noch?"

„Ich könnte es dem Verteidiger erzählen, aber er kann mich nicht leiden und würde mir niemals glauben."

„Okay, weiter?" Joe fragte nicht, warum der Verteidiger mich nicht leiden konnte, sondern akzeptierte das einfach.

Ich schloss die Augen und konzentrierte mich. „Vielleicht könnte ich einen anonymen Tipp hinterlassen."

„Was würdest du denn sagen?"

Frustriert stöhnte ich auf. „Da gibt es nicht viel zu sagen, schätze ich, oder? Dass die Anstecknadel einem mysteriösen Mann gehört, der das Opfer umgebracht hat, aber ich weiß nicht, wer es ist, nur dass er am Montagmorgen im Gericht war, Kreuzworträtsel mag und eine Katze hat."

„Noch eine Idee?"

„Keine, Joe. Jedenfalls fällt mir nichts mehr ein."

„Mir aber."

Ich setzte mich auf. „Und was?"

„Du tust gar nichts."

„Was? Das geht nicht."

„Rose, vertrau dem Rechtssystem. Dieser Typ ist unschuldig, bis seine Schuld bewiesen wurde."

„Nein, ist er nicht, das kannst du mir glauben. Jeder hält ihn für schuldig, angefangen von der Jury bis zur Polizei, und Mr Yates minimalem Einsatz nach zu urteilen, hält er ihn auch für schuldig."

„Rose ..."

„Nein, Joe. Du warst nicht dabei. Mason Deveraux hat all diese Indizienbeweise, und Mr Yates zweifelt nichts davon an, und die Jury glaubt ihm jedes Wort, was ich überhaupt nicht verstehe. Sogar ohne Vision wüsste ich, dass Bruce Wayne diesem Kerl nicht den Schädel eingeschlagen hat. Er ist Rechtshänder und die Wunde war auf der rechten Seite. Der Mörder ist Linkshänder."

„Woher um alles in der Welt weißt du das?"

„Ich habe es in meiner Vision gesehen. Er hat ein Kreuzworträtsel gemacht und das Wort mit der linken Hand eingetragen."

„Rose." Joes Stimme hatte einen angespannten Klang angenommen und er sprach meinen Namen abgehackt aus. Ein Zeichen, dass er genervt war. „Das bedeutet überhaupt nichts."

„Doch, natürlich. Ein Rechtshänder hätte das Opfer auf der linken Seite getroffen, wieso merkt das niemand?"

„Rose, die beiden haben vermutlich gekämpft. Dabei bewegt man sich. Das Opfer hat doch nicht einfach dagestanden und darauf gewartet, dass ihm der Kopf eingeschlagen wird."

„Ich bin nicht blöd, Joe McAllister. Das weiß ich." Gereizt stöhnte ich auf – ich hatte ihn gerade aus Gewohnheit Joe McAllister genannt.

„Ich bin sicher, dass sich das mit einem Kampf erklären lässt. Deshalb stellt auch niemand die Lage der Verletzung infrage. Du hast vielleicht trotzdem recht. Wenn der Mörder Linkshänder ist, ist die Wahrscheinlichkeit größer, dass die Wunde rechts ist. Aber Rose, das reicht keinesfalls aus, um den Angeklagten zu entlasten. Besonders, nachdem man die Mordwaffe bei ihm gefunden hat."

„Und was soll ich jetzt tun?"

„Nichts. Dem Rechtssystem vertrauen."

„Ich kann nicht zulassen, dass ein Unschuldiger ins Gefängnis kommt, Joe."

„Das sage ich ja gar nicht, aber im Moment solltest du erst mal abwarten und nichts tun."

Ich holte tief Luft und kämpfte gegen meinen Frust an. „Joe, das hätte ich sein können. Wenn sich die Dinge anders entwickelt hätten, könnte ich jetzt im Gefängnis sitzen, während ich auf den Prozess zu Mommas Ermordung warte. Und ich hätte auch verurteilt werden können. Das weißt du."

„Rose, es geht nicht um dich. Und es ist auch nicht so, als wäre dieser Bruce Wayne Decker ein unbescholtener Bürger. Du hast gesagt, er ist schon mehrmals zuvor verhaftet worden."

„Ja, für minderschwere Vergehen. Nicht für Gewaltverbrechen. Nichts davon war auch nur annähernd so wie das hier."

„Aber mit seinem Vorstrafenregister …"

„Ach du liebe Zeit!", rief ich verzweifelt. „Du bist genau wie *die*!"

„Was soll denn das heißen?"

„Du hast Vorurteile wegen seiner Vergangenheit."

„Das spielt nun mal auch eine gewisse Rolle."

„Er ist unschuldig, Joe!"

„Ich weiß, du glaubst, dass deine Vision das beweist, aber …"

„Glaubst du, ich lüge?!"

„Nein! Natürlich nicht. Aber vielleicht ist das, was du gesehen hast, nicht das, was du denkst."

Ich zählte bis zehn und presste die Zähne aufeinander. Fest. „Ich denke, ich bin müde und gehe jetzt ins Bett."

„Rose …"

„Gute Nacht, Joe."

Bis spät in die Nacht lag ich wach auf dem Sofa, zu wütend und frustriert, um zu schlafen. Nachdem ich stundenlang Sendungen mit Inneneinrichtungstipps angesehen hatte, beschloss ich, dass es an der Zeit war, Mommas Zimmer zu renovieren, das seit 1970 unverändert war.

Aber warum sollte ich ein Zimmer umgestalten wollen, wenn ich darüber nachdachte, nach Little Rock zu ziehen?

Mein Streit mit Joe brachte mich ins Grübeln, wie gut ich ihn tatsächlich kannte, obwohl das ihm gegenüber nicht besonders fair war. Joe war ein guter Mann. Trotzdem fragte ich mich, wie wir als Paar zurechtkommen würden, wenn sogar Violet und Mike, die bis vor ein paar Monaten noch die perfekte Ehe geführt hatten, inzwischen Probleme hatten?

Am nächsten Morgen wurde ich von Muffy geweckt, die mein Gesicht ableckte. Aus der Küche strömte Tageslicht ins Zimmer. Ich schoss hoch und überprüfte auf meinem Handy die Uhrzeit: 8:45 Uhr.

Oh Scheibenkleider!

Nach fünf Minuten im Gerichtssaal würden sowieso alle nach Schweiß stinken, deshalb verschwendete ich meine kostbare Zeit nicht mit einer Dusche. Ich ließ Muffy hinaus und beobachtete sie durchs Fenster, während ich mir am Spülbecken die Zähne putzte. Einer der Jungs von nebenan kroch an der hinteren Ecke von Joes Haus herum. Ich stellte mich auf die Zehenspitzen, um zu sehen, was er da tat, als ich plötzlich sah, wie etwas auf Muffy zuflog und ein Jaulen erklang.

Ich rannte schneller zur Tür hinaus als Mildreds Katze auf der Jagd nach einem Eichhörnchen. Muffy jaulte erneut, hob ihre Pfote vom Boden und versuchte, zur Tür zu humpeln. Neben ihr lag ein Stein. „Komm sofort da raus!", rief ich.

Der Junge versteckte sich hinter dem Haus, aber seine blonden Haare waren noch sichtbar.

Ich beugte mich hinunter und suchte Muffys Pfote nach Blutspuren ab. „Ich sehe dich und ich hab auch gesehen, was du getan hast. Komm sofort her und entschuldige dich bei meinem Hund."

Andy Junior kam mit gerunzelter Stirn um die Ecke. „Ich entschuldige mich doch nicht bei einem Hund."

„Doch, das wirst du. Jetzt komm her und entschuldige dich sofort, ehe ich rüberkomme und dich persönlich hole." Ich war von mir selbst überrascht. Normalerweise war ich nicht so bestimmt, aber die Vergangenheit hatte gezeigt, dass ich es nicht mochte, wenn jemand meinem Hund wehtat. Ganz egal, ob es ein Erwachsener war oder ein Kind.

Argwöhnisch kam der Junge herüber.

„Beeil dich, ich hab nicht den ganzen Tag Zeit. Ich hab schon Glück, wenn ich nicht verhaftet werde."

Die Augen des Jungen wurden groß und er schluckte. „Tut mir leid, Hund."

Ich hob Muffy hoch und nahm sie auf den Arm. „Sie hat einen Namen. Sie heißt Muffy. Noch mal."

„Ach bitte!"

Ich knirschte mit den Zähnen, riss die Augen auf und sah vermutlich aus wie eine Irre.

Das Gesicht des Jungen wurde aschfahl. „Tut mir leid, … Muffy."

„Warum machst du denn so was? Was hat dir der Hund denn getan?"

Er zuckte mit den Schultern. „Keine Ahnung."

„Würde es dir gefallen, wenn ich einen Stein nach dir werfe?"

Er öffnete den Mund, sah mich ängstlich an und schüttelte energisch den Kopf.

„Niemand möchte mit einem Stein beworfen werden, auch Hunde nicht. Muffy spielt vielleicht mit dir, wenn du nett zu ihr bist."

Seine Augen begannen zu leuchten, aber ein Blick in meine Richtung ernüchterte ihn. „Wirklich?"

„Falls du auch nett sein kannst, lasse ich dich vielleicht mal mit Muffy spielen, aber dieses Vertrauen musst du dir verdienen. Und ich garantiere dir, wenn ich dich noch mal dabei erwische, wie du meinem Hund wehtust", ich beugte mich vor und deutete auf seine Brust, „dann wirst du es für den Rest deines Lebens bereuen, hast du mich verstanden?"

Er nickte, die Augen weit aufgerissen und ordentlich eingeschüchtert.

Ich unterdrückte ein zufriedenes Grinsen. Wer hätte gedacht, dass so viel Durchsetzungsvermögen in mir steckte?

Als ich Muffy nach drinnen gebracht und abgesetzt hatte, hatte sie auch aufgehört zu jaulen. Sie lief mit nur einem leichten Humpeln umher und ich überlegte, ob ich ihr Bein kühlen sollte, aber dafür blieb keine Zeit. Ich würde auch so schon zu spät kommen.

Nach einem Blick in den Badspiegel wurde mir auch klar, warum Andy Junior so verängstigt gewirkt hatte. Meine Haare standen wirr vom Kopf ab. Unter meinen Augen war Wimperntusche verschmiert und Zahnpastaschaum hing mir von der Unterlippe.

Ich sah aus wie Frankensteins Braut mit Tollwut.

Wenn man meine Drohungen und das Gerede übers Verhaftetwerden dazunahm, war ich gerade zur verrückten Lady aus der Nachbarschaft geworden.

Mir blieb nur Zeit, mir einmal schnell mit dem Waschlappen übers Gesicht zu fahren und meine Haare zu kämmen, bevor ich aus der Tür rannte.

Ich hoffte inständig, dass man mich nicht verhaften würde. Ließ man Leute im Gefängnis verrotten, weil sie zu spät zum Geschworenendienst gekommen waren? Ich würde es gleich wissen.

Zwei Blocks vom Gericht entfernt fand ich einen Parkplatz und joggte zum Gerichtsgebäude hinüber. Als ich es betrat, war ich verschwitzt. „Guten Morgen, Matt." Ich warf meine Handtasche auf die Theke.

Matt überprüfte meine Tasche und gab sie mir mit einem misstrauischen Blick zurück.

Da der Fahrstuhl so langsam war, rannte ich nach oben. Als ich um Viertel nach neun in den Geschworenenraum platzte, war ich völlig außer Atem. „Es tut mir leid, dass ich zu spät komme! Bitte verhaften Sie mich nicht."

Marjorie Grace hob abwehrend die Hände. „Wow, immer langsam. Hier wird niemand verhaftet. Der Richter entscheidet gerade, ob die Verhandlung vertagt wird, bis die Klimaanlage repariert ist." Sie deutete auf den hinteren Bereich des Raumes, wo alle um einen Tisch standen. „Solange haben alle etwas von dem leckeren Frühstücksauflauf gegessen, den Mrs Baker mitgebracht hat." Die Art und Weise, wie sie einen Moment bei dem Wort *lecker* innehielt, verriet mir, dass ich einen großen Bogen um den Auflauf machen sollte, ganz egal, wie sehr mein Magen knurrte.

Gerichtsdiener Spencer kam mit in die Hüfte gestützten Händen durch die Tür. „Der Richter hat entschieden, das Verfahren fortzuführen, um es schnellstmöglich abzuschließen."

Mein Magen schlug Purzelbäume. Das Leben eines Mannes stand auf dem Spiel, das eines Unschuldigen, und alle waren nur daran interessiert, schnellstmöglich in einen klimatisierten Raum zu kommen.

Der Vormittag zog sich dahin. Mr Deveraux rief zwei Zeugen auf, die gesehen hatten, wie Bruce Wayne unter seine Verandatreppe gekrochen war. Er hatte mitten in der Nacht so viel Lärm gemacht, dass mehrere Nachbarn davon aufgewacht waren. Außerdem sagte der Tatortermittler aus, der bestätigte, dass das auf dem Brecheisen gefundene Blut mit der DNA des Opfers übereinstimmte und dass man die Fingerabdrücke des Angeklagten darauf gefunden hatte.

Die Beweise häuften sich und mein Frust vergrößterte sich zunehmend. Wann würde Mr Yates endlich anfangen, seinen Mandanten zu verteidigen?

Die Verhandlung wurde für die Mittagspause unterbrochen und ich erzählte Neely Kate alles über meinen Abend mit Violet und Austin Kent und meinen nachfolgenden Streit mit Joe, obwohl ich die Einzelheiten nur grob erwähnte. Allerdings hielt sie das nicht davon ab, Details über den Prozess erfahren zu wollen.

„Ach komm schon, Rose. Erzähl mir wenigstens irgendwas."

„Nein." Ich schüttelte den Kopf. „Weißt du denn nicht, dass ich dafür ins Gefängnis kommen könnte? Und wenn ich verhaftet werde, was hält sie davon ab, mich dort verrotten zu lassen wie den armen Mr Decker?"

Sie kniff die Augen zusammen. „Du weißt doch was. Raus damit."

Ich schüttelte den Kopf. „Nein. Auf keinen Fall. Von mir erfährst du nichts."

„Aber du hast gerade gesagt …"

„Neely Kate. Ich kann nicht."

Sie machte einen Schmollmund, aber ich kannte sie inzwischen gut genug, um zu wissen, dass das nur Show war.

Sobald ich in den Geschworenenraum zurückkehrte, wusste ich, dass etwas nicht stimmte. Zuerst fiel mir der Geruch auf, eine Mischung aus Schwefel und Erbrochenem. Ich legte mir die Hand über Mund und Nase und ging hinüber zu Marjorie Grace, die sich gerade um einen Geschworenen kümmerte, der sich mit aschfahlem Gesicht vorbeugte.

„Was ist hier los?"

Mit gerunzelter Stirn sah sie auf. „Fünf Geschworene haben sich übergeben, und drei weitere verstecken sich auf der Toilette und kümmern sich um die Probleme am anderen Ende, falls Sie verstehen, was ich meine."

Leider tat ich das. „Was ist passiert? Wie können denn alle gleichzeitig krank sein?"

„Drei Worte: Mrs Bakers Auflauf." Sie ging hinüber zu einem weiteren Geschworenen und sah nach den feuchten Papierhandtüchern auf seiner Stirn. Offensichtlich gehörten feuchte Papierhandtücher zur Grundausrüstung in Marjorie Graces Erste-Hilfe-Set.

„*Lebensmittelvergiftung?*"

„Ich bin kein Arzt, aber das wäre meine Vermutung."

Es war auch die Vermutung des Arztes, der dreißig Minuten später auftauchte.

Der Prozess wurde bis auf Weiteres vertagt und ich erkannte, dass ich jetzt Zeit hatte, mir ein paar Antworten zu besorgen. Als Erstes würde ich im Baumarkt danach suchen.

Ich würde dem Tatort einen Besuch abstatten.

KAPITEL 8

Ich war klug genug, um zu wissen, dass ich eine Ausrede brauchte. Ich konnte nicht einfach dort auftauchen und Fragen stellen. Glücklicherweise war Archers Baumarkt jedoch der einzige Baumarkt in der Stadt und gerade erst gestern Abend hatte ich beschlossen, Mommas Zimmer zu renovieren.

Renovieren war schließlich kein Verbrechen.

Ich fuhr auf den Parkplatz, beobachtete den Eingang und dachte über meine Entscheidung nach, während mir die kühle Luft aus der Klimaanlage ins Gesicht blies. Betrat ich den Laden, konnte der Richter das als Verstoß gegen das Gesetz werten. Allerdings konnte man von mir doch auch sicherlich nicht erwarten, dass ich meine Renovierungsarbeiten bis nach dem Prozess aufschob. Joe würde mein Vorhaben bestimmt nicht gutheißen, aber seiner Meinung nach sollte ich auch Bruce Wayne im Gefängnis verrotten lassen. Das konnte ich aber nicht. Ich straffte die Schultern.

Das hier war verrückt, sogar verrückter als das, was ich sonst so tat. Ich kannte Bruce Wayne Decker nicht mal und ich war mir ziemlich sicher, dass er etwas Ähnliches für mich nicht tun würde.

Aber einfach dazusitzen und zuzusehen, wie man ihn verurteilte, bereitete mir Magenschmerzen.

Ich würde da reingehen.

Als ich durch die Glasschiebetüren ging, rechnete ich fast damit, dass Officer Ernie oder Detective Taylor schon auf mich warteten, um mich zu verhaften. Stattdessen wurde ich von einem Mädchen mit blauen Haaren und einem Lippenpiercing begrüßt, das an der Reklamationstheke hockte.

„Herzlich willkommen in Archers Baumarkt." Ihre monotone Stimme und die fast geschlossenen Augenlider deuteten darauf hin, dass sie kurz vor dem Einschlafen stand.

„Hi." Ich steuerte direkt auf die Farbenabteilung zu, obwohl ich eigentlich durch den Laden wandern und herausfinden wollte, wo Frank Mitchell ermordet worden war. Aber ich wollte mein Glück nicht herausfordern. Dass ich Farbe kaufen wollte, war glaubhaft. Ob ich jemanden davon überzeugen konnte, dass ich ein Plastikrohr für den Unterbau meiner Spüle brauchte, war dagegen fraglich.

Während ich die Farbkarten studierte, wurde mir klar, dass ich einen Plan brauchte. Zuerst musste ich mich entscheiden, in welcher Farbe ich Mommas Zimmer streichen wollte. Danach musste ich überlegen, welche Fragen ich stellen sollte.

Nach Mommas Tod hatte ich das Wohnzimmer in einem hellen Gelb gestrichen, um die Blutspritzer zu überdecken, und das Helle, Luftige hatte mir gefallen. Ich entschied mich für Hellblau. Vielleicht würde ich mir sogar bei Walmart eine neue Überdecke gönnen.

Ich nahm die Farbkarte mit zur Theke und gab sie der Frau neben der Farbmischmaschine. „Hi, ich hätte gern davon acht Liter in matt." Was hatte sich doch alles seit Mai verändert. Aber wie sollte ich jetzt Informationen über den Mord bekommen, ohne dass es zu offensichtlich wirkte?

„Kein Problem. Falls Sie noch etwas anderes brauchen, können Sie die Farbe einfach hier stehen lassen, bis Sie fertig sind." Sie wischte sich den Daumen an ihrem Kittel ab und verschmierte dabei etwas grüne Farbe. Auf ihrem Namensschild stand „Anne".

Ich brauchte Farbroller, aber die hingen neben der Theke. Ich nahm ein Päckchen und drehte es in den Händen hin und her. „Nein, das ist alles. Die Farbe und die Roller. Es ist höchste Zeit, das

Zimmer meiner Momma zu streichen. Gott sei ihrer Seele gnädig." Ich legte mir eine Hand auf die Brust. „Nach ihrer Ermordung und allem brauche ich einen Neuanfang, verstehen Sie?"

Anne, die gerade den Deckel von der Farbbüchse abklaubte, hielt inne und blinzelte. „Moment. Wurde Ihre Momma vor ein paar Monaten ermordet?"

Ich nickte. „Es ist absolut traumatisch, wenn man nach Hause kommt und die Leiche seiner Momma findet." Ich machte eine Pause. „Ich glaube, nur jemand, der Ähnliches erlebt hat, versteht, wie schrecklich das ist."

Anne machte ein zustimmendes Geräusch. „Wir hatten hier einen ähnlichen Fall." Sie zog die Augenbrauen hoch und programmierte den Farbspender. „Unser Abendschichtmanager wurde vor etwas mehr als einem Jahr ermordet. Genau hier in diesem Laden!"

Ich riss die Augen auf. „Oh! Jetzt fällt es mir wieder ein. Um Himmels willen, was ist denn bloß aus Henryetta geworden?"

„Die Stadt geht den Bach runter, ich sag's Ihnen."

„Haben Sie hier gearbeitet, als es passiert ist?"

Sie erschauerte. „Ja, und ich weiß genau, was Sie mit ‚absolut traumatisch' meinen. Ich hatte noch Monate später Angst, allein ins Lager zu gehen."

Ich senkte die Stimme. „Dort ist es wohl passiert? Im Lager? Bei meiner Momma war's das Sofa in unserem Wohnzimmer. Als ich sie gefunden hab, sah sie aus, als ob sie nur darauf wartet, dass ich nach Hause komme."

Anne nickte und erschauerte wieder, dann schob sie die Farbdose in die Mischmaschine.

„Hatten Sie hier viele Schaulustige? Bei mir haben die Leute durch die Wohnzimmerfenster gespäht, um die Blutflecken zu sehen."

„Ja! Das war schrecklich. Da war dieser eine Typ, der immer wieder kam. Er kaufte mal eine Packung Schrauben oder einen Besen, aber nichts Großes und nichts, was man von einem Heimwerker erwartet. Eines Tages hat Manny, der arbeitet drüben bei den Werkzeugen, zu ihm gesagt, dass keiner von uns erraten kann, was genau er baut oder renoviert, weil seine Einkäufe keinen Sinn ergeben. Das ist so ein Spiel zwischen uns. Wir achten darauf, was die Stammkunden kaufen und versuchen herauszufinden, welche Projekte sie zu Hause vorhaben. Danach haben wir ihn nie wieder gesehen."

„Das ist aber komisch." War das der Toilettenmörder?

Sie verengte die Augen. „Wem sagen Sie das. Aber das wirklich Komische war, dass der Mörder kein Geld aus dem Safe genommen hat."

„Was? Warum denn nicht?"

„Das ist uns ein Rätsel. Aber die Tageseinnahmen waren noch nicht zur Bank gebracht worden und der Safe stand sperrangelweit offen. Darin lag genug Geld, um direkt hier im Baumarkt eine Bankfiliale zu eröffnen, aber es fehlten nur knapp hundert Dollar."

„Warum um alles in der Welt würde der Mörder denn das Geld liegen lassen?"

„Keine Ahnung. Aber es gibt einem zu denken, was der wahre Grund für den Mord sein könnte. Ganz sicher war das kein Einbruch."

Mir fiel die Kinnlade herunter. Das hier war so viel besser, als ich gehofft hatte. „Was meinen Sie denn damit?"

Anne sah sich um und beugte sich dann zu mir herüber. „Frank hatte Geldprobleme. Und man hat gemunkelt, dass er einigen nicht so freundlichen Leuten Geld schuldete."

„Ist die Polizei dieser Spur nachgegangen?"

Sie schnaubte. „Was? Und womöglich mehr tun als unbedingt nötig? Sie kennen doch den Ruf unserer Polizei."

Den kannte ich leider nur zu gut. Aus persönlicher Erfahrung.

„Warum hat er denn diesen Leuten Geld geschuldet?"

„Ich habe keine Ahnung. Er war ein netter Kerl und so, aber ohne einen Funken gesunden Menschenverstand, wenn Sie verstehen, was ich meine."

„Ist der Mörder geschnappt worden?"

„Das war groß in den Nachrichten. Angeblich ja. Das haben Sie nicht gesehen?"

„Meine Momma hat vom Fernsehen nicht allzu viel gehalten."

Anne hob den Finger. „Jeder Bürger der Vereinigten Staaten von Amerika muss sich über aktuelle Ereignisse informieren. Ansonsten übernehmen diese militanten Idioten, die sich in den Wäldern verstecken, die Macht. Und Gott beschütze uns, falls das jemals passiert."

Da war was Wahres dran.

„Ich habe seit ein paar Wochen Kabelfernsehen."

Sie blinzelte und nickte dann. „Sind Sie eher eine CNN- oder eine Fox-News-Frau?"

„Äh", stammelte ich, weil ich ziemlich sicher war, dass das ein Test sein sollte. „CNN?"

Sie nickte und ging zur Farbmaschine. „Sehr schön."

Puh. Glück gehabt. Ich wollte nämlich nicht, dass sie aufhörte zu reden. „Sie glauben nicht, dass der Mörder gefasst wurde?"

Anne verdrehte die Augen und nahm die Farbdose aus dem Mischer. „Die Polizei behauptet es, aber ich glaube nicht, dass er es getan hat."

„Warum denn nicht?"

Sie öffnete den Deckel und markierte den Aufkleber mit einem blauen Punkt. „Bruce hat Angst vor seinem eigenen Schatten. Er kann es unmöglich gewesen sein."

„Sie *kennen* ihn?"

„Ja, er ist der Neffe des Cousins vom Mann meiner Schwester."

Was sie praktisch zu Cousins machte.

„Klar, er ist schon für ein paar Delikte verhaftet worden, aber das war meistens Besitz von Marihuana und Fahren unter Alkoholeinfluss. Ein paar Mal wegen Ladendiebstahl. Nichts so Großes wie Mord. Und ich bin mir nicht mal sicher, ob Bruce überhaupt ein Brecheisen heben könnte."

Ich hatte seine spindeldürren Arme gesehen und musste ihr zustimmen.

Sie schaltete einen Föhn ein und blies damit den Farbtupfer trocken, wodurch jede weitere Konversation unmöglich war. Ich strapazierte mein Glück sowieso schon über. Ganz bestimmt würde ich nicht noch laut schreiend mehr Fragen stellen. Anne stellte die Farbe auf die Theke. „Bitte. Kann ich sonst noch was für Sie tun?"

Ich nahm den Henkel, zog die Dose von der Theke und lächelte. „Ich denke, ich habe jetzt alles. Vielen Dank, Anne."

Bei der Erwähnung Ihres Namens zog sie leicht die Augenbrauen hoch, und lächelte dann. „Viel Erfolg beim Streichen."

Ich bezahlte die Farbe und die Farbroller. Auch wenn ich froh über die neu gewonnenen Informationen war, hatte ich plötzlich Angst, dass jemand von der Polizei draußen wartete, um mich zu verhaften. Als ich vom Parkplatz fuhr, atmete ich erleichtert auf.

Zu Hause öffnete ich die Tür zu Mommas Zimmer. Seit Joe vor ein paar Wochen hier drin geschlafen hatte, um einen möglichen weiteren Einbruch in mein Haus zu verhindern, hatte ich die Tür verschlossen gehalten.

Im Zimmer war es warm und roch muffig und in der Luft hing noch ein Hauch von Estée Lauder, Mommas Parfüm. Violet und ich hatten etwa eine Woche nach ihrem Tod alle persönlichen Habseligkeiten entsorgt, aber der Geruch schien in die Wände eingedrungen zu sein. Ich schob die Möbel in die Mitte des Zimmers und dachte über das nach, was Anne über Frank Mitchell gesagt hatte. Er hatte Leuten Geld geschuldet, aber warum? Und wie viel und wem? Vielleicht hatte derjenige ihn getötet, aber wie um alles in der Welt sollte ich herausfinden, wer das war? Soweit ich sehen konnte, war das eine Sackgasse.

Ich ging hinaus zum Schuppen, um den Rest meiner Malersachen zu holen. Muffy folgte mir und das Gekreische der Jungs nebenan erregte ihre Aufmerksamkeit. Während ich die Schuppentür öffnete, drückte sie ihr Gesicht zwischen den Zaunbrettern hindurch, um nachzusehen, was da los war. Heidi Joy saß in einem Gartenstuhl unter einem Baum und las eine Zeitschrift, während ihre vier Jungs im Garten herumrannten und in ein Planschbecken sprangen. Das Baby saß auf einer Decke, kaute an seiner dicken Faust und sah mit großen Augen zu.

Muffy winselte.

„Was ist denn?", fragte ich und straffte die Schultern. Ich hasste den Schuppen, aber ich war wild entschlossen, das Zimmer zu streichen. Ich brauchte unbedingt Ablenkung von allem anderen.

Nachdem ich die Abdeckplane, das Malerkrepp und die Farbwanne gefunden hatte, ging ich zurück ins Haus. Muffy jaulte wie verrückt. Ich bückte mich und streichelte ihr den Kopf. „Was? Was ist denn los?"

Sie bellte und rannte zum Tor im Zaun.

Ich stellte meine Malersachen auf dem Küchentisch ab. Muffy war stehen geblieben und sah mir von draußen zu.

„Ruhig Blut. Dann mal los."

Aufgeregt rannte sie im Kreis umher. Als ich das Tor öffnete, schnellte sie hindurch und rannte direkt auf das Planschbecken zu.

„Muffy!"

Die Jungs kreischten, als sie hineinsprang und dabei Wasser in alle Richtungen verspritzte.

Entsetzt rannte ich hinüber zu Heidi Joy. „Es tut mir so leid!"

Überrascht legte sie ihr Klatschblatt auf den Beinen ab. „Was denn?"

„Mein Hund ist gerade in Ihr Planschbecken gesprungen."

Mit ihrer freien Hand winkte sie ab. Mit der anderen hielt sie sich ein Glas Eiswasser an die Brust. „Meinen Jungs gefällt es, und wenn Ihr Hund sie bespaßt und von Dummheiten abhält, dann würde ich sogar meine Seele verkaufen, damit er hierbleibt."

Ich stellte mich zu ihr in den Schatten und sah zu, wie Muffy herumsprang. Ich hätte schwören können, dass sie grinste. „Mit den Kindern haben Sie sicher alle Hände voll zu tun."

„Sie haben ja keine Ahnung."

„Wie kommen Sie mit dem Umzug voran?"

Sie verzog den Mund. „So gut, wie man es inmitten einer Hitzewelle mit fünf Kindern erwarten kann."

„Das kann ich mir vorstellen." Muffy sprang im Planschbecken auf und ab und die Jungs kreischten begeistert. „Muffy scheint sie zu mögen."

„Sie betteln schon ewig um einen Hund, aber ich schaffe es gerade so, mich um sie zu kümmern, da würde mir ein Hund gerade noch fehlen …" Ihre Stimme, in der sich auch ihre Schuldgefühle spiegelten, nahm einen sehnsüchtigen Klang an.

„Wissen Sie, Muffy liebt Kinder. Schauen Sie nur. Sie hat jede Menge Spaß. Vielleicht können die Jungs ja ab und zu mit ihr spielen, dann hätten Sie einen Hund ohne die ganze Arbeit."

Mit zitterndem Kinn sah Heidi Joy auf. „Damit wären Sie einverstanden?"

Geschockt über ihre Tränen zuckte ich mit den Schultern. „Klar. Muffy würde das auch gefallen."

„Ich hab es so satt, mich ständig schuldig fühlen zu müssen."
Heidi Joy wischte sich eine Träne ab und lachte. „Der Tag hat
einfach nicht genug Stunden. Andy ist bei der Arbeit und ich
kümmere mich zu Hause um die Kinder. Ich liebe sie, wirklich, aber
manchmal schaffe ich es kaum. Und wenn ich ihnen dann jedes Mal
sagen muss, sie können keinen Hund haben ..."

„Dann haben wir ja alle was davon, oder? Die Jungen können mit
einem Hund spielen und Muffy mit Kindern."

Muffy nutzte diesen Moment, um im Planschbecken zu pupsen.
Winzige Luftblasen stiegen auf.

„Igitt!", riefen die Jungs.

Entsetzt blieb mir der Mund offenstehen. „Ach du liebe Zeit.
Das tut mir so leid!"

Heidi Joy zuckte mit den Schultern. „Jetzt ist es ein Whirlpool."

Es war heiß draußen, sogar im Schatten, und dieses Zimmer
würde sich nicht von allein streichen. „Muffy, wir müssen los. Ich
hab noch einen lustigen Nachmittag mit Malerarbeiten vor mir."

Die Jungs protestierten lautstark und Muffy hob das Kinn.

„Kann Muffy noch ein bisschen hier bleiben, Miss Rose?", fragte
Keith mit bittendem Blick.

Ich sah hinüber zu Andy Junior, der blass wurde. „Andy Junior,
ich mache dich für Muffy verantwortlich. Wenn ich herausfinde,
dass ..." Mir fiel ein, dass seine Mutter von dem Vorfall am Morgen
nichts wusste. „Dass du nicht ordentlich auf sie aufgepasst hast, dann
müssen wir uns noch mal unterhalten."

Er schluckte und nickte. „Ja, Ma'am."

Ich kniete mich neben das Planschbecken. „Was meinst du,
Muffy? Möchtest du noch ein bisschen hierbleiben?"

Zur Antwort spritzte sie mit Wasser. Verräterin. Jetzt musste ich
allein streichen.

„Dann ist das ja geklärt!", rief Heidi Joy. „Sie streichen und wir
sind die Hundesitter."

Zögernd ließ ich Muffy im Garten zurück, nachdem ich Andy
Junior und Keith noch ein halbes Dutzend Anweisungen gegeben
hatte. Sie durften nicht mit ihr auf die Straße. Ihr keine Essensreste
füttern. Sie nicht ärgern. Andy Junior nickte, der Blick ernst, während

Keith ihr den Kopf tätschelte. Es beruhigte mich, dass auch Heidi Joy dabei war.

Ich verbrachte den Rest des Nachmittags damit, Mommas düsteres, hellgraues Zimmer in eine beruhigende blaue Oase zu verwandeln, aber meine Gedanken überschlugen sich. In meinem Leben waren momentan zu viele Dinge ungeordnet. So schwer es mir auch fiel, das zuzugeben, es war gut möglich, dass ich schmollte. Muffy hatte lieber bei den wilden Kindern nebenan als bei mir bleiben wollen, obwohl ich ihr das nicht vorwerfen konnte. Wenn ich ein Hund wäre, hätte ich auch lieber mit den Kindern gespielt, als Farbdämpfe einzuatmen. Aber ich kam nicht darüber hinweg, dass ich mich von Muffy irgendwie verraten fühlte – und nicht nur von ihr.

Was nicht fair war. Joe hatte mich nicht verraten. Wir hatten zu diesem Prozess einfach unterschiedliche Meinungen. Das war ein großer Unterschied. Aber es war unser erster wirklicher Streit, seit wir offiziell zusammen waren, und das machte mich unsicher. Joe war in Little Rock, mit Frauen wie Hilary. Mit Frauen, die normal waren, was auf mich definitiv nicht zutraf. Immer wieder stellte ich mir dieselbe Frage: Warum war Joe Simmons, ein gut aussehender Undercover-Polizist, mit Rose Gardner zusammen, einem Freak, der Visionen hatte, der Außenseiterin von Henryetta?

Ich schüttelte den Kopf. Ich musste Joe vertrauen. Er wollte mit mir zusammen sein, ob ich es nun verstand oder nicht.

Ich erinnerte mich daran, dass alle Paare sich stritten. Sogar Violet und Mike hatten in ihren glücklichen Zeiten Auseinandersetzungen gehabt. Der jetzige Zustand ihrer Ehe war jedoch wie ein Erdbeben, das alles erschütterte, an das ich geglaubt hatte. Wenn sogar Violets Welt auseinanderbrechen konnte, auf was konnte ich mich dann noch verlassen?

KAPITEL 9

Ein Klopfen an der Küchentür schreckte mich aus meinen düsteren Gedanken auf. Ich legte den Farbroller in die Wanne und schob mir mit dem Unterarm eine Haarsträhne aus dem Gesicht. Ein Blick auf die Küchenuhr verriet mir, dass es schon kurz nach sechs war. Über meinen Grübeleien hatte ich ganz die Zeit vergessen. Vermutlich waren das Andy Junior und Keith, die Muffy nach Hause brachten.

Ich hatte die Küche schon halb durchquert, als die Tür aufflog. Überrascht schrie ich auf, stolperte rückwärts und schnappte mir den Besen aus der Ecke, um mich zu verteidigen.

„Was hast du denn nur immer mit dem Besen?", fragte Joe gereizt.

Ich senkte meine Waffe, hielt den Stiel aber immer noch mit einer Hand umfasst. Der Ausdruck in Joes Gesicht ließ mich glauben, dass ich ihn vielleicht doch noch brauchen würde. „Was machst du denn hier?" Meine eigene Gereiztheit überschattete die Freude darüber, dass er leibhaftig vor mir stand.

Joe holte tief Luft. Seine Hand lag immer noch auf dem Türknauf. „Du hast mich zu Tode erschreckt, Rose. Ich hab den ganzen Tag lang versucht, dich anzurufen. Warum bist du denn nicht rangegangen?"

Oh Scheibenkleider. Wo war denn mein Handy? Panisch sah ich mich um und erkannte, dass ich es den ganzen Tag noch nicht gesehen hatte. Ich fand es schließlich auf dem Couchtisch, wo ich es am Vorabend hingelegt hatte. Als ich am Morgen ins Gericht gerast war, hatte ich es vollkommen vergessen. Und da ich es nachts nicht aufgeladen hatte, hätte ich das preisgekrönte Maisbrotrezept meiner Großmutter darauf verwettet, dass der Akku leer war.

Obwohl ich froh über Joes Anwesenheit war, schürten seine Andeutungen und Annahmen meine Wut. „Warum *ich* nicht rangegangen bin? Das Gleiche könnte ich dich fragen, Joe Simmons."

Er fuhr sich mit der Hand durch die Haare und knurrte: „Das hab ich dir bereits erklärt, Rose. Am Montag habe ich lange gearbeitet und gestern hat Hilary mein Handy genommen. Und glaub mir, darüber hab ich mit ihr ein ernstes Wörtchen geredet." Der Blick in seinen Augen ließ daran keinen Zweifel.

Ich umfasste den Besenstiel fester. „Warum bist du hier, Joe?"

Seine Brust hob sich und der harte Ausdruck in seinem Gesicht wich Sorge. „Ich hatte Angst."

„Wovor? Dass mir etwas passiert ist? Dann hättest du doch Violet anrufen können."

Zögernd machte er einen Schritt auf mich zu. „Das auch, aber ich hatte mehr Angst davor, dass du nicht mehr mit mir reden willst."

Ich biss mir auf die Lippe. „Joe, wie kannst du das nur glauben?"

„Nach unserem Streit hast du einfach aufgelegt."

Ich starrte ihn an und wusste nicht, was ich sagen sollte. Ich war immer noch sauer auf ihn und am Vorabend hatte ich etwas Abstand gebraucht, aber ich konnte kaum glauben, dass er gedacht hatte, ich würde nicht mehr mit ihm reden wollen. War Joe etwa genauso unsicher wie ich?

Mein Schweigen ließ seinen Blick panisch werden. „Es tut mir leid, Rose. Wirklich. Ich hab nicht besonders viel Verständnis für deine Situation gezeigt. Ich hab das aus der Sicht eines Polizisten betrachtet und nicht bedacht, was du denkst oder fühlst. Ich wünschte, ich könnte das Gesagte zurücknehmen und noch mal neu beginnen." Er ging auf mich zu, blieb aber ein paar Schritte vor mir stehen.

Ich schüttelte den Kopf. Tränen brannten mir in den Augen. Er war den ganzen Weg von Little Rock hergefahren, weil er Angst gehabt hatte, dass ich nicht mehr mit ihm reden wollte. Alle meine Zweifel an ihm verflogen und ließen nur einen brennenden Kloß in meinem Hals zurück.

Er nahm meine freie Hand und sah mich forschend an. „Sag was, Rose."

„Joe ..." Mir versagte die Stimme.

„Ist das ein ‚Joe, ich vergebe dir', oder ein ‚Joe, verschwinde'? Denn ich muss dich warnen, so leicht wirst du mich nicht los."

Ich schlang ihm einen Arm um den Hals, hielt aber immer noch den Besen fest.

Sein Mund verzog sich zu einem Grinsen. „Ich hab Angst, dass du mich gleich mit dem Besen schlägst."

„Du hättest es verdient."

„Vielleicht, aber ich gehe lieber auf Nummer sicher." Er schnappte sich den Besen und warf ihn auf den Boden. „So ist es besser." Dann schob er eine Hand in meine Haare und zog mich zu sich heran. Seine andere Hand legte er auf meinen Rücken.

Während ich mich in seinem Kuss verlor, quoll mein Herz über vor Glück.

„Ich möchte mich nicht mit dir streiten", flüsterte er an meinem Mund.

„Ich will mich auch nicht mit dir streiten."

Sein Kuss wurde sanfter und er legte die Hand an meine Wange. „Wie hab ich dich vermisst. Drei Tage sind einfach zu lang." Er zog mich an seine Brust und seine Zunge erkundete meinen Mund, bis ich atemlos war.

„Iih", quiekte eine Stimme.

Ich beugte mich ein Stück zurück und sah Andy Junior mit Muffy vor der offenen Tür stehen. „Hast du gut auf Muffy aufgepasst?", fragte ich streng.

Überrascht sah Joe mich an.

„Ja, Ma'am." Andy Junior sah zu Boden. „Es tut mir leid wegen heute Morgen."

„Dann danke, dass du mit Muffy gespielt hast. Vielleicht können wir das irgendwann mal wieder machen."

Er grinste. „Das wäre super! Danke!" Und er rannte zurück in seinen Garten.

Joe neigte den Kopf zur Seite. „Will ich wissen, was hier gerade vorgegangen ist?"

„Nein." Ich entzog mich seiner Umarmung. „Und ich bin immer noch sauer auf dich."

Grinsend rieb er mit dem Finger über meine Stirn. „Es ist schwer, dieses Stirnrunzeln ernst zu nehmen, wenn du blaue Farbe an der Stirn hast."

Ich griff nach oben, um sie abzuwischen, aber sie war bereits getrocknet. „Du hast die ganze Zeit gesehen, dass ich Farbe im Gesicht habe?"

„Du siehst damit sehr niedlich aus und es ist nur auf der Stirn. Was streichst du denn? Ich wusste gar nicht, dass du streichen wolltest."

Ich zögerte. „Ich auch nicht. Bis heute Nachmittag."

Sein Gesicht erstarrte und er kniff die Augen leicht zusammen – sein typisches Joe-Simmons-Arkansas-State-Police-Gesicht.

Zeit für einen Themenwechsel. „Ich habe Hunger und du darfst mich zum Abendessen ausführen, um alles wiedergutzumachen. Nachdem ich geduscht habe." Ich drehte mich um und wollte ins Bad am Ende des Flurs gehen.

Joe erwischte mich am Handgelenk und zog mich zurück in seine Arme. „Wer hat denn gesagt, dass ich hier mit dem Entschuldigen schon fertig bin?" Langsam senkte er seine Lippen wieder auf meine und seine Zunge setzte ihre süße Folter fort.

Ich wusste, was er da tat. Bereits vor einem Monat, als er geglaubt hatte, ich hätte etwas mit Daniel Crocker zu tun, hatte er diese fragwürdigen Verhörtaktiken eingesetzt. Er hoffte, mich mit seinem Mund abzulenken, damit ich ihm meine Geheimnisse verriet. „Ich dusche jetzt."

Ein sexy Lächeln breitete sich auf Joes Gesicht aus und er presste seine Hüften an meine. „Das ist die beste Idee, die ich heute gehört habe."

Ich schlug ihm leicht auf den Arm und machte einen Schritt zurück. „Allein. Ich dusche allein. Das ist deine Strafe."

„Du bist eine grausame Frau, Rose Gardner. Einem Mann falsche Hoffnungen zu machen."

„Du kannst mit Muffy ein bisschen fernsehen und dir überlegen, wohin du mich ausführst."

„Beeil dich", knurrte er, aber seine Augen funkelten. „Ich hab Hunger."

Ich verdrehte die Augen. „Deshalb sollst du dir überlegen, wohin wir gehen wollen."

„Das ist nicht die Art von Hunger, die ich meine."

Röte kroch mir ins Gesicht. An diese Art von Aufmerksamkeit hatte ich mich immer noch nicht gewöhnt.

Fünfzehn Minuten später kam ich frisch geduscht und umgezogen aus dem Bad. Joe stand im Eingang zu Mommas Zimmer und drehte sich zu mir um.

„Ich hab die Farbwanne und den Roller in eine Plastiktüte gesteckt, damit sie nicht austrocknen. Die Farbe gefällt mir."

„Danke."

„Wenn du bis zum Wochenende gewartet hättest, hätte ich dir geholfen."

„Ich weiß, aber die Verhandlung war heute früher beendet und ich wollte nicht den ganzen Nachmittag lang nichts tun."

„Du hättest den Tag doch mit Violet verbringen können."

Ich kniff die Lippen zusammen. „Wir reden momentan nicht miteinander."

Überrascht sah er mich an und führte mich den Flur entlang zur Küche. „Das kannst du mir unterwegs erzählen. Je eher wir essen, desto früher bekomme ich mein Dessert."

„Du bist unglaublich zuversichtlich für einen Mann in Schwierigkeiten."

Joe beugte sich herunter und küsste meinen Nacken. „Zum Glück kenne ich deine Schwachstellen."

Ach du lieber Himmel, leider stimmte das.

Wir gingen ins Italia, eins der beiden guten Restaurants in Henryetta. Das andere war das Jaspers, und nach dem furchtbaren Date, das Violet vor einem Monat für mich arrangiert hatte, weigerte ich mich, dort je wieder hinzugehen. Zum einen, weil mich das Teigmännchen von Knack&Back dort sitzen gelassen hatte, zum anderen wegen des Zusammentreffens mit Daniel Crocker und wegen meiner Schuldgefühle wegen Sloan, dem netten Barkeeper, der mir geholfen hatte und ermordet worden war. Nachdem wir unsere Bestellung aufgegeben hatten, griff Joe über den Tisch nach meiner Hand. „Worüber hast du dich denn mit Violet gestritten?"

Ich musste zugeben, es fiel mir schwer, ihm weiterhin böse zu sein. Er war ein charmanter Mann und die Kerzenlichtatmosphäre im Restaurant dämpfte meinen Ärger. Wir mussten über das sprechen, was am Vorabend geschehen war, aber wir konnten ja schlecht Bruces Situation in aller Öffentlichkeit diskutieren. Das musste warten, bis wir wieder zu Hause waren. Über Violet zu reden würde unseren Streit nicht beenden, und ich befürchtete sogar, dass es nur noch Öl ins Feuer gießen würde. Vielleicht war essen gehen doch keine so gute Idee gewesen. „Ich glaube nicht, dass du das wissen willst."

Verwirrt lehnte er sich ein wenig zurück. „Warum denn nicht?"

Da gab es so viel zu erzählen, und nichts davon war gut. Und ich wollte ihm nicht wehtun. „Violet ist in letzter Zeit sehr unglücklich."

„Warum?"

„Sie und Mike scheinen Probleme zu haben. Es begann direkt nach Mommas Tod." Ich machte eine Pause und wusste nicht so recht, wie ich fortfahren sollte. Allerdings erschien mir Ehrlichkeit als der beste Weg. Geheimnisse waren in der Vergangenheit fast unser Verderben gewesen. „Wenn ich ehrlich bin, muss ich sagen, dass alles begonnen hat, nachdem wir zwei zusammengekommen sind."

„Wir? Was hat das mit uns zu tun?"

Ich biss mir auf die Lippe und holte tief Luft. Ich sah Joe tief in die Augen und drückte seine Hand. „Violet glaubt, dass ich mich zu früh festlege." Ich sah seinen verletzten Blick und fügte eilig hinzu: „Das hat nichts mit dir persönlich zu tun, Joe. Sie sagt, ich hatte noch nie zuvor einen Freund und dass ich mehr Erfahrungen sammeln sollte, damit ich mir sicher sein kann."

Joe saß schweigend da.

„Mike war ihr erster und einziger Freund und die beiden haben kurz nach der Highschool geheiratet. So schwer es auch zu glauben ist, ich vermute, Violet ist ein bisschen eifersüchtig auf mich."

Er runzelte die Stirn und sah mich durchdringend an. „Warum ist das schwer zu glauben, Rose? Du bist eine wunderschöne Frau, liebenswert und witzig. Du bist wunderbar."

Ich wurde rot. „Aber wie kann Violet eifersüchtig auf mich sein, wenn sie doch alles hat, was ich immer wollte?"

Still wie eine Statue saß Joe da.

Scheibenkleider. Jetzt hatte ich ihm Angst gemacht.

Seine Stimme nahm einen sanften Klang an. „Was hat sie, das du willst?"

Ich sah zur Seite. „Das hier ist peinlich, Joe."

Er legte einen Finger unter mein Kinn und drehte mein Gesicht wieder zu sich hin. „Nein, ist es nicht. Was hat sie, das du willst?"

Ich holte tief Luft. „Einen liebevollen Ehemann, wunderbare Kinder. Eine Familie."

Sein Blick hielt meinen fest.

Entsetzt versuchte ich, mich abzuwenden, aber Joes Griff an meinem Kinn wurde fester. Warum um alles in der Welt hatte ich das gerade zugegeben? Ich hatte oft genug gehört, dass zu frühes Gerede dieser Art der Todesstoß für eine Beziehung sein konnte.

Er lächelte. „Das will ich auch."

Das war eine Premiere. Abgesehen vom Umzug nach Little Rock war das einzige Thema zwischen uns, das irgendeinen Zeitraum beinhaltete, bisher die Frage gewesen, ob fünf Tage altes chinesisches Essen noch genießbar war. Ich grinste. „Du willst einen Ehemann?"

Joe lachte und ließ mein Kinn los. „Nein. Ich will eines Tages heiraten und Kinder haben."

Mein Herz floss über vor Freude und zum ersten Mal erlaubte ich mir, so weit in die Zukunft zu denken.

„Und weshalb ist Violet eifersüchtig auf dich?"

Mein Lächeln verschwand. Das konnte nicht gut ausgehen. „Ich denke, Violet glaubt, dass sie sich zu früh gebunden hat und jetzt neidisch ist, dass mir noch verschiedene Möglichkeiten offenstehen."

„Oh." Einige Sekunden lang starrte er aus dem Fenster, ehe er sich wieder zu mir herumdrehte. Jegliche Fröhlichkeit war aus seiner Miene verschwunden. „Also, was hat sie getan?"

„Häh?" Mein Herzschlag nahm Fahrt auf.

„Ich kenne Violet gut genug, um zu wissen, wenn sie nicht will, dass du dich an mich bindest, dann glaubt sie, dass du jemand anderen kennenlernen musst. Und wenn du nicht mehr mit ihr sprichst, dann hat sie etwas getan. Was war es?"

„Joe …"

„Spuck's aus, Rose."

Die Kellnerin kam mit unserem Essen, was mir einen kleinen Aufschub verschaffte. Ich war hin- und hergerissen. Ich wollte Joe nicht anlügen, aber ihm auch nicht wehtun. Ich befürchtete, dass die Wahrheit jede Chance auf eine freundliche Beziehung zwischen ihm und Violet zunichtemachen würde. Aber schließlich wusste ich, was ich zu tun hatte. „Sie hat mich ausgetrickst", sagte ich mit so leiser Stimme, dass Joe sich vorbeugen musste.

„*Wie bitte?*"

Ich versteifte mich. „Sie hat mich ausgetrickst. Und was arrangiert."

Joe presste den Kiefer aufeinander und schluckte. „Du hattest während meiner Abwesenheit ein *Date*?"

„Nein." Ich schüttelte den Kopf. „So war das nicht. Violet hat mich gestern Abend zum Essen eingeladen und außerdem jemanden, der mit ihr und Mike auf der Highschool war. Es war also keine richtige Verabredung."

Violet würde mir da sicher widersprechen.

„Aber ich nehme an, dieser Jemand ist Single?" Joes Worte waren schneidend.

„Na ja …" *Ach du liebe Zeit. War Joe etwa eifersüchtig?*

Er zog die Augenbrauen hoch. Der Rest seines Gesichts blieb ausdruckslos. „Und?"

„Und nichts. Ich bin hingegangen, Mike hat Steaks gegrillt und Violet und Austin haben sich darüber unterhalten, was alle seit der Highschool so gemacht haben."

„Austin."

Es war keine Frage, deshalb wusste ich nicht genau, wie ich reagieren sollte. Violet hatte in einer Sache recht gehabt: Ich war unerfahren und mit dieser Sache völlig überfordert.

„Joe, ich schwöre dir, ich wusste nicht, dass sie ihn zum Abendessen eingeladen hatte. Ich war traurig, hab dich vermisst und habe mir Sorgen wegen dieser …", ich senkte meine Stimme, „Situation mit meiner Vision gemacht. Und dann war Hilary an deinem Handy, mit diesen Anspielungen, dass du gerade duschst, und ich hab im Hintergrund das Wasser rauschen gehört …"

„Du hast das also wegen Hilary getan?"

„Nein. Ich hab dir doch gesagt, ich wusste nichts davon, sonst wäre ich gar nicht hingegangen."

„Wirklich? Auch nach der Sache mit Hilary?"

„Joe, ich möchte mit niemand anderem zusammen sein als mit dir. Ich bin überhaupt nicht an ihm interessiert, obwohl er mich für Freitagabend eingeladen hat. Ich habe ihm abgesagt. Und dass ich ihn kennengelernt habe, hat überhaupt nichts mit Hilary und dir zu tun. Das ist ausschließlich auf Violets Mist gewachsen, die sich in ihrer Große-Schwester-Rolle zu viel rausgenommen hat. Ich hätte ihm auch abgesagt, wenn mich Neely Kate nicht davon überzeugt hätte, dass du längst mit Hilary zusammen wärst, wenn du es sein wolltest."

Er entspannte sich. „Wer ist Neely Kate?"

„Ich bin ihr beim Geschworenendienst begegnet. Sie wurde nicht ausgewählt, aber sie arbeitet im Gericht, deshalb essen wir mittags zusammen. Sie hat mich gestern weinend auf der Treppe zum Gerichtsgebäude gefunden." Ich wand mich innerlich. Warum hatte ich ihm das gerade erzählt?

„Du hast geweint?" Entsetzt sah er mich an. „Warum?"

Mein Mund zuckte.

„Wegen mir?", fragte er stöhnend und vergrub das Gesicht in den Händen. „Rose, es tut mir so leid. Es war nichts. Ich schwöre es dir."

„Das weiß ich jetzt."

Er nahm wieder meine Hand. „Dem Himmel sei Dank für Neely Kate."

„Ja, ich glaube, wir sind inzwischen Freundinnen geworden."

Sein Ausdruck wurde sanft. „Gut. Ich bin froh, dass du eine Freundin gefunden hast."

„Ich auch." Ich probierte meine Ravioli. „Aber über unser Telefonat müssen wir später auch noch sprechen."

Joe nickte mit einem besorgten Blick, lächelte mich gleich darauf jedoch provozierend an. „Aber zuerst Dessert."

Nach drei Tagen Abstinenz von Joe würde er von mir keinen Widerspruch hören.

KAPITEL 10

Wir redeten nicht besonders viel, als wir nach Hause kamen. Wir waren viel zu sehr damit beschäftigt, uns wieder zu vertragen, und danach waren wir zu erschöpft für ein ernsthaftes Gespräch.

Am Morgen quetschten Joe und ich uns gemeinsam in mein winziges Badezimmer. Da ich mehr Zeit hatte als er, um mich fertigzumachen, setzte ich mich auf den Rand der Badewanne und sah ihm zu, wie er sich vor dem Spiegel Rasierschaum ins Gesicht schmierte.

„Wir müssen noch über mein Problem reden."

Joe drehte sich um und beugte sich zu mir herunter, bis sein Gesicht nur noch wenige Zentimeter von meinem entfernt war. Seine Augen funkelten. „Problem? Schatz, wie du mir während der letzten zwölf Stunden bewiesen hast, bist du perfekt."

Kichernd wischte ich mit dem Finger ein wenig Schaum aus seinem Gesicht, wodurch ein schmaler Streifen Haut sichtbar wurde. „Wenn du mich mit dem ganzen Zeug im Gesicht küsst, wirst du es bereuen."

Er zog die Augenbrauen hoch und lachte. „Ich konnte noch nie einer Herausforderung widerstehen." Dann senkte er seinen Mund auf meinen.

Ich quiekte und beugte mich zurück, um ihm zu entwischen, wobei ich fast in die Badewanne fiel.

Lachend griff mich Joe am Arm und richtete mich wieder auf. „Du musst dich auf der Flucht vor mir nicht noch verletzen."

„Joe, im Ernst."

Er seufzte und drehte sich wieder zum Spiegel um. „Okay."

„Ich bin sicher, dass er unschuldig ist."

„Selbst wenn du damit recht hast, weiß ich nicht, was du tun könntest."

„Der Mörder des armen Mr Mitchell ist danach noch mal in den Baumarkt gekommen."

Joe erstarrte, den Rasierer auf halben Weg zum Gesicht. Seine Augen verdunkelten sich, während er mir im Spiegel einen ernsten Blick zuwarf. „Bitte sag mir, dass du das weißt, weil du noch eine Vision hattest."

Ich presste die Lippen aufeinander. Schließlich hatte ich mir geschworen, ihn nicht anzulügen.

Er schloss die Augen. Die Muskeln an seinem nackten Rücken spannten sich an. „Du bist gestern in den Baumarkt gefahren, um Farbe zu kaufen."

Da er die Antwort schon kannte, sah ich keinen Grund, irgendetwas zu sagen.

Lautstark knallte er den Rasierer auf den Rand des Waschbeckens und drehte sich zu mir um. „Du weißt, dass du das nicht hättest tun dürfen, richtig?"

„Ich musste irgendwas unternehmen."

Ohne ein Wort nahm er ein Handtuch und stürmte aus dem Bad. Ich blieb auf dem Wannenrand zurück. Tränen stiegen mir in die Augen. Wir hatten uns so gut verstanden und ich hatte es ruiniert. Aber meine Visionen waren ein Teil von mir, ob es mir nun gefiel oder nicht. Der Herr im Himmel wusste, dass ich nie wieder eine Vision haben würde, wenn ich irgendeinen Einfluss darauf hätte, aber was erwartete Joe von mir? Ich wusste, dass Bruce Wayne unschuldig war, und konnte nicht einfach dasitzen und nichts tun.

Einige Minuten vergingen und ich fragte mich, ob er wohl nach Little Rock fahren würde, ohne sich von mir zu verabschieden. Das würde er doch sicher nicht, oder? Vielleicht hatte ich diesmal den Bogen überspannt.

Das Klingeln des Telefons riss mich aus meinen Grübeleien. Ich rannte in die Küche und nahm ab. „Hallo?"

„Rose? Hier spricht Marjorie Grace vom Gericht."

„Oh, hi." Ich stellte mich auf die Zehenspitzen, um durch das Fenster über der Spüle sehen zu können, ob Joes Auto noch da war. Er lehnte mit finsterem Gesichtsausdruck an der Motorhaube und telefonierte. Offensichtlich war er immer noch sauer auf mich.

„Die meisten der Geschworenen sind immer noch krank, deshalb hat Richter McClary die Verhandlung bis morgen vertagt. Möglicherweise wird der Prozess auch morgen noch nicht fortgesetzt, aber planen Sie erst einmal ein, morgen früh herzukommen."

„Okay, danke, Marjorie Grace."

Als ich aufgelegt hatte, wurde die Seitentür geöffnet und Joe kam herein. Er zog mich in seine Arme und küsste mich auf den Kopf.

„Ich dachte, du wärst sauer auf mich." Meine Worte klangen gedämpft, weil ich meinen Kopf an seine Brust presste.

Er seufzte und verstärkte den Druck seiner Arme um meinen Rücken. „War ich, aber dann hab ich mich mal in deine Lage versetzt."

Überrascht sah ich auf. „Wirklich?"

„Ja, und ich verstehe, warum du zum Baumarkt gefahren bist. Wirklich. Aber kannst du dir vorstellen, was dir blüht, wenn du erwischt wirst?"

Die Antwort darauf kannten wir beide. Ich nickte.

„Rose, hör mir genau zu." Er hob mein Kinn, damit er mir in die Augen sehen konnte. „Bitte, bitte, tue nichts Verrücktes, okay? Lass mich ein paar Nachforschungen anstellen. Vielleicht finde ich ja was."

Ich hatte überhaupt kein Problem damit, Joe die Verantwortung zu übertragen. Ich war sogar dankbar, dass ich nicht mehr die einzige Person war, die die Last auf sich nahm, Bruce Wayne Deckers

Unschuld zu beweisen. Und Joe standen mehr Möglichkeiten zur Verfügung. „Okay."

„Gut." Er gab mir einen schnellen Kuss.

Ich klammerte mich an ihn und wünschte mir, es wäre Samstag.

Grinsend hob er den Kopf. „Da wir uns schon wieder gestritten haben, müssen wir uns vielleicht noch mal vertragen."

„Dann kommst du zu spät. Ich will nicht, dass du meinetwegen Schwierigkeiten bekommst."

Er grinste übers ganze Gesicht. „In Schwierigkeiten stecke ich schon, seit du das erste Mal auf meiner Veranda aufgetaucht bist."

Lachend klopfte ich ihm auf die Brust. „Aber ich muss heute zur Arbeit und ich vermute mal, dass Suzanne alles andere als begeistert sein wird, wenn ich zu spät komme."

Überrascht zog er die Augenbrauen hoch. „Was ist mit dem Geschworenendienst?"

„Marjorie Grace hat gerade angerufen und gesagt, dass der Richter die Verhandlung auf morgen vertagt, weil die Hälfte der Geschworenen immer noch wegen einer Lebensmittelvergiftung krank im Bett liegt."

„Gott sei Dank hast du nicht den Auflauf dieser verrückten Katzenlady gegessen."

„Ich kann kaum glauben, dass die anderen es getan haben."

„Siehst du? Du bist cleverer, als du denkst." Er nahm seine Tasche vom Tisch. „Bringst du mich noch zum Auto?"

Ich nickte.

Zusammen mit Muffy gingen wir nach draußen. Joe legte den Arm um mich und zog mich zu sich heran. Jedes Mal, wenn er fuhr, fiel mir der Abschied schwerer. Der Schmerz war fast unerträglich.

Joe stand neben der Autotür. Wir sahen uns an und er nahm meine Hand. „Bleibt es dabei, dass du am Wochenende zu mir kommst?"

„Ja", flüsterte ich und spürte den vertrauten Kloß im Hals. „Sobald ich morgen mit dem Geschworenendienst fertig bin, hole ich Muffy und fahre los."

„Ich schicke dir die Wegbeschreibung per SMS, weil du ja kein Navi hast." Er warf einen angewiderten Blick auf meinen Nova.

„Ganz ehrlich, ich mache mir Sorgen, dass du das Ding so weit fahren willst. Vielleicht sollte ich einfach wieder herkommen."

„Nein!", protestierte ich. „Das wäre unfair. Du kommst immer her, um mich zu besuchen, und außerdem", ich schenkte ihm meinen besten sündhaften Blick, „will ich sehen, wo du wohnst."

„Dann solltest du vielleicht über ein neues Auto nachdenken."

„Vielleicht …" Der Nova hatte meinem Daddy gehört. Es fiel mir schwer, mich davon zu trennen.

„Du denkst darüber nach, und falls du dich dazu entschließt, helfe ich dir, wenn du das willst, okay?"

Ich stellte mich auf die Zehenspitzen und gab ihm einen Kuss. „Ich habe großes Glück mit dir, Joe Simmons."

„Ich könnte genauso gut sagen, dass ich großes Glück mit dir habe, also einigen wir uns auf die Mitte und sagen, dass wir verdammt großes Glück miteinander haben."

„Klingt gut. Du musst los."

„Ja", seufzte er und öffnete die Tür. „Ich rufe dich heute Abend an. Versprochen. Und ich stelle mal ein paar Nachforschungen an."

„Danke." Ich küsste ihn noch einmal lange zum Abschied, ehe er losfuhr. Von der Einfahrt aus sah ich zu, wie sein Auto kleiner und kleiner wurde. Ohne ihn wirkte mein Haus so leer, obwohl ich nicht verstand, wie das sein konnte. Wie hatte er innerhalb so kurzer Zeit einen so großen Platz in meinem Leben einnehmen können?

„Rose Gardner! Hast du keinen Anstand?", rief Miss Mildred von der anderen Straßenseite herüber.

„Guten Morgen, Miss Mildred." Hier stand ich nun in meiner Einfahrt in meinem hautengen, lavendelfarbenen Nachthemd mit Spaghettiträgern, das ich vor über einem Monat bei Walmart gekauft hatte.

Sie stand auf ihrer Veranda und hielt eine Gießkanne in der Hand, mit der sie ihre Geranien goss. Sie war so darauf konzentriert, mich zu beschimpfen, dass sie gar nicht mitbekam, wie der Topf überlief. „Es ist nichts Gutes an einem Morgen, wenn man …"

„… eine Pornoshow mit ansehen muss", grummelte ich. „Jaja, ich weiß."

Ich hatte schlechte Laune und die arme Muffy versteckte sich unter meinem Bett, um meinem Zorn zu entgehen, obwohl sie nichts zu befürchten hatte. Ich würde meinen Ärger niemals an ihr auslassen. Allerdings hatte ich den Verdacht, dass sie lieber mit Andy Junior und Keith spielen würde, als den Morgen mit mir zu verbringen. Obwohl ich ihr das nicht übel nehmen konnte. An ihrer Stelle würde ich auch lieber Zeit mit den Jungs als mit mir verbringen wollen.

Glücklicherweise hatte ich keine gute Laune, als ich bei der Zulassungsstelle ankam, denn Suzanne hätte mir die sofort ruiniert.

Meine Chefin saß am Tisch im Pausenraum. Sie wollte gerade in ein Sandwich beißen, aber als sie mich erblickte, warf sie es auf den Tisch. Es prallte ab und landete auf dem Boden, wo es bis zu meinen Füßen rollte.

„Du!"

Ich machte einen Schritt in Richtung Ausgang. Vielleicht wäre ich doch besser zu Hause geblieben.

Sie kam zu mir herübergeschlendert und verstellte mir den Weg. Mit in die Hüfte gestützten Armen und einem spöttischen Grinsen sah sie mich an. „Schau mal an, wer sich herabgelassen hat, bei der Arbeit zu erscheinen."

Noch vor ein paar Monaten hätte Suzanne mich eingeschüchtert. Okay, eigentlich schüchterte sie mich immer noch ein, aber nicht mehr so sehr wie früher. Es war schwierig, Angst vor ihr zu haben, wenn ich sie inzwischen so anders wahrnahm. Oder vielleicht hatte ich mich verändert. Auf jeden Fall hatte Suzanne nicht mehr länger die Macht, mir Angst einzujagen, abgesehen davon, dass sie meine Chefin war.

Eigentlich tat sie mir leid. Ihre strohigen, blondierten Haare und ihre blasse Haut verrieten, dass sie kein einfaches Leben führte. Sie konnte nicht älter als Mitte dreißig sein, aber das Kettenrauchen hatte Falten um ihre Augen hinterlassen. Und ich wusste, dass sie ein kleines Vermögen an Cremes verschwendet hatte, um diese Falten zu glätten.

Ich schob mich an ihr vorbei. „Ich war nicht im Urlaub, Suzanne. Ich hatte Geschworenendienst."

„Hast du einen Brief oder eine Ladung, um das zu beweisen?"

Scheibenkleider. Ich wusste doch, dass ich etwas vergessen hatte. Ich drehte mich zu ihr um. „Äh …"

Sie verzog höhnisch den Mund. „Dachte ich's mir doch."

„Warte!" Ich öffnete meine Handtasche und kramte darin herum, bis ich ganz unten schließlich den Brief vom Gericht fand. „Hier. Das ist meine Ladung."

Suzanne riss mir den Brief aus den Fingern und überflog ihn. „Hier steht nur, dass du dich zum Geschworenendienst melden solltest. Es steht nichts darüber da, dass du bleiben musst."

„Suzanne! Ich wurde ausgewählt. Ich schwöre. Wir sind lediglich heute befreit, weil die meisten Geschworenen eine Lebensmittelvergiftung haben."

„Ja, klar."

Ich musste zugeben, dass es nach einer Lüge klang. „Ich kann das Gericht anrufen, wenn du willst. Die werden das bestätigen. Oder ich kann mir morgen einen Brief geben lassen, wenn ich wieder hingehe."

„*Morgen*? Rose Gardner, wenn du morgen nicht zur Arbeit erscheinst, brauchst du nächste Woche auch nicht wieder zu kommen!"

„*Was*? Das kannst du nicht tun!"

Boshaft sah sie mich an. „Dann pass mal gut auf."

Ich wusste ganz genau, dass sie mich nicht entlassen konnte. Joe hatte es mir gesagt. Aber falls sie es versuchte, würde sie vielleicht gefeuert und die Zulassungsstelle könnte wieder ein fröhlicher Ort werden. Es ist schon schlimm, wenn man seine alte Chefin vermisst, obwohl sie versucht hat, einen umzubringen.

Suzanne gab sich den ganzen Vormittag über redliche Mühe, mir das Leben schwer zu machen. Sie nahm den anderen Angestellten schwierige Kunden weg und übergab sie mir. Als ein Kunde mit einem komplizierten Antrag auftauchte, warf sie mit einem teuflischen Grinsen seine Papiere auf meinen Schreibtisch. Das einzige Gute daran war, dass ich zu beschäftigt war, um über Bruce Wayne Deckers Situation nachzudenken. In den seltenen Momenten, in denen ich es trotzdem tat, hoffte ich, dass Joe etwas erreicht hatte.

Ursprünglich hatte ich geplant, im Pausenraum Mittag zu essen, aber Suzannes Gesellschaft brachte meine Haut inzwischen zum Jucken wie ein ganz schlimmer Fall von Krätze. Trotz meiner früheren Nudelholzreputation war ich kein gewalttätiger Mensch, dennoch stand ich kurz davor, ihr den Kopf abzureißen.

Als ich verkündete, dass ich für die Mittagspause das Gebäude verlassen würde, seufzten die anderen Angestellten erleichtert auf und entspannten sich. Ich fühlte mich so willkommen wie ein Staubsaugervertreter.

„Sei bloß pünktlich wieder zurück. Wehe, du kommst auch nur eine Minute zu spät!", rief mir Suzanne hinterher, als ich durch die Hintertür hinauseilte.

Die Nachmittagshitze war mörderisch, aber am Horizont braute sich ein Gewitter zusammen. Mit ein bisschen Glück würde ein kräftiger Sturm für Abkühlung sorgen, aber wenn der Verlauf des Vormittags darauf schließen ließ, wie es momentan um mein Glück stand, dann machte ich mir keine große Hoffnungen. Ich stieg in mein Auto und ließ es an. Dann wartete ich, bis die Luft aus der Klimaanlage kalt wurde. Joe hatte recht. Obwohl mein Auto für Henryetta ausreichte, machte ich mir Sorgen über die Fahrt nach Little Rock. Ich überlegte kurz, ob ich Violet bitten sollte, mir ihr Auto zu leihen, aber da hatte ich ja bessere Chancen, dass Mildred mich freundlich grüßte, wenn ich Joe das nächste Mal verabschiedete.

Meine Mittagspause dauerte eine halbe Stunde, was bedeutete, dass mir jetzt weniger als dreißig Minuten blieben, bevor ich mich wieder Suzanne stellen musste. Wenn ich aber während der letzten anderthalb Monate etwas gelernt hatte, dann das, mein Leben nicht mehr zu verschwenden. Warum kündigte ich nicht einfach und zog zu Joe nach Little Rock? Ich musste zugeben, der Gedanke war verlockend. Joe fehlte mir. Eine übermächtige Traurigkeit überkam mich und ich beschloss, ihn anzurufen. Eigentlich hatte ich ihm eine Nachricht hinterlassen wollen, deshalb war ich überrascht, als er beim zweiten Läuten antwortete.

„Wie ist dein Tag, meine Schöne? Ich habe gar nicht erwartet, so bald von dir zu hören. Wobei ich mich darüber natürlich nicht beschweren will."

In meinem Bauch flatterten Schmetterlinge. Wie schaffte er das mit nur einem Anruf? „Du fehlst mir."

„Du fehlst mir auch. Ich zähle schon die Stunden bis zu unserem Wiedersehen."

Ich senkte die Stimme. „Und wie viele Stunden sind es, Detective Simmons?"

„Ungefähr noch dreißig, bis ich deinen nackten Körper wieder an mir spüren kann."

„Joe!", protestierte ich, obwohl mein Körper vor Vorfreude kribbelte.

„Als du mich damals gebeten hast, dir mit Nummer fünfzehn auf deiner Liste zu helfen – mehr mit einem Mann machen – hast du da erwartet, dass so etwas daraus wird?"

„In einer Million Jahren nicht."

„Danke, dass du mich gefragt hast." In seinen Worten klang eine Spur Verruchtheit mit.

Ich wurde feuerrot und wusste nicht, was ich sagen sollte. Ich räusperte mich. „Hast du irgendwas über Bruces Fall rausfinden können?"

„Bruce?"

„Bruce Wayne Decker. Du weißt schon, der unschuldige Mann, der zu einer lebenslangen Haftstrafe verurteilt werden soll."

„Ich weiß, von wem du sprichst. Ich wusste nur nicht, dass ihr per Du seid."

Ich verdrehte die Augen. „Also, hast du was rausgefunden?"

Er machte eine Pause. „Ich hab's versucht."

Mir stockte der Atem und ich bedauerte, dass ich geglaubt hatte, mein Tag wäre besser geworden. „Das klingt nicht gut."

„Na ja …" Mehrere Sekunden lang sagte er nichts. „Weil es auch nicht gut ist."

„Was? Aber wie kannst du das schon wissen? Du bist doch erst seit ein paar Stunden wieder im Büro."

„Stimmt, aber … ich hatte vielleicht etwas Vorsprung."

„Was meinst du denn damit?"

Er räusperte sich. „Ich habe eigentlich schon gestern angefangen, ein paar Erkundigungen einzuholen, als du meine Anrufe nicht beantwortet hast. Ich hab mich gefragt, ob du da vielleicht einer Sache auf der Spur bist, und hab deshalb ein bisschen nachgeforscht."

„Warum hast du mir denn nichts gesagt?"

„Weil ich dir keine falschen Hoffnungen machen wollte."

113

„Aber du kennst doch gar nicht alle Fakten. Ich hab dir gar nicht alles erzählt, was ich über den Fall weiß."

„Da ist noch mehr?"

„Hast du herausgefunden, dass Frank Mitchell Schulden hatte?"

„Wem hat er Geld geschuldet, und wie viel?"

Ich biss mir auf die Lippe, ehe ich antwortete. „Na ja, das weiß ich nicht."

„Was weißt du denn?"

„Anne in der Farbenabteilung im Baumarkt hat gesagt, dass er nicht einen Funken gesunden Menschenverstand besaß und dass er Schulden hatte."

„Und woher wusste sie das? Waren sie befreundet?"

„Keine Ahnung …"

„Das ist Tratsch, Rose. Dem kann man nicht glauben."

„Was soll ich denn sonst machen, Joe?"

Er seufzte schwer. „Du kommst deiner Bürgerpflicht nach und fällst ein Urteil basierend auf den präsentierten Beweisen."

Mir blieb der Mund offen stehen. „Was, wenn alle Beweise darauf hindeuten, dass er schuldig ist, obwohl ich weiß, dass er es nicht war?"

„Vertrau dem Rechtssystem."

Die Klimaanlage hatte endlich das Innere des Autos etwas abgekühlt, was gut war, da ich vor Wut fast platzte.

„Joe, ich kann keinen Unschuldigen ins Gefängnis schicken!"

„Schatz, ich versuche mein Bestes, um dir zu helfen, aber ich weiß nicht mehr weiter. Ich hab nichts gefunden. Ich mache noch ein paar Anrufe, obwohl ich mir nicht sicher bin, dass an dem Fall noch was dran ist."

Ich holte ein paarmal tief Luft.

„Bist du immer noch sauer auf mich?"

Ich war sauer, musste aber zugeben, dass Joe sein Bestes versuchte. Das alles war nicht seine Schuld. „Nein."

„Puh." Er machte eine kleine Pause. „Und was wirst du jetzt tun?"

„Keine Ahnung." Mein Ärger war verflogen und an seine Stelle war Verzweiflung getreten. Bruce Wayne Decker würde ins Gefängnis wandern. Konnte ich wirklich damit leben?

„Sei bitte vorsichtig, Rose. Okay? Bring dich nicht in Schwierigkeiten."

„Okay."

Ich hörte Stimmen im Hintergrund. „Hör zu, Schatz, ich muss auflegen. Ich ruf dich heute Abend an, ja?"

„Ja. Tschüss."

Ich legte die Hände über das Lenkrad und überlegte krampfhaft, was ich tun könnte. Was auch immer es war, ich hatte nur vierundzwanzig Minuten Zeit dafür.

Nur eine andere Person hatte die Macht, diesem Justizirrtum Einhalt zu gebieten, aber ich war mir nicht sicher, wie aufgeschlossen sie meinen Insider-Informationen gegenüberstehen würde. Trotzdem musste ich meine persönlichen Befindlichkeiten beiseitelassen und einen Weg finden, damit sie mir glaubte. Allerdings hatte ich keine Ahnung, wie ich das anstellen sollte.

Ich holte tief Luft und fuhr vom Parkplatz. Es war an der Zeit, das Herz in die Hand zu nehmen.

Ich würde Mason Van de Camp Deveraux III. einen Besuch abstatten.

KAPITEL 11

Die Sache mit dem Herz-in-die-Hand-nehmen ist nicht immer so leicht. Manchmal bekommt man es einfach nicht zu fassen. Als ich nur einen Block vom Gericht entfernt in eine Parklücke einbog, kamen mir die ersten Zweifel. Mr Deveraux würde mir keinesfalls glauben. Ich war mir da genauso sicher wie über die Tatsache, dass jeden Abend die Sonne unterging.

Warum war ich also hier?

Weil mir nichts anderes eingefallen war.

Als ich durch die schweren Holztüren ging, sandte mir kalte Luft einen Schauer über den Rücken. Die Drohungen des Richters mit Gefängnis hatten offensichtlich endlich Wirkung gezeigt.

Ich warf meine Handtasche auf den Tisch der Sicherheitsleute. „Guten Tag, Matt. Wissen Sie schon, wann Robbie wieder da sein wird?"

Dem geschockten Old Matt blieb der Mund offenstehen, aber er hatte sich schnell wieder gefangen und runzelte die Stirn. „Seine Gicht ist schon besser", brummte er. „Nächste Woche kommt er wieder."

„Das ist doch gut, oder? Dann müssen Sie nicht immer auf Ernie warten."

Matt schickte meine Handtasche so schnell durch seinen Scanner, dass er unmöglich einen genauen Blick auf den Inhalt hatte werfen können. Dann warf er mir die Tasche zu.

„Einen schönen Tag!", rief ich ihm über die Schulter hinweg zu, als ich hinüber zum Fahrstuhl ging. Eines Tages würde ich ihn vielleicht sogar noch zum Lächeln bringen.

Das Büroverzeichnis hing an der Wand neben dem Fahrstuhl. Einen Moment lang machte ich mir Sorgen, dass Mr Deveraux so neu hier war, dass sein Name noch nicht aufgeführt sein könnte, aber da war er, klar und deutlich, in leicht schiefen, weißen Plastikbuchstaben – Mason Deveraux III., Stellvertr. Staatsanwalt. Zimmer 210.

Ich drückte den Knopf. In meinem Magen rumorte es wie bei einer Karussellfahrt auf dem Fenton-County-Jahrmarkt. Die Türen öffneten sich und jemand hinter mir rief: „Rose! Warte!"

Neely Kate kam auf mich zugelaufen und der Tumult in meinem Bauch reduzierte sich auf ein erträgliches Maß.

„Was um alles in der Welt tust du denn hier? Solltest du nicht zu Hause sein und dich von deiner Lebensmittelvergiftung erholen?"

Ich trat einen Schritt vom Fahrstuhl zurück, dankbar, dass ich noch einen kleinen Aufschub bekam, ehe mir der Kopf abgerissen wurde. „Nein, ich hab nichts von dem Auflauf gegessen."

„Da hast du aber Glück. Wie ich gehört habe, hat es die meisten richtig übel erwischt." Sie sah sich um und zog die Nase kraus. „Du hast aber meine Frage nicht beantwortet. Was machst du hier?"

Ich überlegte, ob ich ihr sagen sollte, dass ich mit Mason Deveraux sprechen wollte, aber dann würde sie wissen wollen, warum, und ich war noch nicht so weit, ihr das anzuvertrauen. Allerdings, da sie sowieso über alles Bescheid wusste, was sich innerhalb der Mauern des Gerichtsgebäudes abspielte, würde sie den Grund für mein Kommen vermutlich noch vor ihrem Feierabend kennen. Dagegen konnte ich nichts tun. Ich wollte lediglich nicht diejenige sein, von der sie es erfuhr.

„Ich arbeite heute in der Zulassungsstelle, aber ich habe unsere gemeinsame Mittagspause vermisst und dachte, ich komm mal her und sehe nach, ob du Zeit hast."

Neely Kate stöhnte. „Das tut mir leid. Wenn ich das gewusst hätte, hätte ich gewartet. Ich hab schon gegessen."

Ich zuckte mit den Schultern und grinste. „Hey, es ist schon spät und ich habe erst daran gedacht, als ich losgefahren bin."

Ihre Augen leuchteten auf. „Ich könnte aber eine Pause machen."

„Wirklich? Bist du nicht gerade erst vom Mittagessen zurückgekommen? Bekommst du da nicht Schwierigkeiten?"

Sie winkte ab und lächelte. „Ach bitte."

Ich vermutete, dass das ja hieß.

„Ich werd ja nur ein paar Minuten weg sein." Sie hielt einen Stapel Akten hoch. „Außerdem wollte ich gerade die hier zum Nachlassgericht bringen."

„Wenn du sicher bist ..."

Sie hakte sich bei mir unter. „Wir können uns beim Snackautomaten verstecken."

„Okay."

Plötzlich blieb sie stehen und deutete auf einen Mann, der den Flur entlangkam. Er hatte die Stirn gerunzelt und stampfte mit einem Stapel Papieren in der Hand über den Korridor. Dabei rieb er sich mit der Hand über den Kopf und strich so die letzten noch verbliebenen Haarsträhnen auf eine Seite.

„Das ist mein Boss, Jimmy, und diese Woche ist er noch launenhafter als eine Schizophrene mit PMS. Wir gehen ihm besser aus dem Weg." Sie führte mich durch das Treppenhaus in den Keller, was angesichts des altertümlichen Fahrstuhls vermutlich eine gute Idee war. Das Ding war so langsam, dass wir sicher erst morgen dort angekommen wären.

Die Snackmaschinen befanden sich in einer Nische im Keller. Das Neonlicht flackerte und warf einen bedrohlichen Schein auf alles. Mein Magen knurrte, als ich die Maschinen voller Cracker, Chips und Schokoriegel sah. Ich hatte den ganzen Tag noch nichts gegessen. Eine Tüte Chips würde nicht reichen, aber ich hatte keine Wahl, da ich mein Mittagessen in der Zulassungsstelle vergessen hatte.

Neely Kate zog sich eine Cola light und setzte sich auf einen der Plastikstühle. „Hast du endlich was von Joe gehört?"

„Ja, er ist gestern Abend aus Little Rock gekommen, um mich zu besuchen."

„Den ganzen Weg, nur um dich zu sehen?"

„Ja."

„Wie süß von ihm!"

Vor Verlegenheit wurde ich rot. „Ich fahre dieses Wochenende zu ihm."

Neely Kate quiekte erfreut. „Das ist sogar noch besser!"

Die nächsten zehn Minuten verbrachten wir damit, uns vor unseren Pflichten zu drücken, während ich Neely Kate das Neueste über Joe, Violet und den desaströsen Verkupplungsversuch mit Austin berichtete.

„Das ist so romantisch! Zwei Männer sind hinter dir her."

Ich zog eine Grimasse. „Was? Nein. Sei nicht albern."

Lachend stand sie auf. „Es ist nichts falsch daran, sich darüber zu freuen, dass man von zwei Männern begehrt wird, besonders wenn man weiß, welchen man will. Du weißt doch, welchen du willst, oder?"

„Natürlich! Ich hab nicht das geringste Interesse an Austin Kent." Obwohl, je länger ich darüber nachdachte – konnte ich das Gleiche auch über Violet sagen?

„Ich muss jetzt zum Nachlassgericht und dann zurück in mein Büro, sonst fängt Jimmy an, vor Wut zu kochen. Er muss heute früher weg, um irgendwas bei einem seiner Mietobjekte zu erledigen. Fährst du zurück zur Zulassungsstelle?"

Das Nachlassgericht war im selben Stock wie Mr Deveraux' Büro. Wie sollte ich Neely Kate erklären, dass wir den gleichen Weg hatten? „Ich werde mal kurz im Geschworenenzimmer vorbeischauen und mit Marjorie Grace reden. Vielleicht weiß sie schon etwas wegen morgen."

„Gute Idee. Dadurch kannst du deine Rückkehr an die Arbeit noch ein bisschen hinauszögern."

Ich sah auf meinem Handy nach der Zeit. Ich war bereits drei Minuten überfällig, und der Rückweg würde auch mindestens noch fünf Minuten dauern. Suzanne wartete vermutlich bereits an der Tür auf mich. „Ja", gab ich abwesend zurück.

Glücklicherweise fiel Neely Kate meine Einsilbigkeit gar nicht auf und sie erzählte mir das Neueste von ihren Hochzeitsvorbereitungen. Die Kleider ihrer Brautjungfern waren am Tag zuvor gekommen, aber statt im bestellten Pfirsichton waren sie mandarinenfarben.

„Das ist doch nicht so schlimm", sagte ich. „Mandarine ist doch hübsch."

„Brenda, meine Großcousine zweiten Grades, trägt Übergröße, liebt das Sonnenstudio und ist *orange*. Sie wird aussehen wie ein M&M."

„Vielleicht normalisiert sich ihr Teint bis zur Hochzeit ja noch. Wann ist sie denn?"

„In zwei Wochen."

„Oh." Dann sah ich keine große Chance für Brenda.

Da keine von uns es eilig hatte, wieder an die Arbeit zurückzukehren, ich noch weniger als sonst, nahmen wir den Fahrstuhl in den zweiten Stock. Während wir darauf warteten, dass die Türen sich öffneten, fiel mir ein, dass Neely Kate so ziemlich alles wusste, was im Gericht passierte. Sie hatte schon über den Bruce-Wayne-Decker-Fall Bescheid gewusst, ehe wir für die Befragung ausgewählt worden waren. Ob ich fragen konnte, was sie sonst noch wusste?

„Also, dieser Fall, bei dem ich Geschworene bin, ist ziemlich interessant", murmelte ich und starrte auf die Zahlen über der Fahrstuhltür. Die Zwei leuchtete schon seit mehreren Minuten.

„Ach ja?" Sie klang verwirrt.

Ich konnte ihr ihre Überraschung nicht verdenken. Ich hatte neulich so ein großes Theater darum gemacht, dass ich nicht darüber reden durfte, und jetzt schnitt ich selbst das Thema an.

Sie beugte sich zu mir herüber und flüsterte: „War Detective Taylor schon im Zeugenstand, um seine Geschichte zu erzählen?"

Ich versuchte, meine Aufregung zu zügeln, und drehte mich zu ihr um. „Du meinst seine Aussage?"

In gespielter Überraschung riss sie die Augen auf. „Oh, nennt man das heutzutage so?"

„Was meinst du damit?" Mein Herz klopfte wie verrückt.

Sie schloss die Augen und schüttelte den Kopf. „Vergiss es. Ich hab nichts gesagt."

Ich hatte zwei Möglichkeiten: Ich konnte betteln und flehen, dass sie es mir erzählte, oder ich konnte so tun, als ob es mich nicht interessierte, was sie vermutlich wahnsinnig machen würde. Hoffentlich irrte ich mich nicht. „Pfft. Man braucht keine Kristallkugel, um zu sehen, dass er nicht die ganze Wahrheit sagt."

Ihre Augen leuchteten auf, als hätte sie gerade ihre Weihnachtsgeschenke entdeckt. „Also hab ich recht?"

Ich kniff übertrieben die Lippen zusammen und schüttelte den Kopf. „Ich darf nicht darüber reden."

„Aber du hast gemerkt, dass er was unter den Teppich kehrt, stimmt's?"

Die Fahrstuhltüren öffneten sich. Fast hätte ich aufgestöhnt. Ich hatte noch nicht genug Informationen. Mit kleinen Schritten betrat ich die leere Kabine und sie folgte mir.

„Rose, komm schon. Ich erzähle es keiner Menschenseele, ich schwöre."

Nachdem sich die Türen geschlossen hatten, griff ich nach ihrem Arm und beugte mich zu ihr hinüber. „Du musst es mir *versprechen*, Neely Kate."

Sie hob die rechte Hand wie zur Vereidigung. „Ich schwöre. Ich verspreche es."

„Irgendetwas stimmt nicht. Als ob er Beweise ignoriert oder so."

„Ja! Genau! Wie die Anstecknadel, die man im Safe gefunden hat! Sie hat weder dem Opfer noch Bruce Decker gehört. Wo ist sie hergekommen?"

„Woher weißt du denn das alles?"

Sie verdrehte die Augen. „Das hab ich dir doch schon gesagt. Ich habe die Gabe. Ich weiß Dinge. Und jetzt hör zu. Wir haben nicht viel Zeit."

Ich wünschte mir nicht sehnlicher, als dass sie die *Gabe* hätte. „Weiß Detective Taylor, wer der echte Mörder ist? Deckt er ihn?"

„Nein, nichts in der Art. Es ist reine Faulheit. Das Brecheisen lag unter Deckers Verandatreppe und seine Fingerabdrücke waren am Tatort. Es ist einfach leichter, *Fall abgeschlossen* auf die Akte zu schreiben, als tatsächlich zu ermitteln. Ich hab gehört, dass Frank

Mitchell einigen Buchmachern in der Billardhalle Geld geschuldet hat."

„Ich hab auch gehört, dass er Schulden hatte, aber nicht bei wem." Wer waren diese Buchmacher?

Mit einem Ruck hielt der Fahrstuhl im zweiten Stock und die Türen glitten langsam auf.

Neely Kate warf mir über die Schulter hinweg einen Blick zu und sah dann nach vorne. „Von mir hast du das nicht gehört."

„Du meinst, dass deine Cousine bei deiner Hochzeit wie ein orangefarbenes M&M aussehen wird? Ich will doch nicht allen die Überraschung verderben."

Sie zwinkerte mir zu und ging den Flur hinunter zum Nachlassgericht. „Danke für deinen Besuch! Sehen wir uns morgen zum Mittagessen?"

Der Gedanke, mich morgen wieder mit ihr zu treffen, machte mich froh. „Ja."

Mr Deveraux' Büro war zwei Türen weiter als das Nachlassgericht, aber ich hatte Neely Kate ja gesagt, dass ich zu Marjorie Grace wollte. Genauso gut konnte ich zu meinem Wort stehen und kurz bei ihr reinsehen. Vielleicht hatte sie ja auch den Tag freibekommen.

Ich klopfte an die Tür. Wie verhielt man sich denn in so einem Fall korrekt? Es stellte sich heraus, dass ich mir ganz umsonst Gedanken gemacht hatte. Das Zimmer war leer und das Licht aus. Man hatte Mrs Bakers gesundheitsgefährdenden Auflauf entfernt; vermutlich war er Officer Ernie zur Beweissicherung übergeben worden. Ich ließ mich auf einen Stuhl fallen und war erleichtert, einen Moment allein zu sein. Ich musste mich auf die Konfrontation vorbereiten, die sicherlich gleich folgen würde.

Mein Handy klingelte und ließ mich zusammenzucken. Ich holte es aus meiner Tasche und stöhnte, als ich die Nummer darauf erkannte – die Zulassungsstelle. Das war sicherlich Suzanne, um mir die Leviten zu lesen. Vielleicht wollte sie mich sogar feuern. Konnte ich so viel Glück haben?

Ich holte tief Luft, schaltete den Ton ab und stand auf. Es war an der Zeit, es hinter mich zu bringen.

Ich ging den Flur hinunter. Meine Nerven waren zum Zerreißen gespannt. Vor Mr Deveraux' Bürotür hielt ich an und las seinen Namen auf der Milchglasscheibe.

Ich war kurz davor, mich absolut lächerlich zu machen.

Panik erfasste mich. Ich schloss die Augen und versuchte, nicht zu hyperventilieren. Nach ein paar tiefen Atemzügen fühlte ich mich ein wenig ruhiger. Ich war die Einzige, die gewillt war, Bruce Wayne Decker zu helfen. Da musste ich auch ein wenig öffentliche Demütigung in Kauf nehmen. Mit immer noch geschlossenen Augen griff ich nach dem Türknauf. Im gleichen Moment wurde die Tür aufgerissen und etwas rammte gegen mich. Ich stolperte rückwärts und kreischte so wie das Schwein, das letzten Monat auf dem Jahrmarkt entkommen war.

Ich wurde am Arm geschnappt und nach vorne gerissen, bis ich mit etwas Hartem zusammenstieß. Ich riss die Augen auf und hörte auf zu schreien, als ich sah, dass es niemand anders war als Mason Deveraux III. Seine Hand hielt meinen Ellbogen so fest, dass ich davon sicherlich blaue Flecke bekommen würde. Meine Brust war an seine gepresst und er hielt mich aufrecht. In seinen dunklen Augen stand ein wütender Blick.

„Was zum Teufel machen Sie hier, Ms Gardner?"

„Ich …"

„Sind Sie immer so lästig oder heben Sie sich Ihre Nervigkeit extra für mich auf?"

Mir fiel die Kinnlade herunter und ich schwankte zwischen einem Tränenausbruch und einer Schimpftirade. Zu meinem Glück hatte ich jedoch am Dienstagabend alle Tränen bereits geweint.

Ich versteifte mich und entriss ihm meinen Arm. „Und sind Sie immer so unhöflich oder heben Sie sich Ihre Rüpeleien extra für mich auf?"

Mr Deveraux machte einen Schritt zurück und strich sich die unsichtbaren Falten aus seinem Jackett. „Was tun Sie hier, Ms Gardner?" Sein Gesicht nahm wieder den Ausdruck an, als hätte er Verstopfung. Eines Tages würde ich ihm ein Abführmittel mitbringen.

„Haben Sie das noch nicht bemerkt, Mr Deveraux? Es ist mein Lebenszweck, Sie zu verärgern. Wie mache ich mich denn bisher?"

Was war nur in mich gefahren? So unhöflich war ich in meinem ganzen Leben noch nie zu jemandem gewesen.

Er beugte sich vor und kniff die Augen zusammen. „Sie besitzen ein außergewöhnlich großes Talent dafür, aber sicher sind selbst Sie nicht nur deswegen hier, um mich zu belästigen, noch dazu an einem Tag, an dem die Geschworenen freigestellt sind. Sollten Sie nicht zu Hause sein und sich übergeben?"

Meine Brust hob sich heftig vor Wut und Frust. Das hier lief nicht gut, und ich hatte mit meinem Vorhaben noch nicht mal angefangen. „Ich muss mit Ihnen *reden.*" Scheibenkleider! Ich hätte meinen schnippischen Ton wohl ein bisschen dämpfen sollen.

Er schwang den Arm zur Seite und hielt einen großen Umschlag fest. Dann setzte er ein falsches Lächeln auf. „Nun, hier bin ich, in Fleisch und Blut. Reden Sie."

Ich kochte vor Wut. „Warum in aller Welt sind Sie bloß so gehässig?"

Er ließ den Arm fallen und das Grinsen verwandelte sich in ein Stirnrunzeln.

„Ich hab Ihnen nichts getan, abgesehen davon, dass ich zur falschen Zeit am falschen Ort war. Glauben Sie mir, Mr Deveraux, Sie sind der letzte Mensch auf Erden, den ich jetzt sehen will."

Vor Verwirrung wurden seine Augen groß. „Aber Sie haben doch gerade gesagt, dass Sie mit mir reden wollen."

„Ich hab es mir anders überlegt!"

Der Applaus überraschte mich. Neely Kate und zwei andere Frauen standen ein paar Meter entfernt, klatschten und grinsten, als hätten sie gerade eine wunderbare Show verfolgt.

„Genau, gib's ihm!", rief eine der Frauen und wedelte mit einem Arm in der Luft.

Mr Deveraux wurde rot und stammelte etwas, ehe er sich umdrehte und zurück in sein Büro marschierte.

Die beiden Frauen schoben sich an mir vorbei. Die eine tätschelte mir grinsend den Arm.

Neely Kate eilte herüber zu mir und hakte sich bei mir unter. „Ach du Sternenstaub und Strumpfgürtel! Wenn ich das nicht mit eigenen Augen gesehen hätte, hätte ich es nicht geglaubt."

Vor Scham lief ich feuerrot an, als mir plötzlich das ganze Ausmaß dessen, was ich gerade getan hatte, bewusst wurde. „Ich …"

„Hast du eine Ahnung, wie sehr sich jeder hier im Gericht wünscht, dass er mal zurechtgestutzt wird? Er ist ein gemeiner, gehässiger Mann. Mach dir keine Sorgen, du bist nicht die Einzige, die seine Launen abbekommen hat, aber die Erste, die es sich nicht gefallen lässt."

„Fliege ich jetzt aus der Jury?", fragte ich flüsternd, als Neely Kate mich zum Fahrstuhl führte.

„Ach wo, das bezweifle ich. Er wird einfach in sein Büro gehen und schmollen."

„Aber …"

Neely Kate drückte den Fahrstuhlknopf. „Zerbrich dir deswegen nicht deinen hübschen kleinen Kopf. Was soll er schon tun? Richter McClary erzählen, dass du gemein zu ihm warst? Da wäre ich gerne dabei."

Die Fahrstuhltüren öffneten sich und wir betraten die Kabine. Ich war immer noch wie betäubt.

Neely Kate schüttelte den Kopf und lachte. „Ich werde mein ganzes Leben lang nicht seinen Gesichtsausdruck vergessen!"

Ich auch nicht.

Die Türen öffneten sich zur Lobby des Gerichtsgebäudes und ich war ganz begierig darauf, den neugierigen Blicken der Leute dort zu entfliehen. Wussten die etwa schon, was ich getan hatte? Wie war das möglich?

Neely Kate tätschelte mir den Arm. „Mach dir keine Sorgen wegen Mr Miesepeter. Alles wird gut. Was ist denn das Schlimmste, das dir passieren kann? Dass sie dich verhaften? Ziemlich unwahrscheinlich."

Mir drehte sich der Magen um. Ins Gefängnis zu wandern war mein schlimmster Albtraum.

Sie sah meinen entsetzten Gesichtsausdruck. „Entspann dich! Ich mach doch nur Spaß."

Ich versuchte zu lächeln, aber mein Gesicht war wie erstarrt. „Ja …" Und dann fühlte ich eine Vision nahen. *Oh nein! Nicht jetzt!* „Dein Blumenmädchen bekommt Windpocken."

Neely Kate kniff die Augen zusammen. „Was hast du gerade gesagt?"

„Was? Gar nichts."

Sie neigte den Kopf und nahm meinen Arm. „Doch, hast du. Du hast gesagt, mein Blumenmädchen bekommt Windpocken."

Das Blut pochte mir in den Schläfen. „Ich soll das gesagt haben?"

Sie musterte mich eindringlich. „Ja. Warum hast du gesagt, dass mein Blumenmädchen Windpocken bekommt?"

Ich winkte ab und lachte nervös. „Keine Ahnung! Was ist heute bloß los mit mir. Ich muss jetzt los." Ich entzog meinen Arm ihrem Todesgriff.

„Vermutlich …" Sie wirkte unentschlossen, ließ mich aber los. „Du solltest lieber gehen. Sonst kommst du zu spät."

Sonst? Ich war schon weit über zu spät hinaus.

„Sehen wir uns morgen?", fragte sie.

Ich weinte fast vor Freude. Ich hatte sie nicht vergrault. Vorerst. Ich hatte nämlich keine Ahnung, wie sie reagieren würde, wenn ihr Blumenmädchen tatsächlich Windpocken bekam. „Wir sehen uns morgen." Ich winkte ihr halbherzig zu und ging hinaus in die brütende Nachmittagshitze.

Ich hatte das gerade auf jede nur erdenkliche Weise vermasselt. Jetzt kam ich zu spät zur Arbeit und verlor vielleicht meinen Job, dabei hatte ich nicht mal erreicht, wofür ich hergekommen war. Ich hatte Mr Deveraux nicht erzählen können, was ich über Bruce wusste, und ihn stattdessen so sehr verärgert, dass er mir wohl kaum jemals wieder zuhören würde, selbst wenn ich irgendwann so viel Mut aufbrachte, noch einmal ein Gespräch mit ihm zu suchen.

Ich tröstete mich damit, dass ich trotz allem ein paar wertvolle Informationen erhalten hatte.

Zum einen hatte ich gelernt, dass mandarinenfarbene Brautjungfernkleider nur auf eine Hochzeit mit einem Süßigkeitenmotto passten. Und zum anderen, dass Frank Mitchell einem Buchmacher Geld geschuldet hatte. Vielleicht war es doch gut gewesen, dass ich hergekommen war.

KAPITEL 12

In den vier Jahren, seit ich Suzanne kannte, hatte ich sie noch nie so wütend erlebt. Nicht einmal, als sie damals herausfand, dass das Kosmetikinstitut keine fünfzig Prozent Rabatt mehr auf Haarefärben bei Stammkunden gewährte. Und das wollte was heißen.

Obwohl schon ihr rotes Gesicht ein ziemlich deutlicher Hinweis darauf war, dass etwas nicht stimmte, ließ die Art und Weise, wie sie vom Kinn bis hinunter zur Brust zitterte, einige von uns glauben, sie hätte einen Anfall. Martha rief den Notruf an, legte aber auf, als Suzanne klar wurde, was sie da tat und sie deswegen anbrüllte.

Ich wäre nicht überrascht gewesen, wenn sie mich nach Hause geschickt hätte, aber ich vermutete, dass sie zur Vernunft gekommen war und begriffen hatte, dass sie eine bestimmte Vorgehensweise einhalten musste. Der einzige Weg, als Angestellte des Bundesstaats Arkansas fristlos entlassen zu werden, ist ein Mordversuch an einer Angestellten. Aber vielleicht hatte sie ja vor, sich der gleichen Methode wie unsere alte Chefin zu bedienen.

Ich setzte mich an meinen Schreibtisch, stopfte meine Handtasche in die Schublade und sagte mir immer wieder „noch drei Stunden, noch drei Stunden", bis die Worte ineinander übergingen.

Abgesehen von meiner Vision mit Neely Kate war mein Tag relativ visionsfrei gewesen, deshalb war ich nicht überrascht, dass ich jetzt gleich mehrere hintereinander hatte. Eine Frau war erleichtert, aber ein wenig verblüfft, dass ihre Handtasche in ihrer Gefriertruhe lag. Ein anderer Kunde war nicht allzu glücklich zu erfahren, dass ihm sein Nachbar immer die Zeitung klaute.

Die Visionen erschöpften mich.

Sie waren jedoch eine knallharte Erinnerung daran, wie ich überhaupt in das Chaos mit Daniel Crocker geraten war, was wiederum Mommas Ermordung und meine ganze Beteiligung am Crocker-Fall zur Folge gehabt hatte. Meine Visionen waren Fluch und Segen zugleich, aber letztendlich hatten sie mir geholfen, Joe zu retten und Crocker verhaften zu lassen.

Soweit ich wusste, hatte Bruce Wayne Decker keine eigenen Visionen, um sich zu retten. In Wahrheit war ich vermutlich seine einzige Hoffnung. Zu meiner Schande musste ich jedoch gestehen, dass ich mich von meinem Temperament hatte hinreißen lassen und damit alle Chancen ruiniert hatte, dass Mr Deveraux mir zuhörte. Er war der Einzige, der dafür sorgen konnte, dass die Anklage fallen gelassen wurde, und ich hatte es verbockt. Aber Scheibenkleider, der Mann konnte einen auch in den Wahnsinn treiben!

Ich brauchte eine andere Taktik, einen Plan B, um mich aus der Grube zu befreien, die ich mir selbst geschaufelt hatte. Ich hatte nichts Konkretes in der Hand, um Bruce zu entlasten, aber wenn ich mehr Informationen hätte, dann müsste Mason Deveraux mir einfach zuhören. Das Problem war nur, wie ich mir diese Informationen beschaffen sollte.

Eine meiner Kundinnen gab mir jedoch eine Eingebung, als sie ihren Antrag für die Erneuerung ihrer Nummernschilder auf meinen Schreibtisch fallen ließ.

„Die Adresse hier stimmt nicht mehr. Können Sie meine neue in Ihre Datenbank eingeben?"

Mit einem freundlichen Lächeln versicherte ich ihr, dass ich das gerne tun würde, aber in meinem Kopf hatte sich bereits das Getriebe in Gang gesetzt. Die Chancen standen gut, dass Frank Mitchells Adresse noch immer im Computer gespeichert war. Er war vor einem Jahr gestorben und das Löschen von Daten dauerte in der

Regel länger. Ich musste lediglich seine Adresse aufrufen und an seinem Haus vorbeifahren. Dann würde ich schon einen Hinweis finden – zumindest war es einen Versuch wert.

Das war doch absolut unauffällig. Man konnte nicht verhaftet werden, weil man eine Straße entlangfuhr, richtig? Allerdings konnte ich für das Aufrufen seiner Daten Schwierigkeiten bekommen. Ich musste also vorsichtig sein.

Als eine Kollegin um fünf Uhr die Vordertür zuschloss, stürzte ich in Richtung Hinterausgang und ignorierte Suzannes Schrei, dass ich besser am folgenden Tag aufkreuzte, sonst könnte ich ganz wegbleiben.

Sobald ich in mein stickiges, heißes Auto gestiegen war, zog ich Mr Mitchells Adresse aus der Tasche. Während die kochend heiße Luft, die aus der Klimaanlage strömte, sich langsam abkühlte, starrte ich auf den gelben Klebezettel, den ich hastig vollgekritzelt hatte. *Wenn Suzanne mich erwischt hätte* ... Aber das hatte sie nicht und hier saß ich nun, mit der Adresse des Mordopfers. Besser gesagt, seiner letzten bekannten Adresse. Wer wusste schon, wo er jetzt war. Gott sei seiner Seele gnädig.

Ich überlegte kurz, nach Hause zu fahren. Muffy war den ganzen Tag über eingesperrt gewesen und musste nach draußen gelassen werden. Ganz abgesehen davon, dass ein halb gestrichenes Zimmer auf mich wartete, aber ich versicherte mir, dass ich nur mal ganz schnell bei der Adresse vorbeifahren würde. Meine Neugier hatte mich voll im Griff. Ich würde mich kurz umsehen und anschließend gleich nach Hause fahren. Ich dachte auch einen Moment lang darüber nach, Muffy zu holen und mitzunehmen. Aber es kam mir unverantwortlich vor, sie schon wieder zur Komplizin bei einer Straftat zu machen, falls es doch illegal war, was ich vorhatte. Manchmal hatte ich das Gefühl, sie trug mir immer noch nach, dass ich mit ihr zusammen Miss Mildreds Auto gestohlen hatte, um Joe vor Daniel Crocker zu retten.

Ich umklammerte das Lenkrad mit beiden Händen und presste die Zähne aufeinander. Und damit war es beschlossene Sache. Ich würde vor dem Heimweg erst bei Frank Mitchells Haus vorbeifahren.

Es befand sich in einem älteren, heruntergekommenen Stadtteil von Henryetta. Alle Straßen in diesem Viertel hatten Baumnamen:

Ahorn. Eiche. Ulme. Die Häuser waren in den 1930ern gebaut und dann vernachlässigt worden. Mr Mitchells Haus eingeschlossen.

Ich verlangsamte mein Tempo, als ich näherkam, und spähte durch das Seitenfenster. Die Veranda war auf einer Seite etwa einen Meter abgesackt. Einer der Fensterläden hing so schief herunter, dass zu befürchten war, er würde beim nächsten Windstoß abfallen. Der Großteil der Farbe war abgeplatzt. Im Vorgarten musste dringend der Rasen gemäht werden und die Büsche vor dem Haus waren so hochgewuchert, dass sie die Hälfte der Fenster verdeckten. Auf den ersten Blick hatte ich nichts weiter erfahren, als dass das Haus in sich zusammenfiel. Ich musste einen zweiten Blick riskieren.

Nachdem ich einmal um den Block gefahren war, fuhr ich bereits ein paar Häuser früher wieder langsamer. Alles wirkte verlassen. Ganz sicher konnte ich mich ein wenig umsehen.

Ich parkte ein Haus entfernt am Straßenrand. Als ich ausstieg, zitterten mir die Hände und ließen meinen Schlüssel klappern. Was um alles in der Welt tat ich denn hier? Was hoffte ich denn zu finden? Ich hatte keine Ahnung, aber der Drang, zu diesem Haus zu gehen, war nicht nur unleugbar, sondern auch unmöglich zu ignorieren.

Ich bemühte mich, möglichst unauffällig zu wirken, setzte ein breites Lächeln auf und ging den gesprungenen und zerfallenen Weg zum Haus entlang, sorgsam darauf bedacht, nicht zu stolpern. Wie sollte ich denn ausgerechnet hier einen Beinbruch erklären? Ich hätte Muffy doch mitbringen sollen. Dann hätte ich behaupten können, dass ich mit meinem Hund Gassi gehe, aber jetzt war es dafür zu spät. Ich steckte bereits mittendrin in dieser verrückten Sache.

Vor dem Haus blieb ich stehen. Auf der Veranda ragten Bodenbretter mit rostigen Nägeln hoch und ich fragte mich, wie der Besitzer überhaupt durch den Vordereingang hineinkam. Ich ging zur Einfahrt und wollte gerade die Rückseite des Hauses erkunden, als ich hinter mir eine Stimme hörte.

„Was machen Sie denn da?"

Mit einem Aufschrei drehte ich mich zu der Stimme um und stolperte rückwärts. Ich musste wirklich damit aufhören. Zweimal an einem Tag war zweimal zu viel.

Ich starrte in das fast zahnlose Gesicht eines alten Mannes. Mir verschlug es die Sprache. „Häh?"

Er beugte sich vor; mit der rechten Hand hielt er einen dicken Stock umfasst. Er wartete auf meine Antwort und sah aus wie jemand, der nicht gerne wartete.

„Ich hab mich nur umgesehen …"

„Es ist verkauft", knurrte er und versuchte erfolglos, sich aufzurichten, um größer zu wirken.

„Was?"

„Ich habe gesagt, es ist verkauft. Verkauft! Sind Sie taub?"

„Nein … äh …" Ich gab mir innerlich einen Ruck. Ich musste mich zusammenreißen. Offensichtlich war ich bei dieser Ermittelei nicht besonders gut. „Wie lange hat es denn zum Verkauf gestanden?"

„Welches Mal?"

„Wie oft sollte dieses Haus denn verkauft werden?", fragte ich verblüfft.

„Zweimal. Das erste Mal gleich nach Franks Tod und das zweite Mal im letzten Monat. Es ist eine verdammte Schande. Frank hat den letzten Monat seines Lebens damit verbracht, einen Typ abzuwehren, der alles Mögliche versucht hat, ihn zum Verkauf zu bewegen, und alles umsonst. Das verdammte Haus wurde trotzdem verkauft." Er drehte sich um und ging zurück auf den Bürgersteig, wobei er vor sich hinmurmelte.

„Warten Sie!", rief ich und rannte ihm hinterher. „Wer hat denn versucht, sein Haus zu kaufen? Und warum wollte derjenige es unbedingt? War das einer der Buchmacher, denen er Geld geschuldet hat?"

Der alte Mann blieb stehen, drehte sich um und stützte sich mit seinem gesamten Körpergewicht auf den Stock, als wäre er zu erschöpft, um noch weiter zu stehen. „Sie sind ganz schön neugierig, nicht wahr?"

Ich gab ihm keine Antwort und suchte nach den richtigen Worten, um ihn zum Reden zu bewegen. Vielleicht sollte ich meine Fragen vorbereiten, wenn ich das nächste Mal bei anderer Leute Häusern herumschnüffelte.

„Ich hab keine Ahnung, wer das war. Frank hat es mir nicht erzählt und es ging mich auch nichts an. Und weshalb jemand es kaufen wollte, das weiß ich genauso wenig. Aber ich weiß, dass er Frank bedrängt hat, obwohl der geschworen hat, nicht umzuziehen. Es war das Haus seiner Eltern und sollte in der Familie bleiben." Er lachte rau auf, bekam dann aber einen Hustenanfall. Als der langsam abebbte, räusperte er sich und spuckte auf den Bürgersteig.

Ich sprang zur Seite und schluckte meinen Ekel hinunter.

Der Blick des Mannes wurde unnachgiebig und die rechte Seite seiner Oberlippe zuckte, während er mich anstarrte. Wenn ich nicht gewusst hätte, dass ich ihm mühelos davonlaufen könnte, hätte ich Angst gehabt.

„Wissen Sie, was witzig ist?"

Ich schüttelte den Kopf.

„Er hat so viel Energie dafür aufgebracht, es nicht zu verkaufen, und sein Sohn geht los und verkauft es, sobald er die Gelegenheit dazu hat. Was für eine Verschwendung." Er schüttelte den Kopf.

„Sie haben gesagt, die Person, die das Haus kaufen wollte, hat ihn bedrängt. Was genau hat sie denn getan?"

Er kniff die Augen zusammen und zog genervt die Mundwinkel hoch. „Wie um alles in der Welt soll ich denn das wissen? Sehe ich wie ein Gedankenleser aus?"

„Nein ... aber ..."

Er runzelte die Stirn – sein faltiges Gesicht sah aus wie eine Trockenpflaume. „Frank war ein sehr verschlossener Mensch. Lebte zurückgezogen. Der einzige Grund, warum ich überhaupt etwas darüber weiß, ist, weil ich ihn ein paar Tage vor seiner Ermordung nachts betrunken aufgelesen habe."

Die Puzzleteilchen wirbelten umher, als ich versuchte, alles zu einem Bild zusammenzusetzen. „Glauben Sie, dass derjenige, der unbedingt das Haus kaufen wollte, ihn vielleicht umgebracht hat?"

„Dieser kiffende Idiot hatte nicht genug Geld, um das Haus zu kaufen."

Mir blieb der Mund offen stehen. „Sie meinen Bruce Wayne Decker?"

Er versuchte erneut, sich aufzurichten, kippte aber leicht zur Seite. „Natürlich meine ich den Decker-Jungen. Von wem zum

Teufel sollte ich sonst sprechen? Dem Jungen wird gerade der Prozess wegen Franks Ermordung gemacht."

„Aber woher …"

„Verdammt, sind Sie eine neugierige Frau." Er schüttelte den Kopf und brummte. Dieser Mann ließ Mildred plötzlich ein wenig freundlicher wirken. „Weil der Decker-Trottel dort unten gewohnt hat." Er hob seinen Stock und deutete die Straße hinunter auf das Eckhaus. „Genau dort."

Das Haus gehörte zu den besser aussehenden in der Straße. Frische Farbe, ein gemähter Rasen, Blumenbeete im Vorgarten.

Meine Verwirrung war offensichtlich unübersehbar. Der Mann schnaubte. „Es gehört ihm nicht. Das ist das Haus seiner Eltern. Er ist dort erst ein paar Monate vor Franks Ermordung ausgezogen. Seine Leute sind endlich aufgewacht und haben seinen dünnen Hintern auf die Straße gesetzt."

„Oh."

„Haben Sie sonst noch ein paar dumme Fragen?"

Ich schüttelte den Kopf und versuchte, mir einen Reim auf diese Information zu machen. „Nein."

Er drehte mir den Rücken zu und humpelte auf das Nachbarhaus zu. „Mein Baseballspiel wird gerade übertragen. Wenn ich was verpasse, sind Sie schuld."

Als ich losfuhr, drosselte ich beim Haus von Bruce Wayne Deckers Eltern noch einmal das Tempo. Ich dachte kurz daran, anzuhalten und ihnen ein paar Fragen zu stellen, aber das würde nicht funktionieren. Ich konnte ja schlecht an ihre Tür klopfen und sagen: „Hi, ich bin Rose Gardner und ich bin Geschworene beim Prozess Ihres Sohnes, aber ich hatte auf der Herrentoilette eine Vision, dass jemand anderes Frank Mitchell umgebracht hat, deshalb glaube ich, dass Ihr Sohn unschuldig ist und ich will versuchen, es zu beweisen."

Das würde niemals funktionieren. Sie würden mir niemals glauben, dass ich ihn für unschuldig hielt, wenn alle Welt schon auf seine öffentliche Hinrichtung wartete. Außerdem konnte ich es nicht riskieren. Ich sollte doch nicht herumschnüffeln.

Auf der Heimfahrt versuchte ich, aus den Worten von Mr Mitchells Nachbar schlau zu werden. Wer hatte Frank Mitchells

Haus kaufen wollen? Es war in ziemlich schlechtem Zustand und nicht erst seit Franks Tod vernachlässigt worden. So ein Verfall dauerte Jahre. Aber Mr Mitchell hatte als Schichtleiter im Baumarkt gearbeitet. Auch wenn er sicher nicht so viel verdient hatte, um reich zu werden, hätte es doch bestimmt für die Reparaturen an seinem Haus gereicht. Wo blieb also sein ganzes Geld?

Anne in der Farbenabteilung hatte behauptet, dass er Schulden hatte, und Neely Kate hatte gehört, dass er Buchmachern Geld schuldete. Ich wusste, dass Joe das als Tratsch abtun würde, aber für irgendwas musste der Mann sein Geld ja ausgegeben haben und ganz bestimmt waren das nicht die Reparaturen an seinem Haus gewesen. Hatten die Buchmacher sein Haus als Bezahlung für seine Schulden verlangt? Und ihn umgebracht, als er nicht verkaufen wollte?

Muffy war froh darüber, mich zu sehen, schoss aus dem Haus und rannte im Kreis um mich herum, bevor sie schließlich ihr Geschäft verrichtete. Ich machte mir zum Abendessen ein Sandwich und überlegte, dass ich noch für meine Reise nach Little Rock packen musste.

Vor Aufregung und Vorfreude hatte ich einen Knoten im Magen. Ich war noch nie zuvor in Little Rock gewesen, obwohl es nur zwei Stunden entfernt war. Violet und Mike waren schon oft dort gewesen und …

Oh Scheibenkleider. Ich hatte Violet noch nichts von meiner Reise erzählt. Ganz egal, wie frustriert ich gerade ihretwegen war, ich musste es ihr sagen, damit sie sich keine Sorgen machte.

Ich wählte ihre Nummer und fragte mich, ob sie wohl immer noch sauer war.

„Hallo, Rose." Ihr frostiger Ton beantwortete meine Frage.

„Hi." Ich bemühte mich, freundlich zu klingen.

„Rufst du mich an, um dich zu entschuldigen?", fragte sie mich schnippisch.

„Wofür denn?"

„Für dein unhöfliches Benehmen neulich Abend."

„Mein unhöfliches Benehmen?"

„Ja, die Art und Weise, wie du den armen Austin stehen gelassen hast."

Mein Blut begann zu kochen. „Ist das dein Ernst? Du hattest kein Recht dazu, Violet! Du hast kein Recht, mich zu einem Blind Date zu locken, wenn du genau weißt, dass ich mit Joe zusammen bin!"

„Und meine Meinung dazu kennst du ja."

„Das geht dich nichts an, Violet! Ich bin keine Sechsjährige mehr. Ich brauche niemanden, der mir meine Freunde aussucht."

Violet schnappte hörbar nach Luft. „Also das hab ich deiner Meinung nach getan, als wir klein waren? Deine Freunde ausgesucht?" Ihr verletzter Ton drehte mir den Magen um.

Ich zwang mich zu einem tiefen Atemzug. „Nein, Vi. Natürlich nicht. Du hast mich nur vor den gemeinen Kindern in der Schule beschützt."

Ich ließ mich auf mein Bett sinken und legte die Stirn auf meine Handfläche. Wieso stritten wir ständig? Vor Mommas Tod hatten wir kaum einmal ein lautes Wort gewechselt, aber wenn ich in mich ging, dann lag es daran, dass ich nie die Kraft aufgebracht hatte, mich jemandem zu widersetzen. Violet eingeschlossen.

„Du glaubst also, dass ich versuche, dein Leben zu steuern?"

Meine Empörung war zurück. „Und, stimmt das etwa nicht?"

„Rose, es geht doch nur darum, dass du …"

Sie schwieg und ich wartete stumm darauf, dass sie weitersprach.

„Ich möchte nicht, dass du später etwas bereust." Ihre Stimme brach und ich wusste, dass sie weinte.

„Violet, ich muss mein Leben leben und meine eigenen Fehler machen."

Sofort kehrte ihre Überheblichkeit zurück. „Also gibst du zu, dass Joe Simmons ein Fehler ist?"

Frustriert stöhnte ich auf. „Nein! Ich hab nicht gesagt, dass er ein Fehler ist. Du machst dir Sorgen, dass ich einen machen könnte, aber du kannst mich nicht vor Fehlern beschützen. Du musst mich mein Leben leben lassen – mit allen Höhen und Tiefen. Den guten und den schlechten Dingen."

„Ich kann den Gedanken nicht ertragen, dass du verletzt wirst."

„Woher willst du denn wissen, dass Joe mir wehtun wird? Woher weißt du denn, dass nicht ich ihm wehtue? Oder vielleicht tut keiner von uns dem anderen weh. Vielleicht heiraten wir und ich ziehe nach

Little Rock und wir haben Kinder und ein Haus und leben für immer glücklich miteinander.“

„Du ziehst nach Little Rock?“, flüsterte sie entsetzt.

Und da wurde mir klar, warum sie so hartnäckig darauf bestand, dass ich mit Joe Schluss machte. Sie hatte Angst, mich zu verlieren. Joes einzige Verbindung zu Henryetta war ich und die Chancen, dass er herziehen würde, standen schlecht. Falls wir zusammenblieben und heirateten, würde ich wegziehen und Violet wäre allein.

Jetzt ergab das alles plötzlich Sinn. Austin war in Henryetta geboren und aufgewachsen. Gut, er hatte zwischenzeitlich woanders gewohnt und sich die Hörner abgestoßen, aber er war zurückgekommen, um sich hier eine Existenz aufzubauen. In Violets Augen war Austin Kent eine sichere Partie und Joe Simmons eine gefährliche.

Meine Stimme wurde sanfter. „Nein, ich ziehe nicht nach Little Rock.“

„Aber Joe möchte das?“

Ich wollte keinen noch größeren Keil zwischen die beiden treiben, aber auch nicht lügen. „Ja.“

„Siehst du! Ich hab es gewusst!“ Die Tränen in ihrer Stimme dämpften ihre Anschuldigung.

„Violet, ich hab ihm gesagt, dass es dafür zu früh ist. Wir sind ja noch nicht lange zusammen. Ich kann dir aber nicht versprechen, dass ich nicht eines Tages doch nach Little Rock ziehen werde, genauso wenig, wie du mir versprechen kannst, in Henryetta zu bleiben.“

„Und ob ich das kann! Mike übernimmt die Baufirma seines Vaters, wenn der nächstes Jahr in den Ruhestand geht. Wir wurden in Henryetta geboren und wir werden hier sterben.“

Ich seufzte. „Es muss schön sein, wenn man sein ganzes Leben so sicher vorausplanen kann.“ Die Unsicherheiten in meinem eigenen Leben waren durch Violets sorgfältig gewählte Worte nur noch verstärkt worden.

Sie schnappte erneut nach Luft, was mich überraschte. Es war mein Ernst gewesen – ich hatte sie nicht verletzen wollen.

„Ich muss jetzt Schluss machen, Rose.“ Violet klang, als ob sie würgte.

„Warte! Ich muss dir erst noch was erzählen."

„Was?" Der eisige Ton war zurück.

„Ich verbringe das Wochenende mit Joe in Little Rock. Nach dem Geschworenendienst morgen fahre ich los und Sonntagabend komme ich wieder zurück."

Ihr Schweigen machte mir Angst. Nach einigen Sekunden räusperte sie sich. „Aha. Und was hast du mit Muffy vor?"

„Ich hab vor, sie mitzunehmen."

„In eine Wohnung? Wohnt Joe nicht in einer Wohnung in der Innenstadt?"

Ich war nicht sicher, warum es mich derart überraschte, dass sie so genau über Joes Wohnverhältnisse Bescheid wusste. „Schon, aber ich werde mit Muffy Gassi gehen."

„Muffy wird die lange Autofahrt hassen."

„Ich denke, es wird ihr nichts ausmachen."

„Schon gut. In Ordnung. Ich passe auf sie auf."

Geschockt blieb mir der Mund offenstehen. „Was? Ich hab dich nicht gebeten ..."

„Der Hund ist den ganzen Tag in diesem Backofen eingesperrt, den du Haus nennst, und dann willst du ihn auch noch in ein Auto verfrachten und mit ihr in die Betonwüste fahren?"

„Little Rock ist keine Betonwüste."

„Woher willst du das wissen? Du warst doch noch nie dort."

Violet wusste immer ganz genau, wie sie mich treffen konnte, selbst wenn sie es nicht einmal versuchte. „Nein, Vi, war ich nicht. Aber dieses Wochenende fahre ich hin. Und ich übernachte bei Joe, und rate mal – ich werde auch mit ihm schlafen."

„Rose Anne Gardner! Was um Himmels willen ist nur in dich gefahren?"

Ich hatte schon eine anzügliche Bemerkung auf der Zunge, entschied mich aber klugerweise, sie für mich zu behalten. „Ich bin alt genug, um meine eigenen Entscheidungen zu treffen. Wenn ich mir die Haare lila färben möchte, dann tue ich es. Wenn ich das Wochenende in Little Rock verbringen möchte, dann tue ich es."

„Ich habe also kein Recht auf eine Meinung?"

„Doch, natürlich hast du das. Und manchmal möchte ich deine Meinung hören. Aber es gibt einen Unterschied zwischen eine Meinung haben und mir deine Pläne aufzwingen."

Ihr Ton wurde sanfter. „Du färbst dir doch nicht wirklich die Haare lila, oder?"

Ich seufzte und lachte dann. Nur Violet konnte sich über so was Sorgen machen. „Nein."

„Oh, Gott sei Dank, denn ich glaube nicht, dass ich mich mit meiner Meinung darüber zurückhalten könnte."

Ihre Betonung entging mir nicht. „Du lässt mich also meine eigenen Entscheidungen in Bezug auf Joe treffen?"

„Ja."

„Danke."

„Ich denke aber immer noch, dass Muffy hier bleiben sollte. Ashley würde sich freuen."

Ich konnte es fast nicht ertragen, Muffy zwei Tage zurückzulassen, aber Violet hatte nicht unrecht. „Okay."

„Bring sie doch einfach morgen früh her, bevor du zur Arbeit gehst. Dann muss sie nicht den ganzen Tag allein zu Hause bleiben."

„Ich habe morgen Geschworenendienst, aber das ist eine gute Idee. Ich muss um neun im Gericht sein, also bringe ich sie vorher vorbei."

„Okay." Sie schwieg einen Moment. „Du magst diesen Mann also wirklich?"

Ich lächelte. „Ja, wirklich."

„Sei vorsichtig."

Ich wusste, sie meinte nicht nur die zweistündige Fahrt. „Ich habe schon viel zu viel Zeit meines Lebens damit verbracht, vorsichtig zu sein. Ich versuche, ein wenig zu leben, Violet."

„Ich weiß. Das macht mir ja Sorgen. Ich hab dich lieb, Rose."

„Ich dich auch."

Als ich aufgelegt hatte, wurde ich schwermütig. Es belastete mich, wenn Violet sauer war, ganz besonders, wenn es dabei um mich ging, aber ihr Benehmen in jüngster Zeit war ganz klar ein Zeichen dafür, dass irgendetwas anderes im Argen lag. Vielleicht sollte ich sie nächste Woche mal zum Mittagessen einladen und versuchen, etwas darüber in Erfahrung zu bringen.

NEUNUNDZWANZIGEINHALB GRÜNDE

Meine Gedanken wanderten zu Joe und der Tatsache, dass sich Violet von ihm bedroht fühlte. Ich fürchtete, dass ich mich irgendwann in der Zukunft zwischen den beiden entscheiden müsste. Die Frage war nur, wen würde ich wählen?

KAPITEL 13

Glücklicherweise rief Marjorie Grace Freitagmorgen an und bestellte mich zum Geschworenendienst ins Gericht. Ansonsten hätte ich mich vermutlich bei der Arbeit krankgemeldet. Den Geschworenen ging es besser, obwohl sich die meisten noch etwas erschöpft fühlten. Die Klimaanlage funktionierte, aber Richter McClary verkündete, dass er die Verhandlung vertagen würde, sollte einer der Geschworenen Magen-Darm-Probleme bekommen.

In Fenton County konnte sich der Gerechtigkeit nichts in den Weg stellen. Nicht mal Mrs Bakers Frühstücksauflauf.

Es fiel mir nicht leicht, Muffy bei Violet abzugeben. Wir behandelten uns gegenseitig wie rohe Eier, aber wir schienen eine Art Waffenstillstand geschlossen zu haben. Ashley und Mikey hüpften um Muffy herum und normalerweise hätte sie begeistert mitgemacht, aber sie schien zu verstehen, dass ich ohne sie fahren würde. Winselnd stand sie an meinen Füßen und ich beugte mich zu ihr hinunter, streichelte ihr über den Kopf und flüsterte ihr ins Ohr: „Sei ein braves Mädchen. Sonntag bin ich wieder zurück."

Sie hob das Kinn und starrte mich aus ihren kohlenschwarzen Augen an. Es brach mir das Herz.

Tränenüberströmt verließ ich das Haus, was lächerlich war. Muffy war nur ein Hund, ich hatte sie noch gar nicht so lange. Aber sie war *mein* Hund und ich würde sie wie verrückt vermissen.

Als ich beim Gericht eintraf, hatte sich meine traurige Stimmung aufgehellt, ganz besonders, weil ich einen Parkplatz gefunden hatte, der weniger als einen Block entfernt lag. Ich konnte es kaum erwarten, Henryetta am Nachmittag zu verlassen. Ich war mehr als neugierig auf Joes Wohnung und freute mich auf Little Rock. Hauptsächlich aber freute ich mich auf Joe.

Als ich das Foyer betrat, stellte ich meine Handtasche auf die Theke und ein älterer Mann begrüßte mich lächelnd.

„Guten Morgen, Miss."

Ich grinste. „Sie müssen Robbie sein. Was macht Ihre Gicht? Geht es Ihnen besser?"

Überrascht riss er die Augen auf und begann, den Inhalt meiner Handtasche zu überprüfen. „Ja, das stimmt. Danke, Miss. Woher wussten Sie das?"

„Matt hat ungeduldig auf Ihre Rückkehr gewartet."

Robbie schüttelte lachend den Kopf. „Ach ja?" Er schickte meine Tasche durch den Scanner und gab sie mir zurück. „Einen schönen Tag wünsche ich Ihnen."

Ich strahlte. „Ihnen auch, Robbie. Ihnen auch."

Während ich darauf wartete, dass sich die Fahrstuhltüren öffneten, fragte ich mich, ob es tatsächlich ein schöner Tag werden könnte. Mir war es zwar peinlich, Mason Deveraux III. wieder gegenüberzutreten, aber ich wusste auch, dass er mich im Verhandlungssaal ignorieren würde. Violet und ich stritten uns nicht mehr. Ich hatte einen Hinweis entdeckt, um Bruce Wayne Decker zu entlasten. Und ich würde Joe besuchen. Was sollte da noch schiefgehen?

Als ich den Geschworenenraum betrat, war die Stimmung angespannt. Die Leute, die vom Frühstücksauflauf krank geworden waren, bestraften Mrs Baker mit Schweigen. Sie saß hinten in einer Ecke und betupfte sich die Augen mit einem Taschentuch. Marjorie Grace hockte neben ihr, tätschelte ihr den Arm und redete leise auf sie ein.

Gerade als ich zu ihnen hinübergehen wollte, kam Gerichtsdiener Spencer herein und verkündete, dass es Zeit für die Verhandlung war. Ich stellte mich sofort in die Reihe, weil ich begierig darauf war, ob neue Beweise vorgelegt würden, um möglicherweise Bruces Unschuld zu beweisen. Ich wollte nicht daran denken, dass er das ganze Wochenende über in seiner Zelle verbringen würde.

Wir nahmen unsere Plätze ein und warteten darauf, dass der Richter den Saal betrat. Mrs Baker hatte ihre Hand auf ihr Bein gelegt und versuchte so, das Zittern zu verstecken.

Ich legte meine Hand auf ihre. „Machen Sie sich keine Sorgen. Am Montag werden alle den Vorfall vergessen haben."

Ihr Kinn zitterte und sie flüsterte: „Einer der Geschworenen hat gesagt, dass Richter McClary richtig wütend war, weil er die Verhandlung wegen … Sie wissen schon was … vertagen musste." Sie schniefte und sah sich um. „Ausgerechnet, nachdem die Klimaanlage endlich repariert worden war. Er hat gesagt …" Mit dem feuchten Taschentuch wischte sie sich die Tränen ab, die ihr übers Gesicht strömten. „Er hat gesagt, der Richter wird mich wegen Missachtung des Gerichts einsperren lassen."

Überrascht beugte ich mich vor und versuchte, den überwältigenden Katzenfuttergeruch zu ignorieren. „Sie machen sich völlig umsonst Sorgen. Das kann er gar nicht!"

Sie biss sich auf die Lippe. Tränen standen ihr in den Augen. „Sind Sie sicher?"

Ich nickte. „Absolut." Zumindest einigermaßen.

Auch wenn Richter McClary ein mürrischer alter Kauz war, die Vergiftung eines Großteils der Geschworenen war doch sicher kein Grund für eine Verhaftung?

Oh, Moment.

Wir standen alle auf, als der Richter den Raum betrat. Sein Gesicht war zu einer Grimasse verzerrt. Das sah nicht gut aus für die arme Mrs Baker. Ich warf einen besorgten Blick in ihre Richtung. Ihr Gesicht war so weiß wie Suzannes Haare, nachdem ein Friseurlehrling ihr alle Pigmente herausgebleicht hatte.

Nachdem wir alle Platz genommen hatten, knallte der Richter seinen Hammer extra laut auf. „Die Verhandlung hat hiermit begonnen." Er sah hinüber zu Mrs Baker und ich legte meine Hand auf ihre und drückte fest zu.

„Da wir aufgrund eines toxischen Auflaufs die Verhandlung um anderthalb Tage vertagen mussten, müssen wir eine Menge Zeit aufholen. Planen Sie einen späten Feierabend ein." Seine Augen verengten sich noch mehr, falls das überhaupt möglich war.

Das Echo seiner Stimme klang durch den Raum. Bestürzt über seine Ankündigung ließ ich Mrs Bakers Hand los. Ich vermutete, das würde Auswirkungen auf meine Reise nach Little Rock haben. Ich versuchte, den Groll zu unterdrücken, den ich ihr gegenüber zu hegen begann.

„Rufen Sie den ersten Zeugen auf!", knurrte Richter McClary.

Mr Deveraux stand auf und setzte sein übliches Zitronengesicht auf. Er vermied absichtlich, mich anzusehen, aber als er seine Anzugjacke richtete, drehte er den Kopf zur Seite, als ob er seinen Nacken dehnen wollte, und unsere Blicke trafen sich. Sein Gesicht nahm einen noch grimmigeren Ausdruck an und seine schlechte Laune machte der des Richters Konkurrenz.

„Die Anklage ruft Mr David Moore in den Zeugenstand."

Ein Mann in ausgebleichten Jeans und einem verknitterten Anzughemd ging nach vorne. Seine buschigen, dunkelblonden Haare bedeckten seine Ohren und die Spitze seines Kragens. Seinen kurzen Schritten und dem ängstlichen Blick in seinen Augen nach zu urteilen, hätte man glauben können, dass er geradewegs zu einem Verhör mit Folter schritt statt zu einem Zeugenstand.

Nachdem er vereidigt worden war, rutschte er unruhig auf dem Stuhl hin und her. Sogar unruhiger als Bruce Wayne und das wollte was heißen.

„Mr Moore", begann Mason Deveraux mit tiefer Stimme. „Erzählen Sie dem Gericht, woher Sie Bruce Decker kennen."

„Äh …" David rutschte auf dem Stuhl von einer Seite zur anderen, während er mit einer Hand auf den Rand des Zeugenstandes klopfte. „Wir sind befreundet."

„Und wie lange kennen Sie den Angeklagten schon?"

Mit großen Augen sah er auf. „Wen?"

Mr Deveraux seufzte und sprach langsamer. „Bruce Decker."

„Oh …" Er sah sich um und hielt inne, als sein Blick auf Bruce fiel. „Seit unserer Kindheit."

Bruce hatte seine übliche Rumrutscherei eingestellt und konzentrierte sich jetzt auf den Zeugenstand.

„Und Sie sind Freunde? Gute Freunde?"

„Ja."

„Und was unternehmen Sie und Mr Decker so?"

„Äh …"

„Wäre es richtig zu sagen, dass Sie gemeinsam regelmäßig Marihuana rauchen?"

Bruces Anwalt schoss hoch, als hätte ihm jemand in den Hintern gekniffen. „Einspruch, Euer Ehren! Das war eine Suggestivfrage."

Ich musste mich zwingen, ihn nicht mit offenem Mund anzustarren. Mr Yates machte tatsächlich den Versuch, seinen Mandanten zu verteidigen.

„Stattgegeben." Richter McClary warf dem Stellvertretenden Staatsanwalt einen strengen Blick zu.

Mason Deveraux presste seinen Mund zu einer dünnen Linie zusammen, aber einen Moment später hob er das Kinn und schenkte dem Zeugen ein falsches Lächeln. „Was tun Sie denn so gemeinsam?"

„Ach, Sie wissen schon … Videospiele … abhängen im Keller meiner Eltern … Gras rauchen."

Mr Deveraux sah Mr Yates hämisch an. „Und wie hat Ihr Freund Bruce diese Angewohnheit finanziert?"

„Häh?"

„Woher hatte er das Geld, um Gras zu kaufen?"

„Oh!" Davids Augen leuchteten verständnisvoll auf. „Eine Zeit lang hat er bei Burger Shack gearbeitet. Dann im Piggly Wiggly und dann …"

„Einspruch, Euer Ehren!", rief Mr Yates. „Obwohl es stimmt, dass die berufliche Laufbahn meines Mandanten viele Arbeitsstätten beinhaltet, ist es nicht notwendig, jede davon aufzuzählen."

„Stattgegeben!", rief der Richter. „Lassen Sie uns weitermachen."

Mr Deveraux' Gesicht nahm einen rosa Farbton an und er begann seinen Marsch. „Mr Moore, hatte Bruce durch seine verschiedenen *Berufe* immer genug Geld, um sein Gras zu bezahlen?"

„Häh?"

„Hat er bei seiner Arbeit genug verdient, um sich Gras zu kaufen?"

„Oh … Nein."

„Und woher hatte er dann das Geld, um seine Angewohnheit zu finanzieren, äh, seine Drogen zu kaufen?"

„Manchmal klaute er was im Laden bei …"

Mr Yates schoss erneut hoch. „Einspruch! Hörensagen!"

Deveraux ging hinüber zum Richter. „Euer Ehren, das hat Relevanz für den Fall, wenn Sie ein wenig Geduld mit mir haben."

„Abgewiesen. Stellen Sie Ihre Fragen."

Deveraux wirkte wieder schadenfroh – ziemlich kindisch für einen erwachsenen Mann. „Und woher wissen Sie, dass Bruce Sachen gestohlen hat?"

„Weil er es mir immer erzählt hat … und manchmal hab ich ihm auch geholfen."

„Sind Sie dabei auch in Häuser eingebrochen?"

Er zuckte mit den Schultern. „Ein- oder zweimal."

„Und haben Sie Mr Decker geholfen, am Abend von Frank Mitchells Ermordung den Baumarkt auszurauben?"

„Nein! Damit hatte ich nichts zu tun."

„Hat Mr Decker Ihnen erzählt, dass er bei dem Raub im Baumarkt das Opfer gesehen hat?"

„Ja, aber …"

„Und hat Mr Decker Ihnen die Mordwaffe gezeigt?"

„Ja, aber …"

„Haben Sie nicht sogar Bruce Decker geholfen, die Mordwaffe unter seinem Haus zu verstecken?"

David Moore runzelte die Stirn und sah hinunter in seinen Schoß. „Ja."

Mason Deveraux drehte sich um und ging zu seinem Platz zurück. Die Andeutung eines boshaften Grinsens lag auf seinem Gesicht, als er sagte: „Keine weiteren Fragen."

Mr Yates stand auf und marschierte zum Zeugenstand. Diesmal runzelte auch er die Stirn. Das Gericht war voller übel gelaunter Männer.

„David, hat Bruce Ihnen gesagt, dass er Frank Mitchell getötet hat?"

Der Zeuge schüttelte den Kopf. „Nein, er hat gesagt, er hat ihn nicht umgebracht."

„Hat er Ihnen erzählt, warum er die Mordwaffe hatte?"

„Er hat gesagt, als er zum Baumarkt kam, war die Hintertür nicht verschlossen, also ist er reingeschlüpft und hat gehört, wie sich zwei Männer gestritten haben. Der eine war Frank Mitchell, aber den anderen kannte er nicht. Er versteckte sich hinter ein paar Regalen und beobachtete, wie der andere Kerl sich ein Brecheisen schnappte und damit auf Mr Mitchell einschlug."

Deveraux beugte sich über seinen Tisch. „Einspruch, Euer Ehren. Hörensagen."

„Abgewiesen. Fahren Sie fort, Mr Moore."

David Moore sah Mr Yates an, der ihm zunickte.

„Und was hat Bruce Ihnen noch erzählt?"

„Er sagte, die beiden haben miteinander gekämpft und dann schlug der andere Mann Mitchell auf den Kopf. Der fiel hin und überall war Blut. Der andere Mann ging ins Büro, kam wieder heraus und verschwand durch die Hintertür. Nachdem der Mann weg war, hat Bruce Panik bekommen und ist zu Mr Mitchell gelaufen, aber der war bereits tot. Bruce war sich sicher, dass man ihm den Mord anhängen würde, und deshalb hat er das Brecheisen mitgenommen."

„Warum?"

„Na ja …" Er sah hinüber zu Bruce. Der nickte. „Er war ziemlich high und konnte nicht klar denken. Als er zu Hause war, hat er begriffen, dass er Mist gebaut hat, und wusste nicht, was er tun sollte. Also hat er mich angerufen und wir haben das Brecheisen unter seiner Verandatreppe versteckt."

„Und warum haben Sie ihm dabei geholfen, eine Mordwaffe zu verstecken? Haben Sie nicht gewusst, dass Sie sich dadurch mitschuldig machen?"

„Nein, darüber habe ich nicht wirklich nachgedacht. Ich wusste nur, dass Bruce meine Hilfe braucht."

Mr Yates trat ganz nah an den Zeugenstand heran. „David, glauben Sie, dass Bruce Decker Frank Mitchell getötet hat?"

„Einspruch, Euer Ehren. Die Verteidigung ermuntert den Zeugen zur Spekulation."

„Euer Ehren, diese beiden Männer sind seit Jahren befreundet. Mr Moore kennt den Charakter des Angeklagten. Seine Antwort ist relevant."

„Abgewiesen."

Jetzt war es an Mr Yates, hämisch zu grinsen. Die Feindseligkeit zwischen den Anwälten bestätigte mich in meinem Verdacht, dass Mason Deveraux mich für die Jury ausgewählt hatte, um Mr Yates zu ärgern. Allerdings hatte er sich damit keinen Gefallen getan, denn ich ging ihm ja auch auf die Nerven.

„David", sagte Mr Yates, „glauben Sie Bruce? Glauben Sie, dass er unschuldig ist?"

„Ja. Er kann nicht mal eine Fliege erschlagen, ohne sich deswegen schuldig zu fühlen. Er könnte nie jemanden töten."

Mr Yates drehte sich lächelnd zur Jury um.

David Moore verließ den Zeugenstand und Bruce wirkte erleichtert, bis Mr Deveraux den nächsten Zeugen aufrief. „Elmer Burnett."

Bruce wurde blass und ich drehte den Kopf zu dem Zeugen, vor dem er sich so fürchtete. Als ich ihn erblickte, wurde ich vermutlich selbst ein wenig weiß im Gesicht.

Auf einen Stock gestützt kam Frank Mitchells Nachbar den Gang entlanggehumpelt. Der, mit dem ich am Vorabend gesprochen hatte.

Oh Scheibenkleider.

Elmer Burnett trat in den Zeugenstand und wurde vereidigt. Mir lief inzwischen Schweiß den Nacken runter. Ich saß in der ersten Reihe, noch dazu in der Mitte. Er würde mich auf jeden Fall sehen. Vor Anspannung prickelte mein Körper und sämtliche Haare stellten sich auf.

Mr Deveraux begann, auf und ab zu laufen. „Mr Burnett, woher kannten Sie das Opfer, Frank Mitchell?"

„Ich war zweiundvierzig Jahre lang sein Nachbar."

„Und Sie kennen auch den Angeklagten, Bruce Decker?"

„Das wissen Sie doch alles schon, warum fragen Sie mich das?"

Mr Deveraux fielen fast die Augen aus dem Kopf. Er wirkte verärgert.

Ein paar Leute im Zuhörerraum kicherten, genauso wie der Geschworene rechts von mir. Geduscht hatte er offensichtlich immer noch nicht.

Richter McClary klopfte mehrmals mit seinem Hammer. „Ruhe im Gerichtssaal! Wenn Sie sich benehmen wollen wie Jugendliche, werfe ich Sie alle aus meinem Verhandlungssaal. *Verstanden?*" Der Richter warf Mr Yates einen strengen Blick zu, der plötzlich die Notizen auf dem Tisch vor sich sehr interessant zu finden schien. Dann wandte er sich an Mr Burnett im Zeugenstand. „Mr Burnett, ich weiß, dass das hier möglicherweise redundant auf Sie wirkt … Ich meine, so als wäre es schon mal gesagt worden."

„Ich weiß, was redundant bedeutet. Ich bin kein Trottel."

Der Richter wirkte fassungslos, dass sich jemand traute, in solch einem Ton mit ihm zu reden. „Das hat auch niemand behauptet. Aber Sie müssen die Fragen beantworten, ganz egal, wie lächerlich sie Ihnen erscheinen." Er sah hinüber zu Mason Deveraux. „Ganz egal, wie oft die Anwälte Einspruch erheben." Grinsend sah er hinüber zu Mr Yates. „Sie müssen so tun, als hätte das noch nie zuvor jemand gehört."

„Ich hab ihm schon alles gesagt, was ich weiß. Das hier ist totale, absolute …"

„Ich verstehe Ihre Verärgerung", erklärte der Richter angespannt. „Aber Sie müssen trotzdem die Fragen beantworten."

„Dann los, damit wir es hinter uns bringen."

„Ja, bitte", stimmte Richter McClary zu.

„Mr Burnett." Deveraux' Ton war eisig. „Woher kennen Sie den Angeklagten, Bruce Decker?"

„Ich kenne Bruce, seit er ein Baby war. Er ist nur ein paar Häuser weiter aufgewachsen, im Haus an der Straßenecke. Er hat bei seinen Eltern gewohnt, die sitzen da drüben." Er deutete auf ein Paar in mittleren Jahren, das, den dunklen Ringen unter ihren Augen nach zu urteilen, unter ernsthaftem Schlafmangel litt. „Er ist erst einen oder zwei Monate vorher bei Ihnen ausgezogen, also bevor er Frank Mitchell ermordet hat."

Mr Yates sprang auf, als stünde seine Hose in Flammen. „Einspruch, Euer Ehren. Spekulation."

„Stattgegeben." Der Richter wandte sich an uns. „Die Jury muss die letzte Aussage des Zeugen über die Ermordung von Mr Mitchell durch den Angeklagten ignorieren." Er drehte sich wieder zu Mr Deveraux um. „Fahren Sie fort."

Deveraux schüttelte sich, nur ein kleines bisschen, so als wolle er Läuse abschütteln. „Bruce Decker ist also ausgezogen?"

„Ja."

„Wissen Sie, warum?"

„Einspruch, Euer Ehren. Hörensagen."

Mr Deveraux sah aus wie eine Bulldogge mit einem frischen Knochen, den er nicht hergeben wollte. „Ich bin der Meinung, dass der Zeuge über Informationen verfügt, die er direkt von Bruce Deckers Eltern erhalten hat."

Der Richter seufzte. „Abgewiesen, aber bitte formulieren Sie die Frage um."

„Haben Bruce Deckers Eltern Ihnen erzählt, warum er ausgezogen ist?"

„Ja, na klar. Sie haben ihn rausgeschmissen, weil sie es satthatten, dass er dauernd in Schwierigkeiten steckte."

„Sie meinen seine Vorstrafen?"

„Es war immerzu irgendwas. Der Junge hat sich sein ganzes Leben lang bei ihnen durchgeschnorrt und sie hatten die Nase voll."

„Wissen Sie, wohin er gezogen ist?"

„Keine Ahnung."

„Hat Mr Decker Frank Mitchell gekannt?"

„Natürlich. Die waren schließlich Nachbarn. Was für eine dumme Frage ist das denn?"

„Hat Mr Decker jemals seine Nachbarn bestohlen?"

„Bruce ist auf seiner Straßenseite geblieben."

Mr Deveraux verschränkte die Arme. „Sie haben die Frage nicht beantwortet."

„Fragen. Fragen. Der verdammte Tunichtgut", Elmer Burnett deutete mit dem Finger auf Bruce, „hat Frank Mitchell umgebracht und statt ihn ins Gefängnis zu stecken, wie er es verdient, stellen Sie den Leuten Fragen!"

„Mr Burnett!" Richter McClary klopfte mit dem Hammer.

„Ich hab Ihre verdammten Fragen satt. Zum Teufel noch mal, sogar das Mädchen da drüben hat gestern Abend rumgeschnüffelt und Fragen gestellt!" Er deutete auf mich und alles Blut in meinem Körper strömte in meine Zehen.

Oh Scheibenkleider.

Schweigen senkte sich über den Raum, während alle mich anstarrten.

Und dann begann ein wildes Gebrülle.

„*Sie?*", schrie Mr Deveraux schrill und deutete auf mich.

„Einspruch, Euer Ehren!", rief Mr Yates.

„Sie und Ihre verdammten Einsprüche!", knurrte Mr Burnett und deutete jetzt statt mit dem Finger mit seinem Stock auf ihn. „Schieben Sie sich Ihre Einsprüche in den …"

„Ruhe im Gerichtssaal!" Richter McClary klopfte ein paarmal mit seinem Hammer. „*Ich sagte, Ruhe im Gerichtssaal!* Wer als Nächstes ein Wort sagt, fliegt nicht nur raus, sondern kommt ins Gefängnis."

Ich versuchte, nicht zu hyperventilieren.

Der Richter starrte mich an. „Mr Burnett, soll das heißen, dass Sie gestern Abend mit der Geschworenen dort in der Mitte der ersten Reihe gesprochen haben? Mit der Frau im blauen Kleid?"

„Genau. Sie hat bei Franks Haus rumgeschnüffelt und einen ganzen Sack voll Fragen gestellt."

Im Zuhörersaal schnappte jemand hörbar nach Luft.

Der Richter klopfte wieder mit dem Hammer; sein Gesicht war inzwischen feuerrot. „Ich hab Sie gewarnt, kein einziges Wort! Gerichtsdiener Spencer, bringen Sie den Mann in die Arrestzelle."

Jetzt war ich zutiefst verschreckt; mein Körper vibrierte wie eine nicht richtig gewuchtete Waschmaschine.

Richter McClary sah mich an. „Waren Sie gestern Abend beim Haus des Opfers?"

Ich konnte nicht lügen. Zum einen hatte Mr Burnett gerade gesagt, dass ich da war, und zum anderen stand ich unter Eid und würde sonst einen Meineid ablegen. Ich musste die Wahrheit sagen. „Ja, Euer Ehren."

Ein paar Leute pressten sich die Hände vor den Mund, um ihre Überraschung zu verbergen.

Das Gesicht des Richters wurde dunkelrot.

„Euer Ehren, Ihr Blutdruck", sagte der Gerichtsdiener leise.

„Gerichtsdiener, stecken Sie sich selbst in die Arrestzelle!"

„Richter McClary?", keuchte der Gerichtsdiener erschrocken.

„Ich hab Sie alle gewarnt!" Seine Stimme dröhnte durch den Raum. Dann wandte er seine Aufmerksamkeit wieder mir zu. „Haben Sie oder haben Sie nicht gewusst, dass das, was Sie da getan haben, gegen das Gesetz verstößt?"

„Ich habe es gewusst, Euer Ehren", brachte ich piepsig heraus.

„Halten Sie sich für Angela Lansbury oder was?"

„Für wen?"

„Angela Lansbury. *Mord ist ihr Hobby.*" Sein Gesicht wurde noch dunkler und nahm ein hübsches Rotlila an, als er die Verwirrung auf meinem Gesicht bemerkte. „Sie kennen *Mord ist ihr Hobby* nicht?"

Ich schüttelte den Kopf.

„Wozu verkommt nur unser Land, wenn junge Leute nicht mehr wissen, wer Angela Lansbury ist?" Er holte tief Luft und kniff dann die Augen zusammen. „Was hat Sie dazu bewogen, diesen Fall zu untersuchen, Ms Gardner? Hat Ihnen Mr Deveraux nicht genügend Beweise für eine Verurteilung geliefert, weswegen Sie Ihre eigenen beschaffen wollten?"

„Nein, Euer Ehren."

„Warum dann?"

„Ich halte ihn für unschuldig."

„*Was?*"

Der Saal brach in Chaos aus, Arrestzelle hin oder her.

Richter McClary schlug seinen Hammer so fest auf, dass er ihm aus der Hand und durch die Luft flog und Mr Yates genau an der Stirn traf.

„*Ruhe im Gerichtssaal!*"

Mit einem dumpfen Schlag fiel Mr Yates zu Boden.

Jemand im Zuhörerraum begann zu schreien.

„*Ruhe im verdammten Gerichtssaal!*", brüllte der Richter aus voller Lunge. „Wo ist mein Hammer?"

Mehrere Leute begannen, unter Tischen und Stühlen danach zu suchen.

„Ich hoffe, Sie haben Ihren kleinen Auftritt genossen", brüllte der Richter über das Stimmengewirr hinweg. „Denn es war der letzte für eine ganze Weile. Ms Gardner, ich verurteile sie wegen Missachtung des Gerichts zu dreißig Tagen im Bezirksgefängnis. Spencer, schaffen Sie sie aus meinem Saal!"

KAPITEL 14

In all dem Chaos und der Verwirrung brachte mich der Gerichtsdiener hinaus. Er legte mir keine Handschellen an, aber ich vermutete, das lag daran, dass er über seinen eigenen Arrest viel zu bestürzt war. Wider besseren Wissens warf ich einen Blick auf Mr Deveraux. Ich ging davon aus, dass er hämisch grinsen würde, stattdessen wirkte er entsetzt. Und schuldbewusst. Weswegen fühlte er sich schuldig?

Ich war zu sehr mitgenommen, um mir darüber groß Gedanken zu machen. Mein schlimmster Albtraum wurde gerade Wirklichkeit. Die ganze Zeit über, als ich wegen Mommas Ermordung unter Tatverdacht stand, hatte ich panische Angst davor gehabt, ins Gefängnis zu müssen. Und jetzt wurde ich eingebuchtet, weil ich mich in einen Fall eingemischt hatte.

Was würde Joe dazu sagen?

Oh Scheibenkleider. Was würde Violet sagen?

Gerichtsdiener Spencer brachte mich in den Keller und zum ersten Mal war ich dankbar für den langsamen Fahrstuhl. Er verschaffte mir fünf Minuten Extrazeit. Spencer führte mich durch einen Flur und in den Eingang zu einem Tunnel. Das Loch erinnerte mich an einen Kerker und meine Platzangst machte sich schlagartig bemerkbar. Mein Herz raste. Ich bohrte meine Fersen in den Boden, hielt mich an der Wand fest und begann zu weinen.

„Nein! Ich kann da nicht reingehen … Ich …"

Der normalerweise überkorrekte Gerichtsdiener war offensichtlich wegen seiner eigenen Strafe völlig durcheinander. Der grimmige Gesichtsausdruck verschwand und er schenkte mir ein aufmunterndes Lächeln. „Keine Angst. Es ist nur ein Tunnel. Er bringt uns zum Bezirksgefängnis."

„Aber … sie … werden … mich einsperren."

Er seufzte und nahm mich am Ellbogen. „Alles wird gut. Das verspreche ich Ihnen. Richter McClary kann Sie gar nicht zu dreißig Tagen verurteilen. Das Höchstmaß sind fünf."

Ich schluchzte noch stärker. Fünf Tage? Weggeschlossen in einer winzigen Zelle? Ich sank auf den Boden und hyperventilierte.

Dem Gerichtsdiener traten die Augen aus dem Kopf und er sah sich panisch nach Hilfe um. Offensichtlich gehörte der Umgang mit einer hysterischen Frau, die hyperventilierend auf dem Boden lag, nicht zur Gerichtsdienerausbildung. Er war total überfordert.

Rotz und Tränen liefen mir übers Gesicht, als plötzlich Neely Kate um die Ecke kam.

„*Rose?*"

„Neely … Kate …", presste ich durch meine zugeschnürte Kehle hervor.

Sie kniete sich neben mich, während der arme Gerichtsdiener Spencer noch bestürzter wirkte. „Was ist passiert?"

„Ich muss … ins … Gefängnis."

„Warum?"

„Missachtung des Gerichts", antwortete der Gerichtsdiener für mich. „Sie hat eigene Ermittlungen angestellt."

Neely Kate legte eine Hand auf meinen Arm und streichelte mich. „Warum hast du denn das getan?"

„Weil … er … unschuldig ist!"

„Oh", seufzte sie und zog mich in eine Umarmung. Ich legte meinen Kopf an ihre Schulter und sie strich mir über den Rücken. „Schon gut. Richter McClary ist ein Hitzkopf, das weiß jeder. Er überlegt sich das bestimmt noch mal. Wie lange hat er dir denn aufgebrummt?"

„Dreißig … Tage."

„Oh."

„Aber das kann er gar nicht", sagte der Gerichtsdiener. „Die Höchststrafe sind fünf Tage."

Neely Kate lehnte sich zurück und lächelte mich strahlend an. „Siehst du? Schon sieht es gar nicht mehr so schlimm aus."

Ich nickte und versuchte, mich zu beruhigen. Ich war ja selbst schuld. Obwohl mir das klar war, fühlte ich mich deswegen nicht besser.

Neely Kate reichte mir ein Taschentuch aus ihrer Tasche, das glücklicherweise unbenutzt war. Ich wischte mir übers Gesicht und holte tief Luft. Gerichtsdiener Spencer sah mich ungeduldig an.

Neely Kate flüsterte mir ins Ohr: „Du musst mitgehen, Rose. Schaffst du das?"

Ich nickte, obwohl ich am ganzen Körper zitterte. „Okay, bringen wir es hinter uns."

Unter dem Blick von Gerichtsdiener Spencer half sie mir auf. Er wirkte angespannt. Vermutlich hatte er Angst, dass ich im Tunnel durchdrehen würde.

Neely Kate dachte offensichtlich dasselbe, denn sie nahm meine Hand in ihre und sah mit entschlossenem Gesichtsausdruck zu Spencer auf. „Ich komme mit zum Gefängnis."

Er entspannte sich. „Danke."

Wir gingen langsam und mit kleinen Schritten in den Tunnel hinein. Glücklicherweise war er nicht sehr lang und ich konnte nach etwa sechs Metern schon den Ausgang sehen. Ich fixierte meinen Blick auf die andere Seite und zwang mich, einen Fuß vor den anderen zu setzen. Dabei drückte ich Neely Kates Hand so fest, dass ich vermutlich ihre Blutzufuhr abschnitt.

Als wir den Tunnel verlassen hatten, war es nur noch ein kurzer Weg bis zum Bezirksgefängnis, was vermutlich praktisch war, um Gefangene ins Gericht zu bringen. Aber ich war noch nicht bereit, eingesperrt zu werden. Wie sollte ich eine tagelange Haft überstehen?

Der Rest lief ab wie im Nebel. Neely Kate musste sich am Eingang von mir verabschieden. Nachdem ich meine Handtasche und meinen Ring abgegeben hatte, der einzige Schmuck, den ich trug, wurde ich vor der Messlatte fotografiert. Mit meiner roten Nase und dem tränenverschmierten Gesicht sah ich vermutlich fürchterlich aus, obwohl es sicher noch ein besseres Bild war als einige meiner scheußlichen Fotos aus der Grundschulzeit. Als Nächstes wurden meine Fingerabdrücke genommen und ich durfte telefonieren.

Ich wusste nicht genau, wen ich anrufen sollte. Am liebsten hätte ich die Anwältin angerufen, die Violet engagiert hatte, als man mich des Mordes an Momma verdächtigt hatte, aber ich konnte mich nicht an ihre Nummer erinnern. Ich dachte kurz darüber nach, Joe anzurufen, aber er war in Little Rock und ich wollte nicht, dass er sich freinehmen musste.

Frische Tränen stiegen in mir auf und meine Kehle schnürte sich zu, als mir klar wurde, dass ich das Wochenende nicht in Little Rock verbringen würde. Was würde Joe denken, wenn ich nicht auftauchte?

Am Ende blieb bloß eine Person übrig, die ich anrufen konnte.

Sie ging beim zweiten Klingeln ran. Ihre Stimme klang zögerlich. Ich konnte nur ahnen, was sie erwartete, als ihr die Anruferkennung „Bezirksgefängnis von Fenton County" angezeigt hatte.

„Violet." Meine Tränen waren in meiner Stimme nicht zu überhören.

„Rose?" Sie klang panisch. „Was ist los? Geht es dir gut?"

„Nein, Violet." Ich weinte jetzt noch heftiger und zwang mich, mich zu beruhigen, damit sie mich verstehen konnte. „Ich muss … ins Gefängnis."

„Ins Gefängnis? Warum denn um Himmels willen?"

„Für Missachtung … des Gerichts."

„Was? Wie ist das möglich? Hattest du eine Vision und bist damit herausgeplatzt?"

„Nein." Ich schluckte die Schluchzer herunter, die sich gerade einen Weg nach draußen bahnen wollten. „Ich hab ermittelt."

„Du hast *was*?"

„Ich hab in dem Fall erm…"

„Oh, ich hab dich schon verstanden. Ich kann es nur einfach nicht glauben."

„Violet, es stimmt. Kannst du Deanna anrufen?"

Ich hörte, wie sie scharf Luft holte. „Das ist alles seine Schuld."

„Bruce Wayne Deckers?"

„Wer um Himmels willen ist das denn? Nein. Joe McAllisters. Joe Simmons. Oder wie auch immer er sich diese Woche nennt. Wer traut schon einem Mann, der ständig seinen Namen ändert?"

Mir fiel die Kinnlade herunter. Sie wollte das *jetzt* diskutieren? „Violet, du irrst dich. Joe hat nichts damit zu tun."

„Natürlich verteidigst du ihn. Sogar jetzt noch stellst du dich auf seine Seite."

„Violet, ich hab keine Ahnung, wovon du sprichst. Können wir bitte später darüber reden? Mir bleibt nicht viel Zeit."

„Was soll das heißen, dir bleibt nicht viel Zeit?" Ihr Atem kam in kurzen Stößen. „Oh mein Gott! Sie exekutieren dich, weil du einen Fall untersucht hast?"

„Nein! Violet, bitte. Du musst Deanna anrufen."

„Sie richten dich doch aber sicher nicht heute hin, oder?"

„Niemand wird hier hingerichtet!", rief ich verzweifelt. „Mir bleibt nicht mehr viel Zeit für meinen Anruf. Violet, hör mir zu! Du musst Deanna anrufen."

„Oh." Sie schien wieder zu Verstand gekommen zu sein. „Ich rufe sie sofort an."

„Und dann musst du Joe anrufen. Sonst weiß er nicht, was passiert ist und macht sich große Sorgen, wenn ich nicht auftauche oder an mein Handy gehe."

„Du erwartest, dass ich diesen Mann anrufe, nach allem, was er dir angetan hat?"

„Violet! Er hat mir gar nichts angetan. Er hat nichts mit der ganzen Sache zu tun. Bitte, Violet. Du musst mir diesen Gefallen tun."

Der Wachmann deutete auf seine Armbanduhr. „Die Zeit ist um."

„Ich muss los. Bitte kümmere dich um Muffy. Ich komme erst in dreißig Tagen wieder raus."

„*Was? Dreißig Tage?* Ich rufe sofort Deanna an. Sie holt dich raus."

„Und ruf Joe an."

„Nein, der Mann hat es verdient, dass …"

Die Leitung war tot. Entsetzt sah ich den Wachmann an.

157

Er zuckte mit den Schultern. „Ich hab Sie gewarnt."

Als er mich zu meiner Zelle führte, war meine Sorge darüber, dass Joe nicht wissen würde, was passiert war, fast stärker als meine Angst vor dem Eingesperrtsein. Was würde er tun?

Der Wärter hielt vor einem vergitterten Raum und schloss die Tür auf. „Sie bleiben hier."

Wie festgewachsen stand ich im Eingang. Glücklicherweise war die Zelle nicht so schmutzig, wie ich erwartet hatte. Eine Pritsche und eine Toilette standen darin, aber es gab kein Fenster und drei der Wände waren aus hellgrauem Beton. Ich war mir nicht sicher, ob ich fünf Tage hier drin überstehen würde, ganz zu schweigen von dreißig.

„Wie soll ich denn die Toilette benutzen?", fragte ich. „Da ist ja gar keine Tür davor."

Der Wächter lachte. „Das merken Sie schon." Er legte die Hand auf meinen Rücken und gab mir einen kleinen Schubs.

Ich sperrte mich. „Hier liegt ein schrecklicher Irrtum vor."

„Der einzige Irrtum ist der, dass Sie Detektiv spielen wollten, obwohl Sie eigentlich Geschworene sind."

Das ließ sich nicht abstreiten und gegen seinen festen Schubser konnte ich mich auch nicht wehren. Ich stolperte in die Zelle. Hinter mir wurde die Tür zugeknallt. Ich drehte mich um, holte tief Luft und wurde von Panik überschwemmt.

Es ist nur ein Zimmer. Ein hässliches Zimmer.

Ein Zimmer mit einer verschlossenen Tür. Du bist hier gefangen.

Ich setzte mich auf die Pritsche und atmete tief ein und aus, um meine bevorstehende Panikattacke in den Griff zu kriegen.

Etwa eine Stunde später brachte mir der Wächter ein Metalltablett mit einem Sandwich und einer Flasche Wasser. „Mittagessen."

„Jetzt schon?"

Er lachte und schob das Tablett durch einen Schlitz in der Tür. „Die Zeit vergeht wie im Flug, wenn man sich gut amüsiert."

Ich warf ihm einen bösen Blick zu. Über Inhaftierung machte man keine Witze. „Ich hab keinen Hunger."

„Essen Sie es lieber trotzdem. Abendessen gibt es erst in sechs Stunden und hier gibt es keine Snacks."

Ich stand auf und zog das Tablett durch den Schlitz. „Ist meine Anwältin schon da?"

„Nein. Die einzige Person, die nach Ihnen gefragt hat, ist eine blonde Frau, die ununterbrochen redet. Sie hat schon zehnmal gefragt, ob sie Sie sehen darf, und wir haben sie zehnmal weggeschickt, aber sie ist hartnäckig."

Ich musste lächeln. „Neely Kate."

„Ja, so heißt sie."

„Sagen Sie ihr bitte, dass es mir gut geht und dass ich sie später anrufe. Dann geht sie vielleicht."

„Ich glaube, Scott war kurz davor nachzugeben und sie reinzulassen."

Das überraschte mich nicht. Neely Kate war eine Größe, mit der man rechnen musste.

„Sonst niemand?"

„Nein."

„Okay, danke." Ich setzte mich mit dem Tablett auf meine Pritsche und hob die obere Brotscheibe an. Mortadella. Und sonst nichts. Ich hatte seit meiner Kindheit kein Mortadella-Sandwich mehr gegessen. Ich rümpfte die Nase, stellte das Tablett auf die Matratze und lehnte den Kopf gegen die Wand. Ich sollte das Ganze positiv sehen. Vielleicht nahm ich ja so ein wenig ab.

„Ich habe gehört, dass manche Insassen rückfällig werden, weil ihnen die Mortadella-Sandwiches hier drin so gut schmecken."

Überrascht sah ich auf. Vor meiner Zelle stand Mason Van de Camp Deveraux III. und umfasste mit einer Hand einen der Gitterstäbe. Seine normalerweise akkurate Frisur wirkte ein wenig zerzaust. Er trug kein Jackett und seine Krawatte hing lose herunter; der oberste Hemdknopf stand auf.

„Sind Sie aus lauter Schadenfreude hergekommen?"

Er verzog den Mund und legte die Stirn an die Stäbe. „Nein. Keine Schadenfreude."

„Was machen Sie dann hier?" Warum war ich diesem Mann gegenüber immer so gehässig?

Er griff auch mit der anderen Hand um einen Gitterstab. „Mir hat den ganzen Vormittag über etwas keine Ruhe gelassen."

Ich schluckte eine gemeine Erwiderung hinunter und zog stattdessen fragend die Brauen hoch. „Und?"

Er seufzte und sah hinunter auf den Boden, ehe er seinen Blick wieder auf mich richtete. „Sie sind gestern zu mir gekommen, aber dann hatten wir unseren kleinen *Zusammenstoß*." Er machte eine Pause und schluckte. „Ich frage mich, warum Sie gekommen sind. Insbesondere angesichts der Ereignisse des Vormittags."

Ach du liebe Güte. Mr Deveraux benahm sich nicht nur anständig, er versuchte sogar, nett zu sein.

Ich schüttelte den Kopf und verzog den Mund. „Ist schon gut. Sie hätten mir sowieso nicht geglaubt."

Sein Blick bohrte sich in meinen. „Stellen Sie mich auf die Probe."

Ich stand auf und ging zu ihm hinüber, sodass ich nur noch etwa einen halben Meter von ihm entfernt stand. „Ich hätte vermutlich kalte Füße bekommen, auch ohne unseren kleinen *Zusammenstoß*."

„Warum? Bin ich so Furcht einflößend?"

Ich lachte trotz meiner Verärgerung. „Ja, Sie sind so Furcht einflößend. Nahezu jeder im Gericht denkt das über Sie."

Er zog grinsend einen Mundwinkel hoch. „Was den Applaus erklärt, nachdem Sie mir gestern im Flur die Meinung geigt haben."

„Die fanden, dass es höchste Zeit dafür war."

Er neigte den Kopf und lächelte. Ein echtes Lächeln, das ihn zehn Jahre jünger wirken ließ. Wenn er seinem ewigen grimmigen Gesichtsausdruck mal eine Pause gönnte, war er ein attraktiver Mann, besonders mit den leicht zerzausten Haaren. „Vielleicht." Er machte eine Pause und das Lächeln erlosch, aber er wirkte immer noch zugänglich. „Warum sind Sie also gestern zu mir gekommen, ehe ich Sie mit meiner Unhöflichkeit vertrieben habe?"

Ich lehnte mich seitlich gegen die Stäbe und seufzte. „Ich wollte Ihnen sagen, dass Mr Decker unschuldig ist."

Er drehte den Kopf und musterte mich. „Aber Sie haben beim Vorgespräch der Geschworenen gesagt, dass Sie nichts über den Fall wissen. Haben Sie da gelogen?"

So nett er momentan auch war, ich konnte ihm nichts über meine Vision erzählen. Er würde mich für verrückt halten und dann würde ich statt im Gefängnis in der Klapsmühle eingesperrt werden. „Nein.

Ich schwöre, dass ich nicht gelogen habe. Aber kurz vor Beginn des Prozesses habe ich etwas entdeckt. Damals wusste ich allerdings nicht, was es war. Deshalb bin ich an diesem ersten Morgen mit Ihnen zusammengestoßen. Es hat mir so einen Schrecken eingejagt, dass ich nicht aufgepasst habe, wohin ich gehe, und deshalb in Sie reingelaufen bin."

Mr Deveraux richtete sich auf, einen harten Ausdruck in den Augen, und senkte die Stimme. „Hat Sie jemand bedroht, Rose?"

„Was?" Ich schüttelte den Kopf. „Nein. Nichts in der Art. Aber ... ich habe sozusagen etwas mitgehört." Was technisch gesehen korrekt war.

„Helfen Sie mir, das zu verstehen, und vielleicht kann ich Sie dann hier herausholen."

Ich sah ihn misstrauisch an. „Warum sollten Sie das tun?"

Er runzelte die Stirn und wirkte ein wenig verlassen. „Vielleicht möchte ich beweisen, dass ich nicht ganz so übel bin, trotz meines bisherigen Verhaltens."

„Die Leute würden es Ihnen vielleicht sogar abnehmen, wenn Sie netter wären."

Er lachte. „Sie kommen wohl immer direkt auf den Punkt, oder?"

Ich zuckte mit den Schultern und lehnte meinen Kopf an die Gitterstäbe. „Meine Schwester sieht das anders. Und schauen Sie mal, wohin es mich gebracht hat."

„Sie sind meinetwegen hier."

Ich schüttelte den Kopf. „Nein, das stimmt nicht."

„Wenn ich Sie gestern hätte sagen lassen, weswegen Sie gekommen sind, dann hätte ich Sie vielleicht zur Vernunft bringen können."

„Und ich sage Ihnen, dass ich vermutlich gekniffen hätte und alles genauso passiert wäre."

„Dann frage ich Sie: Warum haben Sie bei Frank Mitchells Haus herumgeschnüffelt?"

„Ich hatte gehofft, mehr über ihn zu erfahren und warum jemand ihn töten wollte."

Sein Blick wurde hart. „Wir wissen genau, wer ihn umgebracht hat."

„Sie haben den Falschen."

„Dann erzählen Sie mir, was Sie wissen, Rose."

Was konnte ich ihm schon sagen. Joe hatte gemeint, dass alles nur Hörensagen war. Mason Deveraux würde mir nicht glauben. Obwohl ich ihm das nicht verübeln konnte.

Dennoch – das Leben eines Unschuldigen stand auf dem Spiel, und vielleicht konnte ich ihm doch noch irgendwie helfen. „Ich weiß Folgendes: Frank Mitchell hat jemandem Geld geschuldet. Buchmachern, wie ich erfahren habe. Ich weiß auch, dass jemand unbedingt Frank Mitchells Haus kaufen wollte. Er war so hartnäckig, dass es Frank Mitchell belastet hat. Von Ihren Ausführungen während des Prozesses weiß ich, dass kaum Geld gestohlen wurde. Das klingt für mich nicht nach einem Raubüberfall."

„Vielleicht ist der Einbrecher in Panik geraten. Er hatte nicht damit gerechnet, dass er auf das Opfer treffen würde und nach dessen Ermordung war er zu erschrocken und verwirrt, um klar zu denken. Also hat er sich ein bisschen Bargeld gegriffen und das meiste zurückgelassen."

„Mr Decker ist Rechtshänder."

Er runzelte verwirrt die Stirn. „Was hat das mit irgendwas zu tun?"

„Der Mörder ist Linkshänder."

Er beugte sich näher an die Stäbe heran. „Was verschweigen Sie mir? Sie haben vorhin gesagt, dass Sie vor unserem Zusammenstoß am Montagmorgen etwas mitgehört haben. Wo war das?"

Ich zögerte. Wenn ich es ihm sagte, gab es kein Zurück. „In der Toilette."

„Sie glauben also, dass der echte Mörder eine Frau ist?"

„Nein, es ist ein Mann."

„Aber ..."

„Die Damentoilette war geschlossen und ich musste sehr dringend. Matt hatte mich unten bei der Sicherheitskontrolle sehr lange aufgehalten, weil er auf Officer Ernie warten wollte, ehe er mich abtastete."

„Also sind Sie in die Herrentoilette gegangen."

„Ja."

„Und Sie waren in einer Kabine und haben etwas gehört?"

„So was in der Art."

„Was genau haben Sie gehört?"

Ich holte tief Luft. Würde ich ihn davon überzeugen können, die Ermittlungen noch einmal aufzunehmen, ohne meine Vision preisgeben zu müssen? „Ich habe gehört, wie ein Mann gesagt hat: ,Wir kommen ungeschoren davon, sogar mit Mord'."

„Das ist alles?"

„Nein, natürlich nicht. Er sprach auch über eine Reversnadel. Mit einem Hund und einem Baum und er machte sich Sorgen, dass man sie zu ihm zurückverfolgen könnte."

Mr Deveraux wurde blass. „Warum haben Sie denn nichts bei der Vorbefragung gesagt?"

„Was sollte ich denn sagen? Ich hatte doch keine Ahnung, worüber er gesprochen hat. Die Leute sagen ständig: ,Wir kommen ungeschoren davon', und es bedeutet überhaupt nichts. Ehrlich, es war so viel los, dass ich es glatt vergessen habe. Und als mir klar wurde, dass es tatsächlich wichtig sein könnte, war der Prozess schon in vollem Gange. Ich habe erst zwei und zwei zusammengezählt, als Detective Taylor die Anstecknadel erwähnte."

Er schloss die Augen. „Und deshalb sind Sie in Ohnmacht gefallen."

„Ja."

„Also haben Sie beschlossen, selbst zu ermitteln? Weil Sie glauben, dass Bruce Decker unschuldig ist, aber keine Beweise haben."

Ich starrte auf seine Schuhe. Es waren glänzende, teure Slipper, die keinen Zweifel daran ließen, dass Mr Deveraux aus einer reichen Familie stammte. Kein Wunder, dass er das hinterwäldlerische Henryetta so sehr hasste. „Ja."

„Sie wissen, dass Sie damit gegen das Gesetz verstoßen haben?"

„Ich glaube, die Seite der Gitterstäbe, auf der ich stehe, ist dafür Beweis genug."

„Haben Sie gewusst, dass Sie mit Ihren Ermittlungen gegen das Gesetz verstoßen?"

Ich hob das Kinn und sah ihm geradewegs in die Augen. „Ja."

„Warum haben Sie es dann getan?"

„Warum sind Sie Stellvertretender Staatsanwalt?"

„Was hat das eine mit dem anderen zu tun? Das ist die Aufgabe, die ich hier zu erledigen habe. Kriminelle anklagen. Sie haben auch eine Aufgabe zu erledigen – als Geschworene. Sie haben Ihren Eid gebrochen."

Ich seufzte. Mr Todernst war zurück. „Mr Deveraux, beantworten Sie einfach meine Frage. Wollten Sie Staatsanwalt werden?"

„Ja."

„Dann sagen Sie mir, warum."

Er trat unruhig von einem Fuß auf den anderen und Schmerz zeigte sich in seinem Blick, ehe er ihn verstecken konnte.

Ich hatte Schuldgefühle. Mir war nicht klar gewesen, dass meine Frage so persönlich war. „Sie müssen mir nicht antworten …"

Er hob den Kopf. Seine Kiefer waren angespannt, aber in seinem Blick lag Wärme. „Ich möchte dafür sorgen, dass die Gesetze des Staates Arkansas geachtet werden und Kriminelle hinter Gitter bringen, so abgedroschen das klingt. Ich will die Unschuldigen beschützen und die Welt zu einem sichereren Ort machen. Ich möchte für Gerechtigkeit kämpfen."

Plötzlich erschöpft legte ich die Stirn an die Stäbe. „Und genau deshalb habe ich es getan. Ich wollte Gerechtigkeit für Bruce Wayne Decker, weil niemand anderes daran interessiert schien. Ich weiß nur zu gut, dass man gerne den naheliegenden Sündenbock nimmt. Niemand hat sich für Mr Decker eingesetzt, aber irgendjemand musste es tun." Ich wandte mich ihm zu. Er war näher gekommen und unsere Gesichter waren nur noch etwa fünfzehn Zentimeter voneinander entfernt.

Er musterte mich einige Sekunden lang mit ernstem Gesichtsausdruck und machte dann einen Schritt zurück. „Ich werde sehen, was ich tun kann, um Sie hier rauszuholen."

„Aber … warum?"

Er zwinkerte, was ihn jung und rebellisch aussehen ließ. „Das ist das Mindeste, was ich tun kann, nachdem Sie mir deutlich gemacht haben, was für ein Griesgram ich war."

„Griesgram?" Er ließ es klingen, als wäre er sechzig statt dreißig Jahre alt.

Er zuckte grinsend mit den Schultern und drehte sich zum Gehen. „Machen Sie es sich hier nicht allzu gemütlich, Rose Gardner."

Ich sah mich um. Darüber musste er sich nun wirklich keine Sorgen machen.

KAPITEL 15

Ich verbrachte den Großteil des Nachmittags auf meiner Pritsche und dachte über meine Handlungen nach, die mich ins Bezirksgefängnis von Fenton County gebracht hatten. Hätte ich mich zurückhalten und nur die vor Gericht präsentierten Beweise betrachten sollen? Trotz allem, was ich wusste? Ich starrte auf die hässlichen grauen Wände und erinnerte mich daran, dass ich höchstens dreißig Tage hier verbringen würde. Bruce Decker dagegen wäre jahrelang eingesperrt. Auch wenn ich zugeben musste, dass ich es anders hätte anfangen sollen, tat es mir nicht leid.

Glücklicherweise hatte meine Platzangst seit Mr Deveraux' Besuch nachgelassen. Sein Auftauchen hatte mich überrascht – der Mann war mir ein Rätsel. Konnte ich ihm glauben, dass er mich hier herausholen würde, und half er mir tatsächlich aus den genannten Gründen? Allerdings blieb mir nichts anderes übrig, als ihm zu vertrauen und zu hoffen.

In der Zelle gab es keine Uhr, also hatte ich keine Ahnung, wie spät es war. Ich wusste lediglich, dass ich schon seit Stunden hier saß. Warum brauchte Deanna denn so lange? Als ich nach Mommas Ermordung zum Verhör aufs Revier gebracht worden war, war

Deanna innerhalb einer Stunde nach dem Anruf in den frühen Morgenstunden aufgetaucht. An einem Arbeitstag konnte man doch sicher schneller ins Bezirksgefängnis kommen. Obwohl, schließlich war Freitag.

Die Außentür quietschte und mein knurrender Magen erinnerte mich daran, dass ich seit Stunden nichts gegessen hatte. Wenn das Mittagessen hier aus einem Mortadella-Sandwich bestand, was bekam man dann zum Abendessen serviert? Makkaroni mit Käse?

Statt des Abendessens kam jedoch Joe um die Ecke, begleitet von einem grimmig aussehenden Wachmann.

Ich sprang von der Pritsche herunter und griff nach den Gitterstäben. „Joe! Hat Violet dich angerufen?"

„Nein. Neely Kate." Er runzelte die Stirn – sein Ton war ausdruckslos.

Ich straffte die Schultern. Ich hatte mich in diesen Schlamassel gebracht und musste die Strafe akzeptieren. „Also bist du hier, um mich zu besuchen?"

Der Wachmann nahm seinen Schlüsselbund und ging zur Zellentür.

„Ich bin gekommen, um dich rauszuholen."

„Wie bitte?"

Als die Tür aufschwang, schob sich Joe am Wachmann vorbei in meine Zelle.

Ich warf mich ihm entgegen, schlang ihm die Arme um den Hals und vergrub mein Gesicht an seiner Brust.

Er zog mich an sich. „Du versuchst aber auch alles, damit du nicht nach Little Rock fahren musst."

Ich lachte, würgte aber noch an dem Kloß in meinem Hals. „Ich wollte zu dir fahren. Ehrlich."

„Ich weiß", murmelte er mir ins Ohr. Er drückte mich noch einmal fest, dann ließ er den Arm sinken und nahm meine Hand. „Komm, wir gehen nach Hause."

„Ich kann wirklich gehen?"

„Ja, du bist der Aufsicht eines Detectives der State Police von Arkansas überstellt worden." Er zwinkerte mir zu.

„Wirklich?", vergewisserte ich mich, als er mich aus der Zelle in den Flur zog.

Ich wollte nie wieder einen Fuß in eine Gefängniszelle setzen.

Er beugte sich zu mir, die Stimme tief und sexy. „Es ist eigentlich eine Belastung für mich, Ms Gardner, aber ich habe mich verpflichtet, dich das ganze Wochenende über genauestens im Auge zu behalten. Und im Schlafzimmer."

Der Wachmann wurde rot und ich warf ihm einen mitfühlenden Blick zu. Joe lachte.

Er hielt meine Hand so fest, als könnte ich meine Meinung ändern und würde zurück in meinen Käfig rennen. Die Chancen dafür waren jedoch äußerst gering.

„Wie hast du mich wirklich freibekommen?"

„Ich habe mit Deveraux gesprochen und er hat gesagt, dass er den Richter auch schon deswegen bearbeitet hat. Gemeinsam konnten wir ihn davon überzeugen, dass er dich freilässt."

Mason Deveraux hatte also tatsächlich versucht, mir zu helfen. Panisch blieb ich stehen. „Ich muss doch am Montag nicht wieder zum Geschworenendienst erscheinen, oder?"

Joe lachte. „Oh nein. Deine Zeit als Geschworene ist vorbei."

„Was ist mit der armen Mrs Baker? Sie muss doch nicht ins Gefängnis, weil sie die Jury vergiftet hat, oder?" Auch wenn Richter McClary am Morgen nichts darüber gesagt hatte, aber nachdem die Anschuldigungen wegen Missachtung des Gerichts später nur so umhergeflogen waren, hatte er womöglich seine Meinung geändert. Ich glaubte nicht, dass Mrs Baker den Stress verkraften würde.

Perplex kniff er die Augen zusammen und schüttelte dann den Kopf. „Nicht, dass ich wüsste." Er sah aus, als wollte er nachhaken, murmelte dann aber leise etwas vor sich hin.

Ich hatte gemischte Gefühle über meinen Ausschluss aus der Jury. Obwohl ich nicht in den Gerichtssaal zurückkehren wollte, um mich Richter McClary zu stellen, freute ich mich auch nicht besonders darauf, am Montag Suzanne unter die Augen treten zu müssen.

Als ich die Formulare für meine Entlassung unterschrieb, sah ich Mr Deveraux' Unterschrift auf mehreren Dokumenten. Für einen Mann, der mich eigentlich überhaupt nicht ausstehen konnte, hatte er sich mächtig ins Zeug gelegt. Ich war ihm dankbar, fragte mich aber auch, ob er sich gegebenenfalls damit brüsten würde. Allerdings würde ich ihn wohl kaum wiedersehen, um das herauszufinden. Bevor ich als Geschworene berufen worden war, hatte ich den Stellvertretenden Staatsanwalt noch nie gesehen. Die Chancen für eine weitere Begegnung standen also äußerst gering.

Nachdem ich meine Handtasche und meinen Ring zurückbekommen hatte, gingen Joe und ich durch die Hitze des Spätnachmittags. Erleichterung überkam mich. Ich schloss die Augen und füllte meine Lunge mit stickiger, feuchter Luft. Ganz bestimmt würde ich mich nicht über das Wetter beschweren. Die feuchte Arkansashitze war mir jederzeit lieber als die stickige Gefängniszelle.

Joe legte mir den Arm um die Taille, während wir zu seinem Auto gingen. „Hungrig?"

„Ich bin am Verhungern."

„Soll ich dir zu Hause was machen oder möchtest du in ein Restaurant gehen?"

Misstrauisch kniff ich die Augen zusammen und wartete auf den Haken. „Warum bist du so nett zu mir?"

In gespielter Überraschung zog er die Augenbrauen hoch. „Ich bin dein Freund. Weißt du denn nicht, dass Freunde sich so benehmen?" Er hielt die Hand hoch und zeigte drei Finger. „Regel Nummer eins – dich gut behandeln. Das ist sehr wichtig." Er nahm einen Finger herunter. „Nummer zwei: dafür sorgen, dass du etwas isst. Ich muss sichergehen, dass du genügend Kraft für Nummer drei hast." Er senkte einen weiteren Finger.

„Und aus welcher grässlichen Pflicht besteht Nummer drei?"

Er zog mich an seine Brust und senkte seinen Mund auf meinen. „Dich ganz auskosten." Joe küsste mich ausgiebig auf dem Bürgersteig vor dem Bezirksgefängnis und ließ keinen Zweifel darüber aufkommen, was er später zu tun gedachte. Er grinste mich an. „Ich habe vor, Nummer drei gründlich auszunutzen, als Bezahlung für deine Freilassung."

Ich war noch so durcheinander, dass ich nur mit Mühe einen zusammenhängenden Satz bilden konnte. Wieso hatte er nur diese Wirkung auf mich? Ich schüttelte den Kopf, um meine Gedanken zu ordnen. „Machst du dir keine Sorgen, dass man dich wegen unangebrachter öffentlicher Zurschaustellung von Zuneigung verhaftet? Ich komme gerade aus dem Gefängnis. Ich habe bestimmt nicht vor, so schnell dahin zurückzukehren."

Er legte den Arm um meinen Rücken und führte mich zu seinem Auto. „Du vergisst, dass ich ein Polizist bin. Das hat Vorteile."

„Du darfst Frauen in der Öffentlichkeit befummeln?"

Er öffnete die Beifahrertür und gab mir einen schnellen Kuss. „Nur kürzlich aus dem Gefängnis entlassene Frauen."

Ich setzte mich ins Auto und wunderte mich darüber, dass er mir gar keine Predigt gehalten oder mich als unverantwortlich und noch Schlimmeres beschimpft hatte, sondern mich mit Küssen und Andeutungen ablenkte.

Als er vom Parkplatz fuhr, verschränkte er seine Finger mit meinen. „Wie hast du dich entschieden? Essen wir im Restaurant oder kochen wir uns zu Hause etwas?"

„Mir ist nicht nach Ausgehen. Wir können zu Hause ein Sandwich essen."

An einem Stoppzeichen hielt er an. „Hast du immer noch keine Lebensmittel im Haus?"

Ich zuckte mit den Schultern. „Ich bin allein. Mit Muffy. Es lohnt sich doch nicht, für mich allein zu kochen."

Er setzte den Blinker und bog nach links ab. „Aber ich bin jetzt da und ich weigere mich, zu jeder Mahlzeit ein Putenbrustsandwich zu essen. Wir halten am Supermarkt."

Obwohl mir die Vorstellung von einem Lebensmitteleinkauf nach einem Tag im Gefängnis nicht besonders verlockend vorkam, hatte er natürlich recht. Außerdem mussten wir das ganze Wochenende das Haus nicht verlassen, wenn wir uns jetzt ein paar Vorräte besorgten.

Joe parkte beim Piggly-Wiggly-Supermarkt und bot mir an, schnell einzukaufen, während ich im Auto wartete. Ich hatte jedoch den ganzen Nachmittag allein und auf engstem Raum verbracht. Noch mehr Einzelhaft brauchte ich nun wirklich nicht. Als wir über den Parkplatz gingen, zählte er schon ein halbes Dutzend Dinge auf, die er brauchte. Obwohl ich ziemlich gut kochen konnte, war er im Vergleich zu mir ein Gourmet. Essen mit ihm war immer ein Abenteuer. In letzter Zeit hatte ich nicht mehr besonders viel gekocht. Nachdem ich die letzten acht Jahre Momma versorgt hatte, überließ ich Joe nur zu gerne die Küche.

Im Laden nahm Joe einen Wagen, und mir fiel an der Kasse ein Mann auf, der die Einkäufe der Kunden in Tüten verstaute. Seine struppigen Haare und nervösen Hände kamen mir bekannt vor, aber ich konnte ihn nicht einordnen.

„Möchtest du sofort essen oder kannst du noch warten, bis ich etwas gekocht habe?", fragte Joe und hielt in der Obst- und Gemüseabteilung.

Ich beugte mich zu ihm, als er gerade nach ein paar Zwiebeln griff. „Falls du wissen willst, ob ich auf Nahrung aus bin, dann lass dir gesagt sein, dass ich mir für unsere gemeinsame Zeit etwas Besseres vorstellen kann als kochen."

Er drehte sich zu mir um und drückte mir einen Kuss auf den Mund, ehe ich protestieren konnte. „Du steckst voller Überraschungen, weißt du das?"

„Bring mich nach Hause und dann lass dich überraschen."

Sein Grinsen wurde breiter. „Wie könnte ich da widerstehen?"

Joe hastete durch seine Zutatenliste, während ich versuchte, mich zu erinnern, wo ich den Eintüter schon mal gesehen hatte. Irgendetwas an ihm rief eine Erinnerung bei mir hervor.

Beim Gang mit dem Tierfutter hielt Joe inne. „Brauchst du irgendwas für Muffy?"

„Was? Nein. Sie hat alles."

Er legte den Arm um meine Schultern und zog mich zu sich heran. „Du wirkst zerstreut. Möchtest du lieber im Auto warten, bis ich hier fertig bin? Du hattest einen langen Tag."

„Macht es dir auch wirklich nichts aus?"

„Natürlich nicht. Ich bin fast fertig." Er holte den Schlüssel aus der Tasche und gab ihn mir. „Es ist immer noch ziemlich heiß draußen. Lass ruhig schon mal den Motor an, damit die Klimaanlage läuft. Bei mir dauert es nicht mehr lange."

„Danke."

Ich ging zum Ausgang, vorbei an ein paar Frauen, die am Rand des Backwarenregals standen, mich beobachteten und miteinander flüsterten. Joe und ich waren während unseres Einkaufs von mehreren Leuten angestarrt worden. In Henryetta verbreitete sich Klatsch schnell. Frustriert sagte ich mir, dass ich daran gewöhnt sein müsste. Aufgrund meiner Visionen lebte ich schon mein ganzes

Leben lang damit. Ich war jedoch sicher, dass der neueste Anlass zum Klatsch meine kürzliche Inhaftierung war. Viele Einwohner der Stadt hatten schon vor Monaten darauf gehofft, als ich ihrer Meinung nach meine Momma umgebracht hatte. Ich hatte ein tolles Jahr. Wenn das so weiterging, würde ich spätestens Weihnachten meine eigene Reality-Show im Fernsehen haben.

Ich beeilte mich, von den tuschelnden Menschen wegzukommen, und lief über den Parkplatz. Dabei sah ich, wie der Junge mit den schmuddeligen Haaren Lebensmittel in den Kofferraum eines Autos lud. Er schlug den Deckel zu und schob den Einkaufswagen in meine Richtung, wobei er unter seinen blonden Haaren aufsah.

Ich schnappte nach Luft – es war David Moore, Bruces Freund, der am Morgen ausgesagt hatte. „Warten Sie!", rief ich aufgeregt. „Ich weiß, wer Sie sind!"

Seine Augen wurden groß und er eilte an mir vorbei.

Ich folgte ihm. Vermutlich wirkte ich wie ein Stalker. „Halt! Bitte! Ich möchte nur kurz mit Ihnen über Bruce reden!"

Er blieb abrupt stehen und ich wäre fast in ihn hineingerannt. Als er sich umdrehte, leuchtete Wiedererkennen in seinem Gesicht auf. „Hey! Sie waren doch eine Geschworene, oder? Die, die eingebuchtet wurde?"

Ich strich mir über den Rock und versuchte, nicht allzu defensiv zu wirken. „Ich war nicht die Einzige. Auch mehrere andere Leute wurden wegen Missachtung des Gerichts belangt."

„Nein." Er schüttelte den Kopf. „Sie waren die Einzige, die tatsächlich ins Gefängnis geschickt wurde. Alle anderen wurden entlassen, ehe man sie überhaupt eingesperrt hat." Er kniff die Augen zusammen. „Ich habe gehört, dass Sie Bruce für unschuldig halten."

„Ja. Das stimmt."

„Warum?"

Ich war nicht überrascht, dass er an meiner Antwort zweifelte. Bruce und er wurden vermutlich häufig wegen ihres Aussehens diskriminiert. Und ihrer Angewohnheiten. „Nennen wir es Instinkt." Da ich ins Gefängnis gekommen war, weil ich versucht hatte, Bruce zu helfen, würde mir David hoffentlich ein kleines bisschen vertrauen. „Kann ich Ihnen ein paar Fragen stellen?"

Er beugte sich über den Wagen und schob ihn in die Wagenreihe. „Reden Sie einfach weiter. Ich muss aussehen, als ob ich was tue, sonst kriege ich Schwierigkeiten."

„Klar." Dass ich ihm über den ganzen Parkplatz gefolgt war, wirkte natürlich überhaupt nicht verdächtig. „Sie haben gesagt, dass Sie Bruce geholfen haben, die Mordwaffe zu verstecken. Ich verstehe immer noch nicht, warum er sie überhaupt mitgenommen hat."

David sah sich um und senkte dann die Stimme. „Bruce ist eher so ein nervöser Typ."

Ich konnte erkennen, warum die beiden so gut miteinander auskamen.

„Der Mord ist genau vor seinen Augen passiert und das hat ihn durchdrehen lassen. Außerdem war er ziemlich high und konnte kaum noch geradeaus denken. Daniel Crocker hat ein echt heftiges Kraut angebaut."

Ich zog eine Braue hoch.

„Also, Bruce ist total durchgedreht und hat sich eingeredet, dass man ihn für den Mord verantwortlich machen würde, obwohl er nichts damit zu tun hatte. Also hat er das Brecheisen geschnappt und es mit nach Hause genommen. Dann hat er mich angerufen."

„Und wessen Idee war es, das Brecheisen unter der Verandatreppe zu verstecken?"

Er ließ den Kopf hängen und mied meinen Blick. „Meine. Bruce wollte es in den Fluss werfen, aber ich hab ihn überredet, es zu behalten."

„Warum?"

„Ich dachte, er könnte damit beweisen, wer der echte Mörder ist."

Verwirrt schüttelte ich den Kopf. „Wie wollten Sie denn das anstellen?"

„Woher soll ich das wissen? Wir wollten es lediglich als eine Art Versicherung benutzen."

Das hatte ja offensichtlich ganz prima funktioniert. David dies unter die Nase zu reiben, würde uns vermutlich jedoch nicht weiterbringen. „Hat Bruce beim Streit zwischen Frank und dem Mörder vielleicht irgendwas aufgeschnappt?"

„Ja, Frank hat gebrüllt, dass er ihm schon tausendmal gesagt hat, dass er nicht verkaufen will. Und der Typ hat Frank gesagt, dass er schon kriegen würde, was ihm zusteht."

„Ich dachte, du wolltest im Auto warten", sagte Joe hinter mir.

Ich zuckte zusammen, drehte mich um und schlug mir die Hand vor die Brust. Super, das wirkte überhaupt nicht schuldbewusst. „Hey! Du hast mich erschreckt."

Joe balancierte zwei Tüten mit Lebensmitteln auf den Armen. Er hatte seine Polizistenmiene aufgesetzt und vermutete offensichtlich, dass ich etwas im Schilde führte. „Das sehe ich. Möchtest du mich vielleicht vorstellen?"

„Äh …" Ich sah von Joe hinüber zu David, der ihn mit weit aufgerissenen Augen anstarrte. „Joe, das ist David Moore, David, das ist Joe Simmons. Mein Freund. Ein Polizist."

David wurde blass und seine Hände zitterten, ehe er hinüber zum Eingang des Piggly Wiggly flüchtete.

Joe neigte den Kopf. „Was ist hier gerade passiert?"

„David ist ein nervöser Mensch."

„Scheint so. Ich meine zwischen euch beiden. Ihr schient euch angeregt zu unterhalten."

Ich zog ihn am Arm in Richtung Auto. „David? Wir haben nur ein bisschen über alte Zeiten geplaudert. Hast du alles bekommen, was du brauchst? Ich verhungere gleich."

Joe sah über die Schultern hinweg zum Eingang des Supermarkts. „Bist du sicher, dass mit dem Typen alles stimmt?"

„Ja, na klar." Ich machte eine abwehrende Handbewegung. „Er war nur so nervös, weil du ein Polizist bist."

„Warum um alles in der Welt hast du ihm das denn gesagt?"

Ich schloss das Auto auf und Joe verstaute die Lebensmittel auf dem Rücksitz.

„Weil David Gesetzeshütern nicht gerade vertraut und wenn er herausfindet, dass ich ihm das vorenthalten habe, dann redet er womöglich nie wieder mit mir."

„Und woher kennst du ihn überhaupt?"

„Kirche. Wir kennen uns aus der Kirche. Gott segne ihn." Ich versuchte, die Schuldgefühle zu ignorieren, die mich überkamen, weil ich Joe anlog. Da hatte ich mir geschworen, das niemals zu tun, und jetzt flossen mir die Lügen einfach so aus dem Mund.

„Okay."

Joe glaubte mir offensichtlich nicht, aber er drängte auch nicht weiter. Auf der Heimfahrt zählte er alles auf, was er im Laufe des Wochenendes kochen wollte. Crêpes zum Frühstück. Parmesanhühnchen zum Abendessen am Samstag.

„Wo hast du bloß kochen gelernt?"

Sein Lächeln verschwand. „Bei unserer Haushälterin."

„Eurer Haushälterin?" Neugierig beugte ich mich vor. Joe sprach nur selten über seine Familie oder seine Kindheit und wechselte in der Regel das Thema, wenn ich ihm dazu eine Frage stellte. Diesmal würde ich mich jedoch nicht so leicht abwimmeln lassen. „Ihr hattet eine Haushälterin, als du ein Kind warst?"

Er zuckte mit den Schultern. „Das ist doch keine große Sache. Im Süden hat doch jeder jemanden, der ihm das Haus putzt."

„Also, wir nicht."

Joe grinste. „Nimm es mir nicht übel, aber deine Mutter war auch nicht gerade die typische Südstaatenlady."

Die Südstaatentradition der Putzfrauen war normalerweise größeren Häusern und berufstätigen Frauen vorbehalten. Das traf definitiv nicht auf die Leute in meiner Nachbarschaft zu. Joe musste in einer reichen Familie aufgewachsen sein, wenn seine Haushälterin solche raffinierten Sachen kochte. „Soweit ich weiß, kochen Haushälterinnen nicht."

„Unsere schon, und zwar gut. Ich hab mich immer gern in der Küche rumgetrieben, wenn sie gekocht hat. Von ihr hab ich alles gelernt."

Die liebevolle Art, in der er von ihr sprach, verriet mir, dass er ihr sehr nahe gestanden hatte. „Hast du nicht gesagt, deine Eltern wohnen in El Dorado?"

„Ja." Er versteifte sich. Offensichtlich hatte ich gerade ein Thema berührt, über das er nicht reden wollte. Zweifellos gab es Familien mit Geld und Einfluss in El Dorado. Ölgeld. Ich beschloss, es gut sein zu lassen. Für jetzt.

„Da hab ich ja Glück, dass dir eure Haushälterin ein paar richtig leckere Gerichte beigebracht hat. Du weißt, dass ich auch kochen kann, aber mehr so Hausmannskost. Nichts Besonderes."

Er nahm meine Hand und drückte sie. „Mir schmeckt, was du kochst."

Ich musste zugeben, dass es mir gefiel, wenn zur Abwechslung mal jemand anderes kochte, aber es war nur gerecht, wenn ich auch etwas beitrug. „Wie wär's, wenn ich am Sonntag frittiertes Hühnchen, Kartoffelbrei und Soße mache. Mit selbst gemachtem Maisbrot."

Er grinste mich an. „Ich würde sagen, wir verlegen das frittierte Hühnchen auf Samstag. Dann bleibt uns der Rest des Wochenendes, um die Kalorien abzuarbeiten."

Ich verdrehte die Augen. Dachte er denn niemals an etwas anderes? Allerdings dachte ich, seitdem ich es durch ihn kennenlernen durfte, auch ziemlich oft daran.

Als wir zu Hause ankamen, schlug Joe vor, dass ich mir den Gefängnisstaub abduschen sollte, während er das Abendessen machte. Zehn Minuten später stand ich in Shorts und einem Spaghettiträger-Top wieder vor ihm.

Joe sah mich mehrere Sekunden lang an. „Perfektes Timing. Ich bin gerade fertig."

Ein Teller mit Sandwiches stand auf dem Tisch. Ich stützte die Hand in die Hüfte. „Was ist das denn? Vor einer Viertelstunde hast du dich noch über die Putenbrustsandwiches beschwert."

„Das da sind nicht einfach nur Sandwiches. Das sind ganz besondere – Fladenbrot mit Putenbrust und italienischem Käse und der ganz besonderen Zutat, die mehr als nur ein Putenbrustsandwich daraus macht – meine Geheimsoße, die schon in drei Bezirken Preise gewonnen hat."

„Du veräppelst mich doch. Du hast deine Soße bei drei verschiedenen Wettbewerben angemeldet?"

„Na ja … nicht ich. Virginia. Es ist ihr Rezept."

„Eure Haushälterin?"

Er zog mich am Handgelenk an seine Brust. „Schluss mit dem Gerede."

„Ich hab Hunger. Zum Mittag gab es nur ein Mortadella-Sandwich." Ich streckte die Zunge heraus und verzog das Gesicht. „Ich hoffe doch sehr, dass deine Sandwiches besser schmecken."

Übermütig zog er eine Augenbraue hoch. „Machst du dich über meine Sandwiches lustig? Zur Strafe bekommst du keins."

„Aber dann ist deine Spezialsoße verschwendet. Die, die schon in drei verschiedenen Bezirken einen Preis gewonnen hat!"

„Schön. Ich gebe dir fünf Minuten Zeit zum Essen."

„Sogar im Gefängnis hatte ich mehr Zeit", grummelte ich, schob ihn auf einen Stuhl und setzte mich auf seinen Schoß. Ich nahm mir ein Sandwich, betrachtete es ausgiebig von allen Zeiten, um Joe aufzuziehen, und biss dann hinein. „Oh. Wow! Joe, schmeckt das gut", murmelte ich mit vollem Mund.

Er schob seine Hand meinen Rücken hinunter bis zu meinem Po. „Hab ich dir doch gesagt."

„Ich liebe bescheidene Männer."

„Und dafür ziehe ich dir eine Minute ab, du hast jetzt nur noch vier Minuten." Er nahm sich ein Sandwich, biss hinein und beobachtete mich grinsend.

„Was ist?"

Er schluckte und schüttelte lächelnd den Kopf. „Ich sehe dich einfach gern an. Dann kann ich mir dein Gesicht in Erinnerung rufen, wenn ich nicht bei dir bin. Du fehlst mir unter der Woche."

Das war vermutlich das Netteste, was mir je jemand gesagt hatte. „Du fehlst mir auch."

Ich nahm noch einen Bissen und versuchte, dabei möglichst sexy auszusehen, aber ich musste lachen und das Brot klappte auf. Die Putenbrust fiel heraus und auf Joes Hemd; seine Geheimsoße hinterließ eine rote Spur auf der hellblauen Baumwolle. Ich wischte sie mit dem Finger ab, den ich daraufhin ableckte, aber es blieb trotzdem ein Fleck. „Ups."

Er zog sexy die Augenbraue hoch und forderte mich stumm heraus, das noch mal zu tun.

Ich tauchte den Finger bis zu der Soße in mein Sandwich und strich damit über seinen Nasenrücken.

Er legte sein Essen auf den Tisch und rieb sich die Soße mit dem Daumen von der Nase. Dann leckte er ihn ab. „Mmm." Ein sündiger Blick trat in seine Augen. „Du möchtest ein bisschen spielen, ja?"

Ich versuchte, mich von seinem Schoß zu schieben, aber sein Arm umfasste meine Taille fester.

„Nein, Joe! Ich hab gerade geduscht!"

„Wie schön für dich, dass du nicht mehr im Gefängnis sitzt und öfters als einmal am Tag duschen darfst." Er holte eine große Menge Soße aus seinem Sandwich.

„Joe!", quiekte ich. „Das war ein Missgeschick!"

„Ist das hier auch." Er schmierte mir kalte Soße auf die Wange.

Ich versuchte, sie mir abzuwischen, aber er hielt mich am Handgelenk fest.

Dann rieb er mir ein bisschen Soße auf die andere Wange. „Und das hier."

„Joe!", brachte ich unter Lachen heraus.

„Und das hier." Sein Finger glitt über meine Unterlippe, aber durch mein Gezappel landete die Soße auf meinem Kinn. „Das ist preisgekrönte Soße, die du da an dir hast. Ich glaube, du weißt das gar nicht richtig zu schätzen."

Ich versuchte, trotz meines Gekichers zu Atem zu kommen.

„Die können wir nicht einfach so verschwenden." Er senkte den Kopf und leckte mir über die Wange.

In meinem Magen flatterte es. Ich holte tief Luft und hörte auf, herumzuzappeln.

Er wandte sich der anderen Seite zu – seine Zunge verharrte auf meiner Wange und arbeitete sich langsam zu meinem Mund vor. Er leckte mir die Soße von Lippe und Kinn. Sein Griff an meinem Handgelenk lockerte sich und ich konnte noch klar genug denken, um diese Freiheit zu meinem Vorteil zu nutzen. Ich sprang von seinem Schoß, griff mir ein weiteres Sandwich vom Teller und holte mit zwei Fingern Soße heraus.

Joe versuchte, mein Handgelenk zu greifen, aber ich schmierte ihm Soße seitlich auf sein Gesicht und den Hals. Dabei musste ich so sehr lachen, dass ich kaum seine Reaktion mitbekam.

„Oh, Miss Gardner, das werden Sie bereuen."

Ich zwinkerte ihm frech zu. „Das glaube ich nicht." Dann setzte ich mich rittlings auf seinen Schoß und griff nach seinen Handgelenken.

Er senkte die Stimme: „Ich dachte, du hast Hunger."

Ich sah ihm in die Augen und leckte mir über die Unterlippe. „Hab ich auch." Dann beugte ich mich vor und begann, die Soße abzulecken, von seinem Kiefer angefangen bis hinauf zu seinen Wangenknochen.

Er versteifte sich und ballte die Hände zur Faust, machte sich aber nicht aus meinem Griff los.

„Sie sind so verspannt, Detective Simmons. Und mit preisgekrönter Soße beschmiert." Ich ließ meine Zunge über seinen Kiefer und zu der pulsierenden Stelle an seinem Hals gleiten. Dort saugte ich sanft.

Sein Atem kam in kurzen Stößen. „Meine Freundin ist ziemlich chaotisch."

Ich arbeitete mich an seinem Hals hinunter bis zu seinem Kragen. Mit der Zunge malte ich kleine Kreise auf seine Haut, gefolgt von Küssen. „Oje. Sie haben Soße auf dem Hemd. Das ziehen Sie besser aus." Ich ließ seine Handgelenke los, griff nach dem obersten Knopf und schob ihn durch das Loch.

Dann hob ich den Blick zu Joes Gesicht. Unverhüllte Lust stand in seinen Augen und ließ mich nach Luft schnappen. Ich hatte gar nicht gewusst, dass ich so eine Reaktion bei ihm hervorrufen konnte.

Ich ließ meine Finger nacheinander zu den anderen Knöpfen gleiten, zog sein Hemd auseinander und strich über sein T-Shirt. „Ich glaube, Sie haben zu viel an, Detective Simmons."

Er strich kreisend über meine Taille und arbeitete sich zu meinen Hüften vor. „Scheint so."

Ich schob ihm das Hemd über seine breiten Schultern und spürte seine festen Muskeln unter meinen Händen. Nachdem ich ihm das Hemd ausgezogen hatte, griff ich nach dem Saum des weißen T-Shirts und zog es ihm über den Kopf.

Ich starrte ihn an und senkte den Blick auf seine Brust. Meine Hand folgte dem Weg meines Blicks. „Womit habe ich dich nur verdient?", flüsterte ich.

„Das könnte ich dich genauso gut fragen", sagte er atemlos. Er schob sanft die Spaghettiträger über meine Schultern und meine Arme hinunter, bis mir das Top zur Taille hinunterrutschte.

Wir saßen auf einem Stuhl in der Küche, ich rittlings auf Joes Schoß, beide von der Taille aufwärts nackt, und sahen uns in die Augen. Er legte seine Hand an meine Wange und streichelte mich sanft, während sich ein Lächeln auf seinen Lippen ausbreitete.

Keiner von uns sagte etwas, aber ich hatte mich noch nie in meinem Leben jemandem näher gefühlt.

Joe zog mich an sich, saugte meine Unterlippe in seinen Mund und ließ seine übliche Magie wirken, die mich immer benommen und willenlos machte.

Ich legte meine Hände um seinen Kopf. Das Bedürfnis, ihm so nah wie möglich zu sein, war stärker als alles andere.

Er schob eine Hand in meine Haare und küsste mich intensiver als sonst. Die andere Hand umfasste mein Kinn. Als er sich zurückzog, sah ich außer Leidenschaft noch etwas anderes in seinem Blick. Angst.

„Du hast mir heute einen Riesenschrecken eingejagt, Rose. Als mich Neely Kate anrief und mir sagte, dass dir etwas Schreckliches zugestoßen sei … da wäre ich fast durchgedreht."

„Es tut mir leid."

„Ich glaube, du weißt gar nicht, wie viel du mir bedeutest."

Ich fuhr mit dem Daumen über seine Wange und sah ihm tief in die Augen. „Ich denke doch."

„Ich will dich nicht verlieren."

Mein Blick fiel auf seinen Mund und ich strich ihm mit dem Daumen über die Lippen. „Ich gehe nirgendwohin."

„Ich liebe dich, Rose."

Es hätte mich nicht überraschen sollen – er zeigte mir ständig seine Zuneigung, aber das war das erste Mal, dass er es tatsächlich aussprach. Ich sah auf und war erstaunt, Unsicherheit in seinem Blick zu erkennen. Lächelnd drückte ich ihm einen sanften Kuss auf den Mund. „Ich liebe dich auch."

Während der nächsten Stunde dachte ich nicht ans Abendessen. Ich dachte nicht an Violet und ihre Probleme. Ich vergaß, dass der unschuldige Bruce Decker in einer Gefängniszelle saß. Ich vergaß alles außer dem Mann in meinen Armen und der Tatsache, dass ich die glücklichste Frau auf Erden war.

KAPITEL 16

Joe und ich lagen im Bett, sein Arm über meinem Bauch, unsere Beine miteinander verschlungen. Er schob mir eine Haarsträhne aus dem Gesicht. „Wir müssen über das reden, was heute passiert ist."

„Wenn ein Mann und eine Frau sich lieben, dann …"

Er legte einen Finger auf meinen Mund und sein Blick wurde ernst. „Du weißt, wovon ich spreche."

Ich ließ meine Zunge vorschnellen und leckte seine Fingerkuppe ab.

Er schloss die Augen und lachte. „Das wird nicht funktionieren."

„Was wird nicht funktionieren?"

„Das Spiel können auch zwei spielen." Er beugte sich über mich und küsste mich, bis ich völlig außer Atem war. „Und jetzt werden wir darüber reden, was passiert ist." Und um ganz sicherzugehen, dass ich schwach und wehrlos war, küsste er mich noch einmal.

Verdammt.

Er rollte mich auf die Seite, sodass wir Brust an Brust lagen. Sein Arm lag um meine Taille. Mit der anderen Hand strich er mir leicht über den Hals. „Wo waren wir stehen geblieben? Ach ja." Sein Mund wanderte meinen Hals entlang. „Warum bist du heute eingesperrt worden?"

„Das ist nicht fair", keuchte ich. Sein Mund schickte Stromstöße durch meinen ganzen Körper.

„In der Liebe und im Krieg sind alle Mittel erlaubt."

Er legte eine Hand auf meine Brust und ich schnappte nach Luft. „Und was davon haben wir hier?"

„Beides."

Er ließ seinen Mund der Hand folgen und ich schob mein Bein über seins. „Ich kann nicht klar denken, wenn du das tust."

„Genau das ist ja der Sinn, Schatz."

Ich schob ihn weg, aber meine verräterischen Finger wollten lieber seine Brust erkunden. „Stopp. Ich sage dir, was du wissen willst."

Er rollte mich auf den Rücken und legte sich auf mich. Meine Arme hielt er mir über dem Kopf fest. „Wir versuchen es auf deine Art, und wenn das nicht funktioniert, dann probieren wir es mit meiner."

Eine Win-win-Situation für mich. „Okay."

„Warum bist du zu Frank Mitchells Haus gegangen?"

„Woher kennst du den Namen des Mordopfers?"

Joe verdrehte die Augen. „Ich habe fast eine Stunde beim Stellvertretenden Staatsanwalt verbracht, um dich aus der Grube zu holen, die du dir selbst gegraben hast. Außerdem habe ich doch zu dem Fall recherchiert, erinnerst du dich? Ich weiß über viele Einzelheiten Bescheid."

„Oh."

„Du hast meine Frage nicht beantwortet. Warum warst du bei seinem Haus?"

„Ich wollte eigentlich nicht anhalten und aussteigen. Nur vorbeifahren. Das ist alles. Ich schwöre."

„Aber du bist ausgestiegen?"

„Ja."

„Und hast du irgendwas herausgefunden?"

Meine Augen wurden groß. „Fragst du mich ernsthaft, was ich in Erfahrung gebracht habe?"

„Ich dachte, das wäre klar."

„Jemand hat Frank bedrängt, sein Haus zu verkaufen, aber er hat sich geweigert. Sein Nachbar wusste aber nicht, wer."

„Sonst noch was?"

„Ja, Bruce wohnte in derselben Straße wie Frank Mitchell. Ein paar Monate vor dem Mord haben ihn seine Eltern jedoch rausgeworfen. Mr Burnett – der Nachbar – behauptet, sie hatten seine Schnorrerei und den ständigen Ärger satt."

„Und warst du auch bei seinen Eltern?"

„Natürlich nicht." Ich bemühte mich um ein möglichst entrüstetes Aussehen, was nicht ganz einfach ist, wenn man nackt im Bett liegt und von seinem Freund festgehalten wird.

Er lachte. „Du meinst, du hattest noch keine Gelegenheit dazu."

Stirnrunzelnd sah ich zur Seite.

„Ha! Ich kenne dich besser, als du glaubst."

Ich hob die Hüften und versuchte, ihn wegzudrücken, aber er lachte nur. „Nicht so schnell. Was hast du heute Abend auf dem Parkplatz des Piggly Wiggly erfahren?"

„Wovon sprichst du?"

„David Moore? Bruces bester Freund? Was hat er dir erzählt?"

Mir fiel die Kinnlade herunter. „Du weißt, wer David Moore ist?"

„Ich hab dir doch gesagt, dass ich die Einzelheiten des Falles kenne. Also, was hat er dir erzählt?"

Ich kniff die Augen zusammen. „Warum willst du das wissen?"

„Weil ich dir helfen will, und das kann ich nur, wenn du mir alles erzählst, was du über den Fall weißt."

Es dauerte einen Moment, bis ich seine Worte begriffen hatte. „Du willst mir helfen?"

„Ich hab dir doch gesagt, ich kenne dich besser, als du glaubst. Ich weiß, dass du nicht eher Ruhe gibst, bis Bruce Wayne Decker Gerechtigkeit widerfahren ist. Der sicherste Weg dahin ist, mir zu erzählen, was du weißt."

Ich runzelte die Stirn. „Warum hast du mir nicht einfach gesagt, dass du mir helfen willst?"

Er zwinkerte und beugte sich dann so weit herunter, bis sein Mund direkt über meinem war. „Und wo wäre dann der Spaß geblieben?"

Ich hob den Kopf, sodass sich unsere Lippen trafen. Er stöhnte und rollte sich auf die Seite, wobei er mich mit sich zog.

„Und jetzt sag mir, was er dir erzählt hat."

„Nicht viel, bevor du aufgetaucht bist. Er hat gesagt, dass Bruce von Daniel Crockers Gras high war."

„Ah … mein Freund Daniel Crocker."

„Als Bruce im Baumarkt war, hat er gesehen, wie sich Frank mit jemandem gestritten hat. Dieser Jemand hat ihn dann mit einem Brecheisen geschlagen, ist ins Büro gerannt und dann verschwunden."

„Und wie ist Bruce Decker in den Besitz der Mordwaffe gelangt?"

„Er hat sie mitgenommen und David hat ihn überredet, sie unter seiner Verandatreppe zu verstecken, um den echten Mörder damit zu erpressen."

„Und wie wollten sie ihn finden? Mit einem DNA-Vergleich? Über die Fingerabdrücke?"

„Sie hatten nicht die geringste Ahnung."

Joe nickte. „Das kann ich mir vorstellen. Was noch?"

„Er hat gesagt, dass Bruce den Streit gehört hat. Frank hat gebrüllt, dass er nie verkaufen würde, und der andere erwiderte, dass er schon kriegen würde, was ihm zusteht."

Joe wirkte überrascht und lächelte dann. „Ist das alles?"

„Was die beiden betrifft, ja."

„Aber du weißt noch etwas."

Er kannte mich wirklich gut. „Na ja, Neely Kate hat erzählt, dass Frank Schulden bei Buchmachern hatte, und Anne in der Farbenabteilung wusste, dass er jemandem viel Geld geschuldet hat, aber sie wusste nicht, wem."

„Noch was?"

„Ja, irgend so ein Typ ist nach dem Mord ein paarmal in den Baumarkt gekommen. Das hab ich dir schon erzählt."

„Und woher weißt du das?"

„Von Anne."

„Die Frau in der Farbenabteilung. Okay. Was hat dieser Mann getan?"

„Er war einfach da, benahm sich merkwürdig, kaufte wahllos Sachen.“

„Noch mehr?“

„Abgesehen von meiner Vision? Nein.“

„Und, Detective Rose, was schließen Sie bisher daraus?“

Ich stütze mich auf den Ellbogen und sah auf sein amüsiert grinsendes Gesicht hinunter. „Ich weiß, dass Bruce unschuldig ist und dass ein Mann, keine Frau, Frank Mitchell getötet hat, aber wir wissen nicht, wer er ist. Ich weiß jedoch, dass er Linkshänder ist und eine Narbe vom Handgelenk bis zum Unterarm hat. Und er hat eine Anstecknadel zurückgelassen, mit einem Hund, einem Baum und einem Vogel drauf. Ich vermutete, er ist der Mann, der Franks Haus kaufen wollte.“

„Und warum denkst du das?“

„Weil Frank dem Typ gesagt hat, dass er nicht verkauft.“

„Aber Decker war ziemlich zugedröhnt, als er das gehört hat, das hat er seinem Kumpel selbst gesagt. Und er hat recht. Crockers Stoff war echt hart. Und oft mit anderem Zeug versetzt.“

„Also hat es gar nichts zu bedeuten?“

„Das hab ich nicht gesagt, aber du darfst nicht außer Acht lassen, wer hier deine Quelle ist.“

„Und der Mann, der ihn umgebracht hat, hat gesagt, er kriegt schon noch, was ihm zusteht. Das muss ein Buchmacher gewesen sein.“

„So sieht es aus, nicht wahr?“

Etwas in seiner Stimme ließ mich erkennen, dass ich möglicherweise falsch lag. „Es ist die logische Schlussfolgerung, oder?“

„Ja, und genau deshalb sollte man vorsichtig mit voreiligen Annahmen sein. Im Moment rätst du nur, du hast keine Beweise. Dich hat man auch verdächtigt, deine Mutter ermordet zu haben, eben weil es die logische Schlussfolgerung war, und aus demselben Grund sitzt Bruce Decker jetzt im Bezirksgefängnis.“

„Oh.“ Was er sagte, ergab Sinn. Wenn ich einfach annahm, dass der Mann ein Buchmacher gewesen sein musste, war ich genauso bequem wie die Polizei von Henryetta.

Er senkte die Stimme; sein Ton war ernst. „Du weißt, dass du gegen das Gesetz verstoßen hast."

„Ich weiß. Ich kann immer noch nicht glauben, dass du nicht wütend warst, als du mich rausgeholt hast."

„Ich war viel zu erleichtert, um wütend zu sein. Neely Kate hat mich zu Tode erschreckt. Ich dachte, dir wäre etwas passiert oder du wärst tot."

„Was hat sie denn gesagt?"

„Nur, dass etwas Schreckliches passiert ist und ich ins Büro des Staatsanwalts von Fenton County kommen soll. Ich dachte, du wärst ... Ich will gar nicht darüber nachdenken, was dir hätte passieren können. Ich habe versucht, Violet anzurufen, aber sie ist nicht rangegangen. Von unterwegs habe ich Deveraux erreicht."

„Du hast Mason Deveraux angerufen?"

„Er ist schließlich der Stellvertretende Staatsanwalt. Er kannte den Fall und zusammen haben wir den Richter überzeugt, dich freizulassen."

„Ich kann kaum glauben, dass er das getan hat. Er kann mich nicht ausstehen." Ich dachte zurück an unser Gespräch im Gefängnis. Mr Deveraux hatte mir erzählt, dass er sich für sein Verhalten schuldig fühlte. Und ich musste zugeben, dass er sich während unseres Gesprächs nicht sehr boshaft benommen hatte.

Joe kniff die Augen zusammen. „Warum sagst du das? Ich dachte, der Verteidiger kann dich nicht leiden."

„Beide nicht. Aber Mr Deveraux hat was gegen mich, weil ich mit ihm zusammengestoßen bin. Buchstäblich. Zweimal. Und beide Male war er nicht gerade glücklich darüber."

Joe runzelte die Stirn und schob mir eine Haarsträhne hinters Ohr. „Als er sich für dich eingesetzt hat, sah es jedenfalls nicht so aus, als ob er dich nicht ausstehen kann."

Ich fragte mich, ob wir über denselben Mann redeten. „Vermutlich, weil er Schuldgefühle hatte. Nachdem ich dich gestern angerufen hatte, bin ich zu ihm gefahren. Ich wollte ihm alles erzählen und habe gehofft, dass er mir glaubt, aber als ich in sein Büro wollte, kam er gerade heraus und wir sind ineinander gerannt. Er hatte sowieso schon schlechte Laune und ich war noch der letzte Tropfen, der das Fass zum Überlaufen brachte. Er hat sich an mir abreagiert. Daraufhin hab ich ihm ein paar Takte gesagt und bin gegangen."

Joe lachte. „Da wäre ich gern dabei gewesen. Und du hast recht, er ist ziemlich steif. Muss an diesem tollen Studium an der Ostküste liegen."

„Bei seinem Besuch im Gefängnis hat er mir erzählt, dass er deswegen ein schlechtes Gewissen hat. Er hat mich gefragt, ob ich seinetwegen zu Franks Haus gefahren bin, weil er so gehässig war und mir keine Gelegenheit gegeben hat, ihm zu erzählen, weshalb ich gekommen war. Egal. Als er ging, hat er mir jedenfalls gesagt, dass er versuchen würde, mich freizubekommen."

„Er hat seinen Teil dazu beigetragen und nicht nur das. Ich musste deinen Charakter bezeugen, aber Deveraux hat den Richter überzeugt, dass du lediglich einen übertriebenen Gerechtigkeitssinn hast."

Ich riss die Augen auf. „Oh je. Du hast ihm doch nichts von meinen Visionen erzählt, oder?"

Er gab mir einen sanften Kuss. „Nein, Rose. Das steht mir nicht zu. Obwohl ich mir wünsche, dass du den Leuten mehr vertraust, verstehe ich auch, warum du es nicht tust. Ich hoffe, ich kann dir dabei helfen, deine Meinung zu ändern."

Ich zweifelte, ob dieser Tag jemals kommen würde, aber ich wollte das Thema im Moment auch nicht vertiefen. „Du bist also wirklich nicht sauer auf mich?"

„Das hab ich nicht gesagt. Ich hab gesagt, ich hatte zu viel Angst, um wütend zu sein. Neely Kate sollte lernen, sich klarer auszudrücken."

Ich konnte kaum glauben, dass sie Joe angerufen hatte. Woher hatte sie seine Nummer? Ich vermutete, dass sie genau gewusst hatte, was sie mit ihrer kryptischen Nachricht auslöste. „Violet hat dich wirklich nicht angerufen?"

Seine Stimme wurde hart. „Nein."

„Was ist mit Deanna? Der Anwältin?"

„Sie ist ins Gefängnis gekommen, aber als sie merkte, dass Deveraux und ich die Sache im Griff hatten, ist sie wieder gegangen."

Ich streichelte ihm mit den Fingerspitzen über die Wange. „Es tut mir leid wegen Violet. Falls du dich dadurch besser fühlst, ich glaube nicht, dass es etwas mit dir persönlich zu tun hat. Es ist eher dein Wohnort und die Tatsache, dass ich vielleicht mit dir nach Little Rock ziehe."

Ein Strahlen zog über sein Gesicht. „Du hast ihr gesagt, du ziehst vielleicht nach Little Rock?"

„Nicht direkt, aber sie kann ziemlich gut zwischen den Zeilen lesen und hat vermutlich gemerkt, dass ich darüber nachdenke."

„Du denkst also darüber nach?"

„Ja." Ich drückte ihm einen schnellen Kuss auf die Lippen. „Ich liebe dich, Joe, und ich hasse es, wenn du weg bist. Ohne dich bin ich einsam."

Joe verbrachte den Rest der Nacht damit, mir zu zeigen, wie uneinsam ich wäre, wenn er immer da wäre.

Am nächsten Morgen stand Joe am Herd und machte Crêpes, während ich an der Spüle Erdbeeren klein schnitt und ihm verstohlene Blicke zuwarf. „Ich vermisse Muffy. Ich möchte sie bei Violet abholen."

Joe versteifte sich. „Ich verstehe nicht, wieso du sie überhaupt hingebracht hast und nicht mit nach Little Rock nehmen wolltest. Du weißt, wie sehr ich diesen kleinen Hund mag."

Seufzend zuckte ich mit den Schultern. „Violet hat mich überzeugt, dass wir beide mehr Zeit füreinander hätten, wenn wir uns nicht um Muffy kümmern müssten."

Joe kniff die Augen zusammen, um mir zu zeigen, dass er mir diese Erklärung nicht abkaufte.

„Jetzt ist es nicht mehr zu ändern. Aber sie fehlt mir."

Er küsste mich auf die Stirn. „Mir auch. Wir holen sie nach dem Frühstück ab. Und dann können wir das Zimmer fertig streichen."

Über die Aufregung der letzten Tage hatte ich das halb fertig gestrichene Zimmer völlig vergessen. „Du musst mir nicht beim Streichen helfen, Joe. Das kann ich nächste Woche machen, wenn du weg bist."

Er schüttelte den Kopf. „Ich streiche gern und ich möchte dir helfen. Außerdem ist es ja schon fast fertig. Es wird nicht lange dauern."

Ich gab nach, aber nur, weil ich ihm tatsächlich glaubte, dass er gerne strich. Außerdem erinnerte mich sein Angebot an den Tag, an dem er mir ein paar Tipps geben wollte, als ich nach Mommas Ermordung das Wohnzimmer strich. Es erinnerte mich jedoch auch daran, dass Violet hereingeplatzt war und sogar damals schon versucht hatte, Joe schlechtzumachen, obwohl wir zu dieser Zeit nichts weiter als Freunde gewesen waren. Joe war das Beste, was mir jemals passiert war. Ich würde nicht zulassen, dass sie meinem Glück im Weg stand, und ganz bestimmt würde ich nicht zusehen, wie sie Joe vertrieb.

Ich marschierte hinüber zum Telefon.

Überrascht drehte sich Joe zu mir um. „Was machst du da?"

„Ich rufe Violet an und sage ihr, dass ich Muffy nach dem Frühstück abhole."

Er zog die Augenbrauen hoch und wandte sich dann wieder seiner Pfanne zu.

Es klingelte viermal, ehe Mike abhob. „Hi Rose."

„Hey Mike." Auf ihn war ich gar nicht vorbereitet. Mike verabscheute telefonieren und ging deshalb auch nie an den Apparat. Violet musste fuchsteufelswild sein, dass sie ihn dazu gebracht hatte, ans Telefon zu gehen.

„Ich hab von deinem Martyrium gehört."

Ich konnte mir schon vorstellen, was er gehört hatte, aber das brauchten wir jetzt nicht zu vertiefen. „Ich fahre dieses Wochenende nicht nach Little Rock, also werde ich nach dem Frühstück Muffy abholen."

Ich hörte ein gedämpftes Geräusch. Offensichtlich hatte Mike das Mundstück abgedeckt, um meine Information an Violet weiterzugeben.

„Äh ... Vi... ich meine Ashley hat sich schon darauf gefreut, den Tag mit Muffy zu verbringen." Ich hörte die Gereiztheit in seiner Stimme. Violet hatte ihm offensichtlich souffliert, was er sagen sollte.

Was sollte ich jetzt tun? Zweifellos würde Ashley enttäuscht sein, aber Violets Machtspielchen konnte ich auf eine Meile Entfernung erkennen. „Nun ..."

„Ach, zum Teufel!", knurrte Mike. „Das geht jetzt lange genug. Du und Violet, ihr müsst das klären, weil ich es satt habe, im Kreuzfeuer zu stehen."

Joes besorgter Miene nach sah ich wohl genauso geschockt aus, wie ich mich fühlte.

„Du kommst heute Abend zum Essen her und sprichst dich mit ihr aus."

Ich hörte, wie Violet im Hintergrund lautstark protestierte.

„Das ist keine gute Idee, Mike." Ich sah hinüber zu Joe. „Joe ist dieses Wochenende hier und mit ..."

„Perfekt. Bring ihn mit. Er ist ein Teil dieses Problems."

„Ich weiß nicht ..."

Joe stand vor mir. „Worum geht's?"

Ich flüsterte: „Mike möchte, dass wir heute Abend zum Essen kommen, um das Ganze aus der Welt zu schaffen."

Ein mörderischer Glanz trat in seine Augen. „Ich halte das für eine hervorragende Idee."

„Aber ... ich ..."

Joe nahm mir den Hörer aus der Hand.

Oh Scheibenkleider.

„Mike? Hier spricht Joe. Wann sollen wir da sein?" Er benutzte seine Detective-Simmons-Stimme, die null Toleranz für Unfug verhieß. Es folgte eine lange Pause. „Wir sind um sechs Uhr da. Und wir werden unseren Hund mit heimnehmen." Er knallte den Hörer auf das Wandtelefon und stand ein paar Sekunden lang einfach nur so da. „Wir werden um sechs erwartet."

„Das hab ich gehört."

Er drehte sich zu mir herum und ein Teil seines Ärgers verrauchte. „Es ist an der Zeit, alles einmal offen anzusprechen."

Ich zwirbelte den Saum meines T-Shirts. „Vielleicht."

„Violet muss die Tatsache akzeptieren, dass ich nicht verschwinden werde. Der einzige Mensch, der mich fortjagen kann, bist du. Möchtest du, dass ich gehe?" Unsicherheit flog über sein Gesicht, ehe sie von Entschlossenheit ersetzt wurde.

Ich schlang ihm die Arme um die Taille und stellte mich auf die Zehenspitzen, um ihn zu küssen. „Nein, Joe. Ich will ganz bestimmt nicht, dass du verschwindest."

Er hielt mich fest an sich gedrückt und stieß erleichtert den Atem aus. „Möglicherweise musst du dich entscheiden. Violet stellt dich vielleicht vor die Wahl – sie oder ich."

Ich vergrub mein Gesicht an seiner Brust. „Mit dir kann man besser kuscheln."

Er lachte und strich mir über den Rücken.

Ich sah zu ihm auf. „Du hast Muffy ‚unseren Hund' genannt."

Peinlich berührt sagte er: „Ja, sorry. Aber ich kenne sie genauso lang wie du und ich kümmere mich gern um sie, wenn ich hier bin. Und sie fehlt mir."

Ich küsste ihn erneut und lächelte. „Der Gedanke, dass wir uns etwas so Wichtiges teilen, gefällt mir. Es verleiht uns mehr Beständigkeit."

Er strahlte übers ganze Gesicht. „Das klingt gut."

Wir verbrachten den Rest des Tages damit, das Zimmer fertig zu streichen, und zum ersten Mal erlaubte ich meinen Gedanken, die selbst gezogene Grenze zu übertreten. Ich malte mir eine Zukunft mit Joe aus. Gleichzeitig machte ich mir jedoch auch Sorgen über die Konfrontation mit Violet. Joe hatte gesagt, dass er nirgendwohin ging, aber er kannte auch noch nicht das ganze Ausmaß von Violets Zorn. Es war nicht fair, dass er ihre Einmischung dulden musste. War ich den ganzen Ärger überhaupt wert?

KAPITEL 17

„Joe, wir müssen das nicht tun."

Wir standen auf Violets Veranda und Joe hielt meine Hand so fest, dass sich bereits Schweiß auf meiner Handfläche gebildet hatte. Er trug das neue Hemd und die Jeans, die wir ihm vorhin gekauft hatten. Da er ziemlich überstürzt vom Büro aus aufgebrochen war, um zu mir zu kommen, war ihm keine Zeit geblieben, vorher noch zu packen.

„Doch, müssen wir. Wir klären das hier und jetzt." Er presste die Zähne zusammen.

Die Haustür wurde geöffnet und Mike erschien, einen entschuldigenden Ausdruck im Gesicht. Er hatte zwei Flaschen Bier in der Hand und gab eine davon Joe. „Du wirst sie brauchen."

Joe nahm sie und zog mich hinter sich her durch die Tür.

Mike formte stumm die Worte „Tut mir leid", als wir an ihm vorbeigingen.

Offensichtlich betrat ich gerade den Schauplatz des Dritten Weltkriegs. „Hast du auch noch eins für mich?"

Er grinste. „Kommt sofort!" Dann verschwand er in der Küche.

Violet saß auf der Terrasse und sah den Kindern zu, die mit Muffy im Garten spielten. Ihre Augen waren von einer Sonnenbrille verdeckt, aber sie nippte an einem Glas Wein.

Joe blieb am Eingang stehen. „Violet, wir müssen reden."

Muffy sah uns und kam herübergerannt. Sie sprang an mir hoch und bettelte darum, gestreichelt zu werden.

Violet schob die Brille ein Stück herunter, musterte Joe von oben bis unten und schob sie dann wieder zurück, ehe sie ihren Blick wieder den Kindern zuwandte. „Ich weiß zwar nicht, wie man es dort, wo Sie herkommen, Joe-was-auch-immer-Ihr-Name-diese-Woche-sein-mag, mit Manieren hält, aber hier in Henryetta tolerieren wir keine Unhöflichkeit."

Ich schnappte nach Luft. So gehässig hatte ich Violet seit der Highschool nicht mehr erlebt. Was um alles in der Welt war nur in sie gefahren?

Mike kam mit meinem Bier und ich nahm einen großen Schluck, wobei ich mich fast verschluckte.

Jetzt schoss Violet ihr Gift auf mich ab. „Bier, Rose? Tatsächlich?"

„Es ist nichts falsch an einem Bier, Violet." Da ich immer noch Joes Hand hielt, stützte ich die Bierflasche auf meiner Hüfte auf und hoffte, ich würde entrüstet wirken. Was nicht ganz einfach war, weil ich große Mühe hatte, das Bier nicht zu verschütten. Als Muffy an mir hochsprang, spritzte doch etwas aus der Flasche. Vermutlich wurde dadurch der Effekt ruiniert, aber ich wollte Joes Hand nicht loslassen. Es war wichtig, ihr zu zeigen, dass wir ein Paar waren, ob es ihr nun gefiel oder nicht.

„Joe, setz dich." Mikes Ton war freundlich, aber direkt.

Ich setzte mich auf ein Korbsofa und zog Joe neben mich. Muffy sprang in meinen Schoß und leckte mich ab.

Ich stellte die Flasche ab und vergrub mein Gesicht in ihrem Nacken. „Ich hab dich auch vermisst, meine Kleine."

Mike hob den Deckel seines Grills an und drehte die Steaks. „Das geht jetzt lange genug so und wir werden es heute Abend beenden."

Einen Moment lang glaubte ich, dass er über die Steaks sprach. Mike mischte sich niemals in die Angelegenheiten anderer Leute ein.

Allerdings hatte er es vermutlich satt, sich ständig während Violets Tiraden abducken zu müssen.

Er drehte sich um und deutete mit seiner Zange auf Violet. „Rose ist eine erwachsene Frau und kann sich verabreden, mit wem sie will und wann immer sie will. Du bist vielleicht ihre ältere Schwester, aber das gibt dir nicht das Recht, ihr vorzuschreiben, wie sie ihr Leben zu leben hat."

„Soll ich mich vielleicht zurücklehnen und den Mund halten, während ich zusehe, wie sie den größten Fehler ihres Lebens begeht?", fauchte Violet.

„Du musst ihre Entscheidungen respektieren."

Sie schüttelte den Kopf. Dann beugte sie sich über die Seitenlehne ihres Stuhls und wandte sich an Joe. „Wir wissen nichts über Sie. Sie kommen einfach angetanzt, bringen meine Schwester in Gefahr und verdrehen ihr den Kopf. Dann kommen und gehen Sie, wie es Ihnen gefällt, und lassen Sie unter der Woche unglücklich zurück. Jetzt will sie sogar mit Ihnen durchbrennen." Sie starrte mich an. „Ich bin nicht dumm, Rose Anne Gardner. Ich weiß, was du denkst. Aber er könnte ein Serienmörder sein; wir wissen gar nichts über ihn."

„Violet!" Wenn ich Joe nicht bereits gesagt hätte, dass ich ihn liebte, wäre ich stinkwütend gewesen, dass sie meine Gefühle so beiläufig verkündete, als ob mich das nichts anginge. Stinkwütender, als ich sowieso schon war, um genau zu sein. Und woher wusste sie überhaupt, dass ich ihn liebte? Das hatte ich ihr gegenüber nie behauptet. „Du weißt sehr gut, dass er Polizist ist. Wie kann er da ein Serienmörder sein?"

Sie kniff die Augen zusammen. „Ich hab schon von merkwürdigeren Dingen gehört, Rose. Was versteckt er vor uns?"

Ich versuchte aufzustehen, aber Joe zog mich zurück auf das Sofa.

„Nein." Joe drückte meine Hand. „Lass sie reden. Du sagst, du weißt nichts über mich, Violet, aber das ist allein deine Schuld, oder nicht? Seit dem Abend, als du in Roses Haus gekommen bist und gesehen hast, dass ich ihr beim Streichen helfe, machst du mir das Leben schwer. Warum?"

„Das hab ich Ihnen bereits gesagt. Wir wissen nichts über Sie."

„Dann frag."

Zum ersten Mal war Violet sprachlos.

„Was möchtest du wissen?"

Sie hatte sich schnell wieder im Griff und streckte das Kinn vor. „Ihre Familie, zum einen."

„Ach du liebe Güte, Violet!", rief ich. „Geht das schon wieder los? Kannst du das Thema nicht einfach ruhen lassen?" Joe sprach nicht gerne über seine Familie und ich würde nicht zulassen, dass sie ihn zwang, seine Vergangenheit offenzulegen.

Joe verspannte sich und krallte unwillkürlich seine Fingernägel in meine Hand.

„Joe, erzähl ihr nichts, worüber du nicht sprechen möchtest."

Er nahm einen großen Schluck aus seiner Flasche und wandte sich dann ihr zu. „Ich hab keine Ahnung, was meine Familie mit mir und den Entscheidungen, die ich treffe, zu tun hat, aber von mir aus. Du bist Roses Schwester. Dein Segen ist mir wichtig und ihr ebenfalls, auch wenn sie es nicht zugibt. Aber eins sage ich dir ..." Er beugte sich vor und stützte den Ellbogen auf seinem Knie auf. „Ich brauche deinen Segen nicht. Ich liebe Rose und ich werde nicht einfach so verschwinden. Was ich gerade beweise, indem ich deine Feindseligkeit und Verachtung ertrage, obwohl ich mir nichts weiter vorzuwerfen habe, als deine Schwester zu lieben."

Sie öffnete den Mund, als wollte sie etwas sagen, schloss ihn dann aber wieder. Joe hatte sie jetzt bereits zweimal sprachlos gemacht. Ich war nie stolzer auf ihn gewesen.

Mike hob grinsend sein Bier zum Mund und trank einen Schluck.

„Also, was genau willst du wissen?"

Violet holte tief Luft, ehe ein selbstgefälliges Lächeln auf ihrem Gesicht erschien. „Woher kommen Sie?"

„Little Rock."

„Aber wo sind Sie geboren und aufgewachsen? Wer sind Ihresgleichen?"

„*Wer sind Ihresgleichen?*", kreischte ich.

Joe ließ meine Hand los und legte den Arm um meinen Rücken. „El Dorado."

„Dort sind Sie geboren und aufgewachsen."

„Bis ich in Little Rock aufs College gegangen bin. Danach habe ich bei der State Police angefangen."

„Haben Sie das College auch beendet?"

Was war das bloß für eine hochnäsige Einstellung? Weder sie noch Mike waren aufs College gegangen, die meisten anderen Leute in Henryetta auch nicht. Das würde sie ihm doch hoffentlich nicht vorhalten?

„Ja, Violet, habe ich. Wenn ich etwas anfange, dann bringe ich es auch zu Ende."

Das war ganz offensichtlich eine Kampfansage.

„Und was war Ihr Hauptfach?"

„Jura."

Ich versuchte, meine Überraschung zu verbergen, aber Violet machte sich gar nicht erst die Mühe. Ihr blieb der Mund offenstehen und sie sah ihn über den Rand ihrer Sonnenbrille hinweg an, als müsste sie ihn angesichts dieser neuen Information völlig neu einschätzen.

„Und warum arbeiten Sie dann bei der Arkansas State Police? Warum sind Sie kein Anwalt?"

„Weil ich nie Anwalt werden wollte. Ich habe nur Jura studiert, um meinem Vater einen Gefallen zu tun. Ich wollte immer schon Detective werden."

„Was macht Ihr Vater beruflich?"

„Er ist Anwalt in El Dorado."

„Und Ihre Mutter?"

Joe versteifte sich.

„Joe, du musst ihr nicht antworten." Ich wandte mich an meine Schwester. „Das reicht, Violet. Das hier ist nicht die spanische Inquisition."

„Was versteckt er, Rose? Dein Gesicht ist wie ein offenes Buch und es ist offensichtlich, dass du das alles selbst gerade zum ersten Mal hörst. Wie kannst du eine Beziehung auf Geheimnissen aufbauen?"

„Er wird mit mir über seine Vergangenheit reden, wenn er so weit ist. Es ändert nichts für mich, Violet."

„Rose, ist schon gut." Joe starrte Violet an. „Ich habe Rose bisher nichts davon erzählt, weil ich ganz anders bin als meine Eltern und nicht wollte, dass Rose ihretwegen schlecht von mir denkt."

Violet schlug sich die Hand vor den Mund. „Ach du lieber Himmel. Sie stammen aus der Unterschicht, stimmt's? Abschaum!"

„Violet!"

„Wenn Ihr Vater Anwalt ist, dann offensichtlich so einer, der ständig angebliche Unfallopfer bei ihren Schadenersatzklagen unterstützt."

„Violet!" Ich sprang auf, aber Joe zog mich wieder nach unten und legte mir erneut den Arm um die Taille. Er hielt mich fest, als hätte er Angst, ich würde ihn mit ihr allein lassen.

„Nein." Joes Stimme klang gepresst. „Meine Familie stammt definitiv nicht aus der Unterschicht. Um deine ursprüngliche Frage zu beantworten, meine Mutter ist nicht berufstätig, aber mit ihrer Wohltätigkeitsarbeit voll und ganz ausgelastet."

Violet war erneut sprachlos. Und Joe zog jetzt alle Register.

„Meine Familie ist die Simmons-Familie aus El Dorado."

Mein Blick flog zwischen Joe und Violet hin und her. Ich hatte keine Ahnung, was das hieß.

Violet schon. Sie wurde blass. „*Die* Simmons-Familie?"

„Genau die."

„Aber … aber …"

Mein Herz raste. „Wartet. Ich verstehe nicht."

„Seine Familie …" Violet schluckte. „Seine Familie ist die reichste Familie im südlichen Arkansas. Sie sind jede Woche in *Gastliches Arkansas* abgebildet." Violet musste es wissen, sie hatte das Magazin mit den Gesellschaftsnachrichten von Arkansas abonniert. Jeden Monat studierte sie es aufs Gründlichste, sobald es in ihrem Briefkasten lag.

Angst durchströmte mich. Joe stammte aus einer reichen, gesellschaftlich angesehenen Familie und ich … ich war aus Henryetta und arbeitete auf der Kfz-Zulassungsstelle. Wie passte ich da rein?

Joe zog mich näher an sich heran. „Rose, ich habe es dir nicht erzählt, weil ich überhaupt nicht so bin wie sie und es auch nicht sein will. Ich habe mir mein eigenes Leben aufgebaut und du bist ein Teil davon. Sie nicht."

Violet nahm die Sonnenbrille ab und musterte Joe misstrauisch. „Warum nicht?"

„Weil das nicht das Leben ist, das ich führen will. Aber da du nun weißt, dass ich einer respektablen Familie entstamme, möchte ich das Thema gerne fallen lassen."

Violets gesamte Einstellung hatte sich geändert, was mir Übelkeit verursachte. War meine Schwester wirklich so oberflächlich?

Die Stimmung beim Abendessen war angespannt, aber das war mehr meine Schuld als Violets. Sie war jetzt zuckersüß gegenüber Joe, vermutlich um all die Gemeinheiten wieder auszugleichen, mit denen sie ihn überhäuft hatte. Ich dachte ständig über Joes Familie und Violets Diskriminierung nach.

„Wie läuft das Geschäft, Mike?", fragte Joe. „Alles gut mit deiner Baufirma?"

„Ja. Wir haben uns gerade an einer Ausschreibung für ein Projekt beteiligt, das mit dem neuen Superstore im Forest-Ridge-Viertel zu tun hat."

Bei der Erwähnung von Frank Mitchells Viertel hob ich den Kopf. „Was genau meinst du damit?"

Mike stocherte in dem Salat auf seinem Teller herum. „Sie wollen einen Teil der Häuser einreißen, um Platz für den Supermarktparkplatz zu schaffen."

Ich legte die Gabel hin und verschränkte die Hände im Schoß. „Aha ... bedeutet das, dass jemand Häuser aufkauft, um auf den Grundstücken einen Parkplatz zu bauen?"

„Ja."

„Wer denn?"

Joe warf mir aus zusammengekniffenen Augen einen Blick zu, sagte aber nichts.

„Die Firma, der der Laden gehört. Sie schließen gerade die Verträge ab. In etwa sechs Monaten soll mit den Abrissen begonnen werden."

„Was ist mit den Leuten, die nicht verkaufen wollen?"

„Die haben keine große Wahl. Die Stadt hat es genehmigt. Sie müssen einen fairen Preis akzeptieren."

„Und ist der Preis fair?"

Mike zuckte mit den Schultern, spießte eine gebackene Kartoffel aus der Schüssel in der Mitte des Tisches auf und ließ sie auf seinen Teller fallen. „Ich schätze schon. Die meisten dieser Häuser sind allerdings schon verdammt baufällig."

Violet verzog den Mund und deutete auf Ashley, die stillschweigend aß und das Gespräch der Erwachsenen völlig ignorierte. „Mike. Wortwahl."

Mike runzelte die Stirn.

Violet warf mir einen eisigen Blick zu. „Woher kommt dein plötzliches Interesse an Grundstücken, Rose?"

Ich spürte Joes Blick auf mir ruhen und sah hinunter auf mein Steak. „Keine Ahnung. Alte Häuser interessieren mich eben."

„Dann solltest du dir Austin Kents Fotos von Italien zeigen lassen. Ich bin mir sicher, dass sein Angebot noch steht."

Joe warf die Gabel auf den Teller. Das klirrende Geräusch füllte den Raum und ließ Violet verstummen.

Jetzt hatte sie es geschafft.

Er stand auf. „Rose, ich denke, wir sollten jetzt gehen."

Mit Tränen in den Augen drehte ich mich zu ihr um. „Wie kannst du nur, Violet? Deine größte Sorge war, dass Joes Familie nicht gut genug ist, aber das hat sich als falsch herausgestellt. Also, was passt dir denn jetzt wieder nicht?"

Sie legte die Hände auf den Tisch und beugte sich vor. „Rose, du weißt, wie sehr ich dich liebe. Ich kann nicht einfach zusehen, wie man dir wehtut."

„Wovon redest du denn da?"

Sie streckte das Kinn vor, warf einen Blick auf Joe und sah dann wieder zu mir. „Ich glaube nicht, dass heute Abend ein guter Zeitpunkt ist, um das zu besprechen, Rose. Was hältst du davon, wenn wir das bereden, wenn Joe wieder in Little Rock ist?"

Joe machte einen Schritt auf mich zu und legte mir die Hand auf die Schulter. „Wie wäre es mit jetzt?"

Ihr Gesichtsausdruck wurde sanft. „Joe, offensichtlich habe ich mich geirrt, was dich angeht, und das tut mir sehr leid. Aber angesichts dieser neuen Informationen … seien wir doch mal ehrlich. Sie deutete auf ihn. „Du bist … ein Simmons."

„*Und?*"

„Und Rose, naja … sie ist …"

Joe schnappte mich am Arm und zog mich vom Stuhl hoch. „Komm. Wir gehen."

Mir stockte der Atem.

Joe schob mich um den Tisch herum, aber ich blieb wie angewurzelt stehen. Ich wollte die Wahrheit wissen.

„Verstehe ich das richtig – erst hast du geglaubt, dass Joe nicht gut genug für mich ist. Jetzt denkst du, ich wäre nicht gut genug für ihn?"

Joe schüttelte den Kopf und versuchte, mich aus dem Zimmer zu ziehen. „Tu das nicht, Rose."

Mike war aufgestanden. „Violet, ich warne dich."

Violet biss sich auf die Lippe. Die Sorge um mich stand ihr ins Gesicht geschrieben. „So ist das doch gar nicht, Rose. Es ist nur so, dass …"

„Rose", flehte Joe.

„Nein", brachte ich hervor. „Ich will es von ihr hören."

„Seine Familie gehört zur besseren Gesellschaft. Die haben Geld. Wie willst du da reinpassen? Ich möchte doch nur vermeiden, dass man dir wehtut." Ihre Augen verrieten mir, dass sie jedes Wort ehrlich meinte.

Joe wirkte wütend genug, um sie zu schlagen. Stattdessen holte er tief Luft und sagte dann: „Rose, hol Muffy."

Ich blieb weiterhin wie angewurzelt stehen.

Er hob mein Kinn und sah mir in die Augen. Sein Blick wurde weich. „Ich liebe dich, Rose. Daran darfst du keine Sekunde lang zweifeln. Aber ich muss kurz mit deiner Schwester sprechen, also hol Muffy und dann fahren wir nach Hause. Okay?"

Ich nickte. Der Kloß in meinem Hals war viel zu groß, als dass ich hätte sprechen können.

Muffy war im Garten. Als ich die Hintertür öffnete, frage ich mich, wie die Situation nur so hatte eskalieren können. Joes wütende Stimme war bis nach draußen zu hören. *Ich sollte da drin bei ihm sein, statt mich hier auf der Terrasse zu verstecken.*

Hinter mir öffnete sich die Tür und Ashley kam herausgeschlüpft. Sie legte die Arme um meine Beine. „Warum schreien sich denn alle an?"

Ich schloss die Augen und ärgerte mich, dass ich Violet vor Ashley und Mikey angeschrien hatte. „Erwachsene tun das manchmal."

Muffy kam herübergerannt und ich hockte mich hin, um sie hochzunehmen. Dann zog ich Ashley am Arm ein wenig näher an mich heran. Ich sah in ihr verwirrtes Gesicht. „Menschen streiten sich und vertragen sich wieder. Alles wird gut." Ich küsste sie auf die Stirn und stand auf. Wenn ich meinen eigenen Worten doch nur glauben könnte.

Ich holte tief Luft und ging ins Haus. Joes Stimme drang aus dem anderen Zimmer. „Die einzige Person, die ihr wehtut, bist *du*, Violet!"

Als ich das Zimmer betrat, drehte er sich zu mir um. Ich sah die Angst in seinen Augen, ehe er sie unterdrücken konnte. „Ich habe gesagt, was ich sagen wollte. Gehen wir."

Ich nickte.

„Rose!", rief Violet hinter uns her.

Joe legte den Arm um meinen Rücken und hielt mich fest, während wir das Haus verließen.

Sie stand auf der Veranda und sah zu, wie Joe mich in das Auto schob. „Rose. Ich hab dich lieb. Ich will doch nur dein Bestes."

Ich biss mir auf die Lippe, um nicht in Tränen auszubrechen. Joe eilte um das Auto zur Fahrerseite, stieg ein und fuhr los, während Violet mir immer noch etwas von der Veranda aus nachrief.

Den ganzen Weg nach Hause sprachen wir kein Wort. Ich war zu geschockt und verletzt. Sobald wir jedoch die Küche betreten hatten, vergrub ich schluchzend mein Gesicht an Joes Brust.

Er führte mich ins Wohnzimmer, setzte sich aufs Sofa und zog mich auf seinen Schoß. „Es ist alles nicht wahr. Hör nicht auf sie, Schatz." Er nahm mein Gesicht in seine Hände und sah mir tief in die Augen. „Ich liebe dich für das, was du bist, und du bist hundertmal besser als jemand aus der Welt meiner Eltern." Er schob mir die feuchten Haare aus dem Gesicht und küsste mich. „Ich will dich. Wenn ich die Art von Frau wollte, die meinen Eltern gefällt, dann wäre ich mit Hilary zusammen."

Entsetzt riss ich die Augen auf und schnappte nach Luft.

Joe schüttelte energisch den Kopf. „Nein, es ist nicht so, wie du denkst."

Aber es war genauso, wie ich dachte. Joe hatte mir erzählt, dass sie sich bereits seit ihrer Kindheit kannten. Hilary kam also auch aus einer reichen Familie. Sie hatten zusammengelebt, ehe Joe mit ihr Schluss gemacht hatte. Seine Eltern wollten, dass er Hilary heiratete, und sie wusste das. Mir wurde schlecht.

Tränenüberströmt schüttelte ich den Kopf.

„Verdammt noch mal!", rief er und lehnte den Kopf an die Sofalehne. „Das ist alles meine Schuld." Er sah mich an. „Es tut mir so leid. Ich hätte es dir von Anfang an erzählen sollen, aber ich weiß, wie du tickst, und wusste, dass du so reagieren würdest. Ich konnte es einfach nicht ertragen, das Entsetzen in deinen Augen zu sehen. Bitte, Rose. Ich bin es. Einfach Joe. Ich sehe meine Familie kaum. Wir leben in unterschiedlichen Welten."

„Ich …"

Er zog mich in eine Umarmung und vergrub sein Gesicht in meinen Haaren. „Ich liebe dich und ich brauche dich. Ich möchte nie mehr ohne dich sein. Bitte lass dich nicht davon beeinflussen, wer meine Familie ist. Rose, bitte sag doch was."

Ganz egal, wann er mir von seiner Familie erzählt hätte, meine Reaktion wäre die gleiche gewesen. Violets Worte hallten in meinem Kopf wider „Sie hat recht."

„Wer?" Er beugte sich zurück. In seinen Augen stand Wut. „Violet? Den Teufel hat sie! Du hattest recht, als du vermutet hast, dass sie nur eifersüchtig ist. Klar, sie hat sich eingeredet, dass sie nur dein Bestes will, aber sie kann den Gedanken nicht ertragen, dass du glücklich bist. Oder schlimmer noch, es besser hast als sie."

„Aber …"

„Rose. Ich spreche höchstens zwei- oder dreimal im Jahr mit meiner Familie. Ich fahre Weihnachten nach Hause, aber ich verbringe nicht mal die Nacht dort." Schmerz brannte in seinem Blick. „Für meinen Vater bin ich eine große Enttäuschung. Ich bin sein einziger Sohn und er wollte, dass ich das Familienunternehmen weiterführe. Ich habe mich geweigert, genauso, wie seine Universität zu besuchen, die Vanderbilt Universität in Nashville. Ich habe mich geweigert, als Anwalt zu arbeiten. Ich wollte mir selbst ein Leben aufbauen, außerhalb des Schattens meines Vaters. Ich hab mich nie freier gefühlt als zu der Zeit, als ich Joe McAllister war. Seit ich mit dir zusammen bin, bin ich glücklicher als je zuvor in meinem Leben."

Er beobachtete mich unsicher.

Seine Familie schüchterte mich ein und ich vermutete, wenn Joes Vater noch nicht mal den Beruf seines Sohnes akzeptieren konnte, dann würde er mich erst recht nicht akzeptieren. Aber mir stand es nicht zu, mit dem Finger auf andere zu zeigen. Meine Momma war eine gemeine, bösartige Frau gewesen. Mein Vater hatte mein ganzes Leben lang zugesehen, wie sie mich schlecht gemacht hat, und wegen seiner eigenen Vergangenheit nie ein einziges Wort dazu gesagt. Violet hatte versucht, Joe zu vertreiben, weil sie zuerst nichts von seiner Familie hielt und dann zu viel. Wenn Joe mich trotz meiner eigenen fragwürdigen Familie noch lieben konnte, wie konnte ich ihm da seine Familie vorwerfen?

„Ich möchte zu dir nach Little Rock ziehen."

Ein Strahlen überzog sein Gesicht. „Was? Wirklich? Warum?"

„Weil ich dich liebe, Joe McAllister, und wenn du meine unerträgliche Familie aushalten kannst, dann kann ich deine auch aushalten. Und Violet hatte recht. Ich fühle mich schrecklich ohne dich."

„Du wirst es nicht bereuen, das schwöre ich dir. Ich liebe dich, und ich werde niemals zulassen, dass dir jemand wehtut, wenn ich es verhindern kann."

Ich schob eine Hand in seine Haare und zog seinen Mund auf meinen. „Ich weiß."

KAPITEL 18

Als Joe am Montagmorgen fuhr, tat ich nicht mal so, als wäre ich froh darüber. Joe war hin- und hergerissen, ob er mich zurücklassen oder mich mitnehmen sollte, obwohl ich darauf bestand, dass ich zur Arbeit musste, um meine Kündigung einzureichen.

„Ich komme am Mittwochabend wieder her und helfe dir beim Packen."

Ich nickte stumm, aus Angst, in Tränen auszubrechen.

„Bist du sicher, dass du nicht einfach telefonisch kündigen kannst?"

„Könnte ich, aber ich kann das genauso gut persönlich tun. Ich habe eh eine Woche Kündigungsfrist und solange muss ich auch noch arbeiten. Außerdem habe ich mit Violet am Mittwoch einen Termin beim Nachlassgericht. Je eher wir das regeln, umso eher bin ich frei."

„Okay." Er zögerte.

„Du musst los oder du wirst dich verspäten. Wir können nicht beide arbeitslos werden."

„Wir könnten eine Weltreise machen. Ich fahre mit dir nach Italien."

„Der Unterschied zwischen deinem Job und meinem ist, dass dir deiner tatsächlich Spaß macht. Also fährst du jetzt zur Arbeit, die du liebst, und ich überlege mir, was ich machen will, wenn ich groß bin."

„Du könntest auch studieren. Ich bin sicher, dass die Universität von Arkansas in Little Rock Lehrer ausbildet."

Er wusste, wie sehr es mich belastete, dass ich im ersten Jahr das College abbrechen musste, um mich nach Daddys Tod um Momma zu kümmern. Ich war überrascht, dass er sich an mein Hauptfach erinnerte – ich hatte es nur ein einziges Mal erwähnt. Aber es war eine Möglichkeit. Ich hatte Geld von meiner leiblichen Mutter geerbt und könnte es für die Studiengebühren nutzen.

Joe nahm meine Hand und ich begleitete ihn zum Auto, während Muffy um uns herumsprang und nach dem perfekten Platz zum Pinkeln suchte. „Vielleicht kannst du ja an diesem Wochenende nach Little Rock kommen, wenn es letzte Woche schon nicht geklappt hat."

„Das tut mir wirklich leid."

„Versprich mir, nichts Illegales zu tun."

Das war einfach. Ich war ja keine Geschworene mehr. „Ich verspreche es."

„Und sei vorsichtig. Bevor du etwas tust, frag dich, was Joe sagen würde, wenn er das wüsste. Solltest du nur den leisesten Verdacht haben, dass ich damit nicht einverstanden wäre, dann lass es."

Das war schon schwerer. „Okay. Aber du hörst dich mal ein bisschen um, wer hinter dem Bauprojekt in Forest Ridge steht, ja?"

„Ich tue mein Bestes, aber ich habe auch einen vollen Terminkalender. Vielleicht schaffe ich das erst in ein paar Tagen." Als ich protestieren wollte, hielt er einen Finger hoch. „Ich kümmere mich darum, sobald ich kann. Und jetzt komm her und gib mir einen Abschiedskuss."

Er lehnte sich gegen die Autotür, zog mich an seine Brust und küsste mich, als würde er mich drei Monate lang nicht sehen statt nur drei Tage.

„Ich liebe dich, Joe."

„Ich dich auch. Halte dich von Schwierigkeiten fern."

Ich lächelte. „Bevor du in mein Leben getreten bist, hatte ich nie Schwierigkeiten."

„Das bezweifle ich doch sehr. Aber versuch es trotzdem."

Er fuhr los und ich sah auf die andere Straßenseite hinüber. Ich war nicht überrascht, dort Miss Mildred zu sehen, die mit gerunzelter Stirn auf ihrer Veranda stand.

Ich machte mich für die Arbeit fertig und wanderte durch mein Haus. Ich würde es tatsächlich verkaufen und fortziehen. Mein ganzes Leben hatte ich hier verbracht.

Ein Klopfen an der Haustür schreckte mich aus meinen Tagträumereien auf. Niemand benutzte die Haustür. Zu meiner Verwunderung stand Officer Ernie davor und machte eine offizielle Miene. Mir klopfte das Herz zum Zerspringen. Ich hatte das ganze Wochenende mit Joe verbracht und nichts Illegales getan.

„Kann ich Ihnen helfen, Officer?"

„Ich habe eine Beschwerde erhalten, der ich nachgehen muss."

„Eine Beschwerde? Von wem?"

„Eine anonyme Beschwerde, Miss."

„Und worüber?"

„Über sittenwidrige Zurschaustellung in der Öffentlichkeit." Er sah über meine Schulter hinweg ins Wohnzimmer. „Darf ich hereinkommen?"

„Nein, dürfen Sie nicht."

Überrascht riss er die Augen auf.

„Wir können das auch hier besprechen."

Er räusperte sich und zog sein Notizbuch hervor. „Ihnen wird vorgeworfen, in der Öffentlichkeit einen Mann geküsst zu haben."

Ich verschränkte die Arme und verlagerte mein Gewicht auf eine Seite. „Ich glaube, ich habe nicht mitbekommen, wann das illegal geworden ist."

„Genau genommen ist es nicht illegal …"

Ich ließ die Arme fallen und ballte die Hände an den Seiten zu Fäusten. „Ich war in meiner eigenen Einfahrt und habe meinem Freund einen Abschiedskuss gegeben. Er ist übrigens Detective bei der State Police."

Stirnrunzelnd schloss er das Notizbuch. „Die gesamte Polizei von Henryetta ist sich bewusst darüber, wer Ihr Freund ist."

„Möchten Sie seine Telefonnummer? Dann können Sie ihn anrufen und über die Beschwerde informieren."

Officer Ernie funkelte mich böse an. „Auch wenn Ihr Freund für die Arkansas State Police arbeitet, Sie unterstehen immer noch der Rechtsprechung von Henryetta. Wir haben Sie alle im Auge, Missy. Es wäre doch schade, wenn Sie wieder im Gefängnis landen würden."

„Wegen *Küssen*?"

„So fängt es an, und ehe Sie sich versehen, liegen Sie nackt auf der Motorhaube Ihres Autos und haben Sex zu Def Leppards ‚Pour Some Sugar On Me'."

Es klang, als spräche er aus persönlicher Erfahrung. Ich starrte ihn ein paar Sekunden lang an und versuchte, das Bild wieder aus meinem Kopf zu bekommen. „Sonst noch was?"

Enttäuscht verzog er die Mundwinkel. Offensichtlich hatte er erwartet, dass ich vor lauter Angst zusammenzucken würde. „Nein, aber einmal eine Gesetzesbrecherin …"

„… immer eine Gesetzesbrecherin. Ich hab's kapiert." Es hatte keinen Sinn, mit dem Mann zu diskutieren. Ich schenkte ihm mein süßestes Lächeln. „Einen schönen Tag wünsche ich Ihnen."

Dann knallte ich ihm die Tür vor der Nase zu, obwohl er gerade zum Reden angesetzt hatte. Das würde mir vermutlich keine Pluspunkte bei der Polizei von Henryetta einbringen, allerdings hatte ich sowieso keinen guten Stand dort. Gott sei Dank würde ich diese kleingeistige Stadt bald verlassen.

Aber erst mal musste ich zur Arbeit und meine Kündigung einreichen. Joe und ich hatten am Vorabend noch mein Auto beim Gericht abgeholt, wo es seit meiner Verhaftung am Freitag gestanden hatte.

Suzanne war ziemlich kleinlaut, als ich auftauchte. Ich hatte erwartet, dass ich für mein Recht auf Weiterbeschäftigung würde kämpfen müssen, obwohl ich kündigen wollte, aber sie bemühte sich, meine Anwesenheit zu ignorieren und warf mir nur ab und zu einen verstohlenen Blick zu. Vermutlich hatte sie herausgefunden, dass sie mich nicht feuern konnte. Und die Gerüchte gehört und gemerkt, dass ich tatsächlich Geschworenendienst gehabt hatte. Ich beschloss, erst am Ende des Tages zu kündigen.

Kurz vor der Mittagspause summte mein Handy. Ich dachte, es wäre Joe oder Violet, aber überraschenderweise war es Neely Kate.

Lunch? ;)

Ich schrieb zurück. *Ja, ist 13.00 Uhr zu spät?*

Nein, treffen wir uns im Merilee?

Ja. :)

Ich dachte über meine neue Freundschaft mit Neely Kate nach. Auch wenn ich sie erst seit einer Woche kannte, würde ich sie vermissen.

Um 13.00 Uhr war im Café nicht mehr viel los und ich sah sie gleich beim Eintreten. Sie saß an einem Tisch und winkte wild mit den Armen. „Rose, hier drüben!"

„Wie läuft's mit den Kleidern der Brautjungfern?", fragte ich, als ich mich setzte.

Ungeduldig winkte sie ab. „Vergiss die Hochzeit, erzähl mir *alles*, was passiert ist!"

„Du meinst im Gefängnis?"

Sie verdrehte die Augen und beugte sich vor. „Nein, beim Baseballspiel am Wochenende. Natürlich im Gefängnis! Und wie du rausgekommen bist. Und sich Mason Deveraux dafür mit Richter McClary angelegt hat."

Ich legte den Kopf schräg. „Warte. Wovon sprichst du? Übrigens hast du Joe mit deiner Nachricht eine Wahnsinnsangst eingejagt."

„Gut! Das hatte er verdient nach der ganzen Sache mit Hilary."

„Das war nicht seine Schuld."

Sie presste die Lippen zusammen. „Hmm." Dann stützte sie die Ellbogen auf den Tisch, die Augen vor freudiger Erwartung weit aufgerissen. „Also, erzähl!"

Die Kellnerin kam zu uns herüber und ich bestellte einen Eistee und ein Sandwich mit Geflügelsalat.

„Schau dich mal an", lobte mich Neely Kate. „Bestellst ohne Speisekarte. Wie ein Profi! Und jetzt erzähl mir, was passiert ist."

„Eigentlich nicht viel."

Sie zog die Augenbrauen hoch. „Da hab ich aber was anderes gehört."

„Ich vermute, das, was du gehört hast, ist viel aufregender als das, was tatsächlich passiert ist."

„Erzähl es mir trotzdem."

„Nachdem ich eingesperrt wurde, hat mich Mr Deveraux besucht."

„Wirklich? Warum?" Ich konnte kaum glauben, dass ihr etwas entgangen war.

„Er hat gesagt, er fühlt sich schuldig, weil ich am Vortag zu ihm kommen wollte und er mich angeschrien hat. Er dachte, dass ich deswegen zu Frank Mitchells Haus gegangen bin."

„Stimmt das? Bist du dorthin gegangen, weil Mr Deveraux dich angebrüllt hat?"

Ich seufzte. Wenn man es so formulierte … „Na ja, vermutlich schon."

„Aber warum?"

„Weil ich weiß, dass Bruce Wayne Decker unschuldig ist. Und niemanden sonst interessiert das."

Neely Kate nickte und akzeptierte ohne weitere Fragen, dass ich von seiner Unschuld überzeugt war.

„Ich dachte, ich könnte Mr Deveraux vielleicht dazu bringen, mir zuzuhören, aber offensichtlich hat das nicht geklappt."

Ich musste ihr zugutehalten, dass sie nichts dazu sagte, obwohl ich ihr diese Kleinigkeit am vergangenen Donnerstag verschwiegen hatte. „Was hat er bei seinem Besuch noch gesagt?"

Ich erinnerte mich an den Schmerz in seinem Blick, als ich ihn gefragt hatte, ob er Bezirksstaatsanwalt sein wollte. Das erschien mir jedoch zu persönlich, um es Neely Kate zu sagen, so als ob ich damit irgendwie sein Vertrauen verletzen würde, was natürlich verrückt war. „Nicht viel. Er hat mir gesagt, dass er Schuldgefühle hat und versuchen würde, mich rauszuholen."

„Und das hat er auch. Richter McClary hat gedroht, ihn ebenfalls ins Gefängnis zu werfen, wenn er ihn nicht in Ruhe lässt, aber er hat nicht locker gelassen."

„Das hat Joe mir gar nicht erzählt."

„Wie ich gehört habe, hat sich Joe auch mit dem Richter angelegt."

„Er hat gesagt, er musste meinen Charakter bezeugen."

„Mehr als das. Er hat die volle Verantwortung für deine zukünftigen Taten übernommen, inklusive beruflicher Konsequenzen."

„Soll das heißen, dass er meinetwegen seinen Job riskiert hat?"

Sie zuckte mit den Schultern. „Ja, aber du musst dir keine Sorgen machen. Du bist kein Mitglied der Jury mehr, also kannst du deswegen nicht mehr belangt werden."

Ich kaute auf meiner Unterlippe herum. „Ja, vermutlich …"

„Also, was wirst du nun tun?"

„Was meinst du?"

„Den Fall, Dummerchen. Du wirst das doch nicht einfach so auf sich beruhen lassen, oder?"

„Weiß nicht. Vorher ging es nur um mich. Aber wenn Joe wegen mir berufliche Konsequenzen drohen … Warum hat er mir denn nichts davon gesagt?"

Den Rest der Zeit sprachen wir über ihre Hochzeit. Sie zog eine silbrige, glitzernde Einladung hervor und überreichte sie mir. *Rose und Joe* war in schnörkeliger Schrift darauf geschrieben. „Ich hoffe, ihr könnt kommen", sprudelte es aus ihr heraus.

„Oh! Ich hab dir ja noch gar nicht meine große Neuigkeit erzählt!", sagte ich und betrachtete die Einladung.

„Größer, als verhaftet zu werden?"

Ich nickte. „Ich ziehe nach Little Rock!"

Ihre Augen wurden so groß wie ihre Kreolen. „Er hat dich gefragt, ob du bei ihm einziehen willst?" Dann quiekste sie so laut, dass sich jeder im Café zu uns umdrehte.

„Neely Kate! Pst!"

„Das ist so aufregend!"

„Ja, mal sehen, was Violet dazu sagt."

„Sie weiß es noch nicht?"

Ich erzählte ihr, was Samstagabend passiert war.

Sie verzog missbilligend den Kopf. „Ich würde ja gerne mal ein paar Takte mit deiner Schwester reden."

„Sie hat es ja nicht aus Boshaftigkeit getan. Sie glaubt wirklich, dass sie das Beste für mich tut."

Neely Kate schüttelte den Kopf. „Da wäre ich mir nicht so sicher." Sie warf einen Blick auf ihre Armbanduhr. „Ach du Sternenstaub und Strumpfgürtel! Ich komme zu spät!" Sie sprang auf.

„Neely Kate. Warte einen Moment." Sie drehte sich zu mir um.

„Kannst du etwas für mich nachsehen?"

Sie setzte sich wieder hin und stützte das Kinn in die Hand. „Natürlich!"

„Willst du denn gar nicht wissen, worum ich dich bitte, ehe du zustimmst?"

Sie zuckte mit den Schultern. „Nein. Was soll ich für dich tun?"

Ich beugte mich vor und senkte die Stimme. „Ich habe herausgefunden, dass jemand Frank Mitchells Haus vor seinem Tod kaufen wollte, und Frank Mitchell war dagegen. Sein Nachbar hat behauptet, dass der Sohn kurz nach seinem Tod das Haus verkauft hat, und vor Kurzem wurde es erneut verkauft. Ich glaube, beim zweiten Mal an einen Bauunternehmer, der einen Superstore bauen will, aber ich frage mich, wer es wohl beim ersten Mal gekauft hat. Kannst du das rausfinden?"

Sie zwinkerte mir grinsend zu. „Ach bitte. Das kriege ich im Schlaf raus. Ich ruf dich später an und geb dir die Info durch."

„Danke."

„Dafür sind Freunde schließlich da."

Grinsend kehrte ich zur Arbeit zurück, was Suzanne verblüffte. Der Nachmittag verging wie im Flug und ich grinste noch viel breiter, als ich ihr zum Feierabend meine Kündigung überreichte.

„Was ist das?", fragte sie und kniff die Augen zusammen, um besser lesen zu können. „Deine Entschuldigung vom Gericht?"

„Nein, meine Kündigung. Heute ist dein Glückstag."

Das Vinyl auf meinem Autositz verbrannte mir die Beine, als ich einstieg, aber ich war so glücklich, dass es mir egal war. Ich hatte tatsächlich die Stelle gekündigt, die ich seit Jahren hasste.

Ich sah, dass mir Neely Kate eine Nachricht auf dem Handy hinterlassen hatte.

Ich rief sie auf dem Heimweg zurück. Die Klimaanlage dröhnte so laut, dass ich sie kaum verstehen konnte. „Hey, Neely Kate."

„Rose! Ich hab etwas herausgefunden!"

Ihre Aufregung machte mich selbst ganz nervös. „Was?"

„Hyde Investments, eine Firma in Louisiana, hat das Haus von Frank Mitchells Sohn gekauft."

„Aber hätte das nicht über das Nachlassgericht geregelt werden müssen?" Obwohl Momma das Haus Violet hinterlassen hatte, musste das Nachlassgericht immer noch einem Verkauf zustimmen.

„Nein, der Name seines Sohnes war auf der Besitzurkunde."

„Oh." Ich wünschte, Momma hätte daran gedacht. Damit hätte sie uns allen eine Menge Umstände erspart.

„Und vor ein paar Wochen hat es eine andere Firma gekauft. Die, die den Superstore baut."

„Hmm ..."

„Was sagt dir das?", fragte sie.

„Keine Ahnung. Weißt du irgendwas über Hyde Investments?"

„Nein, nichts außer der Tatsache, dass der Firmensitz in Louisiana ist. Meine Internetsuche hat nicht sehr viel ergeben. Könnte sie den Buchmachern gehören, denen Frank Geld geschuldet hat?"

„Ich weiß nicht, aber es kommt mir unwahrscheinlich vor, dass eine Investmentgesellschaft aus Louisiana Frank Mitchell umbringt."

„Rose, da ist noch etwas." Sie klang nervös.

„Was?" Das Wort blieb mir fast im Hals stecken.

„Der Prozess wird voraussichtlich am Mittwoch beendet."

Die Art, wie sie das sagte, verriet mir, dass das eine wichtige Information war. „Was bedeutet das?"

„Es bedeutet, dass du dich beeilen musst. Du kannst Bruce Wayne immer noch retten, wenn du Beweise findest, die ihn vor einer Verurteilung retten, aber wenn du erst danach damit ankommst, dann muss er durch eine Berufung und das kann Jahre dauern."

Ich zog scharf die Luft ein. „Oh nein!"

„Was wirst du jetzt tun?"

Ich musste meine Ermittlung beschleunigen. „Neely Kate, was hast du heute Abend vor?"

„Mir die Fingernägel lackieren und fernsehen. Warum?"

„Mir ist nach Billard schießen."

„Äh, ich glaube, das heißt Billard *spielen*."

Scheibenkleider. Ich musste in den nächsten paar Stunden noch ziemlich viel lernen.

KAPITEL 19

Neely Kate hatte zugestimmt, mich abends um acht Uhr an der Billardhalle zu treffen. Das gab mir Gelegenheit, vorher noch kurz mit Muffy spazieren zu gehen. Ich hatte sie über all die Aufregung mit meinem Geschworenendienst während der vergangenen Tage ganz schön vernachlässigt. Wie würde ihr wohl Little Rock gefallen? Joes Wohnung hatte keinen Garten.

Nach unserem Spaziergang teilte ich mir mit Muffy die Reste von Joes Parmesanhühnchen. Allein schon der Gedanke an ihn weckte Sehnsucht in mir. Ich griff nach meinem Handy und überlegte, ob ich ihn anrufen sollte. Es schien albern, mir Gedanken darüber zu machen, dass ich ihn womöglich zu oft anrief. Unser letzter Anruf war in der vergangenen Woche gewesen und zwischenzeitlich hatte ich zugestimmt, bei ihm einzuziehen. Ganz sicher musste ich mir doch keine Sorgen mehr machen, dass ich wie der klettenhafte Freundinnentyp wirkte? Bevor ich jedoch wählen konnte, klingelte das Telefon und ich erwartete, Joes Nummer zu sehen. Stattdessen war es Violet. Ich zögerte, ehe ich ran ging, aber schließlich musste ich ja irgendwann mit ihr reden.

„Hallo Violet."

„Rose, ich rufe an, um mich zu entschuldigen."

Mir blieb der Mund offenstehen und mein Gehirn hatte Mühe, ihre Worte zu verarbeiten.

„Bist du noch dran? Sag doch was."

„Ja, ich bin dran. Ich bin nur ..."

„Verzeihst du mir?" Ihr Ton war schnippisch; nicht gerade so, wie man es von jemandem erwartet, dem sein Verhalten tatsächlich leidtut.

„Gut, Violet, wofür genau willst du dich entschuldigen? Du hast mich sehr getroffen."

Sie senkte die Stimme. „Rose, Liebes. Es tut mir wirklich leid. Ich weiß, dass ich dir wehgetan habe, und ich verstehe gar nicht, was in mich gefahren ist. Natürlich bist du gut genug für Joe. So hab ich das gar nicht gemeint, das kam alles völlig falsch rüber. Ich habe jahrelang zugesehen, wie Momma gemein zu dir war, und ich kann den Gedanken nicht ertragen, dass dich jetzt jemand anders wieder so behandelt. Wer soll dich denn diesmal beschützen?"

„Ich kann mich selbst schützen. Und selbst wenn nicht, so hat Joe meiner Meinung nach ziemlich deutlich gezeigt, dass er es kann."

„Ja, das hat er." Sie schwieg einen Moment. „Ich gehe morgen Abend zum Treffen des Henryetta Gartenklubs. Die Gastrednerin wird über Rosen sprechen und ich weiß, wie sehr du deine liebst."

Ich hatte einen Rosengarten hinter dem Haus. Bei meinem Umzug würde ich ihn zurücklassen müssen, was mich überraschenderweise traurig machte.

Violets Stimme klang jetzt fröhlich und lebhaft. „Jedenfalls hab ich gedacht, dass du vielleicht mitkommen möchtest."

„Ist nicht Miss Mildred die Vorsitzende des Gartenklubs? Ich dachte, die Treffen sind tagsüber."

„Na ja, normalerweise schon, aber sie bieten momentan auch ein paar Abendveranstaltungen an, um neue Mitglieder zu gewinnen. Das Durchschnittsalter der Mitglieder liegt derzeit bei achtundsiebzig Jahren."

Das ergab Sinn.

„Also? Möchtest du mitkommen? Ich kann dich um Viertel vor sieben abholen."

Ich hatte nichts anderes vor und vielleicht würde ich Joe nicht so sehr vermissen, wenn ich beschäftigt wäre. „Okay."

„Schön! Dann sehen wir uns morgen."

Sie legte auf und ich dachte über diese plötzliche Entwicklung der Ereignisse nach. Ich war froh, dass wir uns nicht wieder gestritten hatten, aber gleichzeitig wartete ich schon auf ihr nächstes kleines Manöver. Ich musste ihr von meinem bevorstehenden Umzug erzählen, was vermutlich nicht allzu gut ausgehen würde.

Ich stocherte in meinem Hühnchen herum und vermisste Joe. Das war doch lächerlich! Das kalte Hühnchen brachte mich fast zum Weinen. Und es ließ mich wünschen, ich könnte seine Stimme hören. Was um Himmels willen stimmte bloß nicht mit mir? Ich beschloss, dass ich jetzt mit ihm reden sollte, sonst rief er womöglich an, während ich nachher weg war.

Er nahm beim zweiten Klingeln ab. „Hey, Schatz, wie war dein Tag?"

„Super. Ich habe meine Kündigung eingereicht."

„Wirklich?" Er klang ehrfurchtsvoll.

„Natürlich. Je eher ich hier alles geregelt habe, desto früher kann ich nach Little Rock ziehen."

„Ich kann es kaum erwarten."

„Ich auch nicht."

„Hast du es schon Violet erzählt?"

„Nein … aber sie hat gerade angerufen und sich entschuldigt."

„Wofür genau?"

Joe entging nichts. „Sie hat gesagt, dass sie es gar nicht so gemeint hat. Ich wäre gut genug für dich. Sie macht sich Sorgen, dass mir jemand wehtut und sie nicht da ist, um mich zu schützen."

„Aha", antwortete er in monotonem Tonfall.

„Ja, ich traue ihr auch nicht, aber ich gehe morgen Abend mit ihr zum Gartenklub."

„Ich wusste gar nicht, dass du da Mitglied bist." Er klang vorsichtig.

„Bin ich auch nicht. Aber die Gastrednerin ist eine Rosenexpertin und weil ich Rosen so liebe, dachte Violet, dass ich mir ihren Vortrag vielleicht anhören möchte."

„Dann wünsche ich dir viel Spaß." Er klang immer noch reserviert, obwohl ich ihm daraus keinen Vorwurf machen konnte.

„Was hast du heute gemacht?"

„Ach, langweiligen Polizeikram."

„Du darfst es mir nicht erzählen."

„Nicht im Detail. Aber ich kann dir sagen, dass wir gerade eine Undercoveroperation vorbereiten." Etwas in seiner Stimme ließ die Alarmglocken in meinem Kopf klingeln.

„Du gehst undercover."

„Noch nicht."

Noch nicht. Mein Herz raste vor Angst. „Wann?"

„In ein paar Wochen."

„Für wie lange?"

„Ich weiß es nicht, Schatz."

Ich schluckte den Kloß in meinem Hals herunter. „Wie lange weißt du das schon?"

„Eine Woche."

„Und das erzählst du mir erst jetzt?"

Joe seufzte. „Ich versuche, es zu umgehen. Ich habe mich erneut um eine Versetzung beworben."

„Warum? Du liebst deinen Job."

„Dich liebe ich mehr."

Ich war hin- und hergerissen. Ich wollte nicht, dass er verdeckt ermittelte, aber auch nicht der Grund dafür sein, dass er etwas aufgab, das er liebte. „Warum ziehe ich denn dann nach Little Rock, wenn du nicht mal da sein wirst?"

„Das ist nicht wie damals in Henryetta, Rose. Ich muss dort nicht wohnen. Abends bin ich zu Hause."

„Aber du wirst trotzdem in Gefahr sein."

„Ein Polizist ist immer in Gefahr."

Und das war das Problem. Abgesehen von seiner Zeit in Henryetta stellte ich mir Joe lieber am Schreibtisch vor, da er mich meistens während der Dienstzeiten aus seinem Büro anrief. Tatsächlich gehörten zu seinem Job viel gefährlichere Aufgaben und ich konnte ihn jederzeit verlieren.

„Sag was."

Ehrlichkeit schien mir der beste Weg. „Ich weiß nicht, was ich sagen soll."

„Dann sag mir, dass du mich immer noch liebst."

„Ach Joe." Ich schloss die Augen und stützte die Stirn in die Hand. Joe hatte mich nie über seinen Beruf belogen. Ich wusste ganz genau, was er tat, als ich mich für eine Beziehung mit ihm entschied. Welches Recht hatte ich jetzt, ihm seine Arbeit vorzuwerfen? „Natürlich liebe ich dich. Ich versuche nur, meine Angst zu unterdrücken."

„Ich weiß. Tut mir leid. Ich hab bisher noch nie darüber nachdenken müssen, dass sich jemand meinetwegen Sorgen macht."

Ich lächelte, obwohl er es nicht sehen konnte. „Du tust einfach, was du tun musst. Ich liebe dich und nichts kann daran etwas ändern."

„Du bist wunderbar", sagte er seufzend.

Ich war mir nicht so sicher, ob er das immer noch denken würde, wenn er wüsste, wo ich später noch hinwollte. Seine Undercover-Pläne nahmen mir jedoch die Schuldgefühle über meine eigene geheime Mission.

Ich erzählte ihm von meinem Mittagessen mit Neely Kate und was sie über die Investmentfirma herausgefunden hatte, die das Haus des Mordopfers gekauft hatte.

„Das sollte man auf jeden Fall genauer untersuchen."

„Neely Kate hat auch gesagt, dass der Prozess am Mittwoch abgeschlossen werden soll. Falls ich Bruce Deckers Unschuld bis dahin nicht beweisen kann, muss er Berufung einlegen und das könnte Jahre dauern. Stimmt das?"

„Ja, das wird höchstwahrscheinlich so ablaufen."

Das kalte Hühnchen begann, in meinem Magen zu rumoren.

„Rose, du bist nicht für seine Verteidigung verantwortlich. Ich weiß, dass du ihm helfen willst, aber vergiss nicht, wie er überhaupt von dem Mord erfahren hat. Er hat gerade den Baumarkt ausgeraubt. Dafür wäre er sowieso ins Gefängnis gekommen."

„Für wie lange?"

„Fünf bis zehn Jahre, schätze ich. Bei guter Führung hätte er nach drei bis sechs Jahren wieder raus sein können."

„Und für Mord mit bedingtem Vorsatz?"

„Mindestens zwanzig."

Ich seufzte. „Ich muss auflegen."

„Bist du sauer auf mich?"

„Nein, wirklich nicht. Aber ich habe Neely Kate versprochen, mich heute Abend mit ihr zu treffen. Mädelsabend." Hah, ich hatte es ihm gesagt. Keine Schuldgefühle.

„Dann viel Spaß und seid vorsichtig."

„Sind wir."

„Ich liebe dich, Rose."

„Ich liebe dich auch, Joe."

Ich warf einen Blick auf die Uhr. Sieben Uhr fünfzehn. Da blieb mir nicht mehr besonders viel Zeit, um mich fertig zu machen.

Vor dem Badezimmerspiegel trug ich Make-up auf. Obwohl ich noch nie in einer Billardhalle gewesen war, musste ich mich vermutlich mehr aufdonnern als sonst. Und mit aufdonnern meinte ich, das richtige Kostüm anziehen.

Die ganze Situation erinnerte mich an den Abend, als ich mich mit Daniel Crocker im Trading Post, einer Bar, getroffen hatte. Crocker hatte gedroht, Violet etwas anzutun, wenn ich nicht mit dem USB-Stick aufkreuzte, der angeblich Informationen für ihn enthielt.

Allerdings war das etwas völlig anderes gewesen. Heute Abend ging ich aus freien Stücken in die Billardhalle. Und ich traf mich mit Neely Kate. Alles ganz harmlos also.

Vielleicht würde ich das auch irgendwann glauben, wenn ich es mir nur lange genug einredete.

Zehn Minuten vor acht verließ ich das Haus. Ich hatte darüber nachgedacht, Jeans anzuziehen, aber dafür war es einfach zu warm. Stattdessen trug ich einen weißen Rock und eine leichte, blaue Seidenbluse. Dieses Outfit hatte ich vor ein paar Wochen für einen Abend mit Joe gekauft, es aber bisher noch nie getragen. Obwohl es an die Billardhalle vermutlich verschwendet war, hatte ich jedoch nichts anderes Passendes – die schwarze Bluse, die ich im Trading Post getragen hatte, war von Daniel Crocker zerrissen worden. Das einzige andere sexy Kleidungsstück, das ich besaß, war ein rotes Kleid, und das war definitiv zu vornehm. Es musste eben so gehen, denn mir blieb keine Zeit mehr, um irgendwelche schlampenhaften Klamotten einzukaufen. Ich hatte mir die Haare zu Locken

219

aufgedreht und trug doppelt so viel Make-up wie sonst. Mit Neely Kates Hilfe konnte ich das bestimmt durchziehen.

Während der Fahrt versuchte ich, mir einen Plan zurechtzulegen. Ich wusste nichts über den Buchmacher, außer dass er oder sie in der Billardhalle arbeitete. Ich musste also improvisieren. Außerdem war Neely Kate clever und weltgewandt. Ihr würde schon etwas einfallen.

Der Parkplatz war nicht besonders voll, aber schließlich war es Montagabend. Vermutlich florierte das Geschäft heute nicht so besonders. Ich starrte das Gebäude an und stellte fest, dass ich gar nicht wusste, was für ein Auto Neely Kate fuhr. Vielleicht war sie ja bereits drin. Ich umklammerte das Lenkrad und versuchte, mich zu entscheiden, wie es weitergehen sollte.

Ein Mann ging an meinem Nova vorbei und warf einen fragenden Blick in meine Richtung. Wenn ich nicht hineinging, würde ich verdächtig wirken.

Ich holte tief Luft, um meine Nerven zu beruhigen, und stieg aus.

Wird schon schiefgehen.

Eine blinkende Neonreklame im Fenster bewarb Bier und der Geruch traf mich beim Öffnen der Tür mit voller Wucht. Ich hatte eine dämmrige Beleuchtung erwartet, aber die Lampen über den Tischen erzeugten große Lichtkegel und erleuchteten den Raum.

Ich sah mich nach Neely Kate um und stellte schnell fest, dass sie nicht da war. Mein Herzschlag beschleunigte sich. Ich war auf mich allein gestellt.

Ich würde das hinkriegen. Schließlich hatte ich auch das Treffen mit Daniel Crocker im Trading Post überlebt und der hatte vorgehabt, mich zu töten, wenn ich ihm den USB-Stick nicht übergab. Dann fiel mir ein, dass ich mich keineswegs selbst aus dem Schlamassel befreit hatte. Das war Joe gewesen. Und Joe war zwei Fahrstunden entfernt.

Oh, Scheibenkleider.

Was um Himmels willen tat ich denn bloß hier?

Wenn ich mich jetzt umdrehte und ging, würde ich vermutlich keinerlei Informationen erhalten. Ich sollte mir zumindest etwas zu trinken bestellen und das Ganze erst einmal durchdenken.

Ich bestellte mir eine Flasche Bier und setzte mich auf einen Barhocker. Er stand neben einem kleinen Tisch an der Wand und verschaffte mir einen guten Überblick über den Raum. Nachdem ich mich umgesehen hatte, beschloss ich, dass die meisten der anwesenden Männer nicht gerade angsteinflößend wirkten, sondern wie Männer, die einen Abend ohne Familie und mit ihren Kumpels verbringen wollten. Eine Dreiergruppe in der Ecke erinnerte mich jedoch an Crocker und seine Männer. Sie hatten sich um einen Billardtisch geschart und stützten sich auf ihre Queues, als ob ihnen die Welt gehörte. Ich beobachtete sie einen Moment, ehe ich mich abwandte. Allerdings sah ich noch, wie mich einer der Männer betrachtete.

Ich würde einen lebenslangen Vorrat von Suzannes Selbstbräuner darauf verwetten, dass das die Männer waren, mit denen ich reden musste.

Wo blieb Neely Kate?

Der Mann, der auf mich aufmerksam geworden war, kam in meine Richtung geschlendert. Ich trank schnell einen großen Schluck Bier und hoffte, er würde mir den Mut verleihen, der mir momentan noch fehlte.

Der Mann setzte sich auf den Stuhl gegenüber von mir. Er sah gut aus, mit dunklen Haaren und einem akkurat gestutzten Bart, aber er hatte etwas an sich, das mir unangenehm war. Unter seinem T-Shirt beulten sich Muskeln und Tattoos lugten unter den Ärmeln hervor. Er stützte den Ellbogen auf den Tisch, hielt seine Bierflasche über die Tischkante und beugte sich vor. „Hallo, meine Schöne. Was macht ein Mädchen wie du an einem Ort wie diesem?"

Sogar mit meiner mangelnden Erfahrung erkannte ich, dass das eine billige Anmache war. Die Frage war nur, wie ich damit umgehen sollte. Ich entschloss mich, meinem Instinkt zu vertrauen. Nach einem weiteren langen Schluck setzte ich die Flasche ab. „Ist das das Beste, was du zu bieten hast?"

Wo war diese kecke Rose hergekommen? Das musste das Bier sein. Ich liebte Bier.

Er warf den Kopf zurück und lachte tief und kehlig. Als er sich wieder im Griff hatte, zwinkerte er mir zu. „Ich denke, damit hast du dir einen Drink verdient." Er ging hinüber zur Bar und holte zwei Flaschen, von denen er eine mir reichte. Grinsend hielt er sein Bier hoch. „Auf einen, wie es aussieht, interessanten Abend."

Ich stieß mit meiner Flasche an seine und nahm einen Schluck.

„Bist du ganz allein hier?" Er legte den Arm auf die Lehne des Stuhls mir gegenüber.

„Ich warte auf meine Freundin. Sie müsste jeden Moment hier auftauchen."

Sein Mund verzog sich langsam zu einem Grinsen.

Vermutlich hatte ich gerade etwas Falsches gesagt. Um meine zitternden Hände zu verbergen, trank ich erneut. Scheibenkleider. Ich war erst seit zehn Minuten hier und hatte bereits anderthalb Flaschen Bier getrunken. Ich musste mal einen Gang runterschalten.

„Möchtest du ein bisschen Billard spielen, während du auf deine Freundin wartest?"

„Ich will erst mal nachsehen, ob sie vielleicht angerufen hat." Beim Durchwühlen meiner Handtasche fiel mir siedend heiß ein, dass ich mein Handy zu Hause aufgeladen hatte. Und nicht abgestöpselt.

Mir bleiben zwei Möglichkeiten: gehen oder bleiben. Der einzige Grund, warum ich überhaupt hier war, war Informationsbeschaffung, und ich vermutete, dass sich mir gerade die ideale Gelegenheit dazu bot. Ich lächelte. „Also gut."

Ich nahm einen großen Schluck von meinem Bier, stellte es ab und glitt von meinem Hocker. Er stand auf und streckte mir die Hand hin. „Skeeter."

„Äh …" Ich konnte ihm ja kaum meinen richtigen Namen sagen. „Jane."

Statt meine Hand zu schütteln, hielt er sie fest und legte mir den anderen Arm um den Rücken. „Nun dann, Jane. Wie gut spielst du Billard?" Er führte mich in die hintere Ecke, wo seine Freunde uns beobachteten und sich nicht die Mühe machten, ihr anerkennendes Grinsen zu unterdrücken.

Wo um alles in der Welt steckte Neely Kate?

„Ich habe noch nie Billard gespielt."

Er zog die Augenbrauen hoch und musterte mich. „Was macht dann ein nettes Mädchen wie du allein in einer Billardhalle, wenn du noch nie zuvor gespielt hast?"

Sein Freund reichte ihm eine Flasche und Skeeter drückte sie mir in die linke Hand. Meine rechte hielt er immer noch fest. „Meine

Freundin … Sasha … sie heiratet nächste Woche und wir dachten, wir tun mal was Wildes und Verrücktes, etwas, das wir noch nie zuvor getan haben. So wie Billard schießen … ich meine spielen." Warum fing ich immer an zu plappern, wenn ich nervös war?

Skeeter beugte sich über mich und machte mich nervös. Das Kondenswasser von der Flasche tropfte mir auf die Finger und weckte in mir den Wunsch, mir noch mehr Mut anzutrinken.

„Wild und verrückt, das mag ich", sagte er.

Ich entzog ihm meine Hand und machte einen Schritt zurück. Die Flasche hielt ich vor meinen Körper. „Dann ist ja heute dein Glücksabend." Bevor ich wusste, was ich da tat, nahm ich einen weiteren großen Schluck und setzte die Flasche mit einem lauten Klirren ab.

Skeeter hatte sich mit dem Hintern an die Seite des Billardtisches gelehnt, die Hände hinter sich gelegt und klopfte auf den Rand. Er grinste. „Scheint so."

Er war zu selbstsicher für meinen Geschmack, aber das Bier hatte sich inzwischen seinen Weg in meinen Blutkreislauf gebahnt. „Zeigst du mir jetzt, wie das geht, oder nicht?"

Überrascht riss er die Augen auf. „Eifrig, ja? Das mag ich. Ich hole dir ein Queue."

Während er weg war, wurde ich eingehend von seinen Freunden gemustert. Ich schenkte ihnen den besten arroganten Blick, den ich drauf hatte. Gar nicht so einfach, wenn man sein Gesicht nicht spürt.

Mir wurde ein Arm über die Schultern gelegt, und als ich aufsah, wehte mir Skeeters Bieratem entgegen. Er reichte mir einen Stab. „Das hier ist ein Queue. Du richtest es auf den kleinen weißen Ball aus und stößt so fest zu, dass der weiße Ball einen anderen Ball trifft und der in einer Tasche versinkt."

Sein herablassender Ton ging mir auf die Nerven. „Ich hab schon mal von Billard gehört. Ich habe es nur noch nicht gespielt."

Er lachte. „Ich will ja nur sichergehen, dass du die *Regeln verstehst.*"

Ich sah ihm ins Gesicht und fragte mich, ob ich in meinem bierseligen Zustand irgendwas verpasst hatte.

Er nahm den Arm von meiner Schulter und ging hinüber zum Tisch. Dann nahm er ein hölzernes Dreieck von der Wand, sammelte die Kugeln ein, ordnete sie richtig an und rollte das Dreieck vor und zurück, bis er sie dort hatte, wo er sie haben wollte. Er hob den Holzrahmen hoch und hinterließ ein perfektes Kugel-Dreieck auf dem Tisch. Er legte die Hände auf den Tischrand, beugte sich vor und starrte mich an. „Weißt du, was du jetzt zu tun hast, Jane?"

Es dauerte einen Moment, bis ich begriffen hatte, dass er mich meinte. „Ja, ich muss die gestreiften oder die einfarbigen Kugeln in die Taschen schießen."

„Und wer entscheidet, ob du die gestreiften oder die einfarbigen Kugeln nimmst?"

„Keine Ahnung."

„Derjenige, der die erste Kugel versenkt." Er nahm sein Queue auf und beugte sich über den Tisch, dann stieß er die weiße Kugel an. Sie knallte in das Dreieck und schickte die Kugeln in alle Richtungen. Mehrere fielen in die Löcher.

Angeber.

Immer noch über sein Queue gebeugt, grinste er mich anzüglich an.

Wo zum Teufel blieb nur Neely Kate?

Skeeter trank einen großen Schluck Bier und stellte die Flasche auf dem Tisch ab. „Komm rüber, damit ich dir beim Stoßen helfen kann."

„Das kann ich allein." Ich griff mir meinen Stock, ging hinüber und versuchte, in meinen hochhackigen Schuhen nicht zu schwanken. Direkt vor der weißen Kugel an der Seite des Tisches blieb ich stehen. „Was nimmst du? Gestreift oder einfarbig?"

Er glitt näher und legte mir die Hand auf die Schulter. „Wie wäre es, wenn ich es dir leicht mache? Auf dem Tisch sind mehr Gestreifte übrig. Ich lasse dich die Einfarbigen nehmen. Die heißen übrigens ‚Ganze', die Gestreiften ‚Halbe'."

Ich beugte mich über den Tisch, legte das Queue auf den Rand, richtete es nach dem weißen Ball und einem roten Ball dahinter aus und zielte auf die Tasche. Ich starrte auf meinen Stab und ließ ihn zwischen meinen Fingern vor- und zurückgleiten, wie ich es bei Skeeter gesehen hatte. Dann stieß ich zu. Der weiße Ball traf den roten, der daraufhin in die Tasche flog. Grinsend richtete ich mich auf.

„Ich glaube, du hast mich angeschwindelt, Jane."

Ich zog die Augenbrauen hoch.

„Was hältst du davon, wenn wir das Ganze ein wenig interessanter machen?"

„Was meinst du?"

„Ich bin ein risikofreudiger Mann. Wetten wir auf das Spiel."

Skeeter war also ein Spieler. Zehn zu eins, dass er den Buchmacher kannte, dem Frank Mitchell Geld schuldete. Trotzdem war der Ausgang dieser Wette von vornherein klar. Und ich wusste nicht mal, was auf dem Spiel stand. „Keine Chance."

Er drehte sich mit dem Rücken zum Tisch und verschränkte die Arme. „Angst?"

Ich stützte eine Hand auf die Hüfte. „Meine Momma hat keine Närrin großgezogen." Wo kam das denn her? Verdammtes Bier.

Er kam näher und lachte. „Du weißt ja noch nicht mal, um was wir wetten."

Ich verdrehte die Augen. „Muss ich auch nicht. Wir wissen beide, dass das nur Glück war. Ich habe nicht die leiseste Chance, gegen dich zu gewinnen."

„Und wenn ich mit einer Hand auf dem Rücken spiele?"

„Warum sollte ich mich darauf einlassen? Was gibt's für mich zu gewinnen?" Und viel interessanter war noch die Frage, was konnte ich verlieren?

Er grinste. „Was willst du denn?"

Dich jedenfalls nicht. Ich schluckte gegen den spontanen Würgereiz an. Allerdings wusste ich schon, was ich wollte. Ich wusste nur nicht, wie ich danach fragen sollte, ohne mich zu verraten. „Weißt du, als Susan – ich meine Sasha – und ich beschlossen haben, heute Abend herzukommen, wollten wir etwas Neues ausprobieren. Du weißt schon …" Ich senkte den Blick und sah durch meine Wimpern zu ihm auf. „Billard spielen und wetten", flüsterte ich. „So richtig, um Geld. Wir haben gehört, dass man das hier kann."

Ein Grinsen breitete sich auf seinem Gesicht aus. Er leckte sich über die Oberlippe. „Dabei kann ich dir helfen."

„Und wenn du gewinnst?"

Er hob die Hand, ganz langsam, als wäre ich ein wildes Tier und würde sonst fortlaufen. Dann schob er mir die Haare von der Schulter und sah mir in die Augen. „Einen Kuss."

Stirnrunzelnd schüttelte ich den Kopf. „Auf keinen Fall. Ich kenne dich ja gar nicht."

„Nach dem Kuss wirst du mich besser kennen."

Scheibenkleider. Warum hatte ich ihm schon verraten, was ich wollte? Jetzt, wo er wusste, dass ich wetten wollte, würde er mir nur helfen, wenn ich seine Herausforderung annahm. Und genauso, wie ich wusste, dass sich Miss Mildred über Muffys Gepinkel im Vorgartenbeschweren würde, wusste ich, dass Skeeter, der risikofreudige Mann, keine Wetten abschloss, die er verlieren konnte. Ich saß in der Klemme.

Blödes Bier.

Zum letzten Mal sah ich mich suchend nach Neely Kate um und entdeckte eine Uhr über der Bar. Acht Uhr fünfunddreißig. Ich musste wohl oder übel akzeptieren, dass sie nicht kommen würde. Ich war auf mich allein gestellt.

Ich war so nah dran …

Ich streckte das Kinn vor und warf ihm meinen strengsten Blick zu. „Ich will zuerst ein Probespiel. Dann entscheide ich, ob ich die Wette annehme."

Er zwinkerte mir zu und machte einen Schritt zurück. „Scheint mir nur fair. Du bist immer noch dran. Ich mache es sogar leicht für dich. Du musst nicht die Tasche ansagen, in die der Ball fallen wird, ehe du spielst. Das ist eine der Regeln."

„Und warum brichst du sie für mich?"

„Ich versuche nur, die Chancen zu erhöhen, dass du meine Herausforderung annimmst."

Da gab's keine Chance. „Ein echter Gentleman."

Er lachte lang und laut. „Definitiv nicht."

Ich wandte meine Aufmerksamkeit dem Billardtisch zu und konzentrierte mich auf die Kugeln, die auf dem grünen Filz verteilt lagen. Im Prinzip musste ich nur Kugeln in Löcher schießen – wie schwierig konnte das schon sein? Ich sah eine blaue, die nah an einer Tasche lag, aber zwischen ihr und der weißen lagen andere Kugeln.

Er senkte die Stimme. „Ich helfe dir, wenn du willst."

„Ich brauche keine Hilfe."

Er lachte erneut.

Meine Hand begann zu zittern und ich schnappte mir mein Bier, um einen großen Schluck zu trinken, ehe ich begann, den Tisch zu umrunden. *Geh nach Hause, Rose. Tu es nicht.* Aber ich war nicht wirklich in Gefahr. Es waren noch andere Menschen hier. Skeeter würde mir in der Öffentlichkeit nichts tun. Ich würde einfach nicht auf seine Wette eingehen und fertig. Außerdem hatte ich gerade die Möglichkeit für einen direkten Stoß gefunden, mit einer grünen Kugel.

Skeeter lehnte sich mit der Hüfte an die andere Seite des Tisches. „Also, auf was willst du wetten?"

Ich richtete das Queue aus und konzentrierte mich auf den Stoß. Vielleicht brauchte ich seine Wette ja gar nicht. „Keine Ahnung. Auf was kann man denn wetten?"

„Du weißt nicht mal, auf was du wetten willst? Warum willst du dann überhaupt wetten?"

Da ich nicht genau wusste, was ich darauf erwidern sollte, schindete ich Zeit und führte meinen Stoß aus. Die weiße Kugel traf die grüne, aber die schoss am Loch vorbei. Ich sah zu ihm auf. „Das gehört eben zu den Dingen, die man einfach mal machen will. Aber ich wollte das eigentlich zusammen mit meiner Freundin Susan tun. Schätze, sie hat mich versetzt."

„Ich dachte, ihr Name wäre Sasha?"

Mir blieb die Luft im Halse stecken. Oh, ja ... ist er. Ich Dummerchen. Susan ist ihre Schwester ... ihre Zwillingsschwester." Ich war stolz auf mich. Das klang überzeugend.

Skeeter ging um den Tisch herum in Richtung der weißen Kugel und ich schob mich in die entgegengesetzte Richtung.

„Also, worauf kann ich wetten?"

Er versuchte gar nicht erst, seine Belustigung zu verbergen. „So ziemlich alles. Sport. Pferde. Die Oscars."

„Äh, Sport."

Er holte aus und sah zu mir auf. „Baseball?"

„Klar."

Er traf die weiße Kugel und mehrere wurden angestoßen. Zwei davon fielen in die Taschen.

Gott sei Dank war ich nicht auf seine Wette eingegangen. „Und wie funktioniert das?"

Er ging um den Tisch herum und zuckte mit den Schultern. „Das kannst du online machen. Machen heutzutage viele."

„Und wenn ich meine Wette persönlich abschließen will?"

Er beugte sich über den Tisch und zwinkerte mir zu. „Dann brauchst du mich, schätze ich."

„Und was muss ich tun?"

„Zuerst musst du dir überlegen, auf welches Team du setzen willst. Kennst du überhaupt irgendwelche Baseballteams?"

Ich griff nach meiner Bierflasche, um Zeit zu schinden, und war überrascht, dass ich sie bereits ausgetrunken hatte. Die wievielte war das?

Skeeter machte ein Handzeichen in Richtung Bar.

„Äh, ich kenne die Little Rock Travelers."

Er lachte und führte einen weiteren Stoß aus, bei dem er erneut eine Kugel versenkte. „Die spielen Minor League, obwohl man auch darauf wetten kann. Aber die meisten Leute wetten auf Major-League-Teams."

Eine Kellnerin brachte zwei Flaschen Bier und gab mir eine davon.

„Oh nein." Abwehrend hob ich die Hände.

Skeeter bedeutete ihr, die Flasche abzustellen.

„Woher weißt du so viel darüber?" Ich setzte mich auf einen Stuhl, was angesichts meiner wackligen Beine nicht ganz einfach war.

„Weil, Jane …" Er kam näher und ich bereute, mich hingesetzt zu haben. Er stand jetzt über mir. „Wenn du eine Wette abschließen willst, bin ich der Mann, mit dem du reden musst."

„Oh."

Er nahm mein Bier und reichte es mir. „Hör zu, ich habe heute meinen großzügigen Abend. Wie wäre es, wenn ich dir helfe, eine Wette zu platzieren, ohne die Billardwette?"

„Warum?"

„Warum nicht?"

„Okay."

Sein Grinsen wandelte sich von amüsiert zu berechnend. „Du bist dran. Ich habe vorbeigestoßen."

Wirklich? Ich hatte gedacht, er hätte schon wieder eine Kugel versenkt.

Er nahm mich am Ellbogen und führte mich zum Tisch. Dort gab er mir das Queue, das ich liegen gelassen hatte. „Hier ist ein perfekter Stoß für dich." Er deutete mit dem Finger auf den Tisch, sein Bier immer noch in der Hand. „Siehst du?"

Ich hatte Mühe, mich zu konzentrieren, ganz zu schweigen davon, einen perfekten Stoß zu sehen. „Nein."

Er stellte sein Bier ab und schob mich sanft am Rücken, bis ich über den Tisch gebeugt war. Dann nahm er mir das Queue ab und legte es auf den Rand neben mir. Skeeter hockte sich neben mich, sein Gesicht nur Zentimeter von meinem entfernt. „Billard ist reine Physik. Warst du gut in Physik in der Schule?"

„Nicht besonders."

„Es ist nichts weiter als Kurvenberechnung und Rotation."

„Klingt kompliziert."

„Ist es eigentlich auch."

„Ist Buchmacher sein kompliziert?"

Er grinste. „Sagst du immer laut, was dir durch den Kopf schießt?"

„Nur, wenn ich viel Bier getrunken habe."

„Dann brauchst du definitiv mehr Bier."

Definitiv nicht. „Und, ist es?"

„Ist was?"

„Ist Buchmacher sein kompliziert?"

„Manchmal. Jetzt musst du dich auf diesen Stoß konzentrieren." Er drückte seine Brust an meinen Rücken und legte seine Arme auf meine. „Sieh hinunter auf das Queue und ziele auf die rechte Seite der Kugel, nicht die Mitte. Siehst du?"

Ich kniff ein Auge zusammen. „Ich denke schon."

„Wenn du auf den Rand zielst, rollt die Kugel in die entgegengesetzte Richtung und trifft die grüne Kugel an der Seite. Dann fällt sie in die Tasche an der Ecke. Siehst du das?"

„Ich glaub schon."

Er legte die Hand auf meine und umfasste das Queue. „Und jetzt schön gleichmäßig …" Er schob meinen Arm zurück und dann nach vorne, bis die Spitze des Queues den Rand des weißen Balls berührte. Er schoss nach links und traf den grünen, der in die Tasche an der Ecke rollte.

Mir wurde plötzlich schwarz vor Augen. Eine Vision. *Nein*! Ich sah, wie ich eine Flasche quer durch den Raum warf, und hörte eine Reihe von Flüchen. „Das war ein ganz sicheres Ding!", rief Skeeter in meiner Vision. „Ich verliere nicht gerne mal schnell Tausende Dollar. Jemand wird für diesen Fehler bezahlen!"

„Du wirst eine Menge Geld verlieren", sagte ich und kniff entsetzt die Augen zusammen.

Er richtete sich auf, zog mich mit sich und drehte mich so um, dass er mir ins Gesicht sehen konnte. „Wieso sagst du das?"

In meinem Kopf begannen die Alarmglocken zu läuten und ich versuchte, auf Abstand zu ihm zu gehen, aber er hatte die Arme seitlich von mir aufgestützt und drückte mich gegen den Tisch.

„Warum interessierst du dich so sehr für Wetten, Jane?"

Jane? Ach ja, richtig. Ich war Jane. Offensichtlich war ich bei diesem Undercover-Kram nicht besonders gut. „Hab ich dir doch gesagt. Es stand auf meiner Liste."

„Leute, die wetten wollen, wetten einfach. Sie interessieren sich nicht für das Geschäftliche. Selbst wenn du mir was vorspielst, bist du doch viel zu naiv, um ein Cop zu sein. Wer bist du?"

„Ich hab dir doch gesagt …"

„Süße, ich bin nicht dorthin gekommen, wo ich heute bin, weil ich nicht mitkriege, was los ist. Was machst du hier?" Er beugte sich über mich. Obwohl er immer noch amüsiert klang, hatten seine Augen einen harten Ausdruck angenommen.

„Ich glaube, ich möchte jetzt gehen."

„Nicht, bevor ich meine Antwort habe."

„Ich glaube, die Lady hat gesagt, sie möchte jetzt gehen", hörte ich eine tiefe Stimme. Als ich mich in die Richtung umdrehte, aus der sie kam, fielen mir fast die Augen aus dem Kopf. Dort stand Mason Deveraux III., ein Billardqueue in der Hand und einen stahlharten Blick in den Augen.

In was war ich jetzt bloß wieder hineingeraten?

KAPITEL 20

„Wer zum Teufel bist du?" Skeeter versteifte sich. Sein Körper war immer noch gegen meinen gepresst.

„Jemand, mit dem Sie sich besser nicht anlegen sollten. Ich schlage vor, dass Sie einen Schritt von der Lady zurücktreten, ansonsten werde ich mit einer einstweiligen Verfügung dafür sorgen, dass Ihr Etablissement noch vor Sonnenaufgang schließen muss."

Mit abwehrend erhobenen Händen machte Skeeter einen Schritt von mir weg. „Ich habe ihr nichts getan. Ich wollte nur wissen, warum sie so neugierig ist."

„Das ist wohl ihr größtes Talent. Ich bringe sie jetzt nach Hause." Mr Deveraux warf das Queue auf den leeren Tisch neben sich und griff nach meinem Arm. „Kommen Sie, Rose."

„Rose?", brüllte Skeeter. „Ich wusste doch, dass Jane nicht ihr richtiger Name ist!"

Mr Deveraux zuckte wegen seines Fehlers zusammen, als er mich zur Tür zog.

„Meine Handtasche!" Auf wackligen Beinen schaffte ich es zum Tisch und holte meine Tasche, während Mr Deveraux immer noch meinen Arm festhielt.

„Um Himmels willen, wie viel haben Sie getrunken?", murmelte er.

„Ich weißt nicht genau."

Warum hatte ich das gerade zugegeben? Ich hasste Bier.

„Wir sehen uns wieder, *Rose*!", rief Skeeter mir nach.

„Nicht, wenn ich dich zuerst sehe", sagte ich und kicherte.

Mr Deveraux zog mich aus der Tür und auf den Gehweg. „Sie haben ein echtes Talent, sich Feinde zu machen."

Ich legte den Kopf schräg und starrte ihn an. „Alles lief gut, bis Sie aufgetaucht sind."

Er schnaubte – ein grollendes Geräusch tief im Rachen. Mason Deveraux konnte sogar ein Schnauben überheblich klingen lassen. „Das hab ich gesehen. Deshalb hatte er Sie auch gegen den Billardtisch gepresst."

„Na ja … bis dahin war es aber gut gelaufen." Ich öffnete meine Handtasche und begann, darin herumzuwühlen.

„Was machen Sie da?"

Ich sah auf und verzog den Mund über seine dumme Frage. „Ich suche meinen Autoschlüssel."

„Sie fahren nirgendwo hin. Sie sind betrunken."

Scheibenkleider. Er hatte recht. Ich fuhr mir durch die Haare und warf einen Blick über den Parkplatz, während ich über einen Plan B grübelte. Die Hand auf die Hüfte gestützt starrte ich ihn böse an. „Und wie soll ich sonst nach Hause kommen?"

„Ich fahre Sie." Er schnappte mich erneut am Arm und zog mich in Richtung eines dunklen Kombis in der zweiten Reihe, der etwas abseits von den anderen Fahrzeugen stand.

„Warum? Und was machen Sie überhaupt hier?"

„Neely Kate hat mich angerufen."

Wieso rief Neely Kate dauernd irgendwelche Männer an, damit sie zu meiner Rettung eilten?

„Sie hat mir erzählt, dass sie sich hier mit Ihnen treffen wollte, aber ihre Großmutter hatte plötzlich Schmerzen in der Brust und deshalb hat sie sie ins Krankenhaus gefahren. Sie hat versucht, Sie auf dem Handy zu erreichen und weil Sie nicht rangingen, hat sie mich angerufen."

Ich ließ mich gegen den Kofferraum seines Wagens fallen und verschränkte die Arme vor der Brust. „Seien Sie mir nicht böse, aber warum sollte sie gerade Sie anrufen?"

Er zuckte die Schultern und machte ein finsteres Gesicht. „Gute Frage."

Ich vermutete jedoch, dass er es wusste und mir bloß nicht sagen wollte. „Seien Sie mir jetzt auch nicht böse, aber warum sind Sie *gekommen*? Sie mögen mich nicht einmal."

Seine Miene wurde sanfter. „Ich weiß, ich komme rüber wie ein Arsch, aber ich kann tatsächlich auch nett sein."

Ich kicherte. Er hatte sich selbst als Arsch bezeichnet.

„Gott, Sie sind ja voll wie eine Haubitze. Steigen Sie ein."

Ich stützte die Hände in die Hüften. „Sie können mir nicht sagen, was ich zu tun habe!"

„Steigen Sie ein oder ich rufe Detective Taylor an, damit er Sie für ungebührliches Benehmen verhaftet."

Leise fluchend wollte ich die Beifahrertür öffnen, aber Mr Deveraux kam mir zuvor. „Sie sind vielleicht ein Arsch, aber Sie können auch ein Gentleman sein, wenn Sie wollen."

„Erzählen Sie das auf jeden Fall meiner Mutter, das könnte meine früheren Fehltritte wieder ausgleichen."

Bevor ich ihm antworten konnte, war die Tür geschlossen.

Nachdem er ebenfalls eingestiegen war und wir Richtung Innenstadt fuhren, wurde mir klar, dass er zu mir nach Hause fuhr. Allerdings wohnten die meisten Einwohner von Henryetta in dieser Richtung. „Brauchen Sie nicht meine Adresse?"

„Nein."

„Warum nicht? Bringen Sie mich ins Gefängnis?" Ach du liebe Zeit. Hatte ich etwas Illegales getan?

„Nein, Rose. Beruhigen Sie sich. Sie kommen nicht ins Gefängnis. Ich habe Ihre Adresse von Ihrem Geschworenenformular. Wenn Sie nicht in der Billardhalle gewesen wären, wäre ich bei Ihnen zu Hause vorbeigefahren, um nach Ihnen zu sehen."

„Warum?"

„Das habe ich Ihnen doch gesagt. Ich kann durchaus ein Gentleman sein."

„Nein. Die Wahrheit. Warum?"

Er verzog den Mund, während er offensichtlich überlegte, wie er mir antworten sollte. „Neely Kate hat sich Sorgen um Sie gemacht. Und die waren gerechtfertigt." Er warf mir einen strengen Blick zu, ehe er wieder nach vorn auf die Straße sah. „Warum untersuchen Sie immer noch diesen Fall?"

„Wer hat denn gesagt, dass ich …" Oh. Neely Kate.

„Also, warum tun Sie das alles?" Er umklammerte das Lenkrad, und seine Schultern verspannten sich. „Kennen Sie Bruce Decker schon länger und haben es bei der Vorbefragung bloß nicht zugegeben?"

Empört verzog ich das Gesicht. „Warum nehmen Sie ständig an, dass ich während der Vorbefragung gelogen habe? Das hab ich nicht."

„Dann helfen Sie mir, das zu verstehen. Seit Sie am ersten Tag in mich hineingerannt sind, haben Sie diesen ganzen Fall auf den Kopf gestellt."

„Der Zusammenstoß war ein Versehen und das wissen Sie auch." Ich betrachtete die Briefkästen, die am Straßenrand vorbeiflogen. Mein Kopf begann sich zu drehen und ich lehnte mich im Sitz zurück und schloss die Augen. „Ich habe Ihnen doch schon gesagt, dass ich dieses Gespräch in der Toilette gehört habe und deshalb weiß, dass er unschuldig ist." Ich öffnete die Augen und sah ihn an. „Und aus eigener Erfahrung weiß ich, wie schwer es ist, das Gegenteil zu beweisen, wenn jeder, die Polizei eingeschlossen, dich für schuldig hält, weil alle Puzzleteilchen ineinander passen. Wer sollte denn Bruce Wayne Decker helfen, wenn nicht ich?"

Er warf mir einen schnellen Blick zu. „Wer hat Ihnen geholfen?"

Verwirrt schüttelte ich den Kopf. „Wovon reden Sie da?"

„Die Polizei hatte vor, Sie für den Mord an Ihrer Mutter zu verhaften. Sie hat nur auf unterstützendes Beweismaterial gewartet. Sogar Ihr Freund hat Sie bei Ihrem ersten Treffen für schuldig gehalten."

„Woher wissen Sie das?"

„Ich habe Ihre Akte gelesen. Genauso wie Ihr Geschworenenformular, um Ihre Adresse herauszufinden."

„Ich habe eine Akte?"

„Sie waren eine Verdächtige. Natürlich haben Sie eine Akte. Aber beantworten Sie meine Frage: Wer hat Ihnen geholfen, Ihren Namen reinzuwaschen?"

Wer hatte mir geholfen? Joe anfangs nicht, erst am Ende, und bis dahin hatte ich die meisten Puzzleteilchen schon selbst zusammengesetzt – auch wenn der Großteil meiner Ermittlungen auf Zufällen beruhte. Auch nicht Violet. Sie hatte zu viel mit ihrer eigenen Familie zu tun gehabt. „Ich."

„Genau. Sie. Sie haben herausgefunden, dass Daniel Crocker hinter allem gesteckt hat. Sie haben auf ihn geschossen und dafür gesorgt, dass er verhaftet wird. Sie sind für sich eingetreten! Warum lassen Sie das Bruce Decker nicht auch tun? Warum fühlen Sie sich verantwortlich dafür, dass ihm Gerechtigkeit widerfährt?"

Seine Fragen machten mir Kopfschmerzen. „Ich weiß nicht."

Er fuhr in meine Einfahrt und stellte den Motor ab. Mit eindringlichem Blick sah er mich an. „Rose, ich glaube nicht, dass Sie begreifen, in welche Gefahr Sie sich heute Abend gebracht haben. Sie sind keine Polizistin. Wenn Sie sich aufführen wie Nancy Drew, werden Sie noch verletzt oder Schlimmeres."

Entrüstet über seine Predigt straffte ich die Schultern. „Wenn die Polizei von Henryetta ihre Arbeit richtig machen würde, müsste ich das nicht tun. Habe ich irgendetwas Ungesetzliches getan?"

Er legte den Arm auf das Lenkrad und holte tief Luft. Sogar das klang bei ihm spießig.

„Nein, da Sie nicht länger ein Jurymitglied sind, war das nicht illegal."

„Weshalb sind Sie dann gekommen, um mich zu holen?"

„Das habe ich Ihnen doch gesagt, Neely Kate hat mich angerufen und mir erzählt, dass sie …"

„Ja, den Teil kenne ich schon. Warum sind Sie gekommen, um mich zu holen?"

„Weil ich Skeeter Malcolm kenne. Mit ihm wollen Sie sich nicht anlegen, Rose."

„Glauben Sie, er könnte Frank Mitchell umgebracht haben? War er Franks Buchmacher?"

Er lehnte den Kopf zurück und stöhnte. „Können Sie vielleicht mal für eine Minute Frank Mitchell und Bruce Decker vergessen und mir zuhören? Skeeter Malcolm schirmt seine Geschäfte gründlich ab und plötzlich kommen Sie daher und schnüffeln herum und stellen Fragen. Malcolm hat zwar keine Ahnung, warum, aber jetzt kennt er dank mir Ihren Vornamen. Es wird nicht lange dauern, bis er zwei und zwei zusammenzählt und herausfindet, wer Sie sind. Ich denke, dass Sie heute Abend nicht allein bleiben sollten. Was halten Sie davon, wenn Sie hineingehen, ein paar Sachen zusammenpacken und ich Sie irgendwohin fahre?"

Wo um alles in der Welt sollte ich denn hin? Nicht zu Violet, dafür war die Situation zwischen uns noch zu angespannt. Ansonsten hatte ich aber niemanden, bei dem ich übernachten konnte. Um nach Little Rock zu fahren, war ich zu beschwipst. Ich streckte das Kinn vor und bemühte mich um einen würdevollen Blick. „Danke für Ihr freundliches Angebot, Mr Deveraux, aber ich denke, hier bin ich sicher."

„Ich glaube, wir sind bereits über diese Formalitäten hinaus, Rose. Nennen Sie mich Mason."

„Gut, dann danke, *Mason*." Sein Name fühlte sich komisch an, wie er mir über die Zunge rollte. „Aber ich will einfach nur ins Haus und ins Bett."

„Ich halte das nicht für sicher."

„Warum? Weil Skeeter Malcolm Frank Mitchell umgebracht hat und jetzt auch mich zum Schweigen bringen will?"

„Können Sie das nicht endlich auf sich beruhen lassen? Bruce Decker hat Frank Mitchell getötet."

Ich war so wütend, dass ich fast in sein Auto gespuckt hätte. Ich griff nach der Tür. „Sie haben mich gefragt, warum ich für Bruce Decker eintrete, wenn er es nicht einmal selbst tut. Ich tue es, weil es das Richtige ist. Sie haben gesagt, dass Sie Stellvertretender Staatsanwalt geworden sind, weil Sie Gerechtigkeit wollen. Wenn das stimmt, würden Sie herausfinden, wer der wahre Mörder ist." Ich schob die Tür auf und drehte mich noch einmal zu ihm um. „Danke für Ihre Hilfe. Und ich entschuldige mich für meine Unhöflichkeit, sowohl heute Abend als auch in der Vergangenheit."

Er seufzte. „Ich bin sicher, ich hatte sie verdient."

„Trotzdem tut es mir leid."

„Würden Sie bitte in Betracht ziehen, heute Abend woanders zu übernachten?"

Ich hielt inne, die Füße bereits auf dem Bordstein, den Rücken ihm zugewandt. „Ich kann nirgendwo anders hin." Warum hatte ich das gerade zugegeben?

Verdammtes Bier.

Er seufzte erneut und zog sein Handy hervor. „Dann sorge ich dafür, dass die Polizei hier Streife fährt. Nur, um sicherzugehen."

„Da wird die Polizei aber begeistert sein."

„Sie müssen sich damit arrangieren. Hier." Er reichte mir eine Visitenkarte, auf die eine Telefonnummer geschrieben war. „Das ist meine Handynummer. Rufen Sie mich an, falls irgendetwas passiert. Egal was."

„Warum?"

Frustriert stöhnte er auf. „Geht das schon wieder los? Weil ich diesem Idioten Ihren Namen verraten habe. Wenn er hierherkommt, ist es zum Teil meine Schuld."

Ich stieg aus. „Danke und gute Nacht, Mr ... äh, Mason."

„Gute Nacht, Rose. Und *bitte*, seien Sie vorsichtig."

Er wartete in der Einfahrt, bis ich ins Haus gegangen war und das Licht angemacht hatte. Ich ließ Muffy hinaus, aber ich drängte sie, sich zu beeilen. Während ich draußen auf sie wartete, überprüfte ich mein Handy. Ich hatte mehrere entgangene Anrufe – die meisten von Neely Kate, einer von Violet und drei von der Nummer auf Mr Deveraux' – *Masons* – Visitenkarte. Glücklicherweise keinen von Joe. Ich war noch nicht so weit, ihm zu erzählen, was passiert war. Ich wusste, dass ich es ihm erzählen musste, aber möglichst nicht heute Abend.

Ich lag im Bett und hatte Angst, dass jemand einbrechen würde, um mir etwas anzutun. Diese Angst hatte ich seit dem Chaos um Mommas Ermordung nicht mehr verspürt und sie hatte mir auch nicht wirklich gefehlt. Muffy kuschelte sich an mich. Ich hätte schwören können, dass sie mir einen bösen Blick zuwarf, ehe die Luft plötzlich von Gestank erfüllt war.

„Hör mal, ich weiß, dass ich in letzter Zeit nicht gerade die beste Hundemutter war ..."

Der Gestank wurde schlimmer. Ich schnappte mir ein Kissen und bedeckte damit mein Gesicht. „Muffy! Hör sofort auf damit!"

Sie drehte sich um, legte ihren Kopf auf mein Bein und sah mich unschuldig an.

„Oh nein! Ich weiß, dass du das warst, und ich verspreche, mich zu bessern, aber heute Nacht brauche ich dich als Wachhund."

Sie kuschelte sich in ihren Schlafplatz und drehte mir ihren Rücken zu. Der Gestank, der mir entgegenwehte, verriet mir, was sie davon hielt.

„Argh! Muffy, wenn ich morgen früh tot aufwache, werde ich nicht begeistert sein!" Sogar in meinem betrunkenen Zustand wusste ich, was das für eine lächerliche Aussage war, aber ich war zu müde, um mir darüber Gedanken zu machen und gab meiner bierseligen Schläfrigkeit nach.

Die Sonne, die durch das Schlafzimmerfenster schien, weckte mich am nächsten Morgen. Trotz Mason Deveraux' düsterer Prognose hatte sich niemand nachts heimlich in mein Haus geschlichen. Allerdings hatte ich ein größeres Problem. Als ich mich aufsetzte, schoss ein stechender Schmerz durch meinen Kopf und mir drehte sich der Magen um.

Noch ein weiterer Grund, um Bier zu hassen.

Ich rannte ins Bad und schaffte es gerade so bis zur Toilette. So konnte ich auf keinen Fall zur Arbeit gehen und ich stellte fest, dass ich insgeheim glücklich war, dass ich eine Entschuldigung hatte, um zu Hause zu bleiben. Eigentlich war es traurig, dass ich dankbar für einen Kater war, und es bewies nur, wie richtig meine Entscheidung gewesen war, die Zulassungsstelle in acht Tagen zu verlassen.

Wenig überraschend ließ Suzanne eine Tirade los, als ich sie anrief. „Du brauchst gar nicht erst wieder zu kommen, Rose Gardner!"

Mein brummender Schädel konnte das Gekreische an meinem Ohr nicht ertragen. „Danke, Suzanne. Werde ich nicht." Ich legte auf und kam mir verrucht vor. Nicht nur, dass ich gerade fristlos gekündigt hatte, ich hatte auch mitten im Gespräch mit meiner Chefin aufgelegt.

Momma hatte recht gehabt. Bier war tatsächlich die Wurzel allen Übels.

Im Laufe des Vormittags fühlte ich mich langsam wieder normal. Jetzt musste ich nur noch herausfinden, was ich mit dem restlichen Tag anfangen wollte. Bruce Deckers Fall weiterzuverfolgen stand nicht zur Wahl. Skeeter Malcolm war nicht die Art von Mann, mit dem man Spielchen trieb. Und im hellen Tageslicht, nüchtern bis auf meine Kopfschmerzen, wurde mir klar, wie naiv ich am Vorabend gewesen war.

Man konnte nicht einfach irgendwo hineinplatzen und zwielichtige Gestalten befragen. Zwielichtige Gestalten waren von Natur aus misstrauisch und schon meine Fragen allein hatten mich in Gefahr gebracht. Und es war eine unleugbare Tatsache, dass ich keine Antworten bekommen würde, wenn ich keine Fragen stellen konnte. Ich war in einer Sackgasse. Das Verstörendste an der ganzen Sache war jedoch, dass Mason Deveraux mich aus einer kompromittierenden Situation gerettet hatte. Joe würde einen Anfall kriegen, falls er davon erfuhr. Nein, wenn er davon erfuhr. Ich musste es ihm sagen, so schwierig das auch werden würde.

Ich saß auf dem Sofa, zappte mich durch über einhundert Kanäle und fand nichts, das ich mir ansehen wollte. Überrascht stellte ich fest, dass Mason Deveraux recht gehabt hatte. Dieser Fall ging mich nichts an. Ich musste die Ermittlung ausgebildeten Profis überlassen. Ich hatte meinen eigenen Hintern gerettet, als man mich des Mordes verdächtigt hatte. Bruce Wayne Decker musste sich selbst um seinen kümmern. Alles, was ich bisher getan hatte, war Staub aufzuwirbeln und mich womöglich in Gefahr zu bringen.

Ich warf einen Blick hinüber zur Küchentür und sagte mir, dass ich mich für meine Angst nicht schämen musste. Nur Dummköpfe hatten keine Angst, aber es kam mir trotzdem komisch vor. Wir waren hier in Henryetta, Arkansas, um Himmels willen. Wie gefährlich konnte es schon sein?

Der Gedanke an Daniel Crocker schoss mir durch den Kopf.

Ich sprang vom Sofa und rannte in mein Zimmer, um mich anzuziehen. Plötzlich kam mir die Packerei für meinen Umzug nach Little Rock wie eine tolle Idee vor. Allerdings hatte ich gar keine Kisten. Ein Auto hatte ich auch nicht, weil ich den Nova bei der Billardhalle stehen gelassen hatte. Stöhnend wurde mir klar, dass ich entweder mein Auto mit einem Taxi holen oder Violet bitten musste, mich hinzufahren. Da mir nicht nach ausgefragt und belehrt werden war, rief ich ein Taxi.

Taxis waren in unserer Nachbarschaft eher selten, und als etwa eine Stunde später vor meinem Haus eins hielt, lugten mehrere Gesichter hinter den Vorhängen hervor. Sie gehörten zu den Mitgliedern der Nachbarschaftswache, besser bekannt als der Tratschweiberklub. Da Miss Mildred die Emsigste von ihnen war, machte sie das automatisch zur Präsidentin. Ich winkte ihr zu, als ich in das Taxi stieg, und versuchte, mich nicht wegen des Zigarettengeruchs zu übergeben.

Der Taxifahrer schien nicht überrascht, als ich ihm sagte, wohin er mich bringen sollte, obwohl ich mich innerlich wand. Ich hoffte inständig, dass ich nicht wieder auf Skeeter treffen würde. Ich sollte ernsthaft darüber nachdenken, mir eine Waffe anzuschaffen, aber ich hatte zu viel Angst vor Pistolen und meine Handtasche war zu klein für mein Nudelholz.

Ich hatte mir allerdings völlig umsonst Sorgen gemacht. Der Parkplatz war fast leer, und niemand hing draußen herum, als ich den Taxifahrer bezahlte und in mein Auto stieg. Die Erinnerung an den Vorabend erschien mir wie ein böser Traum, bis ich das Stück Papier sah, das unter meinem Scheibenwischer steckte.

Das Herz klopfte mir bis zum Hals, als ich ausstieg und den Zettel nahm, dann schnell wieder ins Auto sprang und die Türen verriegelte. Vorsichtig faltete ich den Zettel auseinander, als ob der Inhalt herausspringen und mich beißen würde. Ich fand eine kurze, in Druckbuchstaben geschriebene Nachricht.

Ich mag es nicht, wenn man sich in meine Geschäfte einmischt.

Der Umzug nach Little Rock erschien mir wie die beste Idee, seit der Earl of Sandwich seine geniale Erfindung gemacht hatte. Aber Umziehen bedeutete Packen.

Ich brauchte Kisten.

Der Baumarkt war dafür vermutlich die beste Anlaufstelle. Ich wanderte suchend in den Gängen herum – offensichtlich hatte man umgeräumt, seit ich das letzte Mal Kisten gekauft hatte. Da ich mich in der Nähe der Farbabteilung befand, beschloss ich, an der Theke zu fragen. Anne stand neben der Farbmaschine und blickte in die Ferne. Als sie mich sah, lächelte sie und kam herüber.

„Hey, Sie kenne ich doch. Wie hat es mit dem Streichen geklappt? Brauchen Sie noch Farbe?"

„Oh! Alles wunderbar. Mein Freund hat mir geholfen und ich war im Nullkommanichts fertig." Ich machte eine Handbewegung. „Diesmal suche ich Umzugskisten. Sie sind nicht mehr da, wo sie beim letzten Mal standen."

„Schauen Sie mal drüben beim Gartenbedarf. Ich glaube, der neue Manager hat sie dort drüben aufgebaut."

„Danke, Anne."

Sie lächelte, als ich ihren Namen nannte.

Als ich gerade gehen wollte, rief sie mir hinterher: „Der Typ war dieses Wochenende wieder da."

Mir stockte der Atem und ich drehte mich langsam zu ihr um. „Der Spanner?"

Sie kniff grinsend die Lippen zusammen und nickte. „Ja."

Ich machte ein paar Schritte auf sie zu. Was tat ich denn da? Ich interessierte mich nicht länger für den Bruce-Wayne-Decker-Fall. Ich erinnerte mich daran, dass Mason Deveraux recht hatte. Bruce musste sich selbst helfen. *Dreh dich um und geh.* Stattdessen ging ich zur Theke und beugte mich zu ihr. „Was hat er gemacht?"

„Er hat hinten rumgeschnüffelt."

„Warum?"

„Gute Frage. Der Kollege aus der Gartenabteilung hat ihn dort erwischt und gefragt, was er da macht, aber dann ist er weggerannt, ohne zu antworten."

„War er Mitte dreißig? Dicke Muskeln und tätowierte Arme?"

Verwirrt schüttelte sie den Kopf. „Nein, er ist klein und hat eine Glatze."

„Was?" Die Beschreibung passte auf keinen der Männer, die ich gestern Abend gesehen hatte.

„Ja, in Anzughose und Hemd. Mit Schlips. Wie ein Bürohengst. Ziemlich unscheinbar."

Ich ließ mich gegen die Theke fallen. Das war auf keinen Fall Skeeter oder einer seiner Kumpels gewesen.

„Und das ist derselbe Typ, der auch nach dem Mord immer hergekommen ist?"

„Ja, genau der."

Das ergab überhaupt keinen Sinn. Wenn es nicht Skeeter war, wer dann? Es musste der Mann sein, der Frank Mitchells Haus hatte kaufen wollen. Und wenn Skeeter nicht der Mörder war, dann schwebte ich auch nicht in Gefahr, wie Mason Deveraux glaubte.

Denk nicht mal drüber nach, Rose. Du musst damit abschließen. Das geht dich nichts mehr an.

Aber ich konnte es nicht abschließen. Diese Information bewies möglicherweise Bruce Wayne Deckers Unschuld. Das Problem war nur, dass ich nicht wusste, was ich damit anfangen sollte. Mason Deveraux würde mir nicht zuhören. Als ich mir Kisten und Paketklebeband in den Wagen lud, wurde mir klar, dass es noch jemanden gab, mit dem ich sprechen konnte. Ich wusste lediglich nicht, wie empfänglich er sein würde. Allerdings hatte ich mich bereits in der gesamten Stadt zum Trottel gemacht, da machte einer mehr jetzt auch keinen Unterschied.

Es war an der Zeit, mit dem Angeklagten selbst zu sprechen. Ich musste mit Bruce Wayne Decker reden.

KAPITEL 21

Ein Besuch bei Bruce Wayne Decker war schwieriger zu bewerkstelligen als gedacht. Ich hatte die Nummer für William Yates Büro herausgefunden und seiner Sekretärin gesagt, dass ich Informationen besaß, die möglicherweise nützlich für Bruce Deckers Fall sein konnten. Als ich ihr meinen Namen nannte, entstand eine lange Pause, bevor sie mir versicherte, sie würde meine Nachricht weiterleiten.

Ich verstand das als Juristenjargon für „Er wird Sie zurückrufen, wenn die nächste Eiszeit Henryetta unter einem Gletscher begräbt."

Ich musste die Sache also selbst in die Hand nehmen.

Richter McClary machte seine Mittagspause normalerweise so gegen zwölf Uhr und es war bereits elf Uhr fünfundvierzig, als ich einen Parkplatz fand, zwei Blocks vom Gerichtsgebäude entfernt. Ich setzte mich auf eine Bank vor dem Gerichtssaal und wartete auf Mr Yates. Fünf Minuten später öffnete sich die Tür und Menschen strömten heraus. Nachdem der größte Ansturm vorüber war, erschien Mason Deveraux, ins Gespräch mit seinem Assistenten vertieft. Er war schon fast um die Ecke, als er mich sah.

Er blieb stehen und beugte sich zu dem Mann neben ihm. Der nickte und ging weiter den Flur entlang. Mit grimmigem Blick kam Mr Deveraux auf mich zu.

William Yates war noch nicht herausgekommen und ich wollte ihn nicht verpassen.

„Rose, ist alles in Ordnung?"

Ich stand auf und verschränkte nervös die Hände. „Ja, alles prima."

„Sie wirken aufgeregt. Was tun Sie hier?"

„Ich warte auf jemanden." Ich biss mir auf die Lippe.

„Ich verstehe." Er verlagerte sein Gewicht, sah den Korridor entlang und dann wieder zu mir. „Die Polizei ist letzte Nacht mehrmals an Ihrem Haus vorbeigefahren. Es wurden keinerlei verdächtige Aktivitäten beobachtet. Gab es Schwierigkeiten?"

„Nein, alles in Ordnung." Er blockierte meinen Blick auf die Tür zum Gerichtssaal und ich machte einen Schritt zur Seite. „Ach so, das hätte ich fast vergessen." Ich wühlte in meiner Handtasche und zog den Zettel heraus. „Das hab ich an meinem Auto gefunden, als ich es heute Morgen abgeholt habe."

Während er las, versteifte er sich. „Das ist eine Drohung, Rose."

Ich hatte keine Zeit, mich jetzt von Mason ablenken zu lassen. „Was? Nein. Da steht nur, dass er es nicht mag, wenn sich Leute in sein Geschäft einmischen."

Er verschränkte die Arme vor der Brust. „Das kann doch nicht Ihr Ernst sein! Glauben Sie tatsächlich, dass das nichts zu bedeuten hat?"

In diesem Moment kam William Yates mit finsterer Miene durch die Doppeltür.

„Doch, natürlich. Es bedeutet, dass er es nicht mag, wenn sich Leute in seine Geschäfte einmischen, und ich habe das auch nicht vor. Ganz besonders jetzt, wo ich weiß, dass er Mr Mitchell nicht umgebracht hat."

„Endlich. Das ist der erste vernünftige Satz, den ich von Ihnen höre, seit wir uns kennengelernt haben."

„Ein glatzköpfiger Mann hat Mr Mitchell umgebracht und Skeeter Malcolm ist definitiv nicht glatzköpfig." Ich schob mich an ihm vorbei. „Wenn Sie mich bitte entschuldigen würden, ich muss mit Mr Yates sprechen."

„Rose!", rief Mr Deveraux, während ich dem Verteidiger nacheilte. „Rose!" Er ergriff meinen Arm und brachte mich zum Stehen.

„Er verschwindet!"

Ich wand mich und er nahm meine beiden Arme. „Wenn Sie mir kurz zuhören, sorge ich dafür, dass er sich mit Ihnen trifft. Das ist es doch, was Sie wollen, richtig?"

Ich schnaubte frustriert. „Ja … und auch mit Bruce Wayne Decker."

Er verdrehte die Augen und schüttelte den Kopf. „Sie müssen diese Drohung ernst nehmen. Ich möchte wissen, was Sie deshalb unternehmen werden."

Mir war warm und meine Kopfschmerzen machten mich reizbar. Ich entriss ihm meine Arme. „Keine Ahnung, Mr Deveraux. Es gibt nichts zu unternehmen."

„Warum gehen Sie nicht ein paar Tage zu Ihrer Schwester?"

Ich stützte die Hand auf die Hüfte. Mein Temperament bahnte sich gerade einen Weg an die Oberfläche. „Woher wissen Sie, dass ich eine Schwester habe?"

„Ihre Akte."

Da stand er nun in all seiner Arroganz und tat so, als wäre mein Leben lediglich der Inhalt einer Akte. Und für ihn war das vermutlich sogar so.

„Wie können Sie es wagen!"

Er riss die Augen auf und versteifte sich. „Wie bitte?"

„Wie können Sie es wagen? Sie haben sich über mein Leben informiert, über die ganz privaten Dinge in meinem Leben, wie die Tatsache, dass ich eine Schwester habe, oder dass Joe mir bei unserer ersten Begegnung nicht getraut hat. Sie besitzen sogar die Frechheit, mir das ins Gesicht zu sagen. Was gibt Ihnen das Recht, in meinem Leben herumzuschnüffeln und die Fakten so auszuposaunen, als wär das alles unbedeutend?"

Er wurde rot. „Das war nicht meine Absicht, Rose. Ich wollte lediglich herausfinden …"

„Warum haben Sie mich nicht einfach gefragt?"

„Was?"

„Wenn Sie eine Frage zu meinem Privatleben haben, stellen Sie sie mir. Hören Sie auf, in einer Akte über mich zu lesen. Das ist verletzend!"

Er holte tief Luft, drehte sich zur Seite und rieb sich übers Kinn. Nachdem er einige Sekunden lang die Wand angestarrt hatte, atmete er aus und ließ die Hand fallen. „Sie haben recht. Ich bin sehr unhöflich mit den Fakten aus Ihrem Privatleben umgegangen. Dafür entschuldige ich mich. Aber ich schwöre, dass ich Ihre Privatsphäre nicht verletzen wollte. Ich habe mir Ihre Akte erst angeschaut, als ich Richter McClary davon überzeugen wollte, sie freizulassen. Ich verspreche Ihnen, dass ich es nur in bester Absicht getan habe."

Ich wollte schon protestieren, aber er hielt die Hand hoch.

„Ja, ich weiß. Sie denken, ich hätte zurück ins Gefängnis kommen und Sie fragen können, aber uns lief die Zeit davon. Richter McClary hatte uns nur bis fünf Uhr Zeit gegeben, ihm Gründe zu liefern, warum er sie gehen lassen sollte. Wenn wir seine Unterschrift auf dem Papierkram nicht bis fünf Uhr bekommen hätten, hätten Sie das Wochenende im Gefängnis verbracht."

Ich stöhnte und kam mir jetzt vor wie die undankbarste Person auf der Welt.

„Und gestern Abend habe ich noch spät im Büro gearbeitet, als Neely Kate anrief. Sie hatte mir nur Ihre Telefonnummer gegeben, also habe ich in Ihrer Akte, die immer noch auf meinem Schreibtisch lag, Ihre Adresse nachgeschlagen, damit ich bei Ihnen zu Hause vorbeifahren konnte."

Ich setzte mich auf die Bank und fühlte mich plötzlich erschöpft. Wann würde ich endlich aufhören, voreilige Schlüsse zu ziehen?

Mason setzte sich neben mich und stützte sich mit den Ellbogen auf den Beinen ab. Er verschränkte die Hände. „Es war nicht meine Absicht …"

Ich kämpfte gegen die Tränen an, die mir in den Augen brannten. „Hören Sie auf. Ich hätte nicht das Schlimmste von Ihnen annehmen sollen. Sie haben mir jetzt schon zweimal geholfen und was hab ich getan? Ich war unhöflich und undankbar. Es tut mir leid."

Er lehnte sich an die Wand. „Wir scheinen im anderen nur das Schlechteste hervorzurufen."

Ich wusste nicht genau, was ich darauf erwidern sollte, aber es schien die Wahrheit zu sein. Schweigend saßen wir einige Sekunden da, ehe er sich räusperte. „Ich habe derzeit nicht genügend Beweise, um Skeeter Malcolm anzuklagen, also sind mir die Hände gebunden. Aber Sie müssen diese Drohung ernst nehmen, Rose. Sie müssen Vorkehrungen treffen."

Ich wischte mir eine Träne von der Wange. „Okay. Werde ich."

„Was werden Sie tun?"

„Äh … Joe kommt morgen Abend aus Little Rock her. Vielleicht kann ich Donnerstagmorgen mit ihm zurückfahren."

Er nickte. „Gut. Das ist gut. Was ist mit heute Abend?"

„Ich habe vor, heute Abend zu einem Treffen des Henryetta Gartenklubs zu gehen, also werde ich nicht zu Hause sein."

„Sie sollten die Nacht nicht in Ihrem Haus verbringen."

„Was wird Skeeter tun, was glauben Sie?"

„Keine Ahnung. Vielleicht nichts. Vielleicht … etwas."

„Glauben Sie, er ist fähig, jemanden umzubringen?"

Er drehte den Kopf und sah mir direkt in die Augen. „Ja."

„Oh."

„Verstehen Sie jetzt, warum ich mir Sorgen mache?"

„Ja." Ich sah hinunter in meinen Schoß. „Glauben Sie, dass er schon Leute umgebracht hat, die ihm Geld geschuldet haben?" Ich glaubte das zwar nicht, aber die Frage konnte ja nicht schaden, da wir gerade so offen miteinander sprachen.

Er atmete laut aus. „Rose", brummte er. „Hören Sie auf damit."

„Das ist eine Ja-oder-Nein-Frage. Wenn Sie mir antworten, verbringe ich die Nacht bei meiner Schwester."

Er stand auf und ich war mir sicher, dass ich keine Antwort erhalten würde. Er zog an seiner Krawatte herum. „Versprechen Sie mir, dass Sie die Nacht nicht in Ihrem Haus verbringen werden?"

Ich machte ein Kreuz vor meiner Brust. „Hand aufs Herz! Sonst soll ich tot umfallen."

Er wurde blass. „Ganz schlechte Wortwahl im Moment." Er verlagerte sein Gewicht und sein Blick wurde hart. „Ich habe Angst, Ihnen meine ehrliche Meinung zu sagen. Ich mache mir Sorgen, was Sie mit der Information anfangen werden."

„Ich verspreche, es niemandem zu erzählen."

„Das meinte ich nicht." Er machte eine Pause. „Sie wirken so besessen davon, Bruce Wayne Deckers Unschuld zu beweisen. Ich möchte nicht noch Öl in Ihr Feuer für die Gerechtigkeit gießen."

„Also ist die Antwort Ja?"

„Ja." Er schien es zu bedauern, sobald die Worte seinen Mund verlassen hatten. „Halten Sie sich von Malcolm fern! Haben Sie das verstanden?"

„Ja."

„Geben Sie mir Ihr Wort, Rose."

„Ich verspreche es. Und danke."

„Und wenn Sie mich jetzt entschuldigen würden, ich muss noch nach Canossa gehen."

„Was soll das heißen?"

Er verzog einen Mundwinkel zu einem schiefen Grinsen. „Ich habe Ihnen etwas versprochen. Ich habe Ihnen gesagt, dass ich Ihnen ein Treffen mit William Yates verschaffe, obwohl ich nicht garantieren kann, dass auch sein Mandant anwesend sein wird. Ich bin der Mensch, den Mr Yates am allerwenigsten leiden kann, deshalb wird das wohl nicht ganz einfach werden. Aber ich stehe zu meinem Wort."

Es war interessant, wie sich meine Meinung über ihn in nur wenigen Tagen geändert hatte. „Das glaube ich Ihnen. Danke."

„Bleiben Sie hier im Gericht. Ich bin sicher, das Treffen wird während der Mittagspause stattfinden. Ich rufe Sie an, sobald ich Näheres weiß."

Er verschwand um die Ecke und ich ließ mich auf die Bank fallen. Nicht in einer Million Jahren hätte ich geglaubt, dass Mason Deveraux mir helfen würde. Schon gar nicht, wenn er mein Vorhaben offensichtlich nicht guthieß.

Masons Besorgnis, dass Skeeter mir etwas antun könnte, überraschte mich. Gut, ich hatte ein paar Fragen gestellt, aber je länger ich darüber nachdachte, desto weniger hielt ich mich für eine Bedrohung. Skeeter hatte lediglich vorgehabt, mir mit dem Zettel Angst einzujagen. Wenn er nicht der Mörder von Frank Mitchell war, hatte er gar nichts von mir zu befürchten. Ich wusste ja nicht mal, ob er Mr Mitchells Buchmacher gewesen war, obwohl das vermutlich stimmte. Mein Instinkt sagte mir jedoch, dass der glatzköpfige Typ aus dem Baumarkt der echte Täter war und das war ganz offensichtlich nicht Skeeter gewesen. Warum war der Glatzkopf zurückgekommen?

Zehn Minuten später klingelte mein Handy und die Anruferkennung zeigte Mason Deveraux' Nummer. „Er wird sich mit Ihnen um zwölf Uhr fünfundvierzig in Zimmer 216 treffen. Seien Sie pünktlich."

„Danke."

„Das war nicht leicht zu bewerkstelligen, deshalb hoffe ich, Sie kriegen, was Sie brauchen."

„Danke."

Um zwölf Uhr vierundvierzig stand ich vor Raum 216. Ich hatte schon fast damit gerechnet, dass Mason Deveraux ebenfalls dort sein würde und mich hineinbegleiten wollte, aber das war er nicht und dafür war ich dankbar. Mit dem Deputy Sheriff vor der Tür hatte ich allerdings nicht gerechnet. Was glaubte Mr Yates denn, was ich vorhatte?

Als ich gerade klopfen wollte, schob der Deputy die Tür auf.

Am Tisch saß William Yates. Und neben ihm Bruce Wayne Decker.

Als ich über die Schwelle getreten war, schloss sich die Tür hinter mir.

Mr Yates klopfte mit dem Stift in seiner Hand auf den Tisch. „Ich hoffe, Sie verschwenden nicht unsere Zeit, Ms Gardner."

„Ich versuche mein Bestes, es nicht zu tun."

„Setzen Sie sich." Er deutete auf den Stuhl ihm gegenüber und kritzelte eine Notiz auf seinen Block.

Ich zog den Stuhl hervor und sah wie gebannt auf Bruce. Aus der Nähe wirkte er kleiner. Zerbrechlicher, was mir lächerlich vorkam. Joe hatte recht, Bruce war ein Krimineller. Trotzdem gab es einen Unterschied zwischen Bruce, Daniel Crocker und Skeeter Malcolm. Crocker und Malcolm waren abgebrühte Männer, die nicht zweimal darüber nachdachten, jemanden zu beseitigen, der ihnen im Weg stand. Das hatte ich in ihren Augen sehen können. Aber Bruce war weich und ließ mich an ein getrocknetes Herbstblatt denken, das im Wind herumgewirbelt wurde und schnell zerdrückt werden konnte.

„Haben Sie vor, den ganzen Tag lang meinen Mandanten anzustarren, Ms Gardner, oder haben Sie uns tatsächlich etwas zu sagen?"

„Oh, Entschuldigung." Ich setzte mich und legte die Hände auf den Tisch. Ich hatte keine Ahnung, wo ich anfangen sollte. Vielleicht hätte ich mehr Zeit damit verbringen sollen, meine Rede zu proben und weniger damit, mir über mein Privatleben Gedanken zu machen. Ich sah Bruce ins Gesicht. „Zuerst einmal möchte ich Ihnen sagen, dass ich weiß, dass Sie unschuldig sind."

Erleichterung zeigte sich in seinem Blick, aber Mr Yates holte mich zurück in die Realität. „Und woher genau wollen Sie das wissen?"

„Äh … Ich habe zufällig den echten Mörder in der Toilette belauscht."

Mr Yates verdrehte die Augen. „Und was genau hat er gesagt? Wie hat er ausgesehen? Wie haben Sie das in der Toilette hören können? Haben Sie heute Morgen auch Jesus auf Ihrem Toast gesehen?"

Missbilligend verzog ich den Mund. „Es gibt keinen Grund, so schnippisch zu sein, Mr Yates. Falls Sie es nicht mitbekommen haben sollten, ich bin ins Gefängnis gekommen, weil ich nach Beweisen gesucht habe, um Mr Deckers Unschuld zu beweisen."

„Das hat überhaupt nichts zu sagen. In der heutigen medienhungrigen Gesellschaft, in der es jeden nach fünf Minuten Ruhm drängt, tun die Leute die dümmsten Sachen für Aufmerksamkeit. Vielleicht haben Sie das ganze Interesse an Ihnen ja genossen. Vielleicht fehlt Ihnen das Rampenlicht, in dem Sie durch den Mord an Ihrer Mutter gestanden haben, und deshalb kommen Sie jetzt mit dieser absurden Geschichte."

Ungläubig sah ich ihn an. „Glauben Sie das wirklich? Dass ich nur auf fünf Minuten Ruhm aus bin?"

Mr Yates schob seinen Stuhl zurück, wobei er ein quietschendes Geräusch auf dem Boden verursachte. „Ich habe genug gehört. Meinen Teil des Deals habe ich eingehalten. Wir sind hier fertig."

Bruce sah hinunter auf seine Hände, die er auf dem Tisch verschränkt hatte. „Nein."

Mr Yates zog die Augenbrauen hoch. „Was?"

Bruce sah auf und mir in die Augen. „Nein. Ich will hören, was sie zu sagen hat."

Kopfschüttelnd tätschelte Mr Yates Bruce den Arm. „Ich verstehe Ihre Verzweiflung …"

Ich räusperte mich. „Warum haben Sie denn nicht darauf hingewiesen, dass Bruce Rechtshänder ist?"

„Was um alles in der Welt hat das mit irgendetwas zu tun?"

„Mr Mitchells Kopfwunde war auf der rechten Seite."

„Und?"

„Der Mörder ist Linkshänder."

Er hielt inne und warf mir einen unnachgiebigen Blick zu. Das Licht der Deckenlampen spiegelte sich auf seinem nahezu blanken Kopf. „Und woher wollen Sie das wissen?"

Ich konnte ihm nichts von meiner Vision erzählen. „Ich weiß es einfach."

„Einfach so." Abneigung sprach aus seinen Worten und er klopfte erneut in beständigem Rhythmus mit dem Stift auf den Tisch. „Mein Mandant ist neugierig, also beglücken Sie uns mit dem, was Sie einfach so wissen."

„Ich weiß, dass die Anstecknadel dem Mörder gehört und dass er sich Sorgen macht, man könnte sie zu ihm zurückverfolgen. Aber er glaubt, dass er damit durchkommt."

Bruce stand der Mund offen, während er mir zuhörte. Mr Yates wirkte gelangweilt.

„Vor Frank Mitchells Tod hat jemand versucht, sein Haus zu kaufen, aber Mr Mitchell wollte nicht verkaufen. Derjenige hat viel Druck auf Frank ausgeübt. So viel Druck, dass Frank sich ein paar Tage vor seiner Ermordung betrunken hat und im Hof herumgestolpert ist. Ein paar Monate nach seinem Tod hat sein Sohn das Haus an eine Investmentfirma aus Louisiana verkauft. Kürzlich wurde es jedoch erneut verkauft, an eine Firma, die einen Superstore errichtet. Sie haben sein Grundstück gebraucht, um dort einen Parkplatz zu bauen. Ich weiß auch, dass Frank seinem Buchmacher eine Menge Geld geschuldet hat. Allerdings glaube ich nicht, dass der Buchmacher ihn umgebracht hat."

Mr Yates fielen fast die Augen aus dem Kopf. „Warum nicht?"

„Nach dem Mord ist ein Mann mehrmals in den Baumarkt gekommen und hat sich brennend für den Tatort interessiert. Schließlich hat ihn einer der Angestellten gefragt, warum er immer wieder kommt und merkwürdige Sachen kauft, und damit waren die Besuche beendet. Aber an diesem Wochenende war er wieder da und hat versucht, ins Lager zu gelangen, wo der Mord stattgefunden hat."

Mr Yates wurde blass. Vermutlich wusste ich mehr, als er geglaubt hatte.

Ich wandte mich an Bruce. „Die Angestellten sagen, dass er glatzköpfig ist und unscheinbar und normalerweise gute Klamotten anhat, wie ein Büroangestellter. Kennen Sie so jemanden?"

Bruce kaute an seinem Daumennagel und schüttelte den Kopf. „Nein."

„Können Sie mir erzählen, was an dem Abend im Baumarkt passiert ist?"

Mr Yates beugte sich vor und starrte mich böse an. „Antworten Sie ihr nicht. Mein Mandant wird nicht aussagen."

„Er soll doch keine Aussage machen, sondern es nur mir erzählen. Ich will ihm helfen."

Bruce starrte hinunter auf den Tisch und betrachtete intensiv eine Delle im Holz.

Ich beugte mich vor und versuchte, Blickkontakt zu ihm aufzunehmen. „Bruce, ich bin letzte Woche David begegnet. Im Supermarkt, nach meiner Entlassung aus dem Gefängnis und dort saß ich nur, weil ich Ihnen helfen wollte. David hat mir erzählt, dass Sie gehört haben, wie sich Frank mit seinem Mörder gestritten hat. Stimmt das?"

Er nickte und fummelte an seinem Zeigefingernagel herum.

„David hat gesagt, Sie haben Frank rufen gehört, dass er niemals verkaufen würde, und der andere Mann hat geantwortet, dass er schon kriegen würde, was ihm zusteht."

Er nickte dreimal. Ja.

„Haben Sie sonst noch etwas gehört? Etwas gesehen? Egal was?"

„Nein."

Mr Yates schlug mit der Hand auf den Tisch und beugte sich vor. Das Licht reflektierte von seiner Glatze. „Bruce, ich warne Sie. Reden

Sie nicht mit dieser Frau. Sie kann hier rausgehen und das, was Sie ihr erzählt haben, gegen Sie verwenden."

Bruce zuckte zusammen, ließ die Schultern fallen und versuchte, sein Gesicht zu verstecken.

Ich sprach jetzt sanfter. „Bruce, ich schwöre, dass ich Ihnen nur helfen will. Ich weiß, dass Sie die Mordwaffe genommen haben, weil Sie Angst hatten, dass man Ihnen den Mord anhängt. Sie wollten das Brecheisen loswerden, aber David wollte es als eine Art Versicherung behalten."

„David Moore sollte seine Gedanken besser für sich behalten", knurrt Mr Yates durch seine zusammengepressten Zähne.

„Bruce, bitte erzählen Sie mir, was passiert ist."

Er holte tief Luft und streckte die Hand auf dem Tisch aus. „Ich hatte beschlossen, den Baumarkt auszurauben. Man hatte mir gekündigt und meine Eltern hatten mich rausgeschmissen." Er verzog das Gesicht und rieb sich über die Augen. „Ich wollte das nicht, aber meine Miete war fällig ..." Ich war von seiner leisen und schüchternen Stimme überrascht. Wie konnte nur irgendjemand glauben, dass er zu einem Mord fähig war?

„Und was ist passiert, nachdem Sie dort waren?"

„Ich hatte erwartet, dass ich einbrechen musste, aber die Hintertür stand auf, also bin ich rein. Als ich an der hinteren Wand in Richtung Büro gegangen bin, habe ich das Geschrei gehört. Ich bin näher ran und hab mich hinter den Regalen versteckt. Zwei Männer haben sich angeschrien und miteinander gestritten. Frank hat so Sachen gebrüllt wie ‚Ich werde niemals verkaufen, du Bastard!'. Und ‚Kriech zurück in das Loch, aus dem du gekommen bist!'. So was in der Art." Bruces Augen leuchteten auf. „Ach ja! Er hat den Mann ‚Spielball' genannt."

„Und was ist dann passiert?"

„Der andere Mann hat immer wieder gerufen ‚Ich kriege schon noch, was mir zusteht' und ich ‚Ich kriege, was ich verdiene', was mir echt komisch vorkam. Schließlich hat er das Brecheisen aufgehoben und Frank damit auf den Kopf geschlagen."

„Und dann ist er ins Büro gegangen?"

„Ja, da war er ein paar Minuten drin, ehe er wieder rausgekommen und durch die Hintertür verschwunden ist."

„Haben Sie den Mann gesehen? Können Sie mir etwas über sein Aussehen sagen?"

„Nein, er hatte schwarze Klamotten an und eine schwarze Strickmütze auf."

„Obwohl es April war?"

Bruce zuckte mit den Schultern.

„War er groß? Klein? Dick? Dünn?"

Bruce rieb sich über die Stirn und schloss die Augen. „Ich glaube, er war so groß wie Frank. Nicht dünn, aber auch nicht dick."

„Durchschnittliche Statur?"

Er zuckte mit den Schultern. „Ja."

Ich wandte meine Aufmerksamkeit Mr Yates zu. „Wie groß war Frank Mitchell?"

„Woher soll ich das wissen?"

„Steht das nicht in seiner Akte oder so?"

„Er war nicht besonders groß", mischte Bruce sich ein.

Ich hatte vergessen, dass Bruce nicht weit vom Opfer entfernt aufgewachsen war. „Wie groß war er, was glauben Sie?"

Er zuckte erneut mit den Schultern. „Keine Ahnung. Vielleicht einen Meter fünfundsechzig? Einen Meter siebzig?"

„Und Sie haben weder die Haare noch das Gesicht des Mörders gesehen?"

„Nein, er hatte die Mütze auf und es war zu dunkel, um sein Gesicht zu erkennen."

„Nachdem er also fort war, nahmen Sie das Brecheisen und sind auch verschwunden?"

Bruce sah nach unten und kaute auf dem Fingernagel seines kleinen Fingers herum. „Da gibt es etwas, das ich bisher noch niemandem erzählt habe."

Mr Yates setzte sich aufrecht hin. „Warum nicht?"

„Weil es mir Angst gemacht hat und ich versucht habe, es auszublenden."

„Was ist passiert?", flüsterte ich.

Sein Blick war panisch. „Nachdem der andere Mann weg war, bin ich hinüber zu Frank gegangen. Seine Augen waren geschlossen."

Das ergab keinen Sinn. „Aber die Tatortfotos zeigen ihn mit offenen Augen." Den starren Blick würde ich niemals vergessen.

„Ja, auf den Fotos."

„Aber … wieso?"

„Als ich zu ihm rüber ging, flogen seine Augen auf. Er lebte noch."

„Und das erzählen Sie mir erst jetzt?", brüllte Mr Yates.

Bruce schüttelte den Kopf und kniff die Augen zusammen. „Ich hatte Angst. Und ich hab mich geschämt."

„Warum haben Sie denn nicht den Notruf angerufen?", fragte ich entsetzt.

„Weil ich nicht klar denken konnte." Er sah auf. In seinen Augen standen Tränen. „Er hat kurz danach aufgehört zu atmen. Da war so viel Blut." Er rieb sich die Hände, als wolle er es abschrubben.

„Hat er irgendwas gesagt?"

Er schluckte und nickte mehrmals. „Ja, er hat immer wieder ‚Duane' gesagt."

„Duane?"

„Ja."

„Kennen Sie irgendjemand namens Duane?"

Er biss sich auf die Lippe und schüttelte den Kopf. „Nein."

Ich warf einen Blick hinüber zu Mr Yates. „Können wir das der Polizei erzählen?"

Er sah mich von oben herab an. „Was genau wollen wir ihnen denn erzählen und was erwarten Sie sich davon? Die Polizei hat ihren Verdächtigen und der ist verdammt nahe dran, verurteilt zu werden. Es gibt nichts zu erzählen."

Alarmiert riss Bruce den Kopf hoch.

„Aber …"

„Danke für Ihren Einsatz, aber lassen Sie es gut sein."

„Aber …" Wollte er das wirklich ignorieren?

Mr Yates stand auf. Seine offensichtliche Abneigung gegen mich stand ihm ins Gesicht geschrieben. „Wir müssen zurück in den Gerichtssaal und es gibt sowieso nichts weiter zu sagen, Ms Gardner. Richten Sie Mr Deveraux aus, dass ich mich schon auf seine Spielfeldrandtickets für das Footballspiel Arkansas – LSU im Oktober freue."

„Was?"

„Das war sein Angebot für dieses Treffen hier. Ich hoffe, das war es wert. Die meisten Menschen würden ihren Erstgeborenen für solche Tickets verkaufen."

Mr Yates zog Bruce von seinem Stuhl hoch und in Richtung Tür auf der hinteren Seite des Raumes. Ängstlich warf Bruce einen Blick über die Schulter.

Ich stolperte aus dem Zimmer in den Flur und versuchte, alles zu verarbeiten, was ich gerade gehört hatte.

Erstens, Mr Yates wollte meine Hilfe nicht.

Zweitens, Mr Decker wollte meine Hilfe, hatte aber Angst vor Mr Yates.

Drittens, ich wusste nicht besonders viel über Football, aber laut William Yates hatte Mason Deveraux ihm gerade heiß begehrte Tickets überlassen, um mir einen Gefallen zu tun.

Warum um alles in der Welt sollte er das tun?

KAPITEL 22

Ich klopfte an Masons Bürotür und fragte mich, ob er überhaupt da war. Bruce Decker und Mr Yates waren zurück in den Gerichtssaal gegangen und ich war sicher, dass auch Mason dorthin musste.

Mit grimmigem Gesicht öffnete er die Tür, lief an mir vorbei und rief mir über die Schulter hinweg zu: „Wie ist Ihr Treffen gelaufen?"

Ich eilte ihm nach und lief neben ihm her. „Ich bin nicht sicher. Ich versuche immer noch, mir einen Reim darauf zu machen."

„So schlimm, ja?" Er blieb stehen und drückte den Knopf für den Fahrstuhl.

Ich ignorierte seine Frage. „Warum haben Sie ihm Ihre Footballtickets gegeben?"

Er wurde blass und verlagerte sein Gewicht. „Wie haben Sie das herausgefunden?"

„Mr. Yates."

Mason presste den Kiefer zusammen. „Der elende Kotzbrocken." Dann sah er hinunter auf mich und seine Augen wurden vor Scham ganz groß. Er seufzte und rieb sich über die Stirn. „Entschuldigen Sie meine schlechten Manieren. Schon wieder. Das war unbedacht."

„Ich mag ihn auch nicht."

Er ließ die Hand fallen und grinste. „Na ja, er mag keinen von uns beiden, also beruht die Abneigung wenigstens auf Gegenseitigkeit.

„Sie haben meine Frage nicht beantwortet."

Die Fahrstuhltür öffnete sich und ich folgte ihm hinein.

Er drückte auf den Knopf mit der Drei. „Das ist schwer zu erklären."

„Sie haben Glück, dass wir uns im langsamsten Fahrstuhl der Welt befinden."

Er grinste mich an und diesmal wirkte es nicht hochnäsig. So wirkte er direkt zugänglich. „Die beste Antwort ist vermutlich, dass es dafür viele Gründe gab. Ich war unfassbar unhöflich zu Ihnen. Und ich habe Skeeter Malcolm Ihren Namen verraten und Sie dadurch in Gefahr gebracht. Obwohl Sie eigentlich gar nicht hätten dort sein sollen", er kniff die Augen zusammen, „waren Sie klug genug, einen falschen Namen zu benutzen, und durch mich ist das aufgeflogen. Und schließlich", er hielt inne und sah mich einen Moment lang an. „Sie haben diese langweilige, rückständige Stadt mit Ihren Eskapaden ein wenig erträglicher gemacht. Es erschien mir nur fair, mich dafür bei Ihnen zu revanchieren."

Ich stützte beide Hände in die Hüften. Meine Eskapaden? Für wen hielt Mason Van de Camp Deveraux III. sich eigentlich? Entrüstung und Ärger tobten in mir. „Habe ich das richtig verstanden? Sie haben mir geholfen, weil Sie mich unterhaltsam finden? Wie einen Clown?"

Er schloss für einen Moment die Augen und öffnete sie dann wieder. „So habe ich das nicht gemeint."

„Sind Sie deshalb gestern Abend gekommen, statt jemand anderes zu schicken? Weil ich unterhaltsam bin?"

Die Fahrstuhltüren öffneten sich und sein Gesicht zeigte Unentschlossenheit. „Ich schwöre Ihnen, so hab ich das nicht gemeint und es ist nicht der Grund, warum ich selbst gekommen bin."

Ich holte ein paarmal tief Luft und versuchte, mich zu beruhigen.

„Rose, ich muss jetzt in die Verhandlung, aber ich möchte nicht, dass Sie glauben, ich halte Sie für einen Zirkusclown."

„Sie halten mich für einen Zirkusclown?"

Die Leute im Flur starrten in den offenen Fahrstuhl. Die Türen begannen sich zu schließen und Mason drückte den Türöffner. „Nein. Ich versuche, Ihnen genau das Gegenteil zu sagen, aber ich stelle mich nicht besonders clever an. Ich erkläre es Ihnen später, okay?"

Tränen brannten mir in den Augen. „Gehen Sie einfach zur Verhandlung, Mr Deveraux. Sagen Sie mir, was die Footballtickets gekostet haben, und ich gebe Ihnen das Geld."

Er verließ den Fahrstuhl. In seinem Blick spiegelten sich Verwirrung und Ärger. „Nein. Ich möchte nicht, dass Sie mir Geld geben." Er machte zwei Schritte zurück und warf mir einen bittenden Blick zu. „Ich muss los."

„Ich halte Sie nicht auf."

„Ich möchte Sie aber nicht so aufgewühlt zurücklassen. Sie denken momentan nur das Schlimmste von mir."

Kränkung und Ärger hatten sich in mir wie eine Schlange zusammengerollt und stießen jetzt zum Angriff vor. „Keine Sorge, Mr Deveraux. Ich habe schon lange vorher schlecht von Ihnen gedacht."

Traurigkeit blitzte in seinen Augen auf, bevor sie von der üblichen Geringschätzung abgelöst wurde. „Dann bleibt wohl nichts mehr zu sagen."

Er ging in den Gerichtssaal, während sich die Fahrstuhltüren schlossen. Ich hatte Mühe, nicht zu weinen. Was stimmte denn bloß nicht mit mir? Warum war ich zu diesem Mann so gemein? Ich war hin- und hergerissen zwischen Dankbarkeit für seine Hilfe und Entsetzen darüber, dass meine Eskapaden ihn amüsierten. Der Schmerz in seinem Gesicht bei meinen Abschiedsworten lastete mir schwer auf dem Gewissen. Ich musste mit jemandem reden.

Neely Kate.

Ihr Büro war im ersten Stock und sie wusste alles über jeden. Sie würde wissen, was zu tun war, obwohl ich den Verdacht hatte, dass es nicht viel zu tun gab. Ich musste einfach über meinen Kummer und die Demütigung hinwegkommen.

Ich betrat die Abteilung für Grundsteuer und entdeckte sie an einem Schreibtisch hinter der Theke. Als sie aufsah und mein Gesicht erblickte, verschwand ihr Lächeln. „Rose?" Sie sprang auf, kam um die Theke herum und umarmte mich. „Was ist passiert?"

„Ich weiß nicht genau. Ich bin so durcheinander."

Neely Kate lugte vorsichtig um die Ecke. „Ich mache kurz Pause, Jimmy."

„Natürlich", antwortete eine männliche Stimme sarkastisch.

Sie legte den Arm um meine Schulter und schob mich zur Tür hinaus. „Hast du schon Mittag gegessen?"

„Nein."

Sie führte mich in Richtung Ausgang. „Dann das Wichtigste zuerst. Du musst was essen. Gehen wir zu Merilee."

„Aber hast du nicht schon Mittag gegessen?"

Sie machte eine abwehrende Handbewegung. „Mach dir keine Gedanken darüber. Jimmy ist ein alter Brummbär, aber er wird nichts unternehmen. Er hat noch mit diesem Pensionschaos zu tun und ich komme ungeschoren davon."

Ich zuckte wegen ihrer Wortwahl zusammen, aber das schien ihr nicht aufzufallen.

Sobald wir im Café Platz genommen hatten, begann Neely Kate ihre Inquisition. „Hat es was mit Joe zu tun?"

Ich schüttelte den Kopf und putzte mir die Nase. „Nein."

Sie riss die Augen auf. „Ach du Sternenstaub und Strumpfgürtel! Ist es wegen gestern Abend? Es tut mir so leid, dass ich nicht gekommen bin, aber meine Großmutter hatte Brustschmerzen und ich musste sie ins Krankenhaus bringen."

Ich hatte ihre Großmutter vollkommen vergessen gehabt. Eine tolle Freundin war ich. „Geht es ihr gut?"

Sie wirkte verwirrt. „Was? Ach so. Es war nichts. Sodbrennen. Ganz egal, wie oft wir ihr sagen, dass sie nicht die scharfen Chicken Wings bei Big Bills Barbecue essen soll, sie tut es jedes Mal." Sie beugte sich über den Tisch. „Ist Mr Deveraux aufgetaucht?"

„Ja, aber ich kann nicht fassen, dass du ausgerechnet ihn angerufen hast. Und bis vor ein paar Minuten konnte ich kaum glauben, dass er tatsächlich gekommen ist."

„Was ist denn vor ein paar Minuten passiert?"

Ich schniefte. „Er hat mich als unterhaltsam bezeichnet."

Verwirrt kniff sie die Augen zusammen. „Was ist denn daran schlimm?"

„Das waren nicht genau seine Worte. Aber er hat es so gemeint. Um genau zu sein, hat er gesagt, dass meine Eskapaden sein Leben in dieser langweiligen Stadt erträglicher gemacht haben."

Ausdruckslos wartete sie darauf, dass ich weitersprach.

„Er hat unsere Stadt beleidigt."

„Wer nicht?"

„Er hat mich beleidigt."

Sie wirkte erneut verwirrt. „Womit? Das muss ich verpasst haben. Rose, ich glaube, das war seine verklemmte Art dir zu sagen, dass er dich mag."

„*Was*? Nein."

Tief in Gedanken versunken starrte sie die Wand an. „Wer hätte gedacht, dass Mr Griesgram tief drinnen doch menschlich ist?"

„Warum hast du gestern Abend ihn angerufen?"

Sie wandte sich wieder mir zu und zuckte mit den Schultern. „Weil er nach deiner Gefängniserfahrung genug Schuldgefühle aufgebaut hatte, dass ich mir sicher sein konnte, dass er dir helfen würde. Außerdem, wer wäre dir lieber – er oder Officer Ernie?"

„Keiner von beiden", brummte ich.

Die Kellnerin brachte unsere Bestellung und ich attackierte meinen Hamburger. Mir wurde klar, dass ich seit dem Vorabend nichts mehr gegessen hatte.

„Benimm dich nicht wie ein Baby."

Ich warf ihr einen bösen Blick zu, weil ich mit einem Mund voller Essen nicht protestieren konnte.

„Denk mal drüber nach. Mason Deveraux ist neu in der Stadt. Einer Stadt, in der er gar nicht sein will. Er ist ein gemeiner alter Sack, auch wenn er nicht alt ist. Er ist spießig. Er ist arrogant. Und jeder in der Stadt hat Angst vor ihm."

Dagegen konnte ich nichts sagen.

„Dann läufst du in ihn hinein und liest ihm die Leviten. Und du tust ständig Dinge, um ihn von seinem sorgfältig polierten Podest zu schubsen. Zum ersten Mal katzbuckelt jemand nicht vor ihm und begegnet ihm stattdessen auf Augenhöhe."

Ich war mir nicht sicher, dass ich die Richtung mochte, die das Gespräch eingeschlagen hatte. „Was willst du damit sagen?"

„Ich will damit sagen, dass Mason Deveraux einsam ist. Durch seine eigene Schuld, unbestritten, aber trotzdem einsam. Er hat keine Freunde hier. Vielleicht möchte er dein Freund sein."

„Mein Freund?"

„Klar. Warum denn nicht?"

Ich schüttelte den Kopf. „Ich weiß nicht …"

Sie zuckte mit den Schultern und stocherte in ihrem Salat herum. „Vielleicht irre ich mich, aber das kommt selten vor." Sie zwinkerte mir zu.

Ich konnte nicht anders, ich musste lachen. Damit hatte sie vermutlich recht.

„Außerdem hat er wirklich besorgt gewirkt, als ich ihn gestern angerufen habe. Was ist passiert, als er aufgetaucht ist?"

Ich berichtete in allen Einzelheiten über den vergangenen Abend.

Ein verträumter Blick trat in ihre Augen. „Mason Van de Camp Deveraux III. hat sich mit Skeeter Malcolm angelegt. Das hätte ich gerne gesehen."

„Du hast von Skeeter Malcolm gehört?"

Sie schnaubte. „Wer nicht?"

Ich. Offensichtlich. „Und du hast es nicht für eine schlechte Idee gehalten, dass wir gestern Abend dorthin wollten?"

„Nein. An Billardspielen ist nichts falsch. Aber als ich nicht mitkonnte, hatte ich so ein Gefühl, dass du trotzdem gehen, was Verrücktes tun und Skeeter misstrauisch machen könntest."

Warum glaubten bloß immer alle, dass ich was Verrücktes tun würde? „Ich glaube nicht, dass Skeeter Frank Mitchell umgebracht hat."

„Warum nicht?"

Ich erzählte ihr, was ich von Anne in der Farbabteilung erfahren hatte.

„Das klingt wirklich verdächtig."

„Sie sagt, er ist ein kleiner, glatzköpfiger Mann. Aber weder Skeeter noch die Männer, mit denen er abhängt, sind klein oder glatzköpfig. Hast du noch irgendwas über diese Investmentfirma herausfinden können?"

„Nein."

„Vielleicht hatte Frank Mitchells Tod ja gar nichts mit seinen Schulden zu tun. Vielleicht war es die Person, die sein Haus kaufen wollte. Was, wenn es hier um zwei völlig verschiedene Dinge geht? Hast du gewusst, dass in Forest Ridge ein Superstore gebaut wird?"

„Jetzt, wo du es sagst, Jimmy hat so was erwähnt. Einige seiner Mietobjekte in dieser Gegend wurden aufgekauft." Sie sah mich eine Minute lang an und runzelte dann die Stirn. „Rose, woher wusstest du, dass eins meiner Blumenmädchen die Windpocken bekommen würde?"

Ich verschluckte mich fast an meinem Essen. „Äh ... ich hatte gehört, dass die Windpocken umgehen."

„Misty hat seit heute Morgen überall Flecken." Neely Kate biss sich auf die Lippe und schüttelte langsam den Kopf. „Woher weißt du, dass Bruce Decker unschuldig ist?"

Mein Herz klopfte wie verrückt. „Das hab ich dir schon gesagt. Ich weiß es einfach." Die Brust war mir wie zugeschnürt und ich hatte Mühe, die Worte hervorzupressen.

Sie sah mich forschend an. „Du hast das Zweite Gesicht."

Panik durchdrang jede meiner Körperzellen. „Wovon sprichst du?"

„Du weißt Dinge, genauso wie ich Dinge weiß." Sie neigte den Kopf und musterte mich. „Ich kann deine Aura sehen. Sie ist strahlend blau. Du hast das Zweite Gesicht."

Auren waren neu. Ich fragte mich, wo sie gelernt hatte, sie zu deuten. Ich lachte. „Das ist das Albernste, was ich je gehört habe!"

Sie schenkte mir ihren besten Versuch eines bösen Blicks und zog die Brauen hoch. „Ach ja?"

Ich sah hinunter auf meinen Teller, während ich panisch überlegte, wie ich am besten mit der Situation umgehen sollte. Ich würde alles dafür geben, ihr von meinem Fluch zu erzählen, aber was, wenn sie mich danach nicht mehr akzeptierte? Während meiner Schulzeit hatte ich einmal eine Freundin gehabt und ich hatte geglaubt, ich könnte ihr trauen. Wir hatten uns versprochen, uns gegenseitig unser größtes Geheimnis zu verraten, aber als ich ihr meins verriet und ihr klar wurde, dass es stimmte, sah ich Entsetzen und Angst in ihren Augen. Danach hat sie nie wieder mit mir geredet.

Neely Kate behauptete, dem Mysteriösen und Mystischen offen gegenüberzustehen, aber was, wenn sie genauso reagierte? Was, wenn ich meine einzige Freundin verlor? „Und … wenn ich das Zweite Gesicht hätte?" Ich hob das Kinn weit genug, um ihr in die Augen zu sehen. „Was würdest du davon halten?"

Einige Sekunden lang verharrte sie reglos. „Also hast du es?"

Ich blinzelte. Ich sah keinen Ausweg. „Ja."

„Ich wusste es", quiekste Neely Kate und klatschte in die Hände. „Ich kann es nicht glauben. Du hast die Gabe!"

Entsetzt riss ich die Augen auf. „Neely Kate! Du darfst es niemandem erzählen!"

Sie beruhigte sich und sah mich verwirrt an. „Warum denn nicht?"

„Weil die Leute mich auch schon so für einen Freak halten."

Schnaubend machte sie eine abwehrende Handbewegung. „Die sind doch bloß neidisch."

Ich war mir ziemlich sicher, dass es das nicht war. „*Bitte.*"

Sie legte ihre Hand auf meine und lächelte. „Beruhige dich. Wenn du nicht möchtest, dass ich es jemandem erzähle, dann werde ich das nicht, auch wenn es mir nicht einleuchtet. Wie stark ist deine Gabe?"

Das Essen in meinem Magen wog plötzlich einen Zentner. „Ich betrachte es eigentlich nicht als eine Gabe. Eher als einen Fluch."

Ihre Augen wurden groß. „Warum um Himmels willen denn das?"

„Weil ich sie nicht kontrollieren kann …"

„Das können die meisten Hellseher nicht."

„Und alles, was ich sehe, kommt sofort ungefiltert aus meinem Mund."

„Huch." Sie legte den Kopf schräg. „Okay, das ist etwas Neues."

„Die Leute halten mich für eine Schnüfflerin und Tratschtante, weil ich Dinge weiß, die ich gar nicht wissen dürfte."

Sie kicherte. „Ich weiß viele Dinge, die ich nicht wissen dürfte, und mache mir auch nichts draus."

Das stimmte, aber Neely Kate war aus anderem Holz geschnitzt als ich.

Konnte ich ihr alles sagen? Immerhin wusste sie jetzt schon das meiste. „Meine Momma hat geglaubt, ich wäre dämonenbesessen."

264

„Du veräppelst mich, richtig?"

Ich schüttelte den Kopf.

„Rose, das tut mir so leid!"

Ich zuckte mit den Schultern. Das war Vergangenheit, auch wenn der Schmerz von Zeit zu Zeit wieder aufflammte und an meinem langsam wachsenden Selbstbewusstsein nagte.

„Du bist ganz sicher nicht dämonenbesessen. Du bist einer der nettesten Menschen, die ich kenne. Ich bin so froh, dass wir Freunde sind!"

Ungläubig starrte ich sie an.

„Ich muss dich etwas Wichtiges fragen." Ihr Blick war ernst.

Vor Angst drehte sich mir der Magen um. „Okay."

„Wird meine Hochzeit von der Familie meines Bräutigams ruiniert werden?"

Verwirrt sah ich sie an. „Woher soll ich das wissen?"

„Durch deine Gabe."

„Ich habe dir doch gerade erzählt, dass ich meine Visionen nicht kontrollieren kann."

„Du kannst also keine Dinge voraussehen, solange sie nicht von selbst in deinem Kopf auftauchen?"

„Na ja …" Joe hatte mich einmal überredet, eine Vision zu provozieren, und dabei hatte ich seinen Tod vorausgesehen. Auf keinen Fall würde ich das noch mal machen.

Sie sah mein Zögern. „Du kannst es also."

„Ich habe es nur einmal ausprobiert und es war furchtbar. Ich habe Joe sterben sehen."

„Aber Joe lebt noch. Das kann keine Vision gewesen sein."

„Nicht alles, was ich sehe, passiert tatsächlich auch. Manchmal ändert sich etwas. Ich habe mich selbst tot auf Mommas Sofa gesehen, aber stattdessen hat es sie erwischt. Ich habe Joe tot gesehen, aber ich konnte es verhindern."

Aufgeregt beugte sie sich über den Tisch. „Das ist noch ein Grund mehr, warum du mir etwas über meine Hochzeit erzählen solltest. Falls etwas Schlimmes passiert, will ich die Möglichkeit haben, es zu verhindern."

„Ich weiß nicht. Ich habe es nur ein einziges Mal probiert, vielleicht klappt es gar nicht."

Sie lächelte selbstgefällig. „Das wirst du erst wissen, wenn du es ausprobierst, richtig? Sieh es als Übung. Du weißt nie, wann es dir mal nützlich sein wird."

Joe hatte damals in etwa das Gleiche gesagt, aber ich konnte nicht erkennen, wie das möglich sein sollte. Neely Kate warf mir einen Welpenblick zu und machte einen Schmollmund. Wie sollte ich da Nein sagen? Seufzend schloss ich die Augen. „Na gut."

Sie nahm meine Hände in ihre und zog sie zu sich. „Danke, danke! Du hast keine Ahnung, wie viel mir das bedeutet!"

Hoffentlich würde sie das auch noch nach der Vision denken. Falls ich überhaupt eine haben würde. Ich sah mich im Café um, ob uns irgendjemand beobachtete. Alle Kunden schienen in ihre eigenen Gespräche vertieft. „Okay, ich halte deine Hand und konzentriere mich auf dich und die Hochzeit und warte, ob was passiert. So hab ich das damals mit Joe gemacht, allerdings habe ich da an ihn und Daniel Crocker gedacht."

Nickend legte sie unsere miteinander verschränkten Hände auf den Tisch. „Okay."

Ich schloss die Augen und stellte mir Neely Kate vor. Dann dachte ich an ihre Hochzeit und die Kleider der Brautjungfern. Meine Schultern versteiften sich, und gerade als ich dachte, dass es nicht funktionieren würde, spürte ich das vertraute Kribbeln.

Ich ging einen Mittelgang entlang. Ein bauschiges weißes Kleid umspielte meine Beine. Ein gut aussehender Mann in einem schwarzen Smoking stand am Altar. Er lächelte breit. An den Seiten standen eine Menge Brautjungfern und Trauzeugen, zu viele, um sie zu zählen, aber ich erkannte sofort Neely Kates orangefarbene Cousine.

Die Rückseite des Altars und die Seitengänge waren mit Kerzenleuchtern geschmückt, die ein wundervolles Kerzenlicht verströmten. Der ältere Mann neben mir legte meine Hand in die des Bräutigams und ich stellte mich neben ihn an den Altar. Das Herz quoll mir vor Glück fast über.

„Du wirst eine wunderschöne Hochzeit haben." Nur mit Mühe konnte ich trotz des Kloßes in meinem Hals sprechen. Tränen brannten mir in den Augen.

Ihr Griff verstärkte sich, und sie sah besorgt aus. „Warum siehst du dann aus, als ob du gleich weinst?"

„Ach Neely Kate. Es war so wunderschön." Eine Träne rollte mir über die Wange. „Dein Verlobter ist so ein gut aussehender Mann. Und ich habe das M&M gesehen, aber alles war so schön, dass ich sie kaum bemerkt habe. Und du warst so glücklich." Ich brachte das letzte Wort kaum heraus. Noch nie zuvor hatte ich bei einer Vision Emotionen verspürt. Hatte ich ihr Glück gefühlt, weil es so stark war oder weil ich die Vision erzwungen hatte?

„Wirklich?" Neely Kate biss sich auf die Unterlippe.

„Ich verspreche es dir."

Sie umarmte mich. „Danke, Rose. Vielen Dank!"

Ich lächelte. Das war gar nicht so übel gewesen. Ich hatte eine Vision heraufbeschworen und es war nichts Schreckliches gewesen. Und Neely Kate war ganz offensichtlich erleichtert. Stolz und Glück erfüllten mich, weil ich ihr dieses Gefühl verschafft hatte. Ich fühlte mich gebraucht. „Wie viele Leute sind denn an dieser Hochzeit eigentlich beteiligt?"

Neely Kate sah hinauf zur Decke und zählte an den Fingern ab. „Meine Ehrenbrautjungfer, fünf Brautjungfern, zwei Juniorbrautjungfern, drei Blumenmädchen, ein Ehrentrauzeuge, sieben Trauzeugen, zwei Ringträger und vier Platzanweiser."

„Ich glaube, bei meiner Hochzeit werde ich nicht mal so viele Gäste haben!"

Sie lachte. „Ach wo. Ich wette, Joe wird viele Leute einladen."

Da ich inzwischen über Joes Familie Bescheid wusste, hatte Neely Kate vermutlich recht.

„Joe und Violet hatten einen großen Streit am Wochenende und Joe hat Violet von seiner Familie erzählt. Es sind die Simmons aus El Dorado."

Neely Kate stand der Mund offen und sie schlug schnell die Hand davor. „*Die* Simmons-Familie?"

„Warum weiß denn jeder außer mir, wer das ist?"

„Wo warst du denn die letzten Jahre? Diese Familie hat Promistatus."

Ich runzelte die Stirn und stach mit einem Pommes in mein Ketchup. „Was hab ich doch für ein Glück."

„Warum hat dir Joe denn nichts über sie erzählt?"

„Weil er genau wusste, wie ich reagieren würde – nicht besonders gut." Ich zog mein Portemonnaie hervor. „Wir sind allerdings unglücklich ohne den anderen und deshalb habe ich gestern bei der Zulassungsstelle gekündigt. Ich werde in einer Woche oder so umziehen, aber Mason findet, dass ich am Donnerstagmorgen mit Joe die Stadt verlassen sollte. Wegen Skeeter."

„Wow. Das geht aber schnell. Du kommst doch trotzdem zu meiner Hochzeit, oder?"

„Möchtest du wirklich, dass ich komme?"

„Ohne dich wäre es nicht das Gleiche!"

Schon wieder quoll mir das Herz über vor Glück, aber diesmal war es mein eigenes Glück und keine übrig gebliebene Emotion von Neely Kate aus meiner Vision. „Ich denke nicht im Traum daran, das zu verpassen. Man sieht nicht jeden Tag ein M&M den Kirchengang entlanggehen." Ich lachte. „Zweimal!"

„Das ist wahr." Stirnrunzelnd stand sie auf. „Ich muss zurück zur Arbeit, aber wenn du mich ins Büro begleitest, zeige ich dir ein Bild von den Kleidern."

Beinahe hätte ich gesagt, dass ich sie gerade gesehen hatte, aber ich war nicht so scharf darauf, schnell in mein leeres Haus zurückzukehren. „Wie könnte ich das ablehnen?"

Ich folgte Neely Kate zurück zum Gericht und mir wurde klar, wie sehr ich sie vermissen würde. Mir wurde ganz traurig ums Herz. Endlich hatte ich eine Freundin gefunden, die von meinen Visionen wusste und mich nicht für einen Freak hielt. Durch meinen Umzug würde ich sie verlieren.

Ich blieb an der Theke stehen, während Neely Kate durch ihre Schublade wühlte. „Ich weiß, dass es irgendwo hier drin ist."

„Schau, schau, wer endlich zur Arbeit zurückgekehrt ist." Neely Kates Boss kam um die Ecke. Seine Worte trieften nur so vor Sarkasmus.

Sie wühlte weiter durch die Schublade. „Reg dich nicht auf, Jimmy. Ah! Hier ist es!" Sie zog eine zusammengefaltete Seite aus einer Zeitschrift hervor und reichte sie mir. „Die hier sind lavendelfarben, aber meine sind mandarinenfarben, obwohl sie eigentlich pfirsichfarben sein sollten."

Schnell überflog ich die Seite und gab sie ihr zurück, während ich Jimmy aus dem Augenwinkel beobachtete. Er wirkte nicht besonders glücklich und ich wollte Neely Kate nicht in Schwierigkeiten bringen. „Deine Hochzeit wird ganz wunderbar werden."

Ein träumerischer Ausdruck trat in ihr Gesicht. „Mein ganzes Leben lang habe ich auf diesen Tag gewartet."

„Ich lasse dich jetzt wieder arbeiten. Sag mir sofort Bescheid, falls du noch etwas über Hyde Investments herausfindest, ja?"

„Klar."

Jimmy warf mir einen bösen Blick zu und brüllte dann: „Neely Kate! Es wartet Arbeit auf dich!"

Überrascht zuckte sie zusammen und flüsterte mir zu: „Normalerweise ist er nicht so schnippisch."

Er kam herüber zur Theke und musterte mich interessiert. „Ich glaube nicht, dass ich Sie schon einmal gesehen habe. Sind Sie eine von Neely Kates vielen Cousinen?"

Ich lächelte und versuchte, die Situation für sie zu entspannen. „Oh nein. Wir haben uns letzte Woche beim Geschworenendienst kennengelernt." Mir wurde schwarz vor Augen. *Oh nein. Nicht jetzt.*

Ich sah, wie mir jemand etwas in die Hand drückte.

„Ich glaube, das gehört Ihnen", sagte ein Mann und dann verschwand meine Vision.

„Sie bekommen etwas zurück, das Ihnen gehört", platzte ich heraus.

Jimmy musterte mich. „Ach ja? Was sind Sie, eine Hellseherin?"

Ich zuckte zusammen. „So was in der Art."

Neely Kate sprang auf. „Jimmy, sei nicht albern. Ich habe ihr erzählt, dass du deinen Glückspenny verloren hast. Das ist ihre Art dir zu sagen, dass du ihn hoffentlich bald wiederfindest."

Er machte ein finsteres Gesicht. „Ich habe ihn schon überall gesucht. Ich stehe kurz davor, eine Belohnung für ihn auszusetzen." Jimmy nahm den Blick nicht von mir. „Neely Kate, willst du mich deiner Freundin nicht vorstellen?"

Neely Kate verdrehte die Augen. „Sie hat einen Freund, Jimmy."

„Ich will mich nicht mit ihr verabreden", knurrte er.

„Schön." Sie schnaubte. „Rose Gardner, das ist Jimmy DeWade. Jimmy, Rose."

„Schön, Sie kennenzulernen, Rose." Er verzog den Mund zu einem Lächeln, das schmerzhaft wirkte. „Sie sind also die Geschworene, die die ganze Unruhe verursacht hat."

Das ließ sich nicht leugnen. „Ja."

Sein Blick wurde hart. „Unruhe wird hier nicht gern gesehen."

„Das habe ich gemerkt." Der Gedanke an Mason Deveraux schoss mir durch den Kopf und machte mich melancholisch. Falls Neely Kate recht hatte, musste ich mich entschuldigen. Schon wieder. Ständig musste ich diesen Mann um Verzeihung bitten. „Ich muss los."

„Halt dich von Problemen fern." Sie zwinkerte mir zu.

„Ich gehe heute Abend mit Violet zu einem Treffen des Henryetta Gartenklubs. Welche Probleme soll es da schon geben? Wir sehen uns später, Neely Kate."

Sie beugte sich über ihren Schreibtisch. „Morgen zum Mittagessen? Um zwölf?"

Ich grinste. „Klar.

Jimmy stand an der Theke und beobachtete, wie ich hinausging.

KAPITEL 23

Ich hatte ein schlechtes Gewissen, weil ich Muffy schon wieder allein ließ. Rose Gardner, die Stubenhockerin, die ihr Grundstück niemals verließ, außer für die Arbeit und den Kirchgang, war plötzlich gesellig geworden und in der ganzen Stadt unterwegs. Leider musste die arme Muffy den Preis dafür bezahlen, weil sie immer zurückgelassen wurde. Ich dachte darüber nach, Violet abzusagen. Mir war nicht wirklich danach, den Abend auf einem Klappstuhl zu verbringen und höfliche Konversation mit ein paar alten Damen zu betreiben. Allerdings hatte ich ihr immer noch nicht gesagt, dass ich am Donnerstag nach Little Rock ziehen würde, und wollte das tun, während wir gemeinsam unterwegs waren.

Ich zuckte zusammen. Nicht einmal Joe wusste, dass ich am Donnerstag mit ihm nach Little Rock kommen wollte. Obwohl er vom Ergebnis begeistert sein würde, traf das ganz bestimmt nicht auf den Auslöser zu. Ich beschloss, ihn nach dem Gartenklubtreffen anzurufen.

Immer nur eine Konfrontation auf einmal.

Als ich nach Hause kam, spielten die Nachbarsjungen im Garten und eine frustriert aussehende Heidi Joy jagte ihnen hinterher. Ich lächelte. Violet würde mich erst in ein paar Stunden abholen – da blieb mir noch mehr als genug Zeit, einen Pie für die Nachbarn zu machen. Die Polizei hatte zwar das hölzerne Nudelholz mitgenommen, mit dem Momma umgebracht worden war, aber ich hatte immer noch eins aus Marmor. Ich würde zwei Pies machen und Joe damit beweisen, dass ich backen konnte, wenn er morgen Abend hier auftauchte. Außerdem hatte ich dann einen Grund, mich vor dem Umzugskistenpacken zu drücken.

Ich machte den Teig für den Boden und legte ihn in den Gefrierschrank, damit er vor dem Ausrollen abkühlen konnte. Da ich kein frisches Obst im Haus hatte, entschloss ich mich, stattdessen einen French Silk Pie mit Schokoladencremefüllung zu machen. Eine Stunde später trug ich ihn nach nebenan, während Muffy aufgeregt hinter mir hersprang.

Heidi Joy saß inzwischen in ihrem Stuhl und las im Schatten des Baumes eine Zeitschrift, während die Jungs in ihrem Planschbecken herumhüpften. Auf der Wasseroberfläche schwamm genug Gras, um damit eine Strohmatratze zu füllen.

Ich streckte ihr den Pie entgegen und lächelte. „Willkommen in unserem Viertel."

„Ach du liebe Zeit! Was haben Sie denn da?" Heidi Joy stand auf und kam auf mich zugewatschelt. Ihr T-Shirt spannte über ihrem gerundeten Bauch.

Ich unterdrückte meine Überraschung. Heidi Joy war schwanger. Sie war noch nicht allzu weit und hatte vorher immer locker sitzende T-Shirts getragen, deshalb war mir das nicht eher aufgefallen. Wie um alles in der Welt wollten sie noch ein Kind in dieses winzige Haus quetschen?

„Oh. Es ist ein French Silk Pie. Ein bisschen verspätet, tut mir leid."

Sie nahm mir den Pie aus der Hand. „Meine Liebe, die Worte French Silk Pie und ‚tut mir leid' gehören nicht in denselben Satz."

Ich lachte. „Das stimmt. Sie sollten den Pie vielleicht in den Kühlschrank stellen. Er ist noch nicht richtig abgekühlt, aber ich gehe heute Abend aus und wollte ihn vorher vorbeibringen."

„Vielen Dank!" Sie warf einen Blick durch den Garten. Unsicherheit stand ihr ins Gesicht geschrieben.

„Ich passe kurz auf die Jungs auf, wenn Sie ihn reinbringen wollen."

„Es macht Ihnen nichts aus?"

„Nein! Natürlich nicht. Muffy freut sich schon."

Heidi Joy lief nach drinnen und ich setzte mich neben das Baby auf die Decke. Es sah mich mit großen Augen an, während es abwechselnd an seiner Faust kaute und lutschte.

„Schmeckt die Hand gut?"

„Er wird Ihnen nicht antworten." Andy Junior saß in der Mitte des Planschbeckens. An seiner Brust klebten Grashalme. „Er kann noch nicht sprechen."

Ich lachte. „Ach ja?"

„Wir haben das ganze Wochenende noch nicht mit Ihrem Hund spielen dürfen."

„Mein Hund hat einen Namen. Muffy."

„Ja, ich weiß."

Ich schüttelte den Kopf.

„Ich hab gehört, wie Sie meiner Mom erzählt haben, dass Sie heute Abend ausgehen."

„Das stimmt."

„Können Keith und ich Ihren Hund babysitten?"

Ich zog eine Braue hoch.

„Können wir *Muffy* babysitten?"

„Na ja …" Das würde meine Schuldgefühle mildern, dass ich sie schon wieder allein ließ, aber ich traute Andy Junior noch nicht so ganz.

„Ich verspreche, mich besonders gut um sie zu kümmern. Sie mag mich. Sehen Sie?"

Muffy stand auf den Hinterbeinen im Planschbecken und leckte Andy Junior das Gesicht ab.

„Das muss ich erst mit deiner Mom besprechen."

Heidi Joy war von der Idee begeistert. „Sie ist eine tolle Unterhaltung für die Jungs. Alles, was sie beschäftigt, ist eine willkommene Erleichterung!"

Die Jungs hatten sich in den Kopf gesetzt, Muffy beizubringen, wie man sitzt. *Viel Glück damit.* Dieser Hund hatte seinen eigenen

Kopf. Aber sie wirkte so glücklich, also gab ich nach, auch wenn es mir schwerfiel, sie zurückzulassen.

In meiner Spüle türmte sich das schmutzige Geschirr, aber mir blieben nur noch fünfundvierzig Minuten, bis Violet mich abholte, und ich musste dringend duschen. Der Abwasch konnte warten. Joe hatte gesagt, dass es in seiner Wohnung einen Geschirrspüler gab. Vielleicht würde ich nie wieder abwaschen müssen.

Pünktlich um Viertel vor sieben kam Violet die Einfahrt heraufgefahren. Ich ging zur Seitentür hinaus und sah hinüber in den Nachbarsgarten zu Muffy. Ganz offensichtlich hatte sie dort viel Spaß. Ich machte mir völlig umsonst Sorgen.

„Du siehst sehr hübsch aus", sagte Violet, als ich mich auf den Beifahrersitz setzte.

Ich trug einen pinkfarbenen Rock mit einem Blumenmuster und eine weiße Bluse, dazu Sandalen. Da ich ihren Motiven nicht traute, beschloss ich, vorsichtig zu sein. „Danke."

„Wie geht es Joe?"

Ich verschränkte die Hände im Schoß. „Gut. Er kommt morgen Abend her."

„Das ist schön." Sie lächelte, die Stimme fröhlich.

Irgendwas hatte sie vor.

Das Treffen begann pünktlich um sieben im Gemeindesaal der Henryetta Southern Baptist Church. Miss Mildred erspähte mich, nachdem sie sich hingesetzt hatte, und runzelte die Stirn. Vermutlich kontaminierte ich gerade den Gartenklub durch meine dämonenbesessene Präsenz.

Noch zwei Tage, dann musste ich ihre Gemeinheiten nicht mehr länger ertragen.

Der Gedanke machte mich froh. Als sie mein breites Lächeln sah, zog sie misstrauisch die Augenbrauen zusammen.

Die Rednerin, Mrs Annabelle Perkins, war eine selbst ernannte preisgekrönte Rosenexpertin, aber nach einem Blick ins Kleingedruckte des Programms stellte sich heraus, dass ihr Preis der dritte Platz beim Jahrmarkt von Fenton County gewesen war. Vor fünf Jahren.

Sehnsucht nach Joe überfiel mich. Ich hatte seit vierundzwanzig Stunden nicht mit ihm gesprochen und wollte dringend seine Stimme hören. Ich beugte mich vor und flüsterte Violet ins Ohr: „Lass uns früher gehen."

Sie kniff missbilligend die Lippen zusammen und schüttelte den Kopf. „Rose Gardner", zischte sie mir ins Ohr. „Wenn du in diese Stadt passen willst, musst du dich ein bisschen mehr anstrengen."

Mit finsterer Miene suchte ich in meiner Handtasche nach meinem Handy. Ich wollte nicht nach Henryetta passen. Ich wollte weglaufen und keinen Blick zurückwerfen.

Sie musste meine Gedanken erraten haben. Mit einem selbstgefälligen Grinsen flüsterte sie: „Du hältst den Gartenklub von Henryetta für steif? Warte erst, bis du Joes Familie und deren Freunde kennenlernst. Sieh es als Übung."

Ich hatte keine Ahnung, ob sie mir tatsächlich helfen wollte, mich in der High Society zurechtzufinden, oder mir nur die Grube zeigte, die ich mir mit Joe schaufelte, aber ich war mit beiden Möglichkeiten nicht glücklich. Ganz besonders, als ich sah, dass ich seinen Anruf verpasst hatte. Ich stand auf, um ihn draußen zurückzurufen, aber Violet griff nach meinem Handgelenk. „Wage es nicht. Du bleibst auf diesem Stuhl sitzen, bis die Veranstaltung vorbei ist."

Eine blauhaarige Frau vor uns warf uns über die Schulter einen bösen Blick zu.

Ja, ich passte prima hierher.

Ich schickte Joe eine SMS. *Sitze bei dieser langweiligen Veranstaltung mit Violet fest und kann deine Nachricht noch nicht abhören. Vermisse dich.*

Eine halbe Minute später kam seine Antwort. *Auf der Voicemail wartet eine Überraschung. :)*

Jetzt wollte ich seine Nachricht erst recht abhören.

Violet runzelte angesichts meines Handys die Stirn.

Ich hatte die Wahl. Entweder ich konnte mich entschuldigen, zur Toilette gehen und Violet noch mehr reizen, oder warten. Sie sollte aber so glücklich wie möglich sein, bevor ich ihr von meinem Umzug erzählte.

Ich schickte Joe eine SMS. *Ich habe auch eine Überraschung.*

Hat es was mit sexy Unterwäsche zu tun?

Nein. Ich wurde rot und stopfte das Handy in meine Handtasche.

Eine Stunde später hatte die Rednerin endlich ihr Geplapper eingestellt.

Violet stand auf und zog mich ebenfalls auf die Füße. „Wir müssen dich dem Vorstand des Gartenklubs vorstellen."

Ich hatte kein Interesse am Vorstand. Ich wollte Joes Nachricht abhören. „Violet, ich muss ganz dringend zur Toilette."

Sie schüttelte den Kopf. „Nein, musst du nicht. Du hast eine Blase wie ein Wal. Du willst dich nur davor drücken, Leute kennenzulernen. Komm mit." Sie hakte mich unter und zog mich nach vorne.

„Wir kennen Miss Mildred doch schon. Warum müssen wir das tun?"

„Hör auf zu jammern. Du willst wie eine Erwachsene behandelt werden, dann benimm dich auch wie eine."

Ich hatte keine Ahnung, was ein Zusammentreffen mit dem alten Regime des Gartenklubs mit Erwachsensein zu tun hatte. Ganz sicher hielt man Millionen von Einwohnern der USA für Erwachsene, ohne dass sie jemals dem Vorstand des Henryetta Gartenklubs die Hand geschüttelt hatten. Mich aus Violets Todesgriff zu befreien würde jedoch eine Szene erzeugen, was mit Sicherheit keine gute Idee war, wenn ich mich mit ihr gut stellen wollte.

„In Ordnung", grollte ich.

Während wir in der Schlange standen, flüsterte sie mir durch zusammengepresste Zähne zu: „Kannst du wenigstens so tun, als ob du gerne hier bist?"

Ich setzte ein falsches Lächeln auf. „Besser?"

Violet strahlte. „Ja."

Miss Mildred sah aus, als hätte sie an einer Zitrone gelutscht, als Violet und ich auf sie zukamen.

„Was für eine wundervolle Präsentation, Miss Mildred." Violet schüttelte ihr die Hand. „Die Veranstaltung auf den Abend zu legen war eine hervorragende Idee. Schauen Sie sich nur all die neuen Gesichter an!"

Miss Mildred zog die Nase kraus. „Nicht alle davon haben wir uns hier gewünscht."

Ich verdrehte die Augen.

Wir gingen weiter zur nächsten Frau, die aussah, als wäre sie hundert Jahre alt. Sehr viel größer als einen Meter fünfzig konnte sie auch nicht sein. Ihre Haare waren schlohweiß und ich hatte schon Rosinen mit weniger Falten gesehen.

„Miss Eloise?", rief Violet und nahm die knotige Hand der Frau. „Ich möchte Ihnen meine Schwester vorstellen."

„Wo sind hier Nester?"

Violet schüttelte den Kopf. „Nein. Meine *Schwester*. Meine Schwester Rose."

„Rosen? Ja, der Vortrag war über Rosen."

Violet lächelte und ging weiter zur nächsten Frau.

Ich lächelte Miss Eloise freundlich an, als ich an ihr vorbeiging, aber ein goldenes Glitzern an ihrem Jackenaufschlag fiel mir ins Auge. Eine Anstecknadel mit einem Baum, einem Hund und einem Vogel.

Mein Magen schlug Purzelbäume und ich drehte mich wieder zu ihr um. „Miss Eloise, das ist aber eine schöne Reversnadel!"

Sie wirkte verwirrt. „Häh?"

Violet kam wieder zu mir zurück. „Rose, sie ist schwerhörig."

„Das ist mir bereits aufgefallen, Violet, vielen Dank. Ich möchte sie etwas über ihre Anstecknadel fragen."

„Warum denn das?"

„Einfach so. Du kannst ruhig schon weitergehen." Ich hatte keine Lust auf diesen Spießrutenlauf beim Vorstand des Gartenklubs und die meisten anderen Mitglieder schienen einen Bogen um Miss Eloise zu machen.

Violet murmelte etwas vor sich hin und begrüßte ein weiteres Mitglied.

Ich stellte mich direkt vor Miss Eloise und deutete auf ihren Jackenaufschlag. „Ihre Anstecknadel", rief ich. „Was bedeutet sie?"

Sie zog die Brauen hoch. „Meine *Anstecknadel?*"

Ich nickte eifrig. „Ja!"

„Die hat meiner Großmutter gehört."

Wenn die Nadel ihrer Großmutter gehört hatte, war sie gut und gerne einhundert Jahre alt. „Was bedeutet sie?"

„Häh?"

„Was *bedeutet* die Nadel?"

„Ich bin eine Eule?" Sie drehte sich um und wollte gehen.

Ich ergriff sie am Arm und schüttelte den Kopf. „Nein!" Dann wühlte ich in meiner Handtasche herum und suchte nach einem Stift. Auf einem Stuhl in unserer Nähe lag ein Programmheft, und ich kritzelte in großen Druckbuchstaben darauf. Dann hielt ich es ihr vors Gesicht.

WAS BEDEUTET IHRE NADEL?

Sie beugte sich vor, zog eine Lesebrille aus der Tasche und setzte sie auf.

Begierig auf ihre Antwort zwang ich mich, geduldig abzuwarten.

Sie las den Zettel und ihr Gesicht erhellte sich. „Oh!"

Erleichtert seufzte ich auf.

„Ich weiß es nicht."

„Was?", quiekte ich.

Wenn Blicke töten könnten, hätte mich Violet jetzt wohl ausgestopft an die Wand gehängt.

Miss Eloise tätschelte mir den Arm. „Aber ich kann Ihnen sagen, dass nur vier Menschen so eine hatten. Meine Großmutter und ihre drei besten Freundinnen."

„Wer waren ihre besten Freundinnen?"

„Häh?"

Frustriert nahm ich wieder das Heft und schrieb meine Frage auf.

„Ach so. Rosemary und Mary Beth Dickens und Viola Stanford."

Ich schrieb *WOFÜR WAREN SIE?* und hielt es hoch.

„Das waren Freundschaftsnadeln, meine Liebe. Um zu zeigen, dass sie eine Clique waren."

WISSEN SIE, WO DIE ANDEREN ANSTECKNADELN SIND?

Sie schüttelte den Kopf, einen verlorenen Ausdruck im Blick. „Nein. Ich weiß, dass Roberta Malcolm eine hatte. Ihre Großmutter war Viola. Roberta hat sich durch die Hochzeit mit einem Malcolm in die Gosse begeben. Das ist ein Haufen Querulanten und Tunichtgute."

Das klang nach Skeeter Malcolm.

Ich brachte mein Gesicht ganz nah an ihres. „Und die anderen beiden?", fragte ich, wobei ich jedes Wort betonte.

„Ich glaube, Rosemary hat einen Mann namens White geheiratet. Von den anderen weiß ich nichts."

„Danke, Miss Eloise! Vielen Dank!"

Miss Eloise kniff mich in die Wange. „Sie sind ein gutes Mädchen, so interessiert an der Geschichte von Henryetta. Sie sind hier geboren und aufgewachsen, nicht wahr?"

Ich nickte. „Ja, Ma'am."

„Hören Sie nicht auf die jungen Leute heutzutage. Man gehört dahin, wo man herstammt. Henryetta liegt uns im Blut."

Meine Meinung dazu hätte nicht unterschiedlicher sein können, aber sie hätte es nicht verstanden und ich wollte nicht unhöflich sein, nachdem sie mir so viele Informationen gegeben hatte.

Ich eilte hinüber zu Violet, die in ein Gespräch mit Mrs Perkins, der Rednerin, vertieft war. „Violet, ich muss gehen. Sofort."

„Was um alles in der Welt ist so wichtig, dass du jetzt gehen musst?"

Sie hatte recht. Warum die Eile? Mit wem sollte ich meine Informationen teilen? Ich könnte es Joe erzählen, aber ich wusste, dass er mich beschwichtigen würde, um mich vor Schwierigkeiten zu bewahren. Konnte ich es Mason Deveraux erzählen? Ich zweifelte, dass es ihn interessieren würde. Und außerdem war ich unentschuldbar gemein zu ihm gewesen. Vermutlich wollte er in naher Zukunft nichts mehr mit mir zu tun haben. Überraschenderweise machte mich diese Erkenntnis traurig.

Mrs Perkins starrte auf das Programmheft in meiner Hand. Ihr Blick war boshaft.

Ich sah hinunter. Hatte ich irgendwas geschrieben, das womöglich unhöflich war? Auf der Vorderseite war Mrs Perkins Gesicht abgebildet, das jetzt mit einem schnörkeligen Schnurrbart und Teufelshörnern verziert war.

Entsetzt riss ich die Augen auf. „Oh nein! Ich hab nicht … das war nicht …" Ich brach ab. Aus dieser Situation gab es keinen Ausweg. Ich deutete auf eine Reihe Stühle. „Ich warte einfach dort drüben."

Violet sagte kein Wort und setzte ihre Unterhaltung mit Mrs Perkins fort, als hätte es nie eine Unterbrechung durch mich gegeben.

Verräterin.

Während ich darauf wartete, dass Violet, die gesellschaftliche Debütantin von Henryetta, ihre Runde beendete, saß ich in der jetzt verlassenen ersten Reihe und überlegte, wer wohl die anderen beiden Anstecknadeln haben mochte. Ein Teil von mir fragte sich, ob es die Mühe überhaupt wert war – die Familie Malcolm hatte bekanntermaßen eine und Skeeter stand bereits auf meiner Liste der Verdächtigen. Aber Joes Worte hallten in meinem Kopf wider. Nur weil ein Puzzleteilchen scheinbar passte, hieß es nicht, dass es an diese Stelle gehörte.

Ich dachte kurz darüber nach, Mason trotz unseres Streits anzurufen. Nachdem ich mich von Neely Kate verabschiedet hatte, war ich bei ihm vorbeigegangen, aber er war den ganzen Tag im Gerichtssaal gewesen. Selbst wenn ich mich entschuldigte, würde er vermutlich trotzdem nichts von mir hören wollen, was ich ihm nicht verübeln konnte. Aber er hatte gesagt, dass er Skeeter aufgrund fehlender Beweise nicht anklagen konnte. Würde diese neue Information möglicherweise etwas daran ändern? Ich bezweifelte es. Außerdem war eine Freundschaftsnadel ganz sicher nicht wichtig genug, um einen Anruf bei Mr Deveraux nach Feierabend zu rechtfertigen, selbst wenn er vielleicht sogar noch arbeitete. Es hatte Zeit bis zum Morgen.

Nach einer gefühlten Ewigkeit kam Violet zu mir herüber. Sie wirkte nicht mehr so mürrisch wie zuvor. Ich war sicher, der leere, mit Kuchenglasur beschmierte Pappteller in ihrer Hand hatte etwas mit ihrem Stimmungswechsel zu tun.

„Sollen wir gehen?", fragte sie schnippisch.

„Sehe ich aus, als wollte ich hier Wurzeln schlagen?"

Sie warf mir einen Blick zu, der normalerweise für Ashley und Mikey reserviert war, wenn sie sich schlecht benahmen. Eine ausdruckslose Miene mit einer leicht hochgezogenen Augenbraue. „Ein einfaches Ja oder Nein reicht, Rose."

„Ja."

Sie warf ihren Teller in einen Mülleimer, als wir den Gemeindesaal verließen. Ihre schlechte Laune hatte zwar etwas nachgelassen, aber sie war immer noch ziemlich gereizt, und dabei wusste sie noch gar nichts von meinen Neuigkeiten. Als sie vom Parkplatz fuhr, beschloss ich, es ihr jetzt sofort beizubringen.

KAPITEL 24

Ich wrang die Hände im Schoß und straffte die Schultern. „Violet, ich muss dir etwas sagen."

Sie schwang den Kopf zu mir herum. Ihr Lächeln wirkte gezwungen. „Nein, erst muss ich dir etwas sagen."

Ich stöhnte. „Falls es mit Joe zu tun hat, will ich es nicht hören. Ich habe es satt, dass du ihn schlecht machst."

„Es geht um mich." Ihre Stimme war kaum lauter als ein Flüstern.

Sie klang so ernst und verängstigt, dass sich mir die Brust zusammenzog. „Was ist los?"

„Mike will mich verlassen."

Violet fuhr die Main Street entlang, als wäre es ein ganz gewöhnlicher Abend, als hätte sich nicht gerade die Erde aufgetan und könnte uns jeden Moment verschlucken.

„Ich verstehe nicht."

Sie holte tief Luft. Ein winziges Lächeln erschien auf ihrem Gesicht. „Er hat mich satt."

„Ach Violet. Nein. Das ist nur eine kleine Krise, mehr nicht."

Sie fuhr an die große Kreuzung in der Mitte der Stadt heran und drehte den Kopf zu mir. „Nein. Es ist mehr als das."

„Aber ihr wart doch so glücklich. Vorher."

Vor Mommas Tod. Vor meiner Midlifekrise mit vierundzwanzig. Bevor ich aufgehört habe, Violets Ganztagsprojekt zu sein. Bevor Violet erkennen musste, dass unsere Kindheit auf einer Lüge basierte.

Eine Träne lief ihr über die Wange. „Waren wir das? Ich weiß es nicht mehr."

„Aber …" Ich wusste nicht, was ich sagen sollte. Ich konnte das nicht kitten.

„Wir haben so jung geheiratet", seufzte Violet und beugte sich über das Lenkrad. „Wir waren noch Kinder. Wir wussten kaum, wer wir waren, geschweige denn, was wir vom Leben erwarteten."

„Was erwartest du denn vom Leben?", flüsterte ich.

Sie schluchzte und lachte gleichzeitig. „Das weiß ich nicht mal. Ich weiß nicht mehr, wer ich bin. Ich bin Mikes Frau und Ashleys und Mikeys Mutter, aber wer bin *ich*?"

Ich war während der letzten paar Monate so sehr mit meiner eigenen Lebenskrise beschäftigt gewesen, dass ich mir nicht mal vorstellen konnte, das mit einer ganzen Familie durchmachen zu müssen.

„Liebst du ihn noch? Liebt er dich noch?"

„Ich denke, ich liebe ihn, aber nicht mehr so wie früher. Und er sagt, er liebt mich, aber ich sei nicht mehr die Frau, die er geheiratet hat. Er ist auch nicht mehr der Mann, den ich geheiratet habe, aber ich bin trotzdem noch da."

Ich musste zugeben, dass sie Mike durch die Hölle hatte gehen lassen. Ihre Ablehnung Joe gegenüber. Ihre Flirterei mit Austin Kent. Aber trotzdem …

„Er sagt, es ist nur eine vorübergehende Trennung." Ihr Lachen klang verbittert. „Wir wissen jedoch beide, was das bedeutet."

„Glaubst du …?" Ich wusste nicht, wie ich diese Frage stellen sollte, ohne ihr noch mehr wehzutun. „Glaubst du, da gibt es jemand anderes?"

Sie fuhr in die Einfahrt und stellte die Gangschaltung in den Leerlauf. „*Was?* Nein. Sei nicht albern. Wir reden hier über Mike."

Mike war ein gut aussehender Mann und seit mehreren Monaten unglücklich. Eine Affäre kam mir nicht so absurd vor, wie Violet tat, aber jetzt war vermutlich nicht der geeignete Moment, um ihr das zu sagen. „Also, was wirst du nun tun? Ich meine ... willst du dir einen Job suchen?"

Sie legte die Stirn auf das Lenkrad und stöhnte. „Ich weiß nicht. Ich war nicht auf dem College so wie du."

„Ich war nur anderthalb Semester dort, ehe mich Momma gezwungen hat, wieder nach Hause zu kommen."

Sie hob den Blick über den Arm, der das Steuerrad umklammerte. „Das ist mehr, als ich zu bieten habe."

„Dir wird schon was einfallen. Was möchtest du denn tun?"

Sie setzte sich auf, die typische Violet-Entschlossenheit im Blick. Der Schatten der untergehenden Sonne ließ sie älter wirken. „Ich liebe Blumen. So wie du."

„Das haben wir Daddy zu verdanken."

„Ich habe mir überlegt, mit meiner Hälfte aus dem Verkauf von Mommas Haus ein eigenes Blumengeschäft zu eröffnen."

„Oh." Violet wusste überhaupt nichts darüber, wie man ein Geschäft leitete, und es gab bereits eine Floristin in der Stadt, auch wenn sie ziemlich schnippisch war. „Na ja, das könnte funktionieren ..."

„Ich dachte, vielleicht willst du zusammen mit mir dieses Geschäft eröffnen."

Mir fiel die Kinnlade herunter. *„Oh."*

Sie strahlte und wurde ganz aufgeregt. „Ich habe mich schon eine ganze Weile damit beschäftigt. Wenn wir beide Geld als Sicherheit hinterlegen, bekommen wir einen kleinen Geschäftskredit. Wusstest du, dass es spezielle Kredite für Frauen gibt, die kleine Unternehmen gründen?"

„Violet, ich weißt nicht ..."

„Ich habe gedacht, wir könnten vielleicht eine Gärtnerei eröffnen und uns etwas überlegen, das wir im Winter verkaufen können, Weihnachtsbäume zum Beispiel. Vielleicht noch einen kleinen Geschenkeladen dazu."

„Violet ..."

Der glückliche Ausdruck in ihren Augen verschwand und sie wirkte trauriger, als ich sie je gesehen hatte. „Denk einfach mal darüber nach, okay? Ich schaffe das nicht allein."

„Wie lange denkst du schon darüber nach?"

„Ein Jahr."

Überrascht hielt ich inne. Das war also schon vor Mommas Ermordung ein Thema gewesen. „Warum hast du mir denn nichts gesagt?"

Sie zuckte mit den Schultern und wandte den Blick ab. „Mike hielt es für eine alberne Idee und wollte nichts davon wissen. Ich habe ihm erklärt, dass die Baufirma und die Gärtnerei Geschäftspartner sein könnten. Er hat mir jedoch gesagt, dass die Idee verrückt und wenig Erfolg versprechend klingt und es meine Aufgabe ist, mich um die Kinder und das Haus zu kümmern."

Jetzt ergab das alles einen Sinn. Ihr Wunsch – ihr *Bedürfnis* – das perfekte Haus und die perfekten Kinder zu erschaffen. „Violet, das tut mir so leid. Du kannst schaffen, was auch immer du dir vornimmst."

Sie nahm meine Hände und zog mich näher zu sich heran. „Du musst dich nicht heute Abend entscheiden, aber überleg es dir, okay? Du hasst deinen Job bei der Zulassungsstelle. Das könnte für uns beide gut sein."

Wie sollte ich ihr beibringen, dass ich nach Little Rock zog? „Ich habe gestern gekündigt."

„Wirklich? Warum?"

„Es hat mir gereicht mit Suzanne. Du hast recht, ich habe diesen Job gehasst."

„Und was hast du jetzt vor?"

„Das weiß ich noch nicht genau."

„Siehst du?", quiekte sie, erneut begeistert. „Es ist Schicksal!" Sie zog mich in eine Umarmung. „Du denkst heute Abend darüber nach und morgen nach dem Termin beim Nachlassgericht sprechen wir noch einmal darüber."

Über all den anderen verrückten Dingen in meinem Leben hatte ich den Termin fast vergessen. Was mich daran erinnerte, dass ich Violet noch nicht gefragt hatte, ob ich die Nacht bei ihr verbringen konnte.

Violet lockerte ihren Griff. „Ich muss los. Wenn ich nach Hause komme, wollen wir die Einzelheiten unserer Trennung besprechen."

Keinesfalls konnte ich sie jetzt noch fragen. „Soll ich auf die Kinder aufpassen?"

„Mikes Mom passt auf sie auf."

„Weiß sie, was los ist?"

Ihr Blick wurde hart. „Noch nicht. Mike soll es seinen Eltern selber sagen."

Ich war mir sicher, dass das nicht besonders gut laufen würde. „Okay. Pass gut auf dich auf und ruf mich an, wenn du etwas brauchst."

„Okay."

„Ich hab dich lieb, Violet."

„Ich dich auch, Rose."

Ich stieg aus und beobachtete, wie sie abfuhr. Meine ganze Welt war erschüttert worden und ließ mich alles infrage stellen.

Joe und ich waren nicht wie Violet und Mike. Wie konnte ich jedoch sicher sein, dass unsere Beziehung funktionieren würde? In Wahrheit gab es im Leben keine Garantien. Jede Entscheidung war ein Risiko. Ich musste nur dafür sorgen, dass meine Chancen gut standen.

Chancen. Ich hatte Mason Deveraux versprochen, die Nacht woanders zu verbringen. Auch wenn ich mich überzeugt hatte, dass er es mit seiner Sorge übertrieb, ließ mich die neu gewonnene Information, dass Skeeters Familie eine Anstecknadel wie die vom Tatort gehörte, meine Entscheidung noch mal überdenken. Wo sollte ich bloß hin? Ich konnte in ein Motel gehen, aber dort wären höchstwahrscheinlich keine Hunde erlaubt. Vielleicht konnte Muffy bei Heidi Joy und ihren Jungs bleiben.

Mit einem Kloß im Hals klopfte ich an ihre Tür.

Heidi Joy öffnete, das Baby auf die Hüfte gestützt. „Hi, Rose! Der Pie war köstlich, vielen Dank noch mal!"

„Danke, dass Sie auf Muffy aufgepasst haben. Hat sie Probleme gemacht?"

„Ach wo! Überhaupt nicht. Sie hat sich bei den Jungs auf dem Bett zusammengerollt. Andy liest ihnen gerade eine Gutenachtgeschichte vor."

Ich lächelte zögernd. „Heidi Joy, ich möchte Sie um einen großen Gefallen bitten. Könnte Muffy heute Nacht bei Ihnen bleiben? Ich muss wohin und kann sie nicht mitnehmen?"

Sie zwinkerte. „Sie haben wohl ein Rendezvous mit Ihrem gut aussehenden Freund?"

Ich wurde feuerrot. „Na ja …"

„Natürlich kann sie bleiben. Die Jungs werden begeistert sein."

„Vielen Dank. Ich hole sie gegen Mittag ab, wenn das in Ordnung ist."

„Viel Spaß. Aber nicht zu viel!"

Das ließ mich erneut erröten. Wie gern hätte ich jetzt tatsächlich ein bisschen Spaß mit Joe gehabt. Der morgige Abend konnte nicht schnell genug kommen.

Ich ging nach Hause und überlegte, was zu tun war – eine Tasche packen und in ein Motel fahren. Violet hatte alle Dokumente für den Termin beim Nachlassgericht, ich musste lediglich um zehn Uhr morgen früh dort erscheinen.

Wie sollte ich meiner Schwester beibringen, dass ich Henryetta verlassen würde? Konnte ich sie wirklich allein lassen? Bisher hatte ich immer geglaubt, sie hätte ja Mike, aber jetzt brauchte sie mich mehr als je zuvor. Und sie wollte zusammen mit mir ein Geschäft eröffnen. Der Gedanke an eine Gärtnerei erfüllte mich mit mehr Vorfreude, als ich zugeben wollte.

Aber was war mit Joe?

Ich blinzelte die Tränen in meinen Augen fort. Ich musste mich nicht heute Abend entscheiden. Morgen kam Joe und dann würde ich ihm alles erzählen. Er würde mir helfen, die richtige Entscheidung zu treffen.

Ich schob jegliche Gedanken daran zur Seite und dachte über die neuen Beweise nach und darüber, dass es immer noch nicht reichte, Bruce Wayne zu entlasten. Laut Neely Kate würde der Prozess voraussichtlich am Mittwoch beendet werden. Obwohl ich inzwischen mehr wusste, hatte ich Bruce Wayne Decker letztendlich im Stich gelassen. Ich tröstete mich mit Joes Argument, dass Bruce sowieso wegen Einbruch ins Gefängnis gekommen wäre. Zumindest konnte er die Informationen für seine Berufung verwenden. Es war nicht ideal, aber mehr konnte ich nicht tun.

Ich schloss die Seitentür auf und griff nach dem Küchenlichtschalter, aber der Raum blieb dunkel. Ich drehte den Schalter ein paarmal hin und her. Nichts. Ein Déjà vu überkam mich. Ich sagte mir, dass ich albern war. Ich konnte mich gar nicht an den letzten Glühbirnenwechsel erinnern. Wahrscheinlich war sie einfach durchgebrannt. Trotzdem beeilte ich mich, schnell alles zu holen, was ich brauchte.

Auf dem Rückweg stieß ich im Wohnzimmer gegen die Kommode und die Lampe darauf fiel krachend auf den Boden. Stöhnend drehte ich mich um, um in die dunkle Küche zurückzugehen, als ich eine dunkle Gestalt im Flur stehen sah.

Jemand war in meinem Haus.

Ich schrie und rannte auf die immer noch geöffnete Seitentür zu. Der Einbrecher war schneller. Er schubste mich gegen den Küchentisch und stieß die Tür zu.

Mein Herz hämmerte mir gegen die Rippen. Ich musste hier raus. Ich machte einen Schritt zurück und warf zwei Küchenstühle in die Zimmermitte. Dann drehte ich mich um und rannte in Richtung Vordertür, hinter mir das Geräusch von quietschendem Holz. Obwohl ich einen guten Vorsprung hatte, fummelte ich vergebens am schwergängigen Türriegel herum.

Jemand stieß mich mit voller Wucht gegen die Tür, sodass mir die Luft wegblieb.

„Hättest du dich lieber aus der Sache rausgehalten", knurrte mir der Mann ins Ohr.

Meine Brust hob und senkte sich hektisch, während ich versuchte, zu Atem zu kommen. „Es tut mir leid! Ich werde mich raushalten, ich verspreche es!"

„Dafür ist es zu spät." Er krallte die Finger in meinen Arm und zog mich ruckartig vom Ausgang weg.

Er war komplett in Schwarz gekleidet und hatte eine Kapuze auf. Viel größer als ich war er nicht.

Das war der Mann, der Frank Mitchell umgebracht hatte.

Voller Panik versuchte ich, mich loszureißen.

Sein Griff verstärkte sich und ich schrie auf vor Schmerzen. Er war stärker als ich, was bedeutete, dass ich mehr als nur Kraft brauchte, um ihm zu entwischen.

„Hören Sie, es tut mir wirklich leid", gurrte ich. „Ich weiß überhaupt nichts. Ich weiß nicht mal, wer Sie sind. Wenn Sie jetzt einfach gehen, werde ich niemandem etwas sagen."

„Dafür ist es jetzt zu spät." Er zerrte mich in den Flur und ich hielt mich schreiend an der Sofalehne fest. Die Couch rutschte über den Fußboden, während er mich immer weiter zog.

Mit der freien Hand schlug er mir auf den Arm, um meinen Griff zu lockern. „Lass los!"

Er verpasste mir mehrere Schläge, bis ich mich nicht mehr halten konnte. Ich fuhr herum und zerkratzte ihm das Gesicht unter der Kapuze.

Er ließ meinen Arm los. Ich war frei. Ich rannte in die Küche und stolperte über die Stühle in der Mitte des Raumes.

„Stopp!"

Ich warf einen Stuhl nach ihm, wobei ich jedoch das Gleichgewicht verlor und gegen die Arbeitsplatte fiel. Er griff in meine Haare und riss mich zurück.

„Hilfe!", brüllte ich. „Hilf mir doch jemand!" Hektisch tastete ich über die Arbeitsplatte, auf der Suche nach einer Art Waffe, und fand ein langes, zylindrisches Objekt.

Mein Nudelholz.

Er umschlang meinen Oberkörper und hielt mir so die Arme seitlich am Körper fest. Dann zerrte er mich zurück in den Flur.

Ich trat ihm an die Beine und brüllte, bis mir der Hals brannte. In der Faust hielt ich das Nudelholz umklammert, aber ich konnte den Arm nicht heben.

Er versuchte, mir mit der rechten Hand den Mund zuzuhalten. „Halt's Maul!"

Ich biss ihn, worauf er mich fluchend zu Boden stieß.

Ich rollte auf die Seite und kämpfte mich mühsam auf die Beine. „*Hilfe!*"

Als er erneut nach meinem Arm griff, schwenkte ich wild das Nudelholz umher, bis ich ihn in die Seite traf.

Er grunzte und ließ los, schlug mich dann aber ins Gesicht.

Mir wurde schwindlig, aber ich versuchte, ihn erneut zu treffen, bis er mir auf den Arm schlug. Meine Waffe rollte über den Holzfußboden.

„Lassen Sie mich in Ruhe!", brüllte ich und trat ihn gegen die Beine.

„Rose!", rief eine männliche Stimme, gefolgt von Hämmern an der Vordertür.

Der Einbrecher fiel auf mich, erdrückte mich fast und bedeckte mein Gesicht mit den Händen, sodass ich keine Luft mehr bekam. Ich wehrte mich und versuchte, ihn abzuschütteln und wieder zu beißen.

Seine Hand verrutschte und ich schnappte nach Luft.

„*Hilfe!*"

Mit der Faust traf mein Angreifer meine Wange und meine Sicht verschwamm. Ich kämpfte dagegen an, weil ich wusste, dass ich nur bei klarem Verstand eine Chance hatte, das Ganze zu überleben.

Das Hämmern an der Tür wurde lauter. „Rose!"

Der Mann starrte auf die Tür, legte dann seine Hände um meinen Hals und drückte zu.

Hinter mir splitterte Glas, aber mir wurde schwarz vor Augen. Plötzlich war der Druck verschwunden und ich schnappte nach Luft.

Ich rollte mich auf die Seite und kämpfte mich hoch, aber ich war zu benommen, um zu stehen. Vom vorderen Fenster kam eine Gestalt auf mich zu.

Panik durchschoss mich und ich kroch in die Küche. Meine Gliedmaßen gehorchten mir nur widerwillig.

„Rose!"

Jemand schlang die Arme um mich und zog mich vom Boden hoch.

Ich kämpfte gegen ihn an. Meine Schreie klangen heiser.

„Rose, ich bin es. Sie sind in Sicherheit!"

Ich sah auf in Mason Deveraux' schattenhaftes Gesicht, dann wurde ich ohnmächtig.

KAPITEL 25

Auf der Veranda vor meinem Haus kam ich wieder zu mir. Durch meine geschlossenen Lider konnte ich rote, blinkende Lichter erkennen. Ich hörte Masons kurz angebundene Stimme. „Wird auch hinterm Haus gesucht?"

„Ja."

Ich öffnete die Augen. Ich lag auf der Veranda und unter meinem Kopf befand sich etwas Weiches.

„Schicken Sie jemanden los, um Skeeter Malcolm aufzugreifen. Sofort!" Mason lief in meinem Vorgarten auf und ab und fuhr sich mit den Händen durch die Haare.

„Wir wissen beide, dass das reine Zeitverschwendung ist." Ich erkannte die Stimme, und meine benommene Sicht bestätigte, dass es sich um Detective Taylor handelte. Er stand an der Seite und beobachtete Mason mit wachsamer Miene.

Mason blieb stehen und sah den Detective an. Obwohl er mit dem Rücken zu mir stand, wusste ich, dass er über ein großes Archiv an pampigen Blicken verfügte. Vermutlich benutzte er gerade einen davon. „Tun Sie doch einfach einmal Ihren gottverdammten Job", sagte Mason durch zusammengepresste Zähne.

Der Polizist sah aus, als wäre er kurz davor, den Stellvertretenden Staatsanwalt zu erwürgen.

Ich versuchte, mich aufzusetzen. Sofort durchzuckte Schmerz meinen Kopf, und ich stöhnte.

Mason wirbelte herum und war mit zwei Schritten neben mir. „Versuchen Sie nicht, aufzustehen." Er drückte mich sanft an der Schulter zurück. Hektisch sah er sich um. „Wo bleibt denn bloß der Rettungswagen?"

„Mir geht's gut. Lassen Sie mich hoch."

„Sie haben das Bewusstsein verloren und eine Kopfwunde. Sie müssen liegen bleiben." Mr Besserwisser war zurück.

Ich schob seine Hand weg. „Nein, mir geht's gut. Ich bin ohnmächtig geworden, weil ich große Angst hatte. Und vermutlich, weil er mich gewürgt hat, aber sonst geht's mir gut, ehrlich."

Er riss die Augen auf, hielt mich aber trotzdem am Boden. „Kann mir mal jemand eine Taschenlampe bringen?!"

„Ich blute nicht und ich sterbe nicht." Ich spürte, wie mir Blut über die Wange lief. „Okay, ich verblute nicht. Bestimmt ist es nur ein Kratzer. Lassen Sie mich hoch."

Er wirkte zweifelnd, aber half mir auf in den Sitz.

Das pochende Gefühl in meinem Gesicht ließ mich zusammenzucken.

„Rose, bitte …"

Ich schwang die Beine über die Verandakante und lächelte, obwohl mir das in der Wange wehtat. „Sehen Sie? Alles prima."

Es hatte sich bereits eine Menschenmenge auf der Straße gebildet. Die guten Leute von Henryetta konnten sich darauf verlassen, dass Rose Gardner ihnen eine Show lieferte. Vor dem heutigen Abend waren meine Vorstellungen jedoch auf das Wochenende beschränkt gewesen. Offensichtlich versuchte ich inzwischen mein Glück mit Aufführungen unter der Woche. Ich sollte anfangen, Eintrittskarten zu verkaufen.

„Ihnen geht es alles andere als gut. Was zum Teufel haben Sie hier gemacht? Sie haben mir versprochen, woanders hinzugehen. Sie haben mir Ihr Wort gegeben, Rose!"

„Beruhigen Sie sich. Ich wollte gar nicht bleiben. Ich habe nur ein paar Sachen geholt, um in ein Motel zu ziehen."

„Ein Motel? Sie wollten irgendwo *alleine* hin?"

Obwohl ich seine Sorge zu schätzen wusste, ging mir seine Art auf die Nerven. „Sie haben nie gesagt, dass ich nicht allein sein dürfte."

„Und Sie haben mir gesagt, dass Sie zu Ihrer Schwester fahren."

„Und das wollte ich auch, bis sie mir vorhin erzählt hat, dass ihr Mann sie verlässt."

Officer Ernie kam mit einer großen Taschenlampe herüber und blickte mich aus zusammengekniffenen Augen an.

Mason nahm die Taschenlampe und schaltete sie ein. „Ich möchte Sie mal kurz ableuchten, aber das Licht ist ziemlich hell. Schließen Sie besser die Augen."

Ich kniff die Augen zusammen. „Ist das wirklich nötig?", fragte ich gereizt.

„Ja", knurrte er. Nach einigen Sekunden verschwand das Licht von meinem Gesicht und ich spürte, wie er meine Hand hob. Als ich meine Augen öffnete, sah ich, wie er meinen Arm untersuchte.

„Es geht mir gut."

Überraschend sanft ließ er meinen Arm wieder herunter. Über die Schulter hinweg rief er: „Wo bleibt der Krankenwagen?"

„Der ist noch bei einem anderen Einsatz", kam die Antwort.

„Wo ist der zweite?"

„In der Werkstatt. Hat heute Morgen einen Hirsch angefahren."

Mason knurrte und wandte sich dann wieder mir zu. „Ist Ihnen schwindlig? Haben Sie das Gefühl, gleich ohnmächtig zu werden?"

„Nein. Ich sage Ihnen doch, es geht mir gut."

Er ging wieder auf und ab, erregter, als ich ihn je erlebt hatte. „Falls man Sie nicht zur Überwachung im Krankenhaus behält, müssen wir einen Ort finden, wo Sie heute übernachten können. Taylor soll Sie unter vierundzwanzigstündigen Personenschutz stellen."

„Mason, hören Sie auf, so überzureagieren."

Er hielt inne und drehte sich zu mir um. Sein Blick sprühte nur so vor Ärger. „Überreagieren? *Überreagieren?*" Er deutete auf die Haustür? Ihre Badewanne war voll mit Wasser, Rose. Er wollte sie ertränken!"

„Was?" Mir wurde schwindlig und ich begann zu schwanken.

292

Schnell kam er herüber und setzte sich neben mich. Dann legte er mir den Arm um den Rücken. „Es tut mir leid. Um Gottes willen, es tut mir leid. Ich hätte damit nicht so herausplatzen dürfen."

„Mason." Ich sah zu ihm auf. „Es geht mir gut. Sehen Sie?" Ich war nicht sicher, warum mich die volle Badewanne derart überraschte. Der Mann hatte versucht, mich auf dem Küchenfußboden zu erwürgen.

„Fast wäre ich gar nicht vorbeigekommen. Um ein Haar wäre ich nicht zur Tür gegangen." Seine Stimme brach.

„Warum waren Sie überhaupt hier?"

„Um nach Ihnen zu sehen. Ich habe Sie ein paarmal angerufen, um sicherzugehen, dass Sie auch wirklich bei Ihrer Schwester sind, aber Sie sind nicht rangegangen. Als ich aus dem Büro kam, bin ich also vorbeigefahren und habe Ihr Auto in der Einfahrt gesehen. Ich war sicher, dass Sie noch sauer auf mich sind und fuchsteufelswild werden würden, wenn ich auftauchte. Vermutlich hätten Sie gar nicht die Tür aufgemacht. Als ich hörte, wie Sie riefen, dass Sie in Ruhe gelassen werden wollen, wäre ich fast wieder gegangen."

Erschöpfung durchströmte mich mit einer Heftigkeit, auf die ich nicht vorbereitet war. Ich legte meinen Kopf an seine Schulter. „Ist schon gut. Ich bin nicht sauer." Neely Kates Bemerkung fiel mir wieder ein. Er war auf der Suche nach Freunden. So merkwürdig mir das zuerst vorgekommen war, der Gedanke war schön. Mason Deveraux III. wirkte wie ein egoistischer Mann, aber wenn er seine Maske fallen ließ, hatte er so seine Momente. Ich mochte den Mann, der dann zum Vorschein kam.

„Ich … manchmal ist das, was ich sage … es ist nicht einfach …"

„Pst. Ist schon gut. Danke. Sie haben mir das Leben gerettet. Das entschädigt für alles, was Sie eigentlich nicht sagen wollten."

Sein Arm um meinen Rücken verspannte sich, als ob der Einbrecher darauf wartete, dass Mason nachlässig wurde, damit er mich ihm wegschnappen konnte. Er legte die Wange auf meinen Kopf. „Sie haben mich zu Tode erschreckt. Wäre ich nur zwei Minuten später gekommen …"

„Aber Sie waren hier. Sehen Sie? Alles ist gut, solange der Eimer im Brunnen landet, wie meine Großmutter zu sagen pflegte."

„Äh, ich glaube nicht, dass das so stimmt."

„Eine Weisheit meiner Großmutter. Sie war das Orakel von LaFayette County. Was sie sagt, gilt."

Er drehte sich zu mir um, einen verwirrten Blick in den Augen, als mich Joes wütende Stimme zusammenzucken ließ. „Was zum Teufel ist hier los?"

Ach du liebe Zeit. Das sah sicher übel aus. Mason saß im Dunkeln neben mir auf der Veranda, den Arm um mich gelegt und den Kopf vorgebeugt. Wahrscheinlich wirkte es, als ob er mich gerade küssen wollte.

Er setzte sich auf, ließ den Arm sinken und sah schuldbewusst aus. „Es ist nicht so, wie es aussieht."

„Machen Sie mir doch nichts vor!" Joe stand mit an den Seiten geballten Fäusten etwa zwei Meter vor mir im Vorgarten. Um ihn herum tobte das Chaos.

Mein Ärger gewann die Oberhand. „Du kommst hierher, siehst die halbe Polizei von Henryetta vor meinem Haus stehen und das Erste, was dir auffällt, ist, dass der Stellvertretende Staatsanwalt womöglich zu nahe bei mir sitzt?"

Er sagte nichts, aber die Wut, die ich in seinen Augen gesehen hatte, verschwand.

Mason stand auf. „Bei Rose ist eingebrochen worden. Die Polizei ermittelt." Offensichtlich hatte meine Reaktion auf seine Verkündung, dass der Einbrecher mich ertränken wollte, ihn dazu veranlasst, Joe die ganze Sache etwas schonender beizubringen.

„Und du bist nicht mal auf die Idee gekommen, mich anzurufen?"

„Joe, beruhige dich." Ich stand auf, aber meine Beine knickten weg. Mason stützte mich, bevor ich zu Boden fiel, aber Joe kam herübergelaufen und schob ihn weg.

„Lassen Sie sie verdammt noch mal los, Deveraux."

Mason machte einen Schritt zurück. „Ich versichere Ihnen, Detective Simmons, es ist nicht, wonach es aussieht."

„Als Sie mir gesagt haben, Sie würden ein Auge auf sie haben, war mir nicht klar, was Sie tatsächlich damit meinten!"

„Joe!" Ich hatte Joe schon zuvor eifersüchtig erlebt, aber nicht so. „Wenn Mason Deveraux nicht gewesen wäre, würde ich jetzt vermutlich tot in der Badewanne liegen, also behandle ihn ein wenig respektvoller. Er hat mir das Leben gerettet!"

Er versteifte sich. „Wovon redest du?"

„Wenn du aufhören würdest, voreilige Schlüsse zu ziehen, könnte ich es dir erzählen. Als ich von dem Treffen des Gartenklubs nach Hause kam, hat jemand im Haus auf mich gewartet und mich angegriffen. Er wollte mich umbringen. Mason ist aufgetaucht und hat den Kerl vertrieben."

„Geht es dir gut?"

„Ja."

„Und was hatten Sie hier zu suchen?", fragte Joe.

Masons herablassende Art war zurückgekehrt. „Ich war hier, um mich zu vergewissern, dass sie zu ihrer Schwester gefahren ist, wie sie es mir versprochen hatte. Aber sicherlich wissen Sie, wie dickköpfig sie ist."

„Ich kenne ihre Sturheit nur allzu gut." Joe stellte sich so nah neben mich, dass seine Bemerkung wie eine Herausforderung klang. „Warum haben Sie sich versprechen lassen, dass sie bei Violet bleibt?"

„Ich hatte Schuldgefühle, weil ich Skeeter Malcolm ihren Namen verraten habe. Und als er ihr heute Morgen einen Drohbrief unter den Scheibenwischer gesteckt hat …"

Joe machte einen Schritt vorwärts und brüllte: „Warum zum Teufel geben Sie Skeeter Malcolm ihren Namen?"

Ich legte eine Hand auf Joes Arm. „Joe, das ist meine Schuld. Er ist in der Billardhalle aufgetaucht und hat gesehen, dass Skeeter mich in eine Ecke gedrängt hatte, und hat mir geholfen, dort wegzukommen. Dabei hat er mich versehentlich Rose genannt."

„Was zum Teufel hast du mit Skeeter Malcolm in der Billardhalle gemacht?"

So wütend hatte ich Joe noch nie zuvor erlebt. Ich machte einen Schritt zurück. „Du weißt, wer Skeeter Malcolm ist?"

„Natürlich. Wer nicht?!"

Offensichtlich nur ich.

„Detective Simmons", sagte Mason, die Hände an den Seiten zu Fäusten geballt. „Sie ist heute Abend durch die Hölle gegangen und braucht momentan keinen weiteren Stress."

„Wie bitte?" Offensichtlich fühlte sich Joe durch Masons Zurechtweisung provoziert.

„Joe, bitte." Ich versuchte, mich hinzusetzen, aber in meinem Kopf drehte sich alles und ich begann zu fallen.

„Rose?" Joes Stimme wurde sanfter und er legte die Arme um mich.

„Wo zum Teufel bleibt der Krankenwagen?", brüllte Mason. „Wir sind hier im gottverdammten Henryetta, nicht in irgendeiner Metropole."

„Krankenwagen?", fragte Joe, und das Wort klang seltsam erstickt.

„Sie wurde angegriffen, Simmons", schäumte Mason. „Was genau verstehen Sie denn nicht daran?"

„Sie hat gesagt, dass es ihr gut geht."

„Und ich vermute, dass sie das auch sagen würde, wenn sie eine klaffende Bauchwunde hätte. Sie braucht medizinische Versorgung. Wenn Sie endlich mit dem Ausrasten aufhören und mal einen Blick auf sie werfen würden, dann könnten Sie sehen, dass es ihr nicht gut geht!"

Joe führte mich zu einem der Stühle auf der Veranda und half mir, mich hinzusetzen.

Im Haus wurde ein Licht eingeschaltet und es flutete durch die offene Haustür zu uns heraus. Joe starrte mich an und schnappte nach Luft.

„Es geht mir gut, Joe. Wirklich."

Ein Polizist kam aus der Haustür. „Mr Deveraux, wir haben die Lampen aufgestellt. Möchten Sie mit uns den Tatort begehen?"

Joe zuckte zusammen.

„Ich komme." Mit hartem Blick sah er hinüber zu Joe. „Ich vermute, Sie wollen mit reinkommen?"

Joe warf einen Blick über die Schulter auf die offene Tür, dann zurück zu mir. „Ich möchte dich nicht allein lassen."

Ich stöhnte. „Geh schon! Ich habe es satt, allen ständig sagen zu müssen, dass es mir gut geht. Ein letztes Mal: Es geht mir gut!"

Mason bat Officer Ernie, Wache zu stehen. „Rufen Sie mich, falls sie irgendetwas braucht."

Officer Ernie nickte, ernster als sonst. Nachdem Joe ins Haus verschwunden war, kam der Polizist näher, den Blick auf den Garten gerichtet. „Ich habe den Krankenwagen angefunkt. Sie haben einen platten Reifen, sollten aber bald hier sein."

„Ich brauche keinen Krankenwagen. Alle übertreiben." Ich seufzte und stützte den Kopf in die Hand. Das Pochen hatte sich verschlimmert.

„Kann ich Ihnen etwas bringen? Ein Glas Wasser vielleicht?"

„Nein, es geht mir *gut*."

Fünf Minuten später kam Joe aus der Haustür geschossen. „Rose, wo ist Muffy?"

„Sie ist drüben bei den Nachbarn. Ich habe sie dorthin gebracht, weil ich ja in ein Motel fahren wollte." Ich sah hinüber zur Menschenmenge. Tatsächlich standen Heidi Joy und ihr Mann Andy am Rande der Traube. Vermutlich bereuten sie ihren Einzug nebenan inzwischen schon.

„Gott sei Dank. Nach … Ich war …"

„Was hast du da drin gefunden?"

„Rose, bitte überlass das ein einziges Mal der Polizei."

Ich versteifte mich. „Das ist mein Haus, Joe. Das ist *mir* passiert. Ich habe das Recht, Bescheid zu wissen."

Mason kam zur Haustür heraus. Er räusperte sich. „Die Polizei sagt, der Verdächtige ist durch das hintere Fenster entwischt, was ihrer Ansicht auch der Weg ist, durch den er ins Haus kam."

Mir wurde schlecht. „Das Fenster wird viel genutzt, stimmt's?", versuchte ich zu witzeln.

Joe sah mich nicht an.

„Sie haben den Angreifer noch nicht gefasst, aber sie bringen Skeeter Malcolm zur Befragung aufs Revier."

Skeeters Name erinnerte mich an die Informationen von Miss Eloise. „Wartet. Ich hatte noch gar keine Gelegenheit, es euch zu erzählen. Ich habe herausgefunden, dass Skeeters Familie auch so eine Ansteckadel besitzt, wie sie an Frank Mitchells Tatort gefunden wurde."

Joe machte zwei Schritte rückwärts. „Hörst du jetzt endlich auf damit, Rose? Du bist weder ausgebildet noch qualifiziert dafür. Du hast dich in Gefahr gebracht, *unnötige Gefahr*, wofür der heutige Abend der beste Beweis ist."

Obwohl ich ihm da nicht widersprechen konnte, traf mich der Ärger in seiner Stimme doch mitten ins Herz. „Ich habe nicht ..." Mir brach die Stimme, während ich versuchte, den Schmerz zu ignorieren, den Joes Ausbruch in mir ausgelöst hatte. „Ich habe nichts Gefährliches getan, um das herauszufinden." Ich sah in Masons mitfühlende Augen. „Als ich beim Treffen des Gartenklubs war, trug Miss Eloise genauso eine Anstecknadel und ich habe sie gefragt, wo sie die her hat. Sie sagte, sie hätte ihrer Großmutter gehört. Sie und ihre drei Freundinnen hatten sie als Symbol ihrer Freundschaft getragen. Die Bedeutung kannte Miss Eloise nicht, aber sie wusste, dass eine im Besitz der Malcolm-Familie war und eine im Besitz der Familie White, von der vierten wusste sie es nicht genau."

„Das ist gut, Rose. Vielen Dank. Ich werde es weiterleiten, aber die Polizei wird Sie auch selbst noch mal dazu befragen wollen."

„Ich rede mit Taylor." Joe sprang von der Veranda.

Ich sah ihm hinterher und versuchte, meine Kränkung zu unterdrücken. „Sie wollen mich befragen? Ich habe nichts Unrechtes getan."

„Das glaubt auch niemand. Sie brauchen nur eine Aussage über die Geschehnisse."

„Ich will einen Anwalt. Ich will Deanna anrufen."

Mason hockte sich neben mich, sodass unsere Gesichter auf einer Höhe waren. „Rose, ich versichere Ihnen, dass Sie keinen Anwalt brauchen. Wenn Sie möchten, bleibe ich während der Befragung bei Ihnen, und wenn ich denke, dass Sie eine Frage nicht beantworten sollten, dann werde ich Ihnen das sagen."

„Aber werden Sie nicht derjenige sein, der mich anklagt?" Ich klang hysterisch, aber ich kam nicht dagegen an. Joe hatte mich verlassen.

Mason drehte sich zu Joe um. „Er kommt wieder. Er braucht lediglich das Gefühl, dass er etwas tut."

Ich wollte nicht allein sein. Ich hatte mehr Angst als gedacht, aber was mich am meisten ängstigte, war der Gedanke, dass Joe von meinen Faxen genug hatte und nicht mehr zurückkommen würde.

Mason setzte sich auf den Stuhl neben mir und legte seine Hand auf mein Knie. „Erinnern Sie sich noch an den Juryauswahlprozess? An das Vorgespräch?"

Ich versuchte, mich zu beruhigen. Weinen würde nichts ändern und Joe ganz sicher nicht zurückbringen. „Richter McClary war nicht sehr glücklich."

Mason lachte. „Das ist reichlich untertrieben. Ich kann Sie nicht anklagen, weil ich nicht unparteiisch wäre. Jemand anders müsste es tun. Aber ich verspreche Ihnen, dass Sie keine Verdächtige sind."

„Okay."

„Machen Sie sich keine Sorgen. Wir finden den Täter." Seine Stimme brach und sein Mund verzog sich, als hätte er Schmerzen.

In seinem Blick lag mehr als nur Sorge um mich. „Sie haben mir erzählt, dass Sie Stellvertretender Staatsanwalt geworden sind, um Menschen zu beschützen. Ist jemandem, der Ihnen nahesteht, etwas Schlimmes zugestoßen? Ist es Ihnen deshalb wichtig?"

Er nickte und sah geradeaus.

„Wem?"

Ein bitteres Lächeln erschien auf seinem Gesicht. „Meiner Schwester."

„Hat sie es gut überstanden?"

Sein Blick wurde hart. „Nein."

„Haben Sie herausgefunden, wer es getan hat?"

Er sah mich an, sein Blick dunkel und düster. „Ja."

Mason blieb bei mir sitzen, bis Joe einige Minuten später wieder erschien, dann stand er auf und ging. Ich erwartete, dass Joe wieder wütend werden würde, weil Mason bei mir war, aber stattdessen seufzte er und zog mich in seine Arme.

„Ich liebe dich, Rose."

Ich nickte und hielt die Tränen zurück.

Da der Krankenwagen nicht auftauchte, fuhr mich Joe selbst ins Krankenhaus. Ich verbrachte eine Stunde in der Notaufnahme, ehe ich aufs Revier fuhr, um meine Aussage zu machen. Wie er es versprochen hatte, saß Mason während der Befragung neben mir, obwohl es weit nach Mitternacht war. Joe saß auf der anderen Seite. Er sagte kein Wort, zuckte aber zusammen, als ich die Einzelheiten des Angriffs beschrieb.

Als Detective Taylor ging, blieben wir drei zurück.

Mason legte eine Hand auf den Tisch und sah Joe an. „Malcolm hatte ein Alibi."

„Natürlich. Er würde so was nie selbst erledigen."

„Joe, Malcolm hatte mit der Sache nichts zu tun und Sie wissen das auch."

„Und woher?", fragte ich. Die beiden waren so ernst, dass ich Angst bekam.

Mason wandte sich an mich. „Weil der Einbrecher Ihre Badewanne voll Wasser laufen ließ und vermutlich vorhatte, es wie einen Unfall aussehen zu lassen."

„Ich verstehe immer noch nicht."

„Malcolm hätte nie jemanden geschickt, der so schlampig arbeitet. Sie haben mehrere Prellungen im Gesicht und blaue Flecke an Armen und Beinen. Selbst wenn er erfolgreich ihren Mord inszeniert hätte, hätte die Polizei niemals geglaubt, dass es sich um einen Unfall handelt."

Da war ich mir nicht so sicher. „Wer war es also?"

Mason schluckte. „Vielleicht haben Sie doch nicht so unrecht mit Ihrer Theorie von Bruce Deckers Unschuld."

Joe schlug mit der Hand auf den Tisch. „Ermuntern Sie sie nicht auch noch, Deveraux!"

„Ich respektiere sie genug, um sie nicht anzulügen. Können Sie das Gleiche von sich behaupten?"

Mein Herzschlag setzte einen Moment lang aus. Was meinte er damit?

Mason fuhr fort: „Wir wissen nicht, wer der Täter ist, aber wenn der Angriff nichts mit Malcolm zu tun hatte, dann müssen wir davon ausgehen, dass Sie jemand anderen mit Ihren Ermittlungen aufgescheucht haben. Ich werde den Richter morgen früh um eine Vertagung bitten, damit Sie uns erzählen können, was Sie wissen."

Noch mehr Fragen? Aber Mason hatte angedeutet, dass man sich meine Beweise für Bruce Deckers Unschuld anhören würde. War es nicht das, was ich wollte?

„Und danach ist sie aus der Sache raus", sagte Joe. „Sie hat danach mit dieser Angelegenheit nichts mehr zu tun."

Mason nickte. „Bringen Sie sie heute Abend irgendwohin und morgen früh um neun zum Büro des Richters."

Joe stand auf und nahm meine Hand. „Komm mit. Du brauchst Schlaf."

Ich hatte so meine Zweifel, ob ich je wieder schlafen könnte. Wir stiegen in Joes Auto und fuhren in ein Motel. Falls der Mann an der Rezeption es merkwürdig fand, dass wir um zwei Uhr morgens eincheckten, so ließ er das jedenfalls nicht erkennen.

Nachdem Joe die Tür hinter uns geschlossen hatte, verriegelte er beide Schlösser und sah sich gründlich im Zimmer um, ehe er seine Pistole auf den Nachttisch legte.

„Glaubst du, wir werden sie brauchen?", fragte ich und deutete auf seine Waffe.

„Ich schon, wenn ich den Bastard zu fassen bekomme, der dir das angetan hat."

Ich legte ihm die Arme um den Hals und presste mich an ihn.

Er vergrub das Gesicht an meiner Schulter. „Wenn Mason Deveraux nicht aufgetaucht wäre …"

„Ich weiß. Aber das ist er. Wie bist du so schnell gekommen?"

„Hast du denn deine Nachricht nicht abgehört?"

„Nein, nachdem ich das mit den Anstecknadeln von Miss Eloise erfahren hatte, habe ich versehentlich die Gastrednerin beleidigt. Dann habe ich erfahren, dass Mike Violet verlässt, und das hat mich abgelenkt."

„Also war es im Prinzip ein ganz normaler Abend für dich."

Ich zuckte mit den Schultern. „Offensichtlich."

„In meiner Nachricht ging es darum, dass ich heute Abend komme. Ich muss morgen beruflich nach Magnolia. Das liegt näher an Henryetta als an Little Rock, deshalb wollte ich herkommen und die Nacht bei dir verbringen."

Ich küsste ihn. „Hab ich ein Glück."

„Du solltest jetzt ein bisschen schlafen."

„Ich habe keinen Schlafanzug."

„Ich halte dich warm."

Fast wäre mir rausgerutscht, dass ich nicht in Stimmung war, aber ich war mir ziemlich sicher, dass er nichts in der Art beabsichtigte.

Er half mir, mich auszuziehen und ins Bett zu legen, dann zog er sich Schuhe und Jeans aus und glitt neben mich. Er zog mich in seine Arme.

„Mit dir wird es nie langweilig, Rose."

Das klang für mich nicht gerade nach einem Kompliment.

Wir lagen ein paar Minuten in der Dunkelheit. Ich hörte Joes gleichmäßigen Herzschlag an meinem Ohr.

„Mike hat also Violet verlassen?"

„Ja." Scheibenkleider, ich hatte sie gar nicht angerufen, um ihr zu sagen, was los war. Hoffentlich erfuhr sie es nicht von jemand anderem.

„Ich habe zwar gemerkt, dass sie Probleme haben, aber das hätte ich nicht gedacht."

„Ich auch nicht. Sie denkt über ein eigenes Unternehmen nach, eine Gärtnerei, die Blumen und Weihnachtsbäume verkauft."

Einen Moment lang schwieg er. „Geht es dir gut, Rose? Wirklich?"

„Jetzt schon. Es geht mir immer gut, wenn du bei mir bist."

„Ich will dich nicht verlieren."

„Ich bin viel zu stur, als dass man mich so leicht loswerden könnte."

Er schnaubte. Ich spürte seinen Atem in meinen Haaren. „Ich liebe dich." Sein Atem wurde gleichmäßiger und kurz darauf war er eingeschlafen.

Ich lag stundenlang wach und versuchte, die Bilder des Abends aus meinem Gedächtnis zu löschen. Kurz vor dem Einschlafen sah ich Mason Deveraux' Gesicht vor mir, wie er Joe anblickte und sagte: „Ich respektiere sie genug, um sie nicht anzulügen. Können Sie das Gleiche von sich behaupten?"

Hatte Joe mich angelogen? Weswegen?

Als ich am nächsten Morgen aufwachte, saß Joe auf dem Stuhl neben dem Bett und arbeitete an seinem Laptop.

„Wie spät ist es?"

Er sah mich an und dann wieder auf den Computer. „Neun."

„Soll ich mich nicht mit dem Richter treffen?"

„Das wurde auf später verschoben."

„Oh." Ich setzte mich auf und stöhnte. Mir tat alles weh. „Musst du nicht nach Magnolia?"

„Das hat jemand anderes übernommen."

Ich schloss die Augen, weil mich Schuldgefühle überkamen. Es war ein Wunder, dass er meinetwegen nicht seinen Job verloren hatte. Er benahm sich so merkwürdig, vielleicht hatte er Ärger bekommen und war deswegen sauer auf mich. „Ich muss trotzdem ins Gericht. Ich habe um zehn einen Termin beim Nachlassgericht."

„Ich habe einen Termin mit der Polizei, also werde ich dich hinfahren. Vielleicht kann Violet dich auf dem Rückweg mitnehmen."

Ich nickte. „Okay."

„Warum hast du mich nicht angerufen und mir erzählt, was los ist?"

„Welchen Teil?"

Er stand auf. „Rose, du solltest nicht fragen müssen, welchen Teil. Warum hast du mich nicht wegen allem angerufen?"

„Ich weiß nicht …"

Er setzte sich neben mich. „Doch, du weißt es. Du wusstest, dass es mir nicht gefallen würde. Du hast dich rücksichtslos und unverantwortlich benommen."

Ich wusste nicht genau, was ich darauf erwidern sollte. Er hatte recht.

„Gott sei Dank ziehst du nach Little Rock, damit ich mir nicht mehr jede Minute des Tages Sorgen um dich machen muss."

Der Gedanke, aus Henryetta wegzuziehen, erfüllte mich mit Panik. Wie sollte ich es über mich bringen, Violet zu verlassen? „Joe …"

Seine Augen wurden groß. „Du willst doch immer noch nach Little Rock ziehen, oder?"

Ich sah hinunter auf meine Hände und knüllte das Laken zwischen den Fingern zusammen. „Es ist nur, Violet ist jetzt ganz allein …"

Sein Ton wurde hart. „Und wessen Schuld ist das, Rose?"

Ich schloss die Augen. „Ich weiß."

„Ich habe dir gesagt, dass du dich eines Tages zwischen uns entscheiden musst."

Mir brach es das Herz. Wie sollte ich mich zwischen den beiden Menschen entscheiden, die ich am meisten auf der Welt liebte?„Ich weiß, du siehst nur das Schlechte in ihr, aber ich schwöre dir, da ist auch so viel Gutes. Ohne sie hätte ich all die Jahre mit Momma nicht überlebt. Sie hat mich vor Momma und allen anderen beschützt."

Er streichelte mir über die Haare. Sein Ton wurde sanfter. „Ich weiß, dass ihr beide glaubt, dass sie dich beschützt hat, aber sie hat dich erdrückt. Dich versteckt, statt dich deinen Ängsten und dem Tratsch stellen zu lassen. Dich abzusondern hat dich nur in dem Glauben bestärkt, dass mit dir etwas nicht stimmt, Rose, und das ist nicht wahr."

Er gehörte zu den ersten Menschen, die das glaubten. Ich schluchzte. „Sie liebt mich."

Er beugte sich zu mir herüber, Zärtlichkeit im Blick. „Ich liebe dich auch."

„Ich weiß nicht, was ich tun soll. Ohne dich fühle ich mich elend, aber ich werde mich auch elend fühlen, wenn ich weiß, was sie alles allein durchstehen muss."

„Die Entscheidung liegt bei dir. Ich kann sie nicht für dich treffen und Violet auch nicht."

Sanft drückte er mich aufs Bett und küsste mich mit solcher Zärtlichkeit, dass ich noch stärker weinte.

„Das sollte dich eigentlich nicht traurig machen."

Ich verlor ihn. Ich spürte, wie er mir durch die Finger glitt. „Ich liebe dich einfach so sehr."

Er legte sich auf die Seite und fuhr mit dem Zeigefinger über die Prellungen in meinem Gesicht und am Hals. Tränen standen ihm in den Augen. „Ich glaube nicht, dass ich das noch länger aushalte. Mir ständig Sorgen um dich zu machen, wenn du hier allein bist. Mich zu fragen, in welchen Schwierigkeiten du jetzt vielleicht wieder steckst. Die ständige Angst, dass mich jemand anruft, um mir zu sagen, dass du tot bist."

„Es tut mir leid", brachte ich erstickt heraus.

„Ich liebe dich. Weißt du eigentlich, wie sehr ich dich liebe?"

Die Angst in seinen Augen gestern Nacht hatte es mir gezeigt.

„Ich habe nicht … Ich habe versucht …"

Er lächelte, aber es war ein trauriges und verzweifeltes Lächeln. „Ich weiß. Du kannst einfach nicht anders. Das bist du. Dieses Chaosbündel, in das ich mich verliebt habe. Wie kann ich verlangen, dass du das änderst, weshalb ich dich überhaupt liebe?"

„Es tut mir leid."

Er beugte sich über mich und küsste mich. Mit der Hand streichelte er meinen Nacken und achtete vorsichtig darauf, nicht über meine blauen Flecken zu streichen. Verzweifelt und verängstigt erwiderte ich seinen Kuss. Wir liebten uns mit einer Zärtlichkeit wie nie zuvor und ich weinte die ganze Zeit über, weil ich genau wusste, was das hier war.

Joe verabschiedete sich von mir.

KAPITEL 26

Ich kam zu spät zu dem Termin beim Nachlassgericht, aber es war mir egal. Violet war die Vollstreckerin von Mommas Testament und das Einzige, das ich geerbt hatte, war das Kästchen von meiner leiblichen Mutter. Alles andere war mir nicht wichtig. Auch wenn ich dem Gedanken an einen Umzug aus Mommas Haus bisher immer zögerlich gegenübergestanden hatte, erkannte ich jetzt, warum – aus Angst vor Veränderung. Ich hatte den Großteil meines Lebens in Angst verbracht. Warum sollte es in diesem Fall anders sein?

Ich schlüpfte ins Zimmer und setzte mich neben Violet. Als sie sah, dass ich die gleichen Anziehsachen wie am Vortag trug, warf sie mir einen gereizten Blick zu, aber meine blauen Flecke schienen sie nicht zu überraschen. Was bedeutete, dass sie von jemand anderem von dem Angriff gehört hatte.

Da würde ich mir später etwas anhören können.

Der Richter nahm meine Verletzungen jedoch wahr und unterbrach die Sitzung. „Das hier ist das Nachlassgericht, Miss. Das Strafgericht ist im dritten Stock."

„Ich bin hier richtig. Agnes Gardner war meine Mutter."

Er zog die Augenbrauen hoch, fuhr aber fort, während ich ihn ausblendete.

Meine Gedanken wanderten zu der Anstecknadel, die Miss Eloise am Vorabend getragen hatte. Ich beschloss, bei der Bibliothek vorbeizufahren und nach Miss Eloises Großmutter und deren Freunden zu recherchieren. Die Henryetta Historical Society war sehr stolz darauf, die Geschichte aller Einwohner der Stadt zu dokumentieren. Falls ich herausfinden konnte, wen die anderen Frauen geheiratet hatten und wer die Kinder waren, dann konnte ich möglicherweise die Familie White ausfindig machen. Vielleicht wüssten die, wer die vierte Nadel hatte.

Ich wusste, dass ich mich eigentlich aus der Sache raushalten sollte. Jetzt, wo Mason mir glaubte, sollte ich die Sache der Polizei überlassen. Ich unterdrückte ein Schnauben, was mir einen weiteren gereizten Blick von Violet einbrachte. Wollte ich mich wirklich auf die Polizei verlassen? Obwohl Mason vielleicht dafür sorgte, dass sie den Spuren folgten, die ich gefunden hatte. Ganz besonders, da er so überzeugt schien, dass Skeeter Malcolm mit dem Angriff auf mich nichts zu tun hatte.

Außerdem, war ein Besuch der Bibliothek denn ein Verbrechen?

Und ich musste mich wegen des Umzugs nach Little Rock entscheiden, aber Joe hatte recht. Ich war ein Chaosbündel und vermutlich war es ganz egal, ob ich in Henryetta, Little Rock oder der Antarktis wohnte – ich würde überall in Schwierigkeiten geraten. Und diese Schwierigkeiten trieben einen Keil zwischen uns.

Wollte ich mich ändern?

Ich hatte mein ganzes Leben mit dem Versuch verbracht, Momma glücklich zu machen. Wollte ich den Rest meines Lebens mit dem Versuch verbringen, Joe glücklich zu machen?

Ich unterdrückte ein Schluchzen. Ich kannte die Antwort, wollte sie aber nicht akzeptieren. Joe war das Beste, was mir je passiert war. Wollte ich das wirklich wegwerfen?

Die dringendere Frage war jedoch, ob ich am Nachmittag mit Joe nach Little Rock fahren sollte. Wollte er überhaupt noch, dass ich mitkam?

Als die Sitzung beendet war, trafen Violet und ich uns mit dem Nachlassanwalt im Flur. Ich erkannte, dass mein Leben voller

Anwälte und Richter war. Sogar Joe war ein Anwalt, obwohl er nicht als solcher arbeitete.

„Ich melde mich bei Ihnen, Mrs Beauregard", sagte er zu Violet und zuckte angesichts meiner blauen Flecken zusammen.

Nachdem er um die Ecke verschwunden war, wandte sich Violet an mich. „Ich erwarte eine Erklärung, Rose Anne Gardner."

„Okay, aber nicht hier im Flur."

„Wir können in das Café auf der anderen Straßenseite gehen."

„Okay."

Wir gingen gerade durch die Lobby in Richtung Ausgang, als Mason durch die Vordertür hereinkam.

„Rose!"

Violets Blick schoss von ihm zu mir, als er auf uns zukam. „Kennst du den Mann?"

„Ja, das ist Mason. Mason Deveraux. Er ist der Stellvertretende Staatsanwalt."

„Du sprichst den Stellvertretenden Staatsanwalt mit Vornamen an?"

Masons Augen weiteten sich entsetzt, als er näherkam. „Ich hätte das nicht für möglich gehalten, aber Sie sehen heute noch schlimmer aus als gestern Abend."

Ich runzelte die Stirn. „Angesichts Ihres heldenhaften Einsatzes werde ich die Unhöflichkeit dieser Bemerkung ignorieren."

Violet schnappte nach Luft. „Rose!"

„Ist schon gut." Mason lachte. „Es ist kein Geheimnis, dass die meisten meiner Bemerkungen unhöflich und feindselig sind." Er zwinkerte Violet zu.

Mason Deveraux zwinkerte?

„Mason, das ist meine Schwester, Violet Beauregard. Violet, das ist Mason Deveraux, mein Retter."

Mason wurde rot. Wer hätte das gedacht.

Er schüttelte Violet die Hand und grinste. „Rose übertreibt."

„Nicht, wenn man bedenkt, dass Sie mir zweimal das Leben gerettet haben."

„Ich glaube nicht, dass wir das erste Mal zählen können, es sei denn, Sie hatten tatsächlich vor, betrunken Auto zu fahren."

Violet verschlang Mason mit ihrem Blick, als wäre er ein saftiges Steak. „Schön, Sie kennenzulernen, Mr Deveraux."

„Gleichfalls, Mrs Beauregard." Er grinste mich an. „Sehen Sie, Miss Gardner? Ich bin zu höflicher Konversation fähig. Erzählen Sie das bitte auch Ihren Gerichtsgroupies."

Ich lachte. Dieser neue Mr Deveraux war eine willkommene Abwechslung.

Seine Miene nahm einen ernsteren Ausdruck an. „Wie fühlen Sie sich heute? Ganz ehrlich?"

In meinem ganzen Leben war es mir noch nie schlechter gegangen, sowohl körperlich als auch emotional. „Mir geht's gut."

„Fahren Sie immer noch morgen nach Little Rock?"

Violet erstarrte und wartete auf meine Antwort.

Ich starrte auf den Fußboden und überlegte, was ich ihm antworten sollte. Mit Tränen in den Augen sah ich auf. „Ich weiß es nicht."

Mason musterte mich einige Sekunden lang. „Ich verstehe."

„Können wir später darüber reden?" Ich stand kurz davor, in der Lobby des Gerichts zusammenzubrechen. Ich hatte während der letzten paar Tage genug peinliche Momente erlebt, um ein ganzes Leben lang davon zu zehren.

„Natürlich. Wir können heute Nachmittag darüber reden, wenn wir uns mit dem Richter treffen. Aber falls Sie nicht nach Little Rock fahren, müssen wir eine andere Lösung finden."

Ich nickte. „Okay."

„Ich rufe Sie an, sobald ich weiß, wann der Richter Zeit für uns hat. Falls Sie zwischenzeitlich irgendetwas brauchen, rufen Sie mich an. Falls es ein Notfall ist und Sie mich nicht übers Handy erreichen können, rufen Sie mein Büro an. Dort weiß man, dass ich sofort informiert werden will, wenn Sie anrufen."

„Okay."

„Ich meine das ernst, Rose. Und halten Sie sich von Problemen fern."

„Ich habe vor, den Nachmittag in der Bibliothek zu verbringen."

Er kniff die Augen zusammen, als ob er mir nicht glaubte.

„In welche Schwierigkeiten kann man schon in einer Bibliothek geraten?"

Er verzog den Mund. „Ganz ehrlich, bei Ihnen weiß man das nie. Seien Sie vorsichtig." Er wandte sich lächelnd an Violet. „Es war schön, Sie kennenzulernen, Mrs Beauregard, aber ich bin spät dran für eine Verabredung. Rose, wir sehen uns heute Nachmittag."

Violet verfolgte seinen Abgang und stupste mich mit der Schulter an. „Du steckst in echten Schwierigkeiten."

„Warum? Was habe ich denn jetzt schon wieder gemacht?"

„Ich kann nicht fassen, dass du mir nichts von ihm erzählt hast oder davon, dass er dich gerettet hat. Du schuldest mir eine Menge Erklärungen."

„Es gab nichts zu erzählen."

Ungläubig zog sie die Augenbrauen hoch, während wir das Gebäude verließen.

„Er ist der Stellvertretende Staatsanwalt. Er und Joe haben mich aus dem Gefängnis geholt, als ich für Missachtung des Gerichts eingesperrt worden war. Und am Montagabend ist er in der Billardhalle aufgetaucht und hat mich aus einer unangenehmen Situation gerettet."

„Und warum um alles in der Welt warst du in der Billardhalle?"

„Ich glaube nicht, dass du das wissen willst."

Violet ließ das Thema ruhen, bis wir unseren Kaffee bestellt hatten und saßen. Ich erzählte ihr von der Billardhalle, dass Mason versehentlich Skeeter Malcolm meinen Namen verraten hatte und von Masons Sorge, dass Skeeter mir womöglich etwas antun wollte.

„Was hast du dir dabei gedacht, Skeeter Malcolm auszufragen? Hast du den Verstand verloren?"

„Du weißt, wer Skeeter Malcolm ist?"

Sie verdrehte die Augen. „Wer nicht?"

Ich stöhnte. Inzwischen glaubte ich, dass sogar der siebenjährige Andy Junior wusste, wer Skeeter war.

„Und warum hast du mir nicht erzählt, dass du einen Unterschlupf brauchst?"

„Du hattest deine eigenen Probleme. Ganz bestimmt wollte ich dir da nicht noch meine aufhalsen."

„Aber gestern Abend …"

„Violet, du hattest mir gerade erzählt, dass Mike dich verlässt und du nach Hause wolltest, um alles mit ihm zu besprechen. Wenn du an meiner Stelle gewesen wärst, hättest du mich dann gefragt, ob du bei mir schlafen kannst?"

„Vermutlich nicht." Sie sah aus dem Fenster und dann wieder zu mir. „Und jetzt erzähl mir, was gestern Abend passiert ist."

Ich erzählte ihr in knappen Worten, was passiert war, weil ich sie nicht mit den Einzelheiten belasten wollte. Die wenigen Details, die ich preisgab, reichten schon, um sie blass werden zu lassen.

Sie biss sich auf die zitternde Lippe. „Du wärst fast gestorben."

„Mir geht's gut. Dank Mason."

„Und das ist der Grund, warum du nach Little Rock fahren wolltest?"

„Einer der Gründe."

Violet wartete.

„Joe hat mich gebeten, zu ihm nach Little Rock zu ziehen."

Ich erwartete einen Aufschrei oder eine Diskussion. Stattdessen holte sie tief Luft und sah hinunter auf ihre Hände auf dem Tisch. „Wann wolltest du mir das sagen?"

„Gestern Abend, aber dann hast du mir das mit Mike erzählt und …"

„Und weshalb fährst du morgen nicht?"

„Das ist kompliziert."

Mit traurigem Blick sah sie auf, den Mund zu einem schiefen Lächeln verzogen. „Mein Gehirn ist nach all den Fläschchen, Windeln und schlaflosen Nächten noch nicht völlig hinüber. Lass hören."

Ich drehte die Kaffeetasse in meiner Hand. „Ich will dich nicht allein lassen, Violet."

„Rose …"

„Es war schon schwer genug, darüber nachzudenken, bevor ich das von Mike wusste, aber jetzt … Du brauchst mich."

Violet griff über den Tisch und nahm meine Hand. „Rose, du darfst nicht meinetwegen bleiben. Wenn du das tust, ist es genauso wie damals, als Momma dich mit Schuldgefühlen dazu gezwungen hat, dich um sie zu kümmern. Du hast es gehasst und dich eingesperrt gefühlt. Ich will nicht, dass du mich hasst."

„Letzte Woche hast du mir noch gesagt, dass du Angst hast, dass ich wegziehe und dich allein lasse."

„Das habe ich immer noch, aber ich möchte, dass du glücklich bist."

„Und was ist mit der Gärtnerei?"

Sie sah mich traurig an. „Das ist mein Traum, nicht deiner."

Je mehr ich darüber nachdachte, desto mehr fragte ich mich, ob das stimmte.

„Was verschweigst du mir, Rose? Ich sehe es dir doch an."

„Ich bin mir nicht sicher, ob ich der Mensch bin, den Joe gerne in mir sehen würde."

„Wovon sprichst du denn da? Der Mann liebt dich mehr als die Luft zum Atmen."

„Ein Grund dafür, dass er möchte, dass ich bei ihm einziehe, ist, dass er mich so besser im Auge behalten kann und ich nicht in Schwierigkeiten gerate. Aber du weißt, dass ich nicht garantieren kann, dass in Little Rock nichts passiert. Was, wenn ich zu ihm ziehe und dann merke, dass er mich satthat? Was mache ich dann?"

„Er wird dich nicht satthaben."

Ich hoffte, dass sie recht behielt.

„Dich hält doch noch etwas hier. Was ist es?"

Ein ungutes Gefühl hatte sich in meinem Hinterkopf breitgemacht, aber etwas in Joes Worten am Morgen hatte es in den Vordergrund gedrängt. „Vielleicht will ich mit dem Umzug nur vor meinen Problemen weglaufen."

Violet nippte an ihrem Kaffee und wartete.

„Ich dachte, ich könnte jemand anders sein, wenn ich wegzöge, und vor all dem Schmerz aus unserer Vergangenheit weglaufen, aber da bin ich mir jetzt nicht mehr so sicher. Vielleicht muss ich erst Rose Gardner aus Henryetta akzeptieren und lieben lernen, ehe ich Rose von irgendwoanders sein kann."

„Dann hast du vielleicht deine Antwort schon."

Ich biss mir auf die Lippe. Tränen liefen mir über die Wange. „Ich werde Joe verlieren."

Sie nahm erneut meine Hand. „Wenn er dich genug liebt, wird er es verstehen."

Würde er das?

„Und wenn er dumm genug ist, um dich gehen zu lassen, dann hat er dich auch nicht verdient. Mach dir keine Sorgen, Rose, es gibt genügend andere Männer auf der Welt."

Ich lachte durch meine Tränen. „Du meinst, wie der von dem Blind Date, das du für mich arrangiert hast? Steve, das Teigmännchen von Knack&Back?"

Sie erschauerte. „Nein, und es tut mir sehr leid, dass ich dazu überredet habe. Aber zum Beispiel Austin Kent."

„Ich bin nicht an Austin Kent interessiert."

„Natürlich nicht. Du hast nur Augen für Joe. Aber wenn du vielleicht irgendwann Single bist, dann garantiere ich dir, dass andere Männer an dir interessiert wären."

Ich beugte mich über den Tisch und umarmte sie. „Danke."

„Dafür sind große Schwestern da. Vielleicht hat der Aufruhr in meinem eigenen Leben mir geholfen, die Dinge ein wenig klarer zu sehen. Ich hab dich lieb, Rose. Ich möchte, dass du glücklich bist."

„Danke, Vi. Ich hab dich auch lieb."

„Ich muss los, die Kinder abholen. Sollte ich dich nicht nach Hause fahren?"

„Woher weißt du das?"

Sie lächelte. „Joe hat mir eine SMS geschickt."

„Ja. Aber ich bin zum Mittagessen mit Neely Kate verabredet und will danach in die Bibliothek."

„Bist du sicher, dass du dort gut aufgehoben bist?"

„Du hast doch gehört, wie ich Mason von dem Besuch in der Bibliothek erzählt habe, und er hat nicht versucht, es mir auszureden."

Sie stand auf. „Okay. Soll ich dich irgendwo absetzen?"

„Nein, ich habe meinen Kaffee noch nicht ausgetrunken und Neely Kate kann bestimmt früher Mittagspause machen. Zur Bibliothek kann ich einfach laufen. Sie ist nur zwei Blocks entfernt und überall sind viele Menschen. Ich bin sicher."

„Ruf mich an, falls ich dich abholen soll."

„Danke."

Durch das Fenster beobachtete ich, wie sie zu ihrem Auto ging. Ihre veränderte Einstellung überraschte mich. Joe würde vermutlich nicht begeistert sein, dass ich nicht mit ihr heimfuhr. Ich seufzte, das

Herz schwer. Noch ein weiterer Verstoß auf meiner ständig wachsenden Liste. Aber falls ich tatsächlich morgen nach Little Rock fuhr, dann wollte ich wenigstens vorher noch eine Mittagspause mit Neely Kate verbringen.

Ich schickte ihr eine SMS, um ihr zu sagen, dass ich im Café saß und auf sie warten würde, bis sie kommen konnte. Ein paar Minuten später meldete sie sich. Jimmy würde eine Weile weg sein und sie würde mir Bescheid geben, sobald sie wegkonnte.

Da ich ein wenig Zeit hatte, konnte ich die genauso gut darauf verwenden, über meine Zukunft nachzudenken. Ich beschloss, eine Liste mit Gründen für den Umzug nach Little Rock und eine Liste mit Gründen für das Bleiben in Henryetta zu machen. Ich nahm den Kassenbon und begann mit der Liste für Little Rock. Mir fielen neunundzwanzig Gründe ein.

Jeden Morgen mit Joe aufwachen. Jemanden haben, der Spinnen tötet. Er kann wirklich gut kochen. Er ist nett zu Muffy. Mit ihm kann man gut kuscheln. Er ist ein wunderbarer Mann. Er hilft mir mit dem Abwasch. Er glaubt manchmal mehr an mich als ich selbst. Er tankt mein Auto. Er mäht für mich den Rasen. Er hilft mir beim Streichen und behauptet, es gefiele ihm. Er probiert gern neue Dinge mit mir aus. Es reicht ihm, einfach nur mit mir zusammen zu sein. Er spielt gern mit Ashley und Mikey. Er hält beim Spazierengehen meine Hand.

Er schnarcht nicht. Er massiert mir die Füße. Er massiert mir den Rücken. Er ist rücksichtsvoll. Er ist sehr gut aussehend. Er hält mich für schön. Er hilft mir, Probleme zu lösen. Er hält mich für intelligent. Meine Visionen sind ihm nicht peinlich. Er liebt mich. Er vermisst mich, wenn wir nicht zusammen sind. Er möchte eines Tages eine Familie gründen. Er macht mich glücklich.

Ohne ihn fühle ich mich elend.

Ich drehte den Bon um und begann mit den Gründen für das Bleiben. Etwa fünf Minuten lang starrte ich das Papier nur an, bis mir ein einziger einfiel. Aber sobald ich ihn aufgeschrieben hatte, füllten sich meine Augen mit Tränen und ich wusste mit zweifelsfreier Sicherheit, dass meine Entscheidung gefallen war.

Durch tränenverschleierte Augen sah ich hinunter auf die sechs Worte und war mir sicher, den größten Fehler meines Lebens zu begehen.

Ich bin noch nicht so weit.

Ich unterdrückte die Tränen und nahm mein Handy, um Joe anzurufen. Jetzt, da ich mich entschieden hatte, wollte ich ihm das Ergebnis so schnell wie möglich mitteilen. Während ich darauf wartete, dass er abnahm, betrat ein Mann das Café. Jimmy DeWade, Neely Kates Chef, stand am Eingang und hielt eine zusammengefaltete Zeitung unter dem Arm. Er sah sich um und plötzlich fiel sein Blick auf mich. Er verzog den Mund zu einem Lächeln, aber sein Blick blieb kalt. Mir stockte der Atem, als ich die Kratzer an der Seite seines Gesichts sah, und mir wurde schwindelig.

Joes Voicemail ging ran, aber ich war vor Entsetzen wie erstarrt. Jimmy DeWade. *Duane.*

„Er ist hier", röchelte ich, bevor Jimmy herüberkam und mir das Handy aus der Hand nahm. Vor Entsetzen wie gelähmt konnte ich nicht reagieren. Er beendete den Anruf, steckte mein Handy in seine Hemdtasche und setzte sich mir gegenüber.

„Was für ein Zufall, dass wir uns hier treffen."

Ich versuchte immer noch, wieder zu Atem zu kommen.

Jimmy grinste, wobei die Kratzer auf seiner Wange sich dehnten. „Ich denke, es ist an der Zeit, dass wir beide mal ein bisschen plaudern."

KAPITEL 27

Jimmy grinste schief. Seine Hand auf dem Tisch zuckte und verriet seine Nervosität.

Mir fiel die Narbe auf seinem Arm auf. Sie passte zu der aus meiner Vision. Warum hatte ich ihn mir gestern bloß nicht genauer angesehen?

„Im hellen Tageslicht hast du wohl nichts zu sagen?" Er nahm die Zeitung unterm Arm hervor und legte sie auf den Tisch. Als er eine Ecke anhob, kam darunter eine Pistole zum Vorschein. „Denk nicht mal daran, etwas Dummes zu tun. Wir wollen doch nicht, dass jemand versehentlich verletzt wird."

„Damit kommen Sie niemals durch, Jimmy."

„Süße, das ist so ein Klischee. Ehrlich, von dir hätte ich was Originelleres erwartet, aber nur für den Fall, dass du es nicht bemerkt hast – ich bin bereits damit durchgekommen. Ich muss lediglich dich davon abhalten, noch mehr auszuplaudern als bisher schon."

Mein Handy klingelte in seiner Tasche und sein Blick füllte sich mit Verärgerung und Sorge.

Ich musste mich zusammenreißen. Diesen Mann hatte ich gestern Abend im Dunkeln abgewehrt. Allein. Weshalb flippte ich jetzt also aus? Ich holte tief Luft. Der Anruf könnte mir helfen. „Das ist vermutlich mein Freund. Der State Police Detective. Er ist gerade bei der Polizei von Henryetta, nur ein paar Blocks entfernt. Wenn ich nicht rangehe, wird er rüberkommen, um nach mir zu sehen."

Jimmy sah hinunter auf seine Waffe.

„Wenn Sie jetzt gehen, hätten Sie noch einen Vorsprung. Ich lasse Sie sogar mein Handy mitnehmen. Ich habe diesen Monat noch viele Freiminuten." Das war gelogen. Ich hatte schon den Großteil der Freiminuten für meine Gespräche mit Joe verbraucht.

Er griff in die Tasche und sah auf die Anruferkennung. „Mason Deveraux."

Mein Puls hämmerte an meiner Schläfe. „Das ist der Stellvertretende Staatsanwalt."

Knurrend drückte er eine Taste, um den Klingelton abzustellen, und legte das Handy auf den Tisch. „Ich weiß, wer Mason Deveraux ist. Die Frage ist, warum ruft er dich an?"

„Er erwartet mich zu einem Termin im Gericht. Wenn ich nicht auftauche, wird er die Polizei losschicken, um mich zu suchen."

Misstrauisch legte er den Kopf schräg. „Ich glaube dir nicht."

Ich schenkte ihm mein liebreizendstes Lächeln. „Sie können ihn anrufen und fragen, wenn Sie möchten."

„Warum um alles in der Welt sollte ich das tun?"

„Sie haben gesagt, dass Sie mir nicht glauben. Auf diese Weise wüssten Sie, dass ich nicht lüge."

Es klingelte erneut.

„Heilige Scheiße. Betreibst du ein Callcenter?" fragte er angewidert. Er sah aufs Display. „Joe."

Ich lächelte erneut. „Mein Freund. Der State Police Detective."

„Das hast du bereits erwähnt."

„Ich will Ihnen nur helfen, den Überblick zu behalten."

Er rieb sich über die Augen und ich war kurz davor, aufzuspringen und zur Hintertür zu rennen, als er den Arm senkte und nach der Zeitung griff. „Denk nicht mal drüber nach."

„Ich muss aufs Klo."

„Nein."

„Doch, ich schwöre. Ich habe eine Blase wie ein Fingerhut, ganz abgesehen davon, dass Kaffee direkt durch mich durchläuft, wenn Sie verstehen, was ich meine."

„Du kannst das aushalten."

„Ich übernehme keine Verantwortung, falls ein Unglück passiert", grummelte ich, aber je länger wir hier saßen, desto länger würde ich überleben. Es war schwer zu sagen, was er unter „ein bisschen plaudern" verstand, obwohl sein Mordversuch vom Vorabend mir eine ziemlich gute Vorstellung davon verschaffte.

Warten war gut, obwohl Violet die Einzige war, die wusste, wo ich war. Nein, Neely Kate auch, sie wollte mich hier zum Mittagessen treffen. Ich hätte jedoch fast gestöhnt, als mir klar wurde, dass Neely Kate nicht eher kommen würde, bis Jimmy wieder im Büro war, und Jimmy wurde gerade dadurch aufgehalten, meine Ermordung zu planen. Ich musste Zeit gewinnen, bis mir etwas einfiel. „Warum sind Sie gestern Abend in mein Haus gekommen?"

Ihm fielen fast die Augen aus dem Kopf. „Das ist ein Witz, oder?"

Ich bemühte mich um einen unschuldigen Blick. „Warum würde ich denn fragen, wenn ich es wüsste?"

„Ich dachte, mein Motiv war ziemlich klar, als ich versucht habe, dich zu erwürgen."

Mir wurde übel. „Wie haben Sie Ihre Kratzer erklärt?"

„Katzen sind einfach unberechenbar."

Eigentlich sahen sie nicht wie Katzenkratzer aus, aber Jimmy war normalerweise die Freundlichkeit in Person. Niemand würde ihm so ein ungentlemanhaftes Verhalten wie Mord zutrauen. „Sie haben mir noch nicht geantwortet."

„Hab ich."

„Nein. Also, warum?" Ich bemühte mich um einen lockeren, beiläufigen Tonfall, was nicht ganz einfach war, wenn man sich mit seinem potenziellen Mörder über seinen gescheiterten Mordversuch unterhielt. „Ich habe verstanden, dass Sie mich tot sehen wollen." Ich lachte. „Hallo, das hätte jeder gemerkt. Sogar die Polizei."

Verwirrt kniff Jimmy die Augen zusammen.

„Ach kommen Sie, sogar Sie – besonders Sie – müssen zugeben, dass die Henryetta Polizei total lahm im Ermitteln ist. Da sieht man mehr Bewegung, wenn man einem Ahorn beim Wachsen zusieht."

Er zuckte die Schultern und lächelte. „Nun ja …"

„Sie werden so was wie eine Legende in der Stadt, das wissen Sie doch?", fragte ich aufgeregt. „Sie werden als der Mann berühmt, der die Polizei ausgetrickst hat."

Verwirrt schüttelte er den Kopf. „Warte mal. Woher willst du das wissen?"

Ich hob meine Kaffeetasse. „Auf den Mann, der schlauer ist als die Polizei!" Ich setzte zum Trinken an, stellte die Tasse dann aber wieder ab. „Moment. Sie haben ja gar nichts zu trinken. Ich hole Ihnen etwas, auf meine Rechnung." Ich nahm meine Handtasche und stand auf. „Was möchten Sie?"

„Setz dich hin."

„Es ist aber sehr unhöflich, Ihnen was vorzutrinken, ganz besonders, wenn wir auf Sie trinken!"

„Setz. Dich. Hin."

Das tat ich. „Sie müssen ja nicht gleich so mürrisch werden."

Er seufzte verärgert. „Ich sage dir, was wir machen. Wir steigen jetzt in dein Auto und fahren auf den Highway 82, an Watsons Garage vorbei. Die Gegend kennst du doch gut, oder?"

Zu gut, und das wusste er auch. Dort war Daniel Crockers Hauptquartier gewesen. Muffy und ich waren dorthin gesaust, um Joe zu retten. Wenn Jimmy DeWade vorhatte, mich dort hinzubringen, würde man mich sehr lange nicht finden. Falls überhaupt.

Ich versuchte, nicht zu hyperventilieren und verzog das Gesicht halb zu einem Lächeln, halb zu einer Grimasse. „Da gibt es nur ein winziges Problemchen bei diesem Plan. Ich habe kein Auto."

„Was?"

Ich zuckte mit den Schultern. „Das scheint zur Gewohnheit zu werden."

„Was zum Teufel soll das heißen?"

„Na ja … als ich mich mit Daniel Crocker im Trading Post treffen musste, hatte ich kein Auto. Und als ich Joe aus dem Lagerhaus gerettet habe, auch wieder nicht. Ich sehe da ein Muster."

Er murmelte etwas und starrte mich dann böse an. „Schön. Dann nehmen wir meins."

„In den Wald?"

„Nein, durch den McDrive. Natürlich in den Wald!"

Oh, Scheibenkleider. *Denk dir was aus!* „Und was ist mit meinem Tagebuch?"

„Welchem Tagebuch?"

„Das Tagebuch, das ich in meinem Haus versteckt habe. In dem alle Beweise gegen Sie gesammelt sind."

Er musterte mich einen Moment lang und begann dann zu grinsen. „Du hast kein Tagebuch. Wenn du eins hättest, wäre es längst bei der Polizei."

Ich schnaubte. „Die Polizei glaubt mir kein Wort. Die denken vermutlich, dass ich den Angriff gestern Abend vorgetäuscht habe. Denen würde ich meine Beweise nie überlassen. Sie würden sie nur ignorieren. Ich spare sie mir auf."

„Wofür?"

Ach du liebe Zeit. Ja, wofür? „Für mein Treffen mit Mason Deveraux heute Nachmittag. Und dem Richter." Ich nickte. „Ja, ich übergebe es heute Nachmittag den beiden."

Er wirkte perplex. Das war offensichtlich eine unerwartete Wendung.

„Keine Sorge", sagte ich. „Wir können einfach bei mir zu Hause vorbeifahren und es holen."

„Warum um alles in der Welt willst du mir helfen?"

„Meine Momma, Gott hab ihre Seele gnädig, hat mir beigebracht, immer freundlich zu denen zu sein, die es schwerer haben als ich."

Er schnaubte. „Du glaubst, ich hätte es schwerer als du?"

Trotz seines kürzlich gezeigten unzivilisierten Benehmens war Jimmy DeWade der Inbegriff eines Südstaatengentlemans gewesen. Ich hoffte, dass irgendwo in ihm noch ein Rest davon steckte. Ich warf ihm einen strengen Blick zu. „Ist Ihre Momma eine gottesfürchtige Christin, Mr DeWade?"

Er zog an seinem Kragen.

„Lebt Ihre Momma noch?"

Er sah hinunter auf die Zeitung. „Ja."

„Ich kann mir gut vorstellen, was sie sagen wird, wenn sie herausfindet, was Sie vorhaben."

Böse lächelnd sah er mich an. „Ich dachte, du hast gesagt, ich würde damit durchkommen. Die Polizei von Henryetta ist eine Horde Idioten."

Ich zog die Augenbrauen hoch. „Aber eine Mutter weiß immer Bescheid, nicht wahr?"

Sein Lächeln verschwand und er wurde blass. „Genug geredet. Wir gehen."

Ich konnte kaum glauben, dass diese Masche funktionierte. „Ich muss immer noch aufs Klo."

„Du kannst bei dir zu Hause pinkeln."

Würde er wieder versuchen, mich zu ertränken? Das Herz sprang mir vor Angst fast aus der Brust. *Beruhige dich.* Bisher hatte ich mich ziemlich gut geschlagen, was ich kaum fassen konnte. Aber wir waren immer noch in der Öffentlichkeit. Wenn er erst einmal allein mit mir war … Ich hatte das Gefühl, mich gleich übergeben zu müssen.

Mein Handy klingelte.

Jimmy schüttelte den Kopf. „Du bist ein beliebtes Mädchen." Er sah auf das Display. „Joe."

„Das ist mein Freund, der State …"

„Police Detective. Ich weiß."

Ich schenkte ihm einen mitfühlenden Blick. „Ja, mit Joe ist es so – man sollte ihn lieber nicht verärgern. Er hat ein echt aufbrausendes Temperament."

Das Handy in seiner Hand klingelte weiter. Sein Griff verstärkte sich. „Wie aufbrausend?"

„Haben Sie gehört, was mit Daniel Crockers Bruder passiert ist, als Joe vor ein paar Monaten die Bande hochgenommen hat?"

„Daniel Crocker hatte keinen Bruder."

Ich zuckte zusammen. „Ja, das sollen alle glauben. Wenn bekannt geworden wäre, was Joe ihm angetan hat …" Ich schüttelte den Kopf. „Sagen wir mal so: Nach Clintons Amtszeit als Gouverneur hat die State Police gelernt, wie man Schwierigkeiten so weit unter den Teppich kehrt, dass ganze Städte darunter verschwinden." Ach du Schreck. Wo war das denn hergekommen? Ich versuchte, die Tatsache zu ignorieren, dass ich eine abgebrühte Lügnerin geworden war. Offensichtlich brachte meine bevorstehende Ermordung eine Seite in mir zum Vorschein, die mir bis dahin völlig unbekannt gewesen war.

Er starrte auf mein Handy und stopfte es dann in die Tasche. „Ja, klar."

Ich zuckte mit den Schultern. „Behaupten Sie später nicht, ich hätte Sie nicht gewarnt."

Jimmy stand auf, legte Geld für meinen Kaffee auf den Tisch und nahm die Zeitung. „Gehen wir."

Ich sah zum Fenster hinaus. Officer Ernie kam mit ernster Miene über die Straße auf das Café zugeschlendert. Vielleicht konnte ich Jimmy noch ein bisschen hinhalten.

Der war jedoch meinem Blick gefolgt und hatte den Polizisten bemerkt. Er schob mich in Richtung Flur. „Ich denke, wir nehmen den Hinterausgang."

Bevor ich das Fenster aus dem Blick verlor, sah ich noch Joe die Straße entlangrennen. Er war noch etwa fünfzehn Meter entfernt. Vermutlich hatte Violet ihm gesagt, wo ich war. Wenn wir das Café verließen, woher würde er wissen, wo er mich suchen sollte? Joe würde stinksauer sein, dass ich nicht mit meiner Schwester gefahren war.

Panik schnürte mir die Brust zusammen und ich blieb stehen.

Jimmy drückte mir den Lauf der Waffe in den Rücken. „Ich weiß, dass du glaubst, ich würde dich nicht in der Öffentlichkeit erschießen, aber da irrst du dich. Ich habe Frank Mitchell umgebracht und gestern Abend versucht, dich zu erwürgen. Ich werde dich erschießen. Aber momentan bist du lebend für mich wertvoller, also hast du die Wahl. Bleib hier und werde erschossen oder komm mit mir."

Ein letzter Blick bestätigte mir, dass Joe nicht rechtzeitig bei mir sein würde. Ich hatte keine Ahnung, wie viel Schaden Jimmys Pistole anrichten konnte, aber ich wollte es auch nicht riskieren.

„Ich komme mit." Mir stockte der Atem und die Worte kamen nur quieksend heraus. Mein Ärger wuchs und überlagerte sogar einen Moment lang meine Angst. Ich wollte diesem Mann nicht die Genugtuung geben, dass er mir meine Furcht anhörte.

„Kluges Mädchen." Er drückte mir die Waffe in den Rücken und ich marschierte in Richtung Hintertür. Hoffentlich hatte ich die richtige Wahl getroffen.

Der Ausgang führte in eine Gasse und die Hitze schlug uns entgegen, sobald wir aus der Tür waren.

„Gottverdammte Hitzewelle", knurrte Jimmy. „Die Klimaanlage in meinem Auto geht nicht." Er schubste mich nach rechts und ließ mich vor ihm hergehen. „Wo ist deins?"

Ich runzelte die Stirn. Die Hitze und die ganze Situation machten mich reizbar. „Ich habe Ihnen schon gesagt, dass es nicht hier ist."

„Das weiß ich. Ich hab gefragt, wo es ist."

„Vermutlich in meiner Einfahrt."

„Funktioniert die Klimaanlage?"

Ungläubig sah ich ihn über die Schulter hinweg an. Er wollte in klimatisiertem Komfort an den Tatort meiner Ermordung fahren? „Nicht besonders gut."

„Warte mal." Er schob mich gegen die Backsteinwand des Cafés. Ein Müllcontainer verbarg uns vor Blicken von der Straße am Ende der Gasse.

Ich versuchte zu schlucken, aber der Kloß in meinem Hals war im Weg. Er würde mich neben einem stinkenden Müllcontainer erschießen. „Ich habe meine Meinung geändert. Ich will wieder rein."

Entrüstet schüttelte er den Kopf. „Du kannst deine Meinung jetzt nicht mehr ändern!"

„Hab ich trotzdem gemacht. Wenn Sie mich schon erschießen, dann möchte ich lieber in einem klimatisierten Raum sterben als neben dem Müll."

„Ich erschieße dich nicht. Ich überlege, was wir wegen des Autos machen."

„Oh."

Er rieb sich übers Kinn und sah in Richtung Straße.

„Was überlegen Sie denn?"

„Wenn ich mit meinem Auto zu dir nach Hause fahre, dann sehen mich deine Nachbarn."

„Wir könnten ein Taxi nehmen."

„Was?"

„Die haben bestimmt eine Klimaanlage."

„Wir können kein Taxi nehmen."

„Warum denn nicht?"

Seine Augen weiteten sich, als hätte ich behauptet, der Papst wäre Jude. „Du weißt schon, die ganze Sache mit der Geiselnahme und so."

„Oh … richtig." So viel zum Thema in der Nähe von anderen Menschen bleiben.

„Wir werden einfach mein Auto nehmen müssen."

Ich zuckte mit den Schultern. „Das ist schon in Ordnung. Meine Nachbarn sind eine Gruppe blinder und tauber alter Frauen. Die merken nie etwas."

Er schnappte mich am Arm und zog mich um den Müllcontainer in Richtung Straße. Am Ende der Gasse blieb er stehen und spähte um die Ecke. „Da sind überall Bullen."

„Es ist Monatsende. Die verteilen bestimmt Strafzettel wegen Überqueren der Straße bei Rot. Sie wissen schon, um die Einnahmen der Stadt anzukurbeln."

„Oder sie suchen nach dir."

„Ja, die mögen mich nicht besonders. Sie können mich auch einfach hier lassen und ich werde niemandem etwas über Sie erzählen."

„Der einzige Weg für dich aus dieser Gasse heraus ist mit mir."

So viel zum Thema Wahlmöglichkeiten. „Wo ist denn Ihr Auto?"

Er verzog den Mund zu einem Grinsen. „Dachte ich's mir doch."

Die Hintertür des Cafés wurde geöffnet. Ich hoffte inständig, es wäre Joe.

Jimmy zog mich auf die Straße und um die Ecke und lief quer über die Straße zu einem Parkplatz, bevor ich erkennen konnte, wer da aus dem Café gekommen war. Wir blieben neben einem hellblauen VW-Käfer stehen – dem alten, aus den Sechzigern. Das Auto war eine Rostlaube und Jimmy musste erst eine Weile am Schloss herumfummeln, bis die Tür aufging.

Er legte mir die Hand auf den Kopf und schob mich auf den Beifahrersitz.

Erneut erfüllte mich Panik. „Ich will Sie nur warnen. Mir wird vom Autofahren schlecht."

„Toll." Er verdrehte die Augen. „Und jetzt bleib sitzen oder ich erschieße dich, verstanden?"

Ich wog meine Fluchtchancen ab, während er hinüber zur Fahrertür ging, aber ich hielt sie für nicht besonders gut. Zum einen war es ein kleines Auto und deshalb war der Weg um den Kofferraum herum nur kurz. Zum anderen würde die Tür vermutlich klemmen.

Meine Nervosität gewann die Oberhand und ich begann zu plappern. „Da haben Sie aber Glück. Ihr Auto scheint schon bessere Tage gesehen zu haben, und wenn ich mich übergeben muss, ist es dann ja nicht so schlimm. Bei all dem Einkommen aus Ihren Mietobjekten hätte ich gedacht, dass Sie sich ein neues Auto leisten könnten."

„Halt die Klappe!", knurrte er und drückte mir den Kopf in den Schoß, als ein Polizist um die Ecke kam.

Auf dem Weg nach unten knallte ich mit der Stirn gegen das Armaturenbrett. „Au!"

„Pst!" Die Pistole lag in seinem Schoß wie eine stumme Warnung.

Ich brauchte einen Plan.

„Also, wo ist dieses Tagebuch?"

„Was? Ach so, es ist …" Oh Mist. Ich brauchte ein Versteck, das mir Zeit verschaffen würde. „In meinem Schuppen." Es würde ewig dauern, da etwas zu finden. Ganz besonders, nachdem die Polizei auf der Suche nach einer Waffe alles durchwühlt und ich es nur völlig planlos wieder eingeräumt hatte.

„Warum hast du gezögert? Lügst du mich an, Rose?"

„Es ist ja nicht so, als ob ich Ihnen einfach so alle meine Beweise überlassen will, oder?", murrte ich.

„Vermutlich nicht."

„Aber dann habe ich wieder die Waffe gesehen und beschlossen, besser die Wahrheit zu sagen."

„Kluges Mädchen."

Da war ich mir nicht so sicher. Ich hatte mich nur mit allergrößter Mühe unter Kontrolle und meine Geistesgegenwart verließ mich allmählich. Ich musste Zeit gewinnen, und ich wollte wissen, warum er Frank Mitchell umgebracht hatte. „Kann ich jetzt hoch? Ich bekomme einen Krampf im Genick."

„Ja …" Er nahm mir die Hand vom Kopf und ich setzte mich auf und streckte den Nacken.

„Sie wollten also Frank Mitchells Grundstück kaufen, weil der Superstore dort Land aufkaufen würde?"

„Immer noch neugierig, ja?"

„Ich finde, ich habe das Recht zu wissen, wofür ich sterbe."

„Stimmt, obwohl du mir ungewöhnlich ruhig für jemanden vorkommst, der gleich seinem Schöpfer gegenüberstehen wird."

Ich war alles andere als ruhig und würde jeden Moment zu schreien anfangen. Vermutlich war das der sicherste Weg, erschossen zu werden, bei all der Polizei um uns herum. Stattdessen hielt ich die Hände hoch. „Und ich bin vorbereitet. Durch Mommas Unfall, Gott sei ihrer Seele gnädig, habe ich gelernt, dass man nie weiß, wann das böse Ende kommt. Deshalb sollte man immer bereit sein."

Jimmy rutschte auf seinem Sitz herum und sah in den Rückspiegel.

Ich drehte mich um und erwischte gerade noch einen Blick auf Officer Ernie, der in die entgegengesetzte Richtung ging. Ich war auf mich allein gestellt.

Oh Scheibenkleider. Jetzt war ich wirklich in Schwierigkeiten.

KAPITEL 28

Ich musste ihn reden lassen, bis mir etwas einfiel. „Die Sache mit dem bösen Ende, Mr DeWade, ist jedoch, dass es oft mit den besten Absichten anfängt und man nicht einmal weiß, dass es böse enden wird, nicht wahr?"

„Warum fragst du mich das?"

„Na ja, Sie wissen schon … die ganze Sache mit dem Mord und so. Ich dachte mir, ich gehe mal direkt zur Quelle."

Er wurde blass und fuhr sich mit der Hand über den Kopf. „Ich bin nicht böse. Ich habe mir nur geholt, was mir zusteht."

„Und ich wette, Frank hat auch nur das bekommen, was ihm zustand. Sie haben lediglich der Gerechtigkeit genüge getan. Wie ein Ordnungshüter." Aufgeregt riss ich die Augen auf. „Wie Batman!" Ich legte den Kopf schräg. „Nein, Moment. Wäre nicht Bruce Wayne Decker Batman? Mit den Namen und so? Nein, das kann nicht stimmen. Ich glaube nicht, dass Batman je im Gefängnis war."

Er schüttelte knurrend den Kopf. „Bruce Wayne war im Gefängnis."

„Sind Sie sicher? Aber was ist mit Batman? Ich meine, er ist Batman! Wer kann schon Batman verhaften! Und würde man ihm die

Maske abnehmen, wenn die Fotos gemacht werden? Oder bekommt er ein Foto mit Maske? Ich musste sogar meinen Ring ablegen, deshalb kann ich mir gut vorstellen, dass er die Maske abnehmen müsste."

„Was zum Teufel redest du da?"

„Bruce Wayne Decker. Der Unschuldige, der auf seine Verurteilung wartet."

„Nein, das stimmt so nicht. Das war ganz anders."

„Ach ja? Wie denn?"

Er atmete schnaubend aus. „Ich wollte nur, was mir gehört."

„Das haben Sie bereits gesagt. Was hat Ihnen Frank Mitchell denn weggenommen?"

Er zog die Brauen zusammen und sein Blick verfinsterte sich. „Frank Mitchell hat überhaupt nichts genommen."

Ich verdrehte die Augen. „Das ergibt doch keinen Sinn. Wenn er Ihnen nichts weggenommen hat, warum haben Sie ihn dann umgebracht?"

„Du redest zu viel."

„Und Sie haben mir versprochen, mir zu sagen, warum ich sterben muss. Bisher hab ich noch nichts erfahren."

„Ich arbeite seit mehr als zwanzig Jahren für Fenton County. Und ich hasse meinen Job. Er frisst mich auf. Aber ich habe mir gesagt, ich leiste meine Dienstjahre ab und dann kriege ich meine Pension. Vor anderthalb Jahren hat jedoch Fenton County uns unsere Pensionsgelder gestohlen und alles ruiniert."

„Davon habe ich gehört, aber damit hatte doch Frank Mitchell nichts zu tun, oder?"

„Wenn du einfach mal die Klappe halten würdest, könnte ich es dir erzählen."

Jimmy hatte bereits die Hälfte der Strecke zu meinem Haus zurückgelegt und mir war immer noch nichts Besseres eingefallen, als ihn durch meinen Schuppen wühlen zu lassen, was eigentlich überhaupt kein Plan war.

„Wie ich bereits sagte, ich wollte vorzeitig in Pension gehen, aber das haben sie mir versaut."

„Ich arbeite auf der Kfz-Zulassungsstelle, zumindest habe ich das bis gestern getan, und der Job ist bestimmt schlimmer als die Arbeit mit Neely Kate. Trotzdem schlage ich niemandem ein Brecheisen auf den Schädel."

Er umklammerte das Lenkrad mit beiden Händen. Sein ganzer Körper zitterte, als er zwischen zusammengepressten Zähnen herausbrachte: „So war es doch gar nicht!"

„Wie war es denn dann?"

Mein Handy klingelte in seiner Tasche. „Verdammt!" Er zog es heraus. „Dein Kumpel, der Stellvertretende Staatsanwalt." Er warf mir das Handy zu. „Geh ran."

„Was?" Ich hatte Mühe, es zu fangen, und es fiel in meinen Schoß.

Jimmy nahm die Waffe und richtete sie auf mich. „Erzähl ihm irgendwas, damit er aufhört, anzurufen."

Mein Atem kam in kurzen Stößen und mein Gesicht begann zu kribbeln. *Reiß dich zusammen, Rose.* Hyperventilieren bringt dich nicht weiter. „Hallo?"

„Rose! Wo zum Teufel sind Sie?", klang Masons wütende Stimme an mein Ohr.

Jimmy zuckte zusammen. Offenbar hatte er das Gebrüll gehört.

„Äh ..."

„Sag ihm, dass du mit einer Freundin Mittag gegessen hast."

Ich legte die Hand über das Mikrofon und flüsterte: „Das wird er mir nie abnehmen. Er weiß, dass Neely Kate die Stellung in der Abteilung für Grundstückssteuer hält, bis Sie zurück sind."

Ich versuchte, ins Telefon zu lachen, was sich aber anhörte wie die kreischenden Bremsen von Miss Mildreds Cadillac. „Sie sagen, ich bin in Schwierigkeiten? Weil ich nicht im Gericht erschienen bin? Ich versuche, später vorbeizukommen."

„Rose, sind Sie in Schwierigkeiten?", flüsterte Mason. „Und hat das etwas mit Neely Kate zu tun? Mit jemandem, mit dem sie arbeitet?"

Ich schnaubte. „Was wollen Sie tun? Mich verhaften?"

„Wo sind Sie, Rose?" Mason klang panisch. „Hält Sie jemand fest?"

„Mir ist es egal, was Joe sagt." Ich versuchte, entrüstet zu klingen, aber das funktionierte nicht so gut. „Sagen Sie ihm ... Sagen Sie ihm …" Ich unterdrückte ein Schluchzen. „Sagen Sie ihm, dass ich ihn trotzdem liebe."

Jimmy riss mir das Handy aus der Hand und beendete den Anruf. Seine Miene war grimmig. „Das lief nicht ganz so, wie ich mir das vorgestellt hatte."

Ärger wallte in mir auf. „Ach ja? Der ganze Vormittag ist nicht so gelaufen, wie ich es mir vorgestellt habe, also sind wir quitt!"

„Du vergisst, wer von uns beiden hier die Waffe hat."

„Dann erschießen Sie mich doch!"

„Nicht, bevor ich nicht das Tagebuch habe."

Das hieß, dass mir noch ein bisschen Zeit blieb. Er wollte das nicht existierende Tagebuch und war bereit, meine Exekution aufzuschieben, bis er es hatte. Er wirkte jedoch erregt genug, dass ich mir nicht sicher war, ob er wirklich erst bis in den Wald fahren würde, um mich kaltzumachen.

Der Gedanke an Joe öffnete meiner Angst Tür und Tor, füllte meinen Kopf und beraubte mich all meiner Sinne. Ich schob sie wieder weit nach hinten, bevor ich noch anfing zu heulen. Ich vermutete, dass Jimmy besser mit einer plappernden Frau zurechtkam als mit einer schluchzenden.

„Ich weiß immer noch nicht, warum Sie Frank umgebracht haben. Ich weiß, dass Sie ein Mörder sind und so, aber Sie sind trotzdem immer noch ein Südstaatengentleman und ich hoffe, dass Sie Ihr Wort halten."

„Du unterbrichst mich ja dauernd."

„Jetzt unterbreche ich Sie nicht mehr!"

„Nachdem die Pensionskasse gestohlen worden war, habe ich mittags bei Merilee gegessen. Zufällig saß ich dabei hinter zwei Angestellten aus dem Bauamt, die gerade die Baupläne für den Superstore besprachen. Ich hatte bereits zwei Mietobjekte in Forest Ridge, aber ich erkannte, dass ich mehr Geld bekommen würde, wenn ich Häuser an strategisch günstigen Stellen kaufte. Die meisten Eigentümer waren bereit zu verkaufen. Sie wussten nichts von dem Superstore und angesichts der schlechten Wirtschaftslage habe ich ihnen die Häuser praktisch unter dem Hintern weggestohlen."

„Außer bei Frank."

„Sein Haus lag genau in der Mitte. Aber der sture Hurensohn weigerte sich rundheraus. Er steckte bis zum Hals in Schulden und ich hab das Angebot mehrmals erhöht, aber er gab nicht nach. Dummerweise war die Zustimmung von sechzig Prozent der Hauseigentümer nötig, sonst würde der Deal platzen. Wenn er sich weigerte zu verkaufen, würden sie den Parkplatz womöglich weiter nördlich bauen und ich wäre auf allen fünfzehn Häusern sitzengeblieben."

„Aber ich verstehe nicht. Seine Ermordung hat doch nichts gebracht. Nach seinem Tod konnte er nicht mehr verkaufen, und sein Sohn hat das Haus an eine Investmentfirma in Louisiana verscherbelt."

Er grinste. „Die im Besitz meines Cousins dritten Grades ist. Wir haben uns den Gewinn aus dem Verkauf an den Superstore geteilt."

„Damit konnte die Transaktion nicht zu Ihnen zurückverfolgt werden. Es hätte verdächtig gewirkt, wenn Sie ein paar Monate nach Franks Tod das Haus gekauft hätten."

„Genau, obwohl die Polizei bereits Bruce Decker verhaftet hatte. Außerdem hatte ich nie vor, Frank zu töten. Ich wollte ihm nur Angst einjagen. Aber wir stritten, und bevor ich noch richtig wusste, was ich da tat, nahm ich ein Brecheisen aus einem Regal und hab es ihm über den Kopf gezogen."

„Und dann haben Sie das Geld gestohlen, um es wie einen Einbruch wirken zu lassen."

„Ja, ich hätte noch mehr genommen, aber mir war aufgefallen, dass ich die Anstecknadel meiner Großmutter verloren hatte und ich musste danach suchen. Ich hörte ein Geräusch im Lager und bin verschwunden, ehe mir das Geld wieder einfiel."

„Obwohl das keine Rolle gespielt hat. Der Polizei war das egal."

„Hoch lebe die Polizei von Henryetta."

So konnte man das auch sehen.

Jimmy war nur noch einen Block von meinem Haus entfernt. Mir musste jetzt schnell etwas einfallen. „Aber ein Unschuldiger steht dafür vor Gericht. Haben Sie deswegen keine Schuldgefühle?"

„Zuerst schon. Aber dann habe ich erfahren, dass er mehrmals vorbestraft ist."

„Aber keine Gewaltverbrechen."

Jimmy zuckte mit den Schultern.

„Was ist mit mir?" Ich hatte nicht vorgehabt, es so gepresst klingen zu lassen. Ich holte tief Luft und zwang mich zu einem mutigen Ton. „Ich habe keine Vorstrafen. Ich bin eine unbescholtene Bürgerin."

Er lachte. „Du bist alles andere als unbescholten. Ich gebe zu, ich hatte zuerst ein schlechtes Gewissen, als ich beschloss, dass ich dich loswerden muss. Aber du oder ich, anders geht es nicht. Und wenn wir ehrlich sind, gehst du vielen Menschen auf den Geist."

Jimmy fuhr in meine Einfahrt und ich dachte über die Wahrheit in diesem Satz nach. Vielleicht ging ich der halben Stadt auf den Geist, Jimmy eingeschlossen, aber das war kein Verbrechen, das eine Hinrichtung rechtfertigte.

Ich würde mich nicht kampflos ergeben. Jimmy DeWade hatte sich mit der falschen Frau angelegt.

Miss Mildred kam aus ihrem Haus, die Gießkanne in der Hand, und ich wusste genau, was sie vorhatte. Nur eine Närrin würde die Blumen in der Mittagshitze gießen, und obwohl man Miss Mildred eine Menge Dinge nachsagen konnte, war sie bestimmt keine Närrin.

Vielleicht könnte ich tatsächlich einmal Miss Mildred zu meinem Vorteil nutzen.

Jimmy sah durch die Windschutzscheibe. „Ist das dort dein Schuppen?"

„Ja, aber ich brauche den Schlüssel. Er ist im Haus."

„Okay, wir holen den Schlüssel und gehen dann nach hinten. Wenn du irgendwas Dummes tust, werde ich nicht zögern, dich zu erschießen, verstanden?"

Ich sah keinen Sinn in der ganzen Sache. Jimmy hatte Miss Mildred auf der Veranda bemerkt, aber vielleicht ließ er sich von ihrem Alter täuschen, insbesondere nachdem ich ihm erzählt hatte, dass sie blind und taub war. Nun, da stand ihm ein böses Erwachen bevor. Miss Mildred konnte nicht nur einen Verdächtigen aus einer Entfernung von fünfzehn Metern perfekt beschreiben, es hätte mich nicht gewundert, wenn sie selbst das Phantombild gezeichnet hätte.

„Ich muss immer noch aufs Klo." In meinem Bad gab es ein Fenster. Wenn er mich dort hineinließ, konnte ich herausklettern und weglaufen.

„Das sagst du ständig, aber trotzdem scheinst du gut zurechtzukommen."

Entrüstet zog ich die Augenbrauen hoch. „Soll ich lieber auf den Sitz pinkeln und einen DNA-Beweis hinterlassen?"

„Schön …"

Ich brauchte drei Anläufe, bis ich die verklemmte Beifahrertür aufbekam. Jimmy ging um das Auto herum und stellte sich neben die Tür. Als ich ausstieg, sah ich aus dem Augenwinkel, wie Miss Mildred mit einem Besen in der Hand über die Straße kam.

Oh Scheibenkleider.

„Mir reicht es jetzt mit diesem Unfug!", rief sie.

Jimmy fiel die Kinnlade herunter.

Sie wedelte mit dem Besen über ihrem Kopf herum und blieb einen Meter vor uns stehen. „Was glaubst du denn, was für eine Nachbarschaft das hier ist, Rose Gardner? Wie viele verschiedene Männer hast du diese Woche hier gehabt? Drei?"

Ich kämpfte um meine Geistesgegenwart. „Ja, Ma'am."

„Du führst in diesem Haus ein Bordell und mir reicht es!" Miss Mildred schlug Jimmy mit dem Besen auf den Kopf.

„Au!", brüllte er und bedeckte den Kopf mit den Armen. Seine Waffe fiel zu Boden.

„Rose!" Ich drehte mich nach der Stimme um und sah Heidi Joy in ihrer Haustür stehen. Sie starrte auf Miss Mildred. Muffy erschien zu ihren Füßen und kam bellend auf mich zugestürzt.

Miss Mildred setzte ihre Schläge fort und kam richtig in Fahrt. „Verschwinde hier, du schmutziges Gesindel! Das hier ist eine gottesfürchtige Nachbarschaft und wir erlauben hier keinen Abschaum!"

Jimmy hatte versehentlich die Pistole unters Auto getreten. Ich ließ mich auf die Knie fallen, aber er hatte genug Verstand, um zu bemerken, was ich tat, und sprang auf mich zu.

Wir fielen auf den Boden, ich auf den Bauch und Jimmy auf meinen Rücken. Ich versuchte, auf die Knie zu kommen, um ihn abzuschütteln, aber er schob mich zurück auf den Boden.

Miss Mildred kam herüber und schlug ihm mit neu gewonnener Kraft auf den Kopf. „Teufel! Satan! Unzucht treiben! Am helllichten Tag!"

Ich streckte die Hand unter das Auto. Bis zur Pistole fehlten nur wenige Zentimeter. Jimmy kroch mir den Rücken hoch, aber ich hob die Schultern und wir rollten stöhnend umher. Er stabilisierte sich mit beiden Füßen auf dem Boden und ließ sich auf meinen Rücken fallen, wobei er mich erneut zu Boden warf.

„In meinem ganzen Leben", rief Miss Mildred, die noch ein paar Hiebe unterbrachte, „habe ich noch nie so eine Schweinerei gesehen!"

Muffy stand neben uns und knurrte, während Jimmy und ich miteinander kämpften. Sie sprang auf uns zu, aber wir hatten uns inzwischen in den Vorgarten gerollt, weg von den Zähnen meines mutigen Hundes.

„Heiden!", rief Miss Mildred, bevor sie den Gartenschlauch auf uns richtete.

Jimmy sprang schreiend auf und wandte sich mit wildem, gefährlichem Blick seiner einen Meter fünfzig großen Gegnerin zu.

Ich nutzte seine Ablenkung und kroch unter das Auto.

Sirenen erklangen, aber noch weit entfernt.

Mit einem gefährlichen Knurren ging Jimmy auf Miss Mildred zu, die ihn weiter mit dem Gartenschlauch besprühte. Muffy machte einen Satz und biss Jimmy ins Bein. Aufjaulend beugte er sich vor, um sie abzuschütteln, aber da biss sie ihn in den Arm. Jimmy wand sich vor Schmerzen und fiel auf die Knie.

Miss Mildred besprühte ihn weiter mit Wasser. Mit beiden Händen hielt sie den Schlauch fest. „Verdammter Yankee-Abschaum!"

Nach Atem ringend ging ich auf sie zu und richtete die Waffe auf Jimmy.

Joes Auto kam mit quietschenden Reifen vor meinem Haus zum Stehen. Er riss die Tür auf und rannte durch den Vorgarten. Als er uns sah, blieb er stehen und starrte uns fassungslos an.

Oh Scheibenkleider.

Hinter Joes Auto hielten zwei Polizeifahrzeuge und innerhalb von Sekunden wimmelte es nur so von Polizisten, die alle ihre Waffe auf uns gerichtet hielten und nichts taten.

„Joe … ich kann das erklären."

334

Joes Miene war ausdruckslos. „Du kannst das hier erklären?" Er deutete auf das Schauspiel, das sich ihm bot.

Jimmy schrie, während sich Muffy in seinen Arm verbissen hatte. Miss Mildred hatte die Düse am Gartenschlauch auf volle Leistung gestellt. Und ich stand mit einer Pistole in der Hand daneben.

Vielleicht ließ sich das alles doch nicht so einfach erklären.

Ich hielt die Waffe hoch. „Das ist nicht meine."

Joe und die Polizisten gingen schreiend in Deckung.

„Rose, wirf die Waffe auf den Boden!", rief Joe und kam langsam auf mich zu.

Ob er sauer genug war, um mich zu verhaften?

Ich ließ die Pistole fallen. Sie landete mit einem dumpfen Schlag auf dem Gras. „Joe, ich schwöre! Ich habe nichts getan! Ich habe nur dagesessen und mich um meine eigenen Angelegenheiten gekümmert!"

Er zog mich in seine Arme. „Ich weiß. Ist schon gut."

Erleichtert atmete ich auf.

„Die Schwierigkeiten scheinen dir zu folgen, wohin du auch gehst, Rose Gardner. Ich geb's auf."

Ich legte den Kopf zurück. Vor Angst drehte sich mir der Magen um.

Er verzog den Mund zu einem widerspenstigen Lächeln. „Ich würde dich gar nicht anders haben wollen."

Um das zu beweisen, küsste er mich, während um uns herum das Chaos tobte.

Joe war inzwischen daran gewöhnt.

KAPITEL 29

Joe und ich verließen gemeinsam das Gericht. Er hatte mir den Arm um die Taille gelegt. Am Horizont braute sich ein Sturm zusammen und ein kühler Wind wehte durch die Straßen von Henryetta.

„Sieht so aus, als ob der Hitzefluch endlich gebrochen wird", sagte ich und atmete den süßen Geruch nach Regen und Hoffnung ein.

Joe flüsterte mir ins Ohr: „Das kommt darauf an, von welchem Hitzefluch du sprichst."

Ich kicherte und verpasste ihm einen Stoß in die Rippen, als Mason Deveraux die Treppe herunter und auf uns zukam.

„Herzlichen Glückwunsch, Rose." Mason grinste. „Sie hatten recht. Bruce Decker war unschuldig, genauso wie Sie es von Anfang an behauptet haben. Er wurde entlassen und James DeWade wurde des Mordes mit bedingtem Vorsatz an Frank Mitchell angeklagt. Die Polizei in Louisiana verhört seinen Cousin."

Verwirrt kniff ich die Augen zusammen. „Aber ich dachte, dass Bruce trotzdem noch der Prozess wegen des Einbruchs in den Baumarkt gemacht wird. Wieso wurde er denn freigelassen?"

„Er ist nicht eingebrochen – die Hintertür war offen. Und er hat nichts weiter gestohlen als das Brecheisen."

„Oh."

Sein Blick wurde sanft. „Also, was haben Sie jetzt vor? Ich habe gehört, Sie haben gekündigt."

Ich sah auf zu Joe. Meine Nerven flatterten. „Ich weiß noch nicht genau."

Mason streckte die Hand aus und ich nahm sie. Er schüttelte mir sanft die Hand. „Ich wünsche Ihnen Glück bei allem, was Sie tun."

Ich lächelte ihn an. „Danke, Mason."

Mason wandte sich an Joe. Sein Blick wurde kalt. „Simmons."

„Deveraux", antwortete Joe in seiner Detective-Stimme.

Ich sah zu ihm auf. „Was war denn das?"

„Das ist eine Sache zwischen ihm und mir. Mach dir keine Gedanken." Er führte mich zu einer Bank auf dem Gehweg. „Wir müssen reden."

Mein Magen schlug Purzelbäume.

Wir setzten uns und Joe legte den Arm auf die Lehne hinter mir.

Einige Sekunden lang schwieg er. Seine Miene war ernst. „Heute Morgen habe ich beschlossen, mich von dir zu trennen."

Ich sah hinunter in meinen Schoß. Mir steckte ein Kloß im Hals. „Ich weiß."

„Es ist … du … du machst mich verrückt."

Eine Träne rollte mir über die Wange und fiel in meinen Schoß.

„Du bist wie ein Sturm aus Verwirrung und Unberechenbarkeit und ich weiß nicht, wie ich damit umgehen soll."

Warum besprachen wir das hier? Mitten in der Innenstadt? „Ich weiß."

Er rieb sich mit beiden Händen übers Gesicht. „Ich habe keine Ahnung, was du als Nächstes tun wirst, und du ängstigst mich zu Tode."

Ich sah ihm ins Gesicht und biss mir auf die Lippe. „Es tut mir leid."

Er streichelte mir über die Wange, achtete aber sorgfältig darauf, nicht meine blauen Flecke zu berühren. „Aber der Gedanke an ein Leben ohne dich ängstigt mich noch viel mehr."

Ich hielt den Atem an. Was meinte er damit?

„Ich hatte mich entschieden. Ich wollte mich von dir trennen, sobald ich wüsste, dass du in Sicherheit bist. Aber der Gedanke, dich nie wieder zu sehen ... dich nie wieder in den Armen zu halten ... oder nie wieder zu küssen ..." Er senkte seinen Mund auf meinen und küsste mich mit überraschender Zärtlichkeit. „Der Gedanke hat mich panisch gemacht. Du bist aufregend und spontan. Du bist wie eine Achterbahnfahrt und ich vermute, dass das Leben mit dir eine Aneinanderreihung von Höhen und Tiefen sein wird, aber ich will es gar nicht anders haben. Ich liebe dich, Rose."

„Ich liebe dich auch." Ich strich ihm übers Gesicht und weinte vor Erleichterung. Hoffentlich würden meine nächsten Worte ihn nicht doch noch vertreiben. „Aber ich kann nicht zu dir nach Little Rock ziehen."

Er sah mir in die Augen. „Ich weiß." Ich erkannte die Traurigkeit in seiner Stimme.

„Es geht nicht nur um Violet ..."

„Ich weiß." Er verzog den Mund zu einem schmalen Lächeln. „Ich hab deine Liste im Café gefunden."

„Oh." Ich schloss die Augen. Ich hatte Joe immer noch. Warum brach es mir trotzdem das Herz? „Was machen wir jetzt?"

„Ich schätze, wir machen einfach so weiter wie bisher."

„Okay." Der Gedanke daran machte mich unglücklich.

„Wo willst du arbeiten? Du gehst doch nicht zurück zur Zulassungsstelle, oder?"

„Um Himmels willen, nein. Ich weiß nicht, vielleicht ... Violet möchte, dass wir gemeinsam ein Geschäft eröffnen."

„Die Gärtnerei?"

Ich sah hinunter in meinen Schoß und fühlte mich plötzlich unsicher. „Ja."

Joe legte einen Finger unter mein Kinn. „Ist das etwas, das du willst? Nicht Violet. Du?"

Ich nickte. „Ja."

„Dann halte ich es für eine tolle Idee."

„Wirklich?"

„Achtung, Henryetta. Die Gardner-Schwestern kommen!"

Ich grinste. „Genau."

Er beugte sich vor und küsste mich so leidenschaftlich, dass Miss Mildred mit Sicherheit den Gartenschlauch auf uns gerichtet hätte, wenn sie uns sehen könnte.

„Ich muss erst morgen Abend wieder zurück nach Little Rock."

„Dann würde ich sagen, wir gehen nach Hause und beenden dieses Gespräch dort."

„Joe stand auf, zog mich an sich und küsste mich erneut. „Ich glaube, das ist die beste Idee, die ich heute gehört habe. Übrigens hat mir besonders Nummer sechzehn auf deiner Liste gefallen."

„Was war das?"

„Er ist *sehr gut aussehend.*

Ich lachte. „Offensichtlich habe ich ‚Joe ist sehr bescheiden' vergessen."

Arm in Arm gingen wir zu seinem Auto, aber Masons Worte gingen mir nicht aus dem Kopf. Wenn wir schon alles offen besprachen, dann musste ich auch das wissen. „Joe?"

„Ja, Schatz?"

„Was hat Mason gestern Abend gemeint, als er gesagt hat, dass er mich nicht angelogen hat, und ob du dasselbe von dir behaupten könntest?"

Joe blieb stehen. In seiner Miene spiegelte sich Unsicherheit.

„Joe?"

Zögernd straffte er die Schultern. „Ich hatte letzte Woche Hilfe, als ich dich aus dem Gefängnis geholt habe. Deveraux und ich hatten alles versucht, aber der Richter war stinksauer auf dich, also hab ich einen Gefallen eingefordert. Deveraux musste mir versprechen, dir nichts davon zu erzählen."

Ich wappnete mich. „Was hast du getan?"

Sein Blick wurde hart. „Ich habe meinen Vater angerufen."

„Ich verstehe nicht."

„Mein Vater hat hier im Bundesstaat eine Menge Einfluss. Eine ganze Menge. Er hat seine Überzeugungskraft eingesetzt."

„Dein Vater hat seinen Einfluss genutzt, um mich aus dem Gefängnis zu holen? Warum sollte er das tun? Er kennt mich nicht einmal."

„Weil ich ihn darum gebeten habe. Du musst jedoch verstehen, Rose, dass es seinen Preis hat, wenn man meinen Vater um etwas bittet."

„Und du hast es trotzdem getan?"

„Ich konnte dich doch nicht einfach im Gefängnis sitzen lassen."

„Es tut mir leid." Warum entschuldigte ich mich dauernd bei ihm?

Joe zuckte mit den Schultern. „Schnee von gestern."

„Was war der Preis?"

„Was?" Er bemühte sich, verwirrt zu wirken, aber stattdessen sah er aus, als ob er etwas zu verbergen hatte.

Ich senkte die Stimme. „Was war der Preis, Joe?"

Er zuckte mit den Schultern. „Ich weiß es noch nicht. Dad hat sich einen zukünftigen Gefallen zusichern lassen."

Mir wurde vor Angst ganz übel. „Ich hoffe, das war es wert."

Er sah mir in die Augen. „Ich würde alles für dich tun. Das weißt du doch, oder?"

Ich nickte. Er hatte es oft genug bewiesen.

Er zwinkerte mir zu. „Und jetzt bring mich nach Hause und zeig mir, wie sehr du mich liebst."

Grinsend legte ich den Kopf schräg. „Ich glaube nicht, dass die Nacht lang genug ist, um dir das zu zeigen."

Er küsste mich, und sein Kuss versprach Liebe und Glück. „Dann nehmen wir uns einfach bis in alle Ewigkeit Zeit."

Das klang gut.

ÜBER DIE AUTORIN

Die »New York Times«- und »USA Today«-Bestsellerautorin Denise Grover Swank wurde in Kansas City, Missouri, geboren und lebte dort, bis sie neunzehn war. Dann wurde sie zur Nomadin und wohnte im Laufe von zehn Jahren in fünf Städten, vier Bundesstaaten und zehn Häusern, bevor es sie zu ihren Wurzeln zurückzog. Sie spricht Englisch und eine merkwürdige Mischung aus Spanisch und Chinesisch, die sie einer intensiven Trickfilmzeit zu verdanken hat. Zu ihren Hobbys zählen (ihrer Meinung nach) geistreiche Facebook-Kommentare und Tanzen in der Küche mit ihren Kindern (ziemlich schlecht, wenn man dem Nachwuchs glauben darf). Zu ihren versteckten Talenten gehören die Gabe der Rechtfertigung und die Fähigkeit, enorme Mengen Kaffee zu trinken und trotzdem innerhalb von zwei Minuten einzuschlafen. Ihr fehlender Geruchssinn ermöglicht es ihr, viele unaussprechliche Aufgaben zu verrichten. Sie hat sechs Kinder und trotzdem noch nicht ihren Verstand verloren. Das sollen Sie zumindest glauben.

www.ingramcontent.com/pod-product-compliance
Lightning Source LLC
Chambersburg PA
CBHW070641180626
46817CB00006B/2197